삶의 지혜

# 창조주권론

조동일

## 조동일 趙東一

서울대학교 불문학·국문학 학사, 서울대학교 대학원 국문학 석·박사.
계명대학교·영남대학교·한국학대학원·서울대학교 교수를 역임하고, 현재 서울대학교 명예교수, 대한민국학술원 회원이다.
《한국문학통사 제4판 1-6》(2005), 《동아시아문명론》(2010), 《서정시 동서고금 모두 하나 1-6》(2016), 《통일의 시대가 오는가》(2019), 《창조하는 학문의 길》(2019), 《대등한 화합》(2020), 《우리 옛글의 놀라움》(2021), 《국문학의 자각 확대》(2022), 《한일학문의 역전》(2023) 《대등의 길》(2024) 등 저서 다수.
화집으로 《山山水水》(2014), 《老巨樹展》(2018)이 있다.

**삶의 지혜** 창조주권론

초판 1쇄 인쇄    2025. 2. 17.
초판 1쇄 발행    2025. 3. 1.

지은이    조동일
펴낸이    김경희
펴낸곳    (주)지식산업사
본사 ● 10881, 경기도 파주시 광인사길 53(문발동)
전화 031 - 955 - 4226~7 팩스 031 - 955 - 4228
서울사무소 ● 03044, 서울시 종로구 자하문로6길 18 - 7
전화 02 - 734 - 1978, 1958 팩스 02 - 720 - 7900
영문문패 www.jisik.co.kr
전자우편 jsp@jisik.co.kr
등록번호 1 - 363
등록날짜 1969. 5. 8.

책값은 뒤표지에 있습니다.

   ISBN 978 - 89 - 423 - 9137 - 0(93800)

삶의 지혜

# 창조주권론

조동일 지음

지식산업사

# 들머리

삶과 앎의 지혜를 말하려고 한다. 두 책을 써서 짝을 이루게 한다. 이 책은 삶의 지혜를 말하는 《창조주권론》이다. 〈어떻게 살 것인가〉를 첨부하고 논의를 매듭지으면서, 더 펼 것을 남긴다. 다음 책 《학문의 위 아래 공사》에서는 앎의 지혜를 말하고자 한다.

이런 일을 하는 것은, 세상이 달라지고 있는 것을 바로 알고 적절하게 대처해야 하기 때문이다. 선진국을 따르면서 원망하는 시대는 끝나고 있으며, 세계사의 대전환이 요망된다. 우리가 앞장서서 미래를 개척해야 한다고 나라 안팎에서 일제히 요구하고 있다. 인류사의 진로를 제시하고, 실행에서 모범을 보여야 한다.

구태의연한 차등론의 착각에 사로잡혀 생각이나 향동이 계속 빗나가지 않아야 한다. 인류 본연의 창조주권을 되살려 새로운 시대 설계의 기본 원리로 삼아야 한다. 그 원리를 제시하려고 '창조주권론'이라는 유튜브 방송을 했다. 많은 동참자가 댓글을 올리며 자기 지론을 폈다. 창조주권의 대등한 발현을 실현하고, 그 의의를 입증했다.

방송을 언제나 시청할 수 있으나, 책도 필요하다. 원고를 다듬어 내놓으면서, 긴요한 댓글을 들고 답글을 적는다. 댓글 필자의 이름이나 말투는 그대로 둔다. 존비법 선택을 존중하고, 어느 한쪽으로 통일시키지 않는다. 현장의 생기를 살려두려고 노력한다.

　이 책은 단독 저서가 아니고, 댓글 필자들과 공저라고 하는 것이 마땅하다. 그런데 공저자 명단을 밝히기 어렵다. 필명이나 로마자 표기 성명 사용자들의 본명은 알 수 없다. 외국에서 참여한 분들도, 외국인도 있다. 이미 세상을 떠난 고인도 있다. 출간 소식을 전하고 책을 발송하지 못해 유감이다.

　방송과 책이, 지금까지의 공저자들 것만도 아니다. 국내외에서 더 많은 동참자가 적극적인 관심을 가지고 시청하고 독서하며 열띤 논란을 벌이기를 기대한다. 창조주권은 만인 공유의 능력이고, 창조주권론은 인류 공동체의 공저이고 합작임이 입증되기를 바란다.

# 차 례

제2장 나아감  97

# 제1장

일어섬

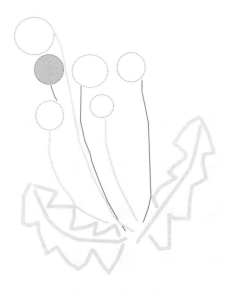

## 1-1 창조주권을 말한다

창조주권이란 어떤 것인가? '창조'는 무엇을 지어내 만드는 행위이다. '무엇'은 영역이나 내용에 한계가 없다. '지어내'는 전에 없던 것이나 전과 다른 것을 구상한다는 말이다. '만드는'은 구상이 실현된 결과가 있다는 말이다.

자연물도 나날이 달라지면서 창조를 진행한다. 모든 생물이 태어나고 자라고 쇠약해지고 죽는 과정도 창조이다. 사람은 자연물이나 생물처럼 저절로 진행되는 창조를 의식하고 더 잘하려고 한다. 창조는 사람의 본성이고, 존재 이유이고, 즐거움의 원천이다. 사람은 창조가 본성이고, 존재 이유이고, 즐거움의 원천임을 알고 더 잘하는 것을 크나큰 보람으로 삼는다.

사람은 누구나 창조하는 권리를 갖추고 있다. 이 권리가 '창조주권'이다. 창조주권은 문자 그대로 풀이하면, "창조하는 주체의 권한"이다. 좀 더 분명하게 하면, "창조주권은 창조하는 주체가 스스로 창조를 하는 권한"이다. 보충하는 말을 보태면, "창조주권은 창조하는 주체가 스스로 창조를 수행하는 권한이고 능력이다."

다른 권리는 "행사한다"고 한다. 다른 능력은 "발휘한다"고 한다. 창조주권은 "발현한다"고 한다. "행사한다"나 "발휘한다"는 이따금 뜻한 바 있어 감행하는 시도이고, "발현한다"는 의도하지 않고서도 하는 통상적인 행위이다.

창조에 관해 지금까지 많은 논의를 했으나 모두 미흡하다. 예술창조, 제품창조, 가치창조 등의 갖가지 창조를 각기 거론하기만 하고, 그 모든 것을 포괄하는 창조 일반에 대한 인식은 없다. 가치창조는 창조 일반에 근접된 개념이지만, 지어내 만든 결과를 명시하지 않아 하는 말이 공허하다. 예술창조, 제품창조, 가치창조 등을 모두 포괄하면서 특정 영역에 대한 구체적인 논의도 할 수 있는 총괄론이 있어야 한다. 창조는 창조하는 주체의 능력이면서 권리인 것을 분명하게 해야 한다. 이런 임무를 창조주권론이 맡는다.

국가주권, 국민주권, 문화주권 등 여러 영역의 주권을 거론하면서, 창조주권은 생각하지 않고, 창조주권이 침해되는 것은 염려하지 않는다. 밖으로는 국가주권을 지키고, 안에서는 국민주권을 보장하는 데다 문화주권을 추가하면 더 바랄 것이 없다고 할 것은 아니다. 문화주권은 국가주권의 문화적 측면으로 이해되어 배타적인 성향을 지닌다. 창조주권은 국가주권과 무관하게 모든 인류가 어느 나라에 살든지 대등하게 지니고 있는 보편적이고 본질적인 권리이다. 이에 대한 인식과 평가가 근대민족국가의 편협성을 시정하는 대전환을 이룩하기 위해 절실하게 필요하다.

창조주권은 모든 인류가 어디 살든지 대등하게 지니고 있는 보편적이고 본질적인 권리라는 점에서 천부인권과 흡사하면서, 차이점은 더욱 두드러진다. 천부인권은 보장되어야 유효하고, 창조주권은 스스로 발현해 그 의의를 입증한다. 천부인권이 보장되어도 어떻게 살아야 하는가 하는 의문이 풀리는 것은 아니다. 창조주권은 바람직한 삶을 스스로 이룩하는 능력이고 권리이다.

천부인권은 모든 사람에게 일률적으로 보장되어야 하므로, 평등론에 근거를 둔다. 창조주권은 누구나 대등하게 갖추고 있다. 대등한 능력을 실현하는 것은 언제나 가능하고, 일상적으로 하는 일이다. 언제나 가능하고 일상적으로 하는 일을 더 잘 알고 한층 성과 있게 진행하기 위해 창조주권론이 있어야 한다. 창조주권론은 근거로 삼는 대등론을 더욱 발전시킨다.

천부인권을 말하는 평등론보다, 각자의 창조주권을 바람직하게 발현하자는 대등론이 더욱 앞선 사상이다. 평등론은 근대 유럽문명의 자랑거리이고, 대등론은 동아시아에서 오랜 전통에 근거를 두고 제시하는 대안이다. 서두에 내놓은 말을 다시 하면서 보충하자. "유럽문명권 선진국을 따르면서 원망하는 시대는 끝나고 있다"고 했다. 코로나 바이러스 퇴치 능력에서 선진과 후진이 뒤바뀐 것이 시대 전환을 알리는 신호이다.

"우리가 앞장서서 미래를 개척해야 한다고 나라 안팎에서 일제히 하는 말이 헛되게 하지 않으려면, 획기적인 연구가 필요하다"고 했다. 우리는 한국의 선각자들이고, 한국인 전체이고, 동아시아 사람들이다. 한 단계씩 확대되면 힘이 그만큼 커진다. 선각자들은 한국인의 저력을 표출한다. 한국인은 동아시아문명의 유산을 활용한다. 우리의 범위가 인류로 확대되어야 세계사의 전환을 완수한다.

"인류 본연의 창조주권을 되살려 새로운 시대 설계의 기본 원리로 삼아야 한다"고 제안한다. 창조주권은 인류가 공유한 본연의 능력인데 망각되거나 훼손된 탓에 불행을 겪고 있다. 이제 되살려 불행을 청산하고 새로운 시대를 이룩하는 방향으로 나아가야 한다. 이를 위한 지침이 되는 창조주권론을 세계 최초로 이룩하는 작업에 방송을 듣고 책을 읽는 분들이 모두 동참하기를 바란다.

창조주권론을 네 단계로 전개한다. 지금 시작하는 제1부 "삶"에서는 생활, 사회, 국가 등의 대외적인 영역을 다룬다. 제2부 '앎'에서는 관심을 안으로 돌려 교육과 학문의 근거를 살핀다. 제3부 '나타냄'에서는 안에서 얻은 것을 밖으로 나타내는 예술을 말한다. 제4부 '고침'에서는 나라를 어떻게 고쳐야 하는지 논의한다.

❋ 댓글과 답글

윤주필: 日月不老心長在하니 創造主權今百年이라.

설파 선생이 학문을 가지고 신의 영역에서 노니는구나.
누구라도 자기 영역의 학문론을 펴내야 한다더니,
이제 직접 나서서 창조론을 설파하는구나.
창조라는 것은 처음으로 만들어 자취를 남기는 일
처음이 있으면 끝이 있고 중간이 있어 사연이 되고,
태어나고 스러지기를 반복하는 인생이라 노래가 된다.
하늘이 사람에게 이 땅에서 살아보라 권한을 주었으니,
생명이 태어나 우뚝 서서 창조의 과업에 동참하면,
열매를 맺어 여러 사람 따먹어 맛을 보고,
때가 되어 땅에 묻히면 또 다른 창조의 씨앗이 되리.
세월은 늙지 않고 언제나 다시 흘러서
만들고 고치고 다시 만들어 지금에 이르렀네.

조동일: 신의 영역으로 오르겠다는 망상을 버리고,
천지만물에서 금수초목까지 모두 대등하게
서로 얽혀 생성하고 소멸하는 것 그 자체가
창조주권의 발현임을 이제야 알아차리고,
저 아래 넓다랗게 열린 곳으로 내려가
학문을 넘어서는 학문을 하려고 하노라.


현금석: 《통일의 시대가 오는가》, 《창조하는 학문의 길》, 《대등한 화합》을 재밌게 읽었습니다. 여기서 다시 활자를 보며 저자의 음성을 직접 듣게 되어 감사드립니다. 문장이 논리정연하고 식견이 풍부하고 심원해서 곱씹으며 새겨들었습니다. 경향 각지의 천리마들이 모여들어 창조의 산실이 되기를 축원합니다.

조동일: 말이 너무 많아 미안하게 생각합니다. 이번에는 말을 줄이려고 합니다.

임재해: 인간은 누구나 자기 문화를 스스로 생산하고 누릴 수 있는 능력과 권리를 타고났다는 문화생산주권론, 줄여서 문화주권론을 펼친 바 있는데, 선생님의 창조주권론이 문화주권론을 귀속하는 새로운 주권론의 지평을 열어가는군요. 인문학문의 범주를 넘어서는 학문 일반론의 창조적 통찰력이 발현되는 강의가 될 것으로 기대됩니다.

조동일: 문화생산주권론을 인간의 범위를 넘어선 존재론으로 키운 것이 창조주권론입니다.

이복규: 기독교의 창조 개념에 익숙해 그런지, 창조주권 개념이 낯선 감이 있습니다. 하나님의 형상대로 창조된 존재라는 설명을, 창조의 능력과 권리를 부여받았다고 설명하면, 공존할 수 있겠다 싶습니다.

조동일: 부모가 자식을 창조한 것은 분명한 사실이지만, 부모가 창조주권을 행사하면서 자식을 마음대로 할 수 없습니다. 차등론의 착각에서 벗어나, 각자 대등하게 지닌 창조주권의 의의를 알아야 합니다.

minjeong shin: 그럼 창조 주체자는 누가 창조하나요?

조동일: 이규보가 말한 "物自生自化"(만물은 스스로 생겨나고, 스스로 달라진다)고 하는 과정에서, 사람이 생겨나고 조물주도 지어냈다는 것으로 응답을 삼습니다.

김석민: 평등론의 천부인권과 대등론의 창조주권, 또는 시민의식의 천부인권과 대등 의식의 창조주권. 이 창조주권은 국가주권과 무관하군요, 문화주권과 다른 말입니다. 감사합니다.

조동일: 그런 것들과 분명하게 구분해 이해해야, 창조주권의 의의가 분명해집니다.

◉ ◉ ◉ ◉ ◉ ◉

## 1-2 창조주권의 근거

창조주권이라는 말은 여기서 처음 쓰는 것이 아니다. 기독교에서는 하느님이 천지를 창조하고 뜻한 대로 다스리는 권능을 창조주권이라고 한다. 사람은 피조물이므로 창조주권이 있을 수 없고, 하느님의 창조주권에 복종하는 것을 의무로 한다고 한다. 과연 그런가?

유럽문명권에서는 선진적인 지식인이라는 이들도 이에 대해 반론을 제기하지 못하고, 천부인권을 주장하는 것을 대단한 자랑으로 삼는다. 천부인권이 하느님의 준 선물인 줄 알고 크게 감사해야 한다고 한다. 동아시아는 천부인권이라는 말을 뒤늦게 전해 듣고 받아들여 후진이라고 해야 할 것인가? 아니다.

동아시아에서는 하느님이라는 인격적인 신이 천지를 창조해 창조주권을 행사한다는 생각을 전혀 하지 않았다. 사람은 창조주권을 지니고 발현한다고 하는 생각을 오래전부터 갖추고 있어 후진이 아니고 선진이다. 공허한 이상인 천부인권을 실질적인 의의를 가진 창조주권으로 교체해야, 근대를 넘어서서 다음 시대로 나아가는 길을 열 수 있다.

지금까지 한 말이 근거가 없고 공허하다는 비난을 들을 수 있다. 동아시아에서는 사람이 창조주권을 지니고 발현한다는 생각을 해온 증거가 어디 있는가 묻고 따질 수 있다. 이에 대해 응답하지 않을 수 없어, 논의를 쉽게 하겠다는 계획을 조금 바꾼다. 철학 이야기를 잠시 하지 않을 수 없다.

동아시아에서는 天人合一(천인합일)을, 생각이 깊은 사람이라면 누구나 말했다. 이 말은 하늘과 사람이 하나를 이룬다고 하는 것이다. 하늘이라는 것은 인격적인 신이 아니고, 사람보다 선행하는 모든 존재의 총체이다. 모든 존재의 총체인 하늘이 창조주권을 가지듯이 사람도 창조주권을 가져 둘이 하나라고 했다. 그 이유를 밝히는 논의는 크게 구분되는 두 학파, 理(이)철학과 氣(기)철학에서 상이하게 전개했다. 이 두 철학을 이학과 기학으로 약칭하면서 논의를 계속하자.

이학에서는 말했다. 하늘의 도리인 天理(천리)를 사람이 타고나고 실행한다. 仁義禮智(인의예지)가 그런 것이다. 기학에서는 말했다. 하늘이라는 말로 총칭되는 천지만물과 사람은 氣(기)로 이루어져 운동하고 변화하는 점이 같고, 사람은 그 기를 자기 나름대로 구현한다. 사람이 창조주권을 행사하는 폭이 이학에서는 제한되고, 기학에서는 개방되어 있다고 했다.

기학을 가장 분명하고 풍부하게 정립한 崔漢綺(최한기)의 말을 들어보자. 氣(기)는 活動(활동)하고 運化(운화)한다. 활발하게 움직여 운동하고 변화한다는 말이다. 이것은 천지만물에서 천연스럽게 이루어지는 창조주권의 발현이다. 사람은 천지만물과 함께 활동하고 운화하면서, 사람 나름대로의 신기神氣를 갖추고 있다. 이것이 사람이 갖추고 있는 창조주권의 주체이다. 신기의 운화를 탐구해 그 이치를 밝히는 推氣測理(추기측리)의 학문을 한다. 이것으로 사람의 창조주권 행사가 구체화된다.

학문 창조와 함께 문학 창조도 말했다. "활동하고 운화하는 기를 보고 터득해 가슴속에서 활동하고 운화하는 文氣(문기)를 길러 얻으면, 입에서 나오는 언사가 모두 靈氣(영기)를 드러내며 생동하는 문체를 이루고, 萬化(만화)를 녹여 지닌다. 보는 사람이나 읽는 사람의 神氣(신기)를 뒤흔들어 놓는다."(見得活動運化之氣 養得活動運化之文氣 發言吐辭 皆有靈氣之呈露 蜒蜿成體 陶鎔萬化 見之者 讀之者 掀動神氣,《人政》권8 教人門 1〈文章〉)

사람이 창조주권을 행사하는 것을 천지만물과의 관계에서 보면, 일탈이 아닌 합치라고 했다. 일생의 학문은 만고의 학문과 합치되어 타당성이 입증된다. 활동하고 운화하는 기를 보고 터득한 것이 가슴속에서 문기를 이루어 일탈하는 듯한 과정을 거치다가, 영기를 드러내며 생동하는 문체를 이루는 것이 문학창작이다. 문학창작은 안에 머무르지 않고 밖으로 나가

두 가지 참여를 성취한다. 하나는 만화라고 하는 모든 조화를 녹여 지니며 천지만물의 천연스러운 창조와 합치되는 것이다. 또 하나는 보거나 읽는 사람의 신기를 흔들어놓아 나와 남이 합치되게 하는 것이다.

어렵게 한 말을 쉽게 다시 해보자. 우리 각자가 자기 나름대로의 창조주권을 행사하는 행위가 일탈에 그치지 않는 합치여서 소중한 가치를 가진다. 하나는 천지만물의 천연스러운 창조와의 합치이다. 또 하나는 남들의 마음을 움직여 공감을 자아내는 합치이다.

이런 사실을 미리 알아야 한다는 것이 아니다. 어떤 결과를 기대하지 않으면서 무심코 하는 일상적인 창조 행위가 자기만족을 위한 일탈이면서 또한 그 이상의 의의를 가진 합치이다. 추상적이지 않을 수 없는 총론보다 창조주권의 실상을 말해주는 각론이 더욱 소중하다. 각론은 최한기의 것을 가져올 필요가 없으며, 우리 모두 이미 잘 알고 있다.


● 댓글과 답글


현금석: 천부인권에서 창조주권으로 교체하는 것이 우리 시대의 사명이자 소명이라는 말씀에 깊이 공감합니다. 동아시아 한문문명권의 군자 내지 조선조 선비의 기개와 지조를 보는 것 같아 뿌듯합니다.

조동일: 우리 선인들의 지혜를 찬탄의 대상을 삼기만 하지 말고, 오늘에 되살려 유용하게 쓰기 위해 고금학문 합동작전을 해야 합니다.

임재해: 창조주권은 하느님만의 권리가 아니라, 인간 누구나 발현할 수 있는 민주적 기본권이라는 주장은 인내천 사상을 구체적으로 입증하는 천인합일의 논리이다. 이학과 기학의 한계와 의의가 창조주권론 여부로 선명하게 분별된다.

조동일: 人乃天(인내천)이어서 사람이 우월하다고 여기지 말아야 한다. 物乃天(물내천)이기도 해서 동식물도 그 나름대로 창조주권을 지니고 발

현한다. 창조주권은 민주적 기본권 이전의 본원적 생존권이다.

백두부: 일탈과 합치에서 사람이 제 나름대로 창조주권을 발현하는 것이 하늘의 자리에서 보면 일탈로 비친다는 말씀인지 잘 모르겠습니다.

조동일: 창조는 낡은 장벽으로부터의 일탈이고, 새로운 형성과의 합치입니다.

이복규: 창조주권의 근거를 초월자에게 두는 것이 교육상 더 효과적일 수 있습니다.

조동일: 진실인지 의심되는 말을 방편으로 삼으면, 진실성을 해치고 역효과를 냅니다.

Nam Gyu Kim: 주어지는 천부인권과, 발현하는 창조주권이라는 표현에서 그 차이와 자리가 선명하게 느껴집니다. 삶에서 발현하는 창조주권과 문학을 통해 발현되는 창조주권, 자연과의 합일과 공감을 통한 타인과의 합일, 이런 전개가 생소하면서도 흥미롭게 느껴지고 다음 각론이 기대가 되며 기쁩니다.

조동일: 계속 참여해주기 바랍니다.

❀ ❀ ❀ ❀ ❀

## 1-3 더 깊은 층위

一然(일연)의 《三國遺事》(삼국유사)는 역사서·고승전·설화집이다. 문헌보다 구전을 더 중요한 자료로 삼아, 역사서·고승전이 설화집이기도 하다. 고승설화가 큰 비중을 차지하고 특히 흥미로워 독자를 사로잡고 연구를 거듭하게 한다.

신라의 네 고승 慈藏(자장)·義湘(의상)·元曉(원효)·惠空(혜공) 이야기가 여기저기 있다. 하나씩 읽다가 서로 연결시켜 보면, 깊은 의미가 있어막힌 식견을 뚫어준다. 이미 말한 것보다 더 깊은 층위에서 창조주권을확인하게 한다.

자장·의상·원효는 보살을 만났다고 한다. 보살은 진리가 사람의 모습을 하고 나타난다고 가정해본 것이다. 세 고승이 보살을 만난 이야기가서로 달라, 진리에 접근하는 자세나 방법의 차이를 말해준다. 혜공은 보살을 만나지 않았다. 이것 또한 간과할 수 없는 중요한 의미가 있다.자장은 최고 신분 眞骨(진골) 출신이다. 당나라에 가서 공부하고 이름 높은 고승이 되었다. 신라 국왕이 당나라 황제에게 특별히 청해 모셔왔다.귀국해서 나라가 질서를 갖추고 교단이 계율을 확립하게 독려하는 것을소임으로 삼았다. 가장 성스러운 산에 절을 잘 짓고, 보살을 맞이할 준비를 하고 있었다. 초라한 늙은이가 죽은 강아지를 넣은 망태를 지고 나타난 것을 보고 제자가 쫓아냈더니, 그 늙은이가 보살이 되어 사자로 변한강아지를 타고 하늘 멀리 사라졌다. 자장이 뒤늦게 알고 허겁지겁 따라가다가 넘어져 죽었다. 저술은 남기지 않았다.

의상은 하위 진골이다. 당나라에 가서 고명한 스승 문하에서 열심히공부해 상당한 경지에 올랐을 때, 당나라가 신라를 침공한다는 소식을 전하려고 급거 귀국해 알렸다. 동해안에 보살이 나타난다는 말을 듣고 찾아가 온갖 정성을 다 바쳤다. 마침내 저 멀리서 어렴풋한 모습을 보여주는보살을 알아보고 최대의 예배를 드렸다. 보살이 일러주는 장소에 절을 지었다. 평생 공부의 정수만 가려내고 다듬어서 최소한의 저술을 조심스럽게 했다.

원효는 진골 아래 신분인 六頭品(육두품) 출신이다. 공부를 하려고 당나라로 가다가 스스로 깨닫는 것이 마땅하다고 여기고 되돌아왔다. 동해

안 가까운 들판에서 벼를 베다가 개짐을 빠는 여인의 모습을 하고 있는 보살을 만나 희롱하는 말을 주고받았다. 원효가 마실 물을 청하니, 개짐을 빤 물을 떠주었다. 더럽다고 여겨 버렸으니, 그 여인이 보살인 줄 분명하게 알지 못하는 것이 안타깝다. 불교 경전 주해에 힘써, "百家(백가)의 다툼을 화합해 지극히 공평한 논의를 얻었다"고 고려 고승 義天(의천)이 평가한 수많은 저술을 남겼다.

혜공은 고관 집에서 더부살이하는 노파의 아들이고 아버지는 누군지 몰랐다. 승려가 되어 별다른 공부를 하지 않고, 삼태기를 지고 다니면서 거리에서 춤추고 노래했다. 행적이 이런 혜공을 원효가 스승으로 삼고, 경전을 주해하다가 막히면 찾아갔다. 둘이 물고기를 잡아먹고, 혜공이 "네 똥이 내가 잡은 물고기이다"라고 했다고 한다. 이런 기이한 말로 집착을 깨고 분별을 넘어서는 충격을 받고, 원효는 막힌 소견을 뚫었다. 혜공은 글은 쓰지 않고 말만 했으나, 그 말이 원효의 저작에 살아 있다. 원효는 혜공 덕분에 민중과의 소통을 넓혀 창조주권의 재발견을 학문으로 삼아 대단한 업적을 남겼다. 혜공이 보살이고, 민중이 보살이다.

네 고승 이야기는 불교 교단에서 승려가 지어냈다고 하기에는 너무나도 파격적이다. 불경에서 말하고 논설로 풀이한 교리에서 아주 많이 나아갔다. 어느 길로 갈 것인가? 스스로 묻게 한다. 나는 내게 물어서 얻은 대답을 말할 수 있다. 내 대답이 다른 사람들에게 도움이 되기를 바란다.

혜공의 길을 가는 창조주권을 누구나 타고났다. 이런 줄 안다고 해도 실행이 가능한가는 의문이다. 생각에 때가 너무 많이 끼어 있으면, 원래의 상태로 돌아가지 못한다. 혜공의 길이 소중한 것을 밖에서 보고 안에서 알아차리는 데 힘쓰면, 원효의 길을 가게 되어 이룬 바가 많아진다. 이렇게라도 하려고 글을 쓰고 방송을 하고 책을 낸다.

소중한 것을 높고 아득한 데서 찾는 의상의 길을 따르면, 수고는 많이 하고 소득이 적다. 이렇게는 하지 않으려고 경계한다. 헛된 권위를 딛고 우뚝하게 올라서려고 하는 자장을 흉내 내면 추락을 되풀이한다. 이 길로 가는 사람이 없도록 "위험!" 표시를 세운다.

● 댓글과 답글

임재해: 세 고승이 보살을 만난 서로 다른 이야기가 곧 창조주권 발현의 구체적 보기로 삼은 까닭에 창조주권의 다양성을 실감하게 되고, 혜공의 사례로 민중도 보살이자 창조주권을 발현할 수 있는 주체라는 해석에서 인간은 천부인권으로 창조주권을 발현한다는 견해에 공감하지 않을 수 없습니다.

조동일: 그렇습니다. 다만 "인간은 천부인권으로 창조주권을 발현한다"는 말은 오해의 여지가 있어 해명이 필요합니다. 창조주권은 인간만 발현하는 것이 아닙니다. 창조주권이 천부인권이라고 하면 더 빗나갑니다. 천지만물의 창조주권을 인간은, 개개의 인간은 자기 나름대로 발현한다고 분명하게 말해 오해를 피해야 하겠습니다.

신경숙: 《삼국유사》 고승 이야기는 반복해서 수십 번 보고 있어요. 매번 들을 때마다 나 자신을 돌아보게 됩니다.

조동일: 정신적 성장을 비추어보는 거울이 거기 있습니다.

이일수: 네 스님의 길을 분별하여 이해하기 쉽게 제시하여 주셔서 낮은 길이 진정 높은 길임을 잘 알게 되었습니다. 다만 "네 똥이 내가 잡은 물고기이다"는 말은 너무 기이한 말이라 선뜻 이해하기 어렵습니다. "너는 똥이고 나는 물고기이다"라거나 "너는 똥을 누고 나는 물고기를 누었다"고 하면 간명하지 않을까 생각합니다.

조동일: 말이 되지 않는 말이라야 막힌 생각을 뚫는 충격을 줍니다.

김영숙: 이번 강의는 보통 사람들의 생각을 바꾸게 하는 충격적인 내용인 것 같습니다. 과거부터 현대까지 대부분 학문하는 사람들이 의상의 길을 가려고 하는데 선생님께서는 그 길에 위험표시를 하여 권하지 않고, 하층민 출신으로, 글도 남기지 않고 말만 남긴 혜공과, 혜공의 도움을 받아 대성한 원효의 길을 가도록 안내하시니, 많은 혼란이 생길 것 같습니다. 결국 낮고 보통인 것에서 깨달아야 한다는 것인데, 깨닫지 못하면 의상보다 못한 경지에 머무르지 않을까 생각됩니다.

조동일: 어렵게 생각하면 의상을 따르다가 말게 되고, 쉽게 깨달으면 원효의 길이 열립니다.


Nam Gyu Kim: 오늘 일터에서, 손님 한 분을, 우리가 지닌 규정이 맞다고 설득하다가 맘을 상하게 해서 돌아가게 한 경험이 있는데, 문득 그분이 오늘, 내 삶의 태도를 비춰주는 보살이셨을 수 있겠구나 하는 생각이 듭니다. 옳음을 이야기할 때, 내가 당신보다 우위에 있다는 관점에서 옳다고 이야기했던 것은 아닌지, 비록 잘못된 정보라도 그 정보를 가지고 여기까지 와서 이야기하고 싶었던 그 분의 마음까진 가닿지 못했음을 알아차립니다.

조동일: 참으로 훌륭한 말씀입니다. 깊이 생각하게 합니다. 삶이 깨달음의 원천입니다. 삶과 동떨어진 글에서 깨달음을 얻으려는 것은 緣木求魚(연목구어)입니다.

이강혁: 똥이라는 것은 본래 내 몸에서 나온 찌꺼기여서 천하게 여기고, 물고기는 내 입으로 들어오는 음식이므로 귀하게 여기는데, 똥은 땅에 두면 거름이 되어 자연을 풍성하게 만들어 주니 모든 것이 귀하다는 생각이 됩니다.

조동일: 그렇습니다. 천한 것도 귀하고, 귀한 것도 귀합니다.

## 1-4 어디서나

창조주권은 멀고 아득하고 특별한 무엇이 아니다. 사람이면 누구나 지니고 있는 공통된 능력이다. 창조주권 발현을 잊을 수는 있어도 잃을 수는 없다. 아무리 억눌린 상태에서도 창조주권은 죽지 않는다. 이를 두고 우리 선인들이 많은 생각을 하고 좋은 글을 남겼다.

창조주권이 발현하는 기본 영역은 일상생활이다. 일상생활은 사물과의 관계에서 이루어진다. "사람은 천지 사이에서 살아가면서, 하루도 사물에서 떨어져 홀로 설 수 없다. 그러므로 우리는 사물과 관계를 맺으면서 그 도리를 각기 다해야 하고 착오가 있어서는 안 된다."(人在天地之間 不能一日離物而獨立 是以 凡吾所以處事接物者 亦當各盡其道 而不可或有所差謬也,〈佛氏昧於道器之辨〉) 정도전鄭道傳이 이렇게 말한 것을 되새길 만하다.

사람이 사물과 관계를 가지고 살아가는 것은 창조주권의 일차적 소임이다. 이런 사실을 아는 것은 이차적 소임이다. 사물과의 관계를 특성에 맞는 도리를 갖추어 타당하게 하는 것은 삼차적 소임이다. 창조주권은 역량의 근거가 되는 삶의 내면을 자각하고, 사물과 관계를 가지는 외면을 탐구한다. 이렇게 하는 것이 학문이다.

학문을 사람은 누구나 일상적으로 하고 있는 것을 알고, 더 잘하도록 노력해야 한다. 이에 관해 이이李珥는 말했다. "사람이 이 세상에 살아가면서 학문을 하지 않으면 사람이라고 할 것이 없다"(人生斯世 非學問 無以爲人)라고 거창하게 전제하고, 아주 평범한 말을 했다. "이른바 학문이라는 것은 이상하고 별난 무엇이 아니다."(所謂學問者 亦非異常別件物事也) "모두 나날이 움직이고 멈추는 일을 하면서 일에 따라 각기 그 마땅함을 얻는 것일 따름이다."(皆於日用動靜之間 隨事各得其當而已,〈擊蒙要訣序〉)

해야 하는 일을 열심히 하는 것이 즐거움을 얻고 사는 보람을 발견하는 길이다. 창조주권이 이 점을 분명하게 해야 한다. 이를 두고 임성주任聖周는 "하는 일이 아주 힘들더라도, 이미 맡았으니 조심해서 받들지 않으면 안 된다. 어떤 일이든지 싫고 힘들다는 생각이 한 번 생기면, 곧 힘줄과 뼈가 풀어져 견딜 수 없다. 오직 씩씩하고 경건한 자세로 일관하면, 뜻이 이르는 곳에 기운이 반드시 따르며, 힘줄과 뼈가 저절로 강해지고, 온몸이 저절로 가벼워진다. 바라건대 경계하는 마음으로 노력하라."(職事雖甚劇 旣當之事 不可不小心供奉 凡事一生厭苦之意 則筋骸解弛 不可支當 唯莊敬專一 則志之所至 氣必隨之 故筋骸自彊 四大自輕 望須惕念努力也,〈與舍弟穉共〉)

하는 일이 싫고 힘들다고 하는 사람들을 격려하는 아주 적절한 말이다. 생각을 바꾸어 씩씩하고 경건한 자세를 일관되게 지니고 일을 하면, 없던 기운이 생겨나고 온몸이 저절로 강해진다고 했다. 일을 사랑하면 생기를 얻는다고 간추려 말할 수 있다.

일·기운·마음의 관련에 관한 철학을 읽어낼 수 있다. 일은 기운으로 한다. 마음이 기운을 없애기도 하고 키우기도 한다. 마음을 중요시하면 이렇게 말하는 것이 예사이다. 임성주는 그 반대의 진실을 일러주었다. 일을 해야 기운이 살아난다. 기운이 살아야 마음도 산다. 이렇게 말했다.

긍정적 태도, 성실한 자세가 소중하다. 삶의 의의를 부정할 것인가 긍정할 것인가, 불성실하게 살아갈 것인가 성실하게 살아갈 것인가는 삶의 실상을 검증해 결론을 내릴 문제가 아니다. 삶의 실상이 어쨌든, 그 어느 쪽인가를 스스로 선택할 수 있다. 남들이 보기에는 더 바랄 것이 없는 사람이 비관에 사로잡혀 그럭저럭 시간을 보내면서 자기 삶을 망칠 수 있다. 칭송을 한몸에 모으는 인기인이 자살하기도 한다. 격심한 불행을 겪고 있는 사람이 긍정적 자세를 가지고 성실하게 노력해 사는 보람을 확인하고 향상을 이룩할 수도 있다.

일상생활은 되풀이되면서 날로 새롭다. 일상생활이 되풀이된다고 여기면 창조주권이 위축되어 동면 상태로 들어간다. 사는 것이 따분하고 재미가 없게 된다. 일상생활이 날로 새롭다고 여기면 창주조권이 깨어나 다채롭게 빛난다. 사는 것이 즐겁고 신나게 된다.

그 어느 쪽이냐는 객관적으로 판단할 수 있는 것이 아니다. 어떤 사람의 일상생활은 되풀이되기만 하고, 어떤 사람의 일상생활은 날로 새로운 것도 결코 아니다. 사람에 따라 차등이 있다고 여기면 전연 부당하다. 일상생활이 되풀이되기만 하는가, 날로 새로운가는 동일 사실의 양면이라 선택하는 데 따라 달라진다. 창조주권이 잠잘 것인가, 깨어날 것인가는 스스로 결정할 일이다.

일상생활은 의식주로 구체화된다. 옷을 입고, 먹을 것을 먹고, 집에서 기거하는 삶은 따분하게 되풀이된다고 할 수 있고 날로 새로워 신이 난다고 할 수도 있다. 크나큰 것을 얻고도 무덤덤할 수 있고, 작은 변화에서도 대단한 행복을 찾을 수 있다. 무덤덤하면 향상이 없다. 향상이 있어도 마음속에서는 없어 효력이 없다. 작은 변화에서도 행복을 찾으면 창조주권이 깨어 있어 향상을 만들어낸다.

창조주권은 사회활동의 전 영역에서 발현되고 있다. 다른 사람들과의 관계를 어떻게 할 것인가? 바람직한 윤리나 가치관이 어떤 것이라고 여기는가? 사회구성, 국가의 안위, 생산과 분배, 역사 발전 등의 크고 중요한 문제가 어떻게 해결되어야 하는가? 구체적인 예를 든다면, 이런 생각이 잠재적인 형태로도 모든 사람의 마음속에서 떠돌면서 창조주권이 휴식을 취할 수 없게 한다.

● 댓글과 답글

김영숙: 이이의 〈격몽요결〉 서문과 임성주가 동생에게 보낸 편지의 내용은 평범한 것으로 지나쳐 보기 쉬운데, 창조주권의 소임과 관련하여 큰

의의를 부여하셨습니다. 두 사람의 글을 다시 한번 읽어 보겠습니다.

조동일: 남의 글이라고 여기지 않아야, 절실한 뜻이 내 것으로 됩니다.

임재해: 창조주권을 고승과 같은 대단한 인물의 주권으로 특화하지 않고, 사람이면 누구나 사물과 관계를 가지는 일상 속에서 발현할 수 있는 사실을 다룬 말씀이다. 보살을 만나는 고승전의 여러 양상을 말하는 앞의 논의에 이어서, 누구나 생활세계에서 누리는 모든 삶의 실상을 다루는 구체적인 논의를 함으로써 예사 사람들도 나날의 일상에서 창조주권을 발현할 수 있는 가능성을 열어주었다.

조동일: 누구나 할 수 있는 일을 시간 여유가 있어 내가 먼저 하고 있을 따름이다.

✿ ✿ ✿ ✿ ✿

## 1-5 일상생활의 창조주권

일상생활은 되풀이되면서 날로 새롭다. 일상생활이 날로 새롭다고 여기면 창주조권이 깨어나 다채롭게 빛난다고 했다. 이렇게 말한 것을 자세하게 밝혀 논하기로 하자. 朴趾源(박지원)이 다음과 같이 한 말이 좋은 자료가 된다.(〈楚亭集序〉)

"하늘과 땅이 아무리 장구해도 끊임없이 생명을 낳고, 해와 달이 아무리 유구해도 그 빛은 날마다 새롭듯이, 서적이 비록 많다지만 거기에 담긴 뜻은 제각기 다르다. 그러므로 날고 헤엄치고 달리고 뛰는 동물들 중에는 아직 이름이 알려지지 않은 것도 있고 산천초목 중에는 반드시 신비스러운 靈物(영물)이 있으니, 썩은 흙에서 버섯이 무럭무럭 자라고, 썩은 풀이 반디로 변하기도 한다. 또한 禮(예)에 대해서도 시비가 분분하고

樂(악)에 대해서도 논란이 있다. 문자는 말을 다 표현하지 못하고 그림은 뜻을 다 표현하지 못한다."

아침에 일어나 이런 느낌을 가지면, 하루를 힘차게 보내고 많은 일을 할 수 있다. 창조주권이 깨어나 전에 하지 않던 새로운 창조활동을 세차게 한다. 날로 새로운 것이 엄청난 규모여야 한다고 여기고 들뜰 필요는 없다. 기대가 크면 실망도 클 수 있다. 가까이 있는 작은 것들로 눈을 돌리면 기대 이상의 소득이 있다.

일상생활의 모든 것을 나날이 소중하게 여기면 사는 즐거움이 새로워진다. 사소한 물건의 쓰임새를 확인하고 사람의 행실에다 견주어 평가하는 관찰력과 상상력에서 창조주권이 살아 움직인다. 金昌協(김창협)이 이런 사실을 잘 말해주는 글을 남겼다.(〈雜器銘〉)

밥그릇, 술항아리, 세숫대야, 등잔, 필통, 연적, 일상생활에서 사용하는 이런 器物(기물)을 정겹게 소개했다. 그 모습이나 쓰임새를 자세히 살피면서 사람인 양 여겨 바른 행실에 관한 말을 했다. 주어지는 대로 범박하게 살아가지 않고, 세밀한 주의력을 갖추고 주위에 있는 것들을 관찰하면서 어떻게 살아가야 하는지 깊이 생각한다.

자기가 잘났다고 뽐내지 않고, 자세를 한껏 낮추어 무엇이든지 스승으로 삼았다. 갖가지 기물을 적절하게 사용하면서 내밀한 가르침을 발견해야, 옛사람이 말한 사람의 도리를 실행할 수 있다. 밥그릇을 사용할 때에는 밥을 먹을 자격이 있는가 생각하라. 술항아리의 술을 함부로 마시지 말고 절제를 하라. 세숫대야를 이용해 얼굴만 씻으면 된다고 여기지 말고, 안에 들어 있는 마음을 깨끗하게 하라. 기름을 태워 덕을 나타내다가 다 태워 욕망을 소멸하는 등잔을 본받을 만하다. 붓을 필통에 넣어두고 쓰지 않는 것이 잘못이지만 휘둘러 함부로 글 쓰면 더 크게 잘못을 저지르니 조심해야 한다. 빈 데다 물을 받아두었다가 때때로 유용하게 쓰게 하는 연적은 훌륭하다.

오늘날 사람들은 이런 글을 쓰지 못한다. 기물들 가까이 다가가 자세하게 살피지 않고 함부로 다루고 무시한다. 돈이 있으면 얼마든지 사다 쓰고 마구 버려도 된다고 여긴다. 쓰고 있는 것들에 정을 주지 않고 신제품을 다투어 구입한다. 물질의 풍요가 정신을 고갈시킨다. 일상생활의 잔재미가 없어지니 인생이 적막하다. 적막을 과소비로 메우려고 해서 자원을 낭비하고 환경을 오염시킨다. 정신을 더욱 황폐하게 한다.

창조주권을 잠재울 것인가 위축시킬 것인가, 스스로 결정할 일이라고 했다. 이런 선택은 자기를 불신하는가 신뢰하는가 하는 것과 직결된다. 자기를 불신하면 남에게 의지하면서 원망한다. 창조주권을 죽여 초라해지는 길로 가지 말고, 자기 신뢰에서 희망을 찾아야 한다. 19세기 말 인도의 사상가인 비베카난다(Vivekannda)가 이에 대해 한 말을 들어보자. ("Practical Vedanta")

"세계의 어떤 종교에서는 인격적인 신을 믿지 않는 사람은 무신론자라고 하지만", 우리는 "자기 자신을 믿지 않는 사람을 무신론자라고 한다." "너는 약하다, 너는 죄인이다, 비참한 존재이다, 너는 힘이 없어 이것도 저것도 못한다고 하는 것이 가장 큰 잘못이라고 말한다." 이런 논의를 전개하고, 다음과 같이 나아갔다.

"너 자신을 사랑하라는 것은 모두를 사랑하라는 말이다. 너에게서 모든 것은 하나이기 때문에 그렇다. 너 자신을 사랑하는 것이 모든 사람을 사랑하라는, 동물도 사랑하라는, 모든 것을 사랑하라는 뜻이다. 이것이 세상을 더 좋게 만드는 위대한 신념이다."

　◎ 댓글과 답글

현금석: "자기 자신을 믿지 않는 사람을 무신론자라고 한다"는 말은 우리 보통 사람들을 무한히 격려하고 고무합니다. 화이트헤드는《과정과

실재》라는 책에서 이렇게 말합니다. "신이 세계를 창조한다면, 이 세계는 신을 창조한다. 신이 세계를 초월한다고 말한다면, 이 세계도 신을 초월한다고 말할 수 있다. 세계가 신속에 내재한다고 한다면, 신이 세계 속에 내재한다." 화이트헤드의 말을 달리 표현하면, 음양이 돌고 도는 태극은 인간의 감각을 넘어서 발현되는 세계이며, 이 세계가 바로 신神이라 하겠습니다. 그렇기에 동방의 醫書(의서)인 〈黃帝內經〉(황제내경)에 말합니다. "陰陽不測謂之神"(음양불측위지신)이라고. 결국 신神은 고정된 물건이 아니라 쉼 없이 움직이는 과정을 일컫는 말입니다.

조동일: 말이 너무 어렵고 복잡하군요. 아는 것은 짐이라는 생각이 듭니다. 짐을 내려놓고 몸이 가벼워야, 창조주권이 온전하게 발현하지 않을까요?

만주벌판: 감사합니다. 한국의 교육에서는 서구 이론으로 학생들을 가르치고, 교육대학에는 한국교육 이론이 전무한 편입니다.

조동일: 남의 짐 잔뜩 진 것을 자랑하면서 존경받으려고 합니다. 가벼운 몸으로 농사를 부지런히 지어, 모두 먹고 살 수 있게 해주는 일꾼이 필요합니다.

임재해: 나날의 새로운 삶은 누구나 실천하는 창조주권의 발현이다. 日新又日新(일신우일신)의 삶을 제대로 실현하려면 자신을 믿고 사랑하는 데서 출발해야 한다. 일상의 모든 사물과 살림살이를 구하고 보관하고 쓰는 일에도 사랑의 마음으로 하면 창조주권을 발현할 수 있다. 무신론자를 독자적으로 자리매김한 비베카난다의 말은 새로운 세계를 열어주는 창이다.

조동일: 일꾼이 다짐해야 할 말을 잘 간추렸다.

● ● ● ● ●

## 1-6 의식주

의식주를 논의하는 순서를 주거·의복·음식으로 정한다. 창조주권이 무시되는 비극이 일어나고, 인류를 불행하게 하는 참사가 벌어진 순서이다.

예전에는 자기가 살 집을 스스로 지었다. 집 지은 수고를 대단하게 여기고, 아무리 작은 집이라도 넓다고 여기면서 흐뭇해했다. 집이 폐쇄되어 있지 않고, 자연과의 경계를 구분할 수 없게 이어져 있었다. 다음과 같은 시조가 있어 그 시절을 그립게 한다.

십년을 경영하여 초려 삼간 지어내니
나 한 간 달 한 간 청풍 한 간 맡겨두고
강산은 들일 데가 없으니 둘러 두고 보리라

오늘날에는 지어놓고 파는 집을 사서 산다. 넓어도 갑갑하게 느끼면서 불만을 키운다. 집값이 오르는 것을 사는 보람으로 여기고, 시세가 더 높고 오르는 비율이 월등해 누구나 부러워하는 곳으로 보란 듯이 떵떵거리고 이사를 한다. 이보다 더 큰 타락이 어디 있겠는가.

의복을 스스로 만드는 시대는 더 오래 이어졌다. 길쌈을 하고 베를 짜게 된 것이 인류역사의 획기적인 발전이다. 이 일을 맡아 하면서 여성은 남성중심사회의 부당한 처우에 맞서는 창조주권을 자랑스럽게 보여주었다. 능숙한 솜씨로 옷감을 짜서 가족의 옷을 잘 지어 입히고, 하지 않아도 되는 일까지 해서 정성들여 수를 놓기까지 했다.

이름은 감추고 憑虛閣(빙허각)이라는 당호로만 알려진 全州李氏(전주이씨) 여인이 수놓는 일을 두고 한 말을 보자.(《閨閤叢書》) "수바늘에 온갖 빛 수실을 꿰어 일제히 걸어 놓고 뽑아내어 놓되, 수품은 도톰했다가 얇았다가 말며, 빽빽하다가 성기다 하지도 말아야 한다. 붉은 빛이 많으면 취하고, 검은 빛이 많으면 어둡다. 매화와 모란에는 나비를 수놓지 말고, 솔과 대는 맑게 해야지 행여 탁하게 하면 안 된다." 수놓는 것은 참으로 오묘한 미술이다.

바느질 도구를 아주 소중하게 여겼다. 자, 골무, 바늘, 인두 등이 사람의 모습을 하고 나타나서 자기 공이 가장 높다고 서로 다툰다고 한 글이 있다.(〈閨中七友爭論記〉) 그 가운데 바늘을 특히 아꼈다. 바늘이 부러진 것을 애통하게 여기고 제문을 지어 애도했다.(〈弔針文〉)

"아깝다 바늘이여, 어여쁘다 바늘이여, 너는 미묘한 품질과 특별한 재치를 가졌으니, 物中(물중)의 명물이요, 굳세고 곧기는 만고의 충절이라. 추호秋毫 같은 부리는 말하는 듯하고, 두렷한 귀는 소리를 듣는 듯한지라. 능라와 비단에 鸞鳳(난봉)과 孔雀(공작)을 수놓을 제, 그 민첩하고 신기함은 귀신이 돕는 듯하니, 어찌 인력이 미칠 바리요."

오늘날에는 길쌈을 하지 않는다. 옷을 짓지 않고 사서 입는다. 바느질 도구는 있는 둥 마는 둥 하다. 옷을 골라 사고, 골라 입는 것에서만 최소한의 창조주권이 숨을 쉰다. 소비자의 주권이라는 것은 어떤 말로 미화해도 초라하다.

음식 만들기는 여성이 위세를 자랑하면서 하는 대단한 일이다. 빙허각 이씨는 음식 만들기에 관해서도 많은 말을 했다. 장 담그는 일을 말한 대목을 든다. "장 담그는 물은 특별히 좋은 물을 가려야 장맛이 좋다." "독이 기울면 물이 빈 편으로 흰곰팡이가 끼이니 반듯하게 놓아라." "메주가 누르고 단단하지 못한 것은 늦게야 쑨 것이니 좋지 못하다. 빛이 푸르고 잘고 단단하면 일찍 쑨 좋은 것이니." "메주가 적으면 빛이 묽고 맛이 좋지 못하니, 다소를 짐작하여 메주를 넣되 팔 한 마디가 못 들어가게 넣어라." 정밀함이 예술의 경지이다.

김치 담그기를 다룬 대목도 보자. "가을부터 겨울까지 김장할 무렵, 껍

질이 얇고, 크고 연한 무와, 좋은 갓, 배추를 너무 짜게 말고 각각 그릇에 절인다. 절인 지 사오 일만에 맛있는 조기젓과 준치·밴댕이젓을 좋은 물에 많이 담가 하룻밤 재운다. 무도 껍질 벗겨 길고 둥글게 마음대로 썰고, 배추·갓을 알맞게 썰어 물에 담근다." 이렇게 재료를 준비하는 것부터 설명하고, 버무려 넣고, 갈무리를 한다 하고, 말이 아주 길어져 더 들지 않는다.

재료를 "마음대로 썰고", "알맞게 썰고"라고 하는 대목을 다시 보자. 아무리 자세하게 일러주어도 모두 참고 사항에 지나지 않는다. 학습이 창조를 대신하지 못한다. 실제 작업은 창조주권을 세밀하게 구석구석 온전하게 발현하면서 이루는 오묘한 예술이다. 김치 담그기는 교향곡 작곡만큼이나 복잡하게 이루어져 뛰어난 기량과 탁월한 안목이 필요하다. 김치를 잘 담그는 주부는 베토벤과 대등하다.

장을 담그는 집은 농촌에만 있고 도시에서는 없어졌다. 도시에서는 김치도 직접 담그지 않고 사다 먹는다. 교향곡 작곡과 같은 고도의 기술, 뛰어난 예술이 사라지는 것이 크나큰 불행이다. 장이나 김치가 기계를 돌려 만들어내는 공장 제품이 되어 영혼 없는 육신만 남은 격이다. 장이나 김치를 사서 먹는 소비자는 영혼에 대한 기억도 잃고 있다.

그래도 아직 절망하지 말자. 집에서 밥을 해먹는 것은 아직 계속된다. 한 그릇 밥이나 한 접시 반찬도 오묘한 창조물이다. 교향곡은 아니지만 실내악이나 독주곡에 견줄 만하다. 작으나마 알찬 작곡을 나날이 하면서 깊은 감동을 주고 받는다.

⚫ 댓글과 답글

윤동재: 김치를 담그는 일과 교향곡을 작곡하는 일, 김치를 담그는 이름이 나지 않은 아주머니나 할머니와 교향곡을 작곡한 베토벤이 서로 창

조주권을 행사한다는 점에서 대등하다는 말씀 감사합니다. 청송 농부인 야초의 하루하루도 창조주권을 행사하면 세상 무엇과도 대등할 수 있게 된다니 힘이 솟습니다.

조동일: 들에서 일하는 농부도 베토벤일 수 있습니다.


임재해: 김치 잘 담그는 일을 교향곡 작곡에 견주고 그러한 주부를 베토벤과 대등하게 견줄 뿐 아니라, 끼니때마다 차려내는 밥상의 차림을 실내악이나 독주곡 수준의 오묘한 창조물로 인식한 것은 일상생활에서 발현되는 창조주권을 새롭게 알아차리도록 만든다. 아내가 차려주는 한 접시 반찬을 끼니때마다 새롭게 보는 눈이 뜨였다.

조동일: 베토벤 명곡 초연에 나날이 초대받는 영광을 누리면서 그런 줄 모르고 투정이나 하는 바보가 되지 말아야 한다.


현금석: 전통주 실습 강좌에 등록하고 술 빚기를 배울 때 강사가 노상 말했습니다. "밥보다 떡이고, 떡보다 술입니다. 음식의 최고 정수는 술인데, 우리 시대는 술이 타락했습니다. 서민대중은 값은 싸나 맛과 향이 저열한 소주나 막걸리로 배를 채우고, 돈푼이나 있고 행세깨나 하는 사람들은 터무니없이 비싼 양주나 폭탄주로 자신의 우월한 계급을 과시합니다. 사업이나 사교 자리에 등장하는 술이 제대로 된 술 노릇을 못 하는 것이 우리 시대의 비극입니다." 술 마시기를 좋아하는 사람이 있다면 각자 집에서 술을 빚어 보기를 권합니다. 명절 차례와 조상 제사 지낼 때 직접 빚은 술을 올려 보세요. 손님을 대접하거나 친구를 만났을 때 손수 빚은 술을 내놓아 보세요. 삶의 격조가 높아지고 우리 사회 수준이 한 단계 도약할 것입니다. 물론 술은 마시지 않을수록 건강하게 살 수 있습니다. 허나 꼭 술을 마셔야 한다면 사먹는 술은 사양하고 家釀酒(가양주) 드시기를 권합니다. 우리 집엔 知己(지기)가 보내준 惜呑酒(석탄주, 너무 맛있

어서 삼키기가 아깝다는 뜻) 서너 병이 있습니다. 저는 평생 마실 술을 이미 끝낸지라, 저 대신 제 처가 매일 저녁 한 잔씩 홀짝거립니다. "여보오! 어쩜 술맛이 이리 좋아요. 호호호!" 참고로 말씀드리면 제 처는 제가 술독에 빠졌을 땐 한 모금도 입에 댄 적이 없는 사람이었습니다.

조동일: 오묘한 전통예술이 하나 사라지니 아쉽습니다.

● ● ● ● ●


## 1-7 시대변화

창조주권은 삶의 전 영역에서 발현한다. 인간관계, 윤리와 가치, 사회구성, 국가의 안위, 생산과 분배, 역사 발전이 이에 포함된다. 관심의 양상은 한결같지 않고 시대에 따라 달라져왔다. 변화의 개요를 대강 살피고 오늘날은 특히 무엇이 문제인지 고찰해보자.

나와 남이 우리를 이루어 가까이 지내는 시대가 오래 지속되었다. 여러 사람이 한 방에서 기거하는 것이 당연하다고 여겼다. 개인 집에서만 그런 것이 아니고, 지나가다 주막에 들러 잠자리를 구하는 사람들도 한 방에서 같이 잤다. 처지와 관심이 달라서 하는 말이 엇갈릴 수 있어도, 창조주권의 대립이 아닌 화합을 확인하는 것이 예사였다.

집과 마을과 이어져 있었다. 이웃집이 자기 집의 확대판이라고 여겼다. 지나가다가 들러 이야기를 나누고 밥을 같이 먹었다. 지체가 낮은 사람들일수록 사이가 더 좋았다. 남자들보다 여자들이 더욱 친밀하게 어울렸다. 자기 일이 마을 일이고, 마을 일이 자기 일이라고 여겨 협동이 자연스럽게 이루어졌다. 창조주권의 공동체를 이루었다.

오늘날은 어떤가? 사는 형편이 나아져 집이 넓어지고, 방이 많아졌다. 얼마 되지 않은 가족이 각기 자기 방에서 기거한다. 도시의 아파트는 폐쇄되어 있는 정도가 가장 심하다. '프라이버시'(privacy)라는 괴물이 바다를 건너와서 저승 차사 아우 노릇을 한다. 독거노인이 고독에 시달리다가 죽어도 알지 못하게 한다. 소통 부재가 마음을 불안하게 한다. 사람을 독방에 오래 가두면 두뇌가 망가진다는데, 스스로 독방을 택해 괴로움을 자초한다.

사람들끼리 만나려면 특별한 약속을 해야 한다. 만나는 곳은 각자의 집과 멀리 떨어진 제3의 장소인 것이 예사이다. 협동은 생활의 일부가 아니고, 특별한 경우에만 제한된 방식으로 이루어진다. 불우이웃을 돕는 자원봉사자라는 사람들이 따로 있다. 창조주권이 단절된 상태에서 서로 경계하고 경쟁하는 데 쓰여 최악의 사태가 빚어진다.

편지를 쓰지 않게 되어 글 쓰는 능력이 마멸된다. 신문을 구독해 열심히 읽으면서 분개도 하고 독자 투고를 해서 주장하는 바를 알리려고 나서는 관습도 쇠퇴하고 있다. 텔레비전을 세상과 만나는 창문으로 삼고, 영상물 상품 수요자의 선택권을 행사하는 것으로 만족한다. 연극을 보면서 환호성을 지르던 시대도 지나갔다. 이따금 영화관을 찾아가 조용히 앉아 구경을 하고 말없이 일어나 돌아온다.

이처럼 창조주권이 극도로 위축된 상태에 이르자 반전이 나타난다. 인터넷이라는 것은 영화나 텔레비전의 축소판인 것 같지만 아주 다르다. 일방적인 전달자가 아니고 반론을 허용한다. 올라 있는 것을 그냥 보고 있지 않고 댓글을 단다. 댓글은 수용자가 창조자이게 하는 역전을 감행한다. 죽어 있던 창조주권이 살아나게 한다. 글쓰기를 다시 하도록 한다.

모처럼 써서 신문사에 보낸 독자 투고가 쓰레기통에 들어가는 수모를 겪지 않아도 된다. 전화를 걸어 항의를 하는 촌스러운 짓도 그만둘 수 있다. 창조주권을 댓글 쓰기로 발휘해 기사나 논설이 잘못되었다고 당당하게 나무랄 수 있다. 세상일을 시비의 대상으로 삼고, 어떤 권위도 인정하지 않는다. 잘못되었다고 생각되면 풍자하고 규탄하고 훈계한다. 말솜

씨나 글재주를 마음껏 자랑한다.

댓글만이 아니다. 누구나 별도로 자리를 마련하고 자기 글을 올릴 수 있다. 신문사를 만들고 방송국을 개설하는 것 같은 일을 자본을 들이고 인가를 받지도 않고 아주 쉽게 자유롭게 한다. 유튜브 방송이 동영상을 내보내 관심을 더 끈다. 새 시대의 총아로 등장해 대단한 파급력을 가진다.

나도 책을 쓰고 논문을 내는 데 그치지 않고 홈페이지를 개설해 글을 올리고 문답을 한다. 그래도 갑갑해 유튜브 방송을 하기로 했다. 많은 사람과 직접 만나고 있다. 책이나 글보다 더 넓은 세계로 나아가, 나의 창조주권이 공동의 관심사를 새롭게 다루어 각성의 수준을 높이는 데 기여하는 것을 보여주고자 한다.

댓글, 홈페이지, 유튜브 방송은 창조주권을 주고받으면서 개인과 공동체가 다시 연결될 수 있게 한다. 그 범위가 마을을 넘어서고, 나라 안에 국한되지 않으며, 세계로 열려 있다. 그러나 직접 만나는 것은 아주 제한되어 있다. 한 마을로 좁아진 지구촌에 사는 사람들이 짝이 아니면 모두 각기 자기 방에서 기거해 방이 무한히 많아야 한다. 집을 아무리 많이 지어도 모자라 자연 파괴가 가속화된다.


  ◎ 댓글과 답글


윤동재: 댓글도 창조주권의 행사이고, 창조주권의 행사를 통해서 서로 어울려 살 수 있고, 외로움을 이겨낼 수 있고 새로운 문화를 창조할 수 있다는 말씀 감사합니다. 댓글은 누군가를 힘 나게 하는 일이고 누군가의 삶을 실답게 하는 일이라는 것을 마음에 새기겠습니다. 그리고 다른 분들의 댓글도 열심히 읽어보겠습니다.

조동일: 댓글이 대등사회로 나아가는 길을 여는 데 앞장서서 다행입니다.

임재해: 마을공동체의 해체에 따른 공동체의 창조주권이 위축된 현실을 극복하는 대안문화로 인터넷을 이용한 양방향 소통을 주목했다. 온라인 댓글과 유튜브, 소셜미디어 등은 누구나 창조주권이 보장된 공간이며, 비대면 공동체를 실현할 수 있는 공간이다. 마을공동체의 해체와 디지털 공동체의 생성은 생극론에 입각해 있는 현상이다.

조동일: 더 자세하게 살펴야 할 변화를 대강 살펴 미안하다.


현금석: 친척, 동네 이웃, 직장동료 관계가 많이 변했습니다. 60년대만 해도 부모님을 따라 친척집을 방문하면 통상 일주일씩 머물고 친척집 또래들과 동네방네 돌아다니며 뛰어놀았는데, 지금은 집안 어른들은 경조사 때나 만나고 아이들끼리 만나도 데면데면 지내는 경우가 많습니다. 무소식이 희소식이라는 말이 친척 관계에 딱 어울리는 세상이 되었습니다. 같은 동네에 사는 이웃들은 경조사는 물론이고, 일상도 공유하며 살았는데, 지금은 같은 아파트 같은 라인에 살아도 경조사는커녕 일상 대화도 단절된 채 살고 있어 이웃사촌이란 말은 옛말이 되어버렸습니다. 80년대 중반 제가 근무한 학교생활을 돌아보면 마음 맞는 동료교사들끼리 학교 밖에서도 자연스럽게 만나 어울렸습니다. 지금은 자연스런 모임은 고사하고 미리 시간 약속을 해도 연기되거나 불발되는 경우가 잦으니 1인 소유 자가용이 보편화 되면서 일어난 현상이라 하겠습니다. 이로 보면 비대면 인간관계가 대세를 이룬 것처럼 보이지만 꼭 그렇지도 않습니다. 동네 이웃 유대 대신 종교단체 모임이 위세를 떨치고, 친척 모임 대신 취미나 취향을 공유하는 온라인 오프라인 모임이 활성화되었으니, 사람이란 얼굴을 대하건 아니 대하건 서로 어울려 살지 않을 수 없는 존재가 아닐까 합니다.

조동일: 그래서 무엇을 잃어버렸는지 자세하게 살피고 깊이 반성해야 하겠습니다.

백두부: 물질 풍요에 따라 나타나는 몸과 마음과 정신의 타락을 극복하기 위하여 공부, 대화, 토론, 실천이 중요합니다. 조동일문화대학도 큰 일을 하리라고 봅니다,

조동일: 기대에 미치지 못할까 염려합니다.


artistkim07: 한 방에서 형제자매가 한 이불을 덮고 자면서 몸을 부벼, 가난했지만 외로움을 모르던 때를 생각합니다. 그런 삶을, 유튜브를 통한 소통으로 시대에 맞게 재현하고자 하는 깊은 뜻이 느껴져 앞으로 강의가 기대됩니다. 갇힌 상자에서 나와 세상과 연결될 것 같아요.

조동일: 자유천지에서 기쁨을 누린다고 뽐내는 오늘날의 사람들은 각자 자기의 자폐 상자에 갇혀 있는 외톨이입니다. 밖으로 나와 남들과 만나고 소통해야 살아날 수 있습니다. 경쟁에서 이기려고 차등론에 사로잡히지 말고, 서로 필요해 돕고 사는 대등론을 실현해야 기쁘고 행복합니다.

● ● ● ● ● ●


## 1-8 인공지능과의 경쟁

알파고와 이세돌의 바둑 대국의 기억이 생생하다. 이것은 누구나 관심을 가지지 않을 수 없는 세계사의 대사건이다. 이 사건이 무엇을 말해주는지 논의하는 데 나도 동참하고자 한다. 인공지능과 창조주권의 관계를 깊이 생각하지 않을 수 없다.

인공지능과의 시합에서 이세돌이 져서 사람이 무력하게 되었는가? 인공지능이 이기도록 한 것이 사람이 한 일이다. 지시보다 학습이 우월한 것을 입증했다. 바둑에서 이기는 작전을 하나하나 지시했더니 인공지능이 하수에 머물렀다. 지시하지 않은 작전은 할 수 없어서다. 모든 작전을 지

시할 수는 없다. 바둑을 둔 기록인 기보를 무수히 많이 입력했더니 인공지능이 스스로 학습을 해서 고수가 되었다. 그래서 최고수인 이세돌에게 이겼다.

학습을 해서 하는 일은 인공지능에게 맡겨야 하는가? 아니다. 비용이나 능률을 생각해야 한다. 알파고가 이세돌에게 이기게 하려고 엄청나게 많은 컴퓨터를 동원했다. 비용을 낭비하고 능률을 무시했다. 이세돌은 4:1로 졌지만, 머리나 긁적이고 잠시 생각하면서 바둑을 두어 비용이나 능률에서 압도적인 승리를 거두었다. 컴퓨터를 엄청나게 많이 만들어 자원을 낭비하고 자연을 파괴하지 말고, 사람이 살 공간을 남겨두고 환경을 지켜야 한다.

바둑은 인공지능의 위력을 널리 알리기 위해 선택한 본보기이다. 인공지능이 바둑에서 이기기 위해 비용을 낭비하고 능률을 무시한 것은 시험 삼아 해본 일이므로, 물고 늘어지면 어리석다. 컴퓨터를 엄청나게 많이 동원해도 얻는 효과가 워낙 커서 비용을 낭비하지 않고 능률이 높은 경우도 있다. 사회적으로 아주 중요한 업무를 사람보다 인공지능이 더욱 정확하게 정실에 치우치지 않게 말썽이 일어나지 않게 처리할 수 있다.

의사의 진료나 법관의 재판이 바로 이런 분야라고 한다. 그 어느 쪽이든 전례를 거의 다 알고 최상의 판단을 내려야 한다. 이렇게 하는 것은 사람의 능력을 넘어서므로 인공지능에 맡겨야 한다는 주장이 설득력을 얻고 있다. 많은 사람이 가장 선망하는 직종인 의사나 법관이 인공지능 때문에 밀려나는 충격적인 사태가 벌어진다.

이것을 결말로 받아들이지는 말아야 한다. 모든 질병이나 범죄를 전례에 의해 판단하면 되는 것은 아니다. 전례가 없는 질병이나 범죄가 나타나, 인공지능을 물리치고 사람의 창조주권이 앞으로 나서지 않을 수 없게 한다. 지금까지의 사고를 뒤집고 새로운 출발을 하는 획기적인 결단을 요구한다. 기존의 학문을 파괴하고 새로운 학문을 이룩하려고 끊임없이 혁신하게 한다.

전례 없는 신종 코로나바이러스가 심각한 질병을 일으키고 있다. 새로운 대처 방법을, 기존 의학의 아성을 깨고 획기적이고 종합적으로 강구해야 한다. 예상하지 못하던 기괴한 성범죄가 나타나 감당하기 어려운 충격을 준다. 법률문제의 고유한 영역을 고수할 수 없고, 온 사회의 창조주권을 최대한 발현해 총체적인 해결책을 찾도록 하는 것을 알아차려야 한다.

인공지능도 가능한 수준의 학습을 넘어서서, 사람만 지닌 창조주권의 진가를 발휘하는 학문을 힘써 해야 하는 이유와 과제가 계속 제시된다. 학문은 지금까지 해온 작업에 안주하지 않고 이룩한 성과를 크게 넘어서서 혁신을 거듭해야 할 일을 하고 가치가 인정된다. 인공지능을 실험의 대상으로 삼는 작업에서 더 나아가, 마구 얽혀 있는 크고 중요한 문제를 발견하고 해결하기 위한 고차원의 노력을 해야 한다. 학문은 누적되어야 한다고 하면 할 일을 하지 못하고 밀려난다. 누적이 아닌 혁신을 해야 학문의 창조주권이 되살아나 세상을 구할 수 있다.

변증법이 가장 앞선 이론이라고 하는 주장은 부당하다고 선언하고, 음양론을 재발견했다. 음양론을 생극론으로 발전시키고, 생극론이 대등론이기도 하게 하는 작업을 추가한다. 대등론에 입각해 창조주권을 발현하는 것을 더 큰 과업으로 삼고, 코로나바이러스에 대응하고 기괴한 성범죄에 대처하는 총체적인 방책을 찾기까지 한다. 사정이 다급한 줄 알고 이 글을 서둘러 쓰고 방송을 한다.

학문은 자만하지 말고 예술 앞에서 머리를 숙여야 한다. 학문은 지금까지 해온 것보다 더 나아야 유효하고 가치가 인정되지만, 예술은 지금까지 해온 것과 달라야 한다. 무슨 문제를 해결하겠다고 나서지 않고, 無用(무용)이 有用(유용)임을 입증한다. 사람의 창조주권이 무한히 다채롭다는 것을 보여주어, 예술은 최대로 유용하다.

● 댓글과 답글

Donghyun Lee: 남들처럼 변증법을 맹목적으로 추종하지 않고, 음양론의 재발견을 통한 생극론의 재창안, 창조주권을 바탕으로 한 대등론의 실천론, 문학론에서 학문론, 문명론으로 이어지는 조동일 교수님의 필생의 행보에 경의를 표합니다. 젊은이보다 더 젊은 사고를 하셔서 놀랍습니다.

조동일: 수입학을 창조학으로 바꾸어놓는 것이 창조주권 발현의 당면 과제입니다. 변증법의 편향성은 생극론이라야 시정합니다. 생극론은 대등론으로, 창조주권론으로 나아가게 되어 있습니다. 젊음은 탐구 의욕으로 결정되며 나이와는 무관합니다.


현금석: 인공지능에서 출발해 예술로 나아갔습니다. 연결고리가 너무 축약돼 읽는 사람이 내용을 채울 수 밖에 없습니다. 동아시아의 예술철학의 보물창고인 《莊子》(장자) 한 단락 인용합니다. 혜자가 장자에게 말했다: "그대의 말은 쓸모가 없소." 장자가 말했다: "쓸모가 없는 것을 알아야 비로소 쓸모를 말할 수 있소. 무릇 땅이 넓고 크지 않은 것은 아니지만 사람이 걸어갈 때 쓸모가 있는 것은 발을 딛는 곳일 뿐이라오. 그렇다고 발을 딛고 있는 땅만 빼놓고 그 옆에 있는 땅을 몽땅 파내어 지구 반대편까지 이른다면 사람들은 그래도 발을 딛고 있는 땅만 쓸모가 있겠소?" 혜자가 말했다: "발을 딛고 있는 땅만으론 쓸모가 없겠지요." 장자가 말했다: "그렇다면 쓸모없는 것이 쓸모 있음이 또한 분명하지요."(惠子謂莊子曰: "子言無用." 莊子曰: "知無用而始可與言用矣. 夫地非不廣且大也, 人之所用容足耳. 然則廁足而墊之致黃泉, 人尚有用乎?" 惠子曰: "無用." 莊子曰: "然則無用之爲用也亦明矣.")(《莊子》雜篇〈外物〉)

조동일: 쓸모 없는 것이 쓸모 있다고 누구나 일상생활에서 직접 깨달을 수 있습니다. 알고 보면, 우리 모두 장자입니다.

임재해: 사람들은 인공지능 시대를 전망하면서 두 가지 걱정을 한다. 하나는 인공지능에 의해 일자리를 잃게 된다는 것이며, 둘은 인공지능이 인간을 지배하게 된다는 것이다. 따라서 이 두 걱정을 한꺼번에 해결하려면 인공지능을 지배하는 1%의 인간이 되어야 한다는 주장을 펴기도 한다. 이 주장은 결국 99% 예사 인간의 문제를 제쳐둔 채 1%의 인간이 되어서 세계를 지배하는 특권자가 되어야 한다는 반민주적 발상에 머물러서 인공지능의 지배를 정당화하고 있다. 이 강의는 코로나바이러스와 기괴한 성범죄와 같은 두 가지 현실적인 보기로 인공지능의 한계를 지적한다. 아무도 예측하지 못한 일이 끊임없이 일어나는 것이 현실인데, 기존 지식의 습득 능력이 뛰어난 인공지능이라 하여 미래에 일어날 여러 가지 알 수 없는 일까지 잘 해결할 수 있는 것은 아니다. 따라서 인간의 창조적 활동과 학문적 연구 역량은 앞으로도 계속 필요하다. 그러므로 인공지능 시대가 가져올 부작용이나 역기능도 인간의 창조적 사고로 예측하고 인공지능을 주체적으로 활용하는 발전적 대책도 인간의 창조력에 의해 마련할 수 있다. 유용성을 겨냥하지 않는 무용한 예술의 창조력은 더 말할 나위도 없다.

조동일: 그렇다. 유용성을 겨냥하지 않는 무용한 예술의 창조력이 인류의 자랑이고 장래의 희망이다.

　　　　· · · · · ·


## 1-9 바이러스 역병

인류는 지금 두 가지를 크게 염려하고 있다. 하나는 인공지능이고, 또 하나는 바이러스 역병이다. 인공지능이 너무 발달해 사람을 하인으로 부리는 주인 노릇을 하지 않을까? 바이러스 역병이 지구 끝까지 창궐해 모두 피해자가 되지 않을까? 세계 어디 사는 사람이라도 이렇게 염려하면서 불안해하고 있다.

인공지능과 바이러스는 나란히 거론할 수 없을 것 같다. 인공지능은 사람이 만들어냈으므로, 발전 과정을 알고, 위험을 예견할 수 있다. 더 늦기 전에 없애면 되는 것을 그대로 두어 불안이 커진다. 바이러스 역병은 사람이 만들어내지 않아, 발전 과정을 알지 못한다. 예견하지 않고 있던 위험이 갑자기 닥쳐왔다. 더 늦기 전에 없애는 것이 가능하지 않다.

과연 그런가? 바이러스 역병도 사람이 만들어냈다. 야생동물을 함부로 건드린 것이 화근이다. 야생동물을 함부로 건드려 야생동물에만 있는 바이러스가 사람에게 옮아 변종이 되어 일으킨 역병이 유행한다는 사실이 밝혀지고 있다. 함부로 건드는 짓을 이중으로 했다. 야생동물 서식지를 침해하고, 야생동물 식용을 확대했다. 둘 다 인간은 동물을 마음대로 학대할 수 있다는 오만의 발로이다.

학문의 역량이 우주의 생성을 밝히는 데까지 나아갔다고 자랑하면서 발밑에서 무슨 일이 일어나는지는 모르고 지내왔다. 가해에는 자해가 수반되고, 자연을 파괴하면 인간이 위험해진다. 아주 오래전부터 알고 있던 이런 이치가 과학의 발전을 자랑하면서 인간이 더욱 오만해져 망각되고 있다. 발전이 후퇴를 가져와 곤욕을 치르고 있다.

옛사람들이 한 말을 들어보자. 홍대용洪大容은 사람에게는 사람의 예의가 있고, 짐승에게는 짐승의 예의가 있으며, 자기를 소중하게 여기는 것은 마찬가지라고 했다. 박지원朴趾源은 매미가 나무 위에서, 지렁이가 땅속에서 소리를 내는 것이 사람이 글을 읽는 것과 다를 바 없다고 했다. 최한기崔漢綺는 "날짐승·길짐승·물고기·파충류도 운화의 가르침을 실현하면서 살아간다"(禽獸魚龍 皆有運化之敎 以遂其生)고 했다.(〈禽獸有敎〉)

운화란 천지만물의 운동과 변화이다. 사람과 다른 생명체가, 생명과 무생물이 모두 운동하고 변화하면서 존재하고 성장한다. '운화의 가르침運化

之敎'이란 자기의 일방적인 확대를 능사로 삼지 않고, 다른 쪽을 존중하고 조화를 이루는 도리를 일컫는 말이다. 누가 가르쳐서 이런 도리를 알게 되는 것은 아니다. 존재하고 성장하는 것 자체에서 운화의 도리가 실현되므로, 자연과 생명이 둘이 아니다.

운화의 도리를 어기고, 가해를 자행하면 가해가 자해를 불러와 자멸하게 된다. 역병 바이러스 가운데 독성이 강한 것은 일찍 사라지고, 독성이 약한 것은 오래 남는다고 한다. 바이러스는 혼자 번식할 수 없어 무생물이다가, 동물의 세포 안에 들어가면 생물이 되어 번식한다. 무생물이기도 하고 생물이기도 한 바이러스도 가해를 지나치게 하면 가해가 자해를 불러와 자멸하게 되는 것이 너무나도 놀랍지만 지극히 당연하다. 자연과 생명이 둘이 아님을 입증하고, 천지만물은 같은 원리로 운화한다는 것을 알려준다.

역병 바이러스를 박멸하려는 강경책을 쓰면 인간이 자멸을 재촉한다. 역병 바이러스와 잘 지내야 편안하게 지낼 수 있다. 바이러스도 인간도 지구의 구성원 명단에 당당하게 올라 있고, 특성이 극과 극인 점이 대등하다는 것을 내키지 않더라도 인정해야 한다. 크고 작은 것을 차등의 이유로 삼지 말고, 작은 것은 빠르고 큰 것은 느린 그 반대의 사실도 알아야 한다.

역병 바이러스를 없앨 수는 없다. 없애겠다고 하는 생각을 없애야 한다. 바이러스와 상극하면서 상생하고 상생하면서 상극하는 관계여야 하는 것을 알고, 적대시해서 상극을 확대하지 말고, 받아들여 상생의 이익을 나누어야 한다. 무지와 오만을 반성하고, 욕심을 줄여야 한다.

인간이 가장 우월한 존재여서 다른 모든 것을 지배할 수 있다고 하는 독선적 차등론을 버려야 한다. 공룡은 너무 거대해져서 멸종했다. 이런 사실을 알고 깊이 반성해야 자멸하지 않는다. 발전이 후퇴를 가져와 곤욕을 치르고 있는 데서 단호하게 벗어나야 한다.

차등론을 버리고 대등론을 실현해 모든 생명체와 다정하고 평화롭게 지내야 한다. 이런 마음가짐이 무생물에게까지 미쳐야 한다. 바이러스는 생물과 무생물 사이에 간격이 없다는 위대한 가르침을 베풀고 있다. 역병 바이러스에게 시달리는 불운이 이런 행운을 가져왔다.

● 댓글과 답글

백두부: 사람 마음이 기계 마음이 될까봐 기계를 쓰지 않는다는 옛 현인은 앞날을 내다보는 안목이 있었습니다.

조동일: 기계를 쓰면서 대등한 관계를 가지는 것이 현명합니다.

현금석; 천지만물 대등론이 종교에도 적용되어야 할 것입니다. 지금까지의 기존 종교가 인간만의 구원을 말해왔다면 21세기 종교는 천지만물의 구원을 포함해야 한다고 생각합니다. 더 나아가 구원이라는 언어유희에 매이지 않는 스스로 그러한 종교의 출현이야말로 새로운 종교 혁명일지도 모릅니다. 철학이 아니어야 철학이듯 종교가 아니어야 종교일 테니까요.

조동일: 그렇습니다. 차등론을 버리고 대등론을 일관하는, 종교가 아닌 종교를 희구합니다.

김영숙: 선천적 차등론 "천지지간 만물 가운데 오직 사람이 가장 귀하다"는 것을 어려서부터 가르치고 배워왔기에, 옛 공부를 한 사람들의 몸에 젖어있는 듯합니다. 자연에 대한 오만을 버리고 자연과 더불어 살아가야 한다는 말씀에 공감합니다.

조동일: "천지지간 만물은 모두 귀하다"는 것으로 말을 고쳐, 새로 가르치고 배워야 합니다.

박영미: 바이러스가 생물과 무생물의 간격이 없다는 위대한 가르침을 베풀었다고 하신 표현에 놀랍니다. 대등론이 모든 생명체와 다정하고 평화롭게 지내야 한다고 하는 표현이 따뜻합니다.

조동일: "모두 귀한 천지지간 만물"에 생물뿐만 아니라 무생물도 포함되어야 한다는 가르침을 바이러스가 베푼다고 하면 말이 너무 심한가요?

임재해: 바이러스 돌림병은 예측하지 못한 뜻밖의 사태로 알고 불안해하고 있다. 그러나 바이러스 역시 인간의 오만에서 비롯된 사실이라는 것을 지나치고 있다. 인간과 천지만물의 운화에 따라 바이러스도 발생한다는 사실을 알게 되면, 예방도 치료도 가능하다. 가해가 자해를 불러온다는 논리는 인간과 바이러스 모두에 해당된다. 따라서 바이러스를 박멸할 것이 아니라 대등한 상생의 길을 찾아야 하는 것이 인간의 창조력이다. 인간의 창조력은 바이러스 창궐의 불운을 행운이 되게 하는 일도 가능하다. 그러므로 창조주권의 자각과 발현이야말로 인류의 희망이다.

조동일: 바이러스 역병은 인간이 어리석은지 슬기로운지 시험하고 있다.

Nam Gyu Kim: 코로나에게서 그런 역설적인 가르침을 받을 수도 있군요. 존재하는 모든 것들이 존재의 이유가 있으니. 인간만이 유일하고 가치로운 것이라는 생각을 중심으로 하는 오만에서 벗어나야 합니다. 모두가 조화롭게 공존해서 살아가는 것의 가치를 일깨우는, 지혜로운 말씀 나눔이 기쁘고 따뜻합니다.

조동일: 코로나 바이러스가 인류를 무지에서 구출하는 은사이다. 이렇게 생각하면, 차등론이 일제히 무너집니다. 번뇌망상도 함께 사라집니다. 부처님이 득도할 때 얻은 희열이 만인의 일상사가 됩니다.

◉ ◉ ◉ ◉ ◉ ◉

## 1-10 천부인권과 창조주권

천부인권과 창조주권의 관계를 생각해보자. 천부인권은 보장되고, 창조주권은 발현한다. 보장은 피동이고, 발현은 능동이다. 천부인권에서는 사람이 피동적인 존재이고, 창조주권에서는 사람이 능동적인 주체이다.

천부인권은 누구에게나 다르지 않게 일제히 보장되어야 한다. 차이를 넘어서는 단일화를 전면적으로 실행해야 한다고 하는데, 이것은 가능하지 않다. 가능하지 않은 것을 가능하게 하려고 하니, 좋게 말하면 이상론이고 나쁘게 말하면 억지이다.

창조주권은 차이를 소중하게 여긴다. 각기 다른 사람들이 자기가 좋아하는 창조를 하는 권리나 능력이 창조주권이다. 창조주권을 행사하려면 단일화 또는 획일화를 거부해야 한다. 독자적인 선택을 해야 하고, 다양성을 각기 자기 나름대로 빛나게 구현해야 한다.

사람은 존귀하고 미천한 차이가 있고 현명하고 어리석은 정도도 다르다고 하는 차등론이, 오랫동안 군림하는 위치에 있으면서 많은 폐해를 빚어냈다. 사람은 누구나 천부인권을 지녔다고 하는 주장은, 차등론이 부당하고 평등론은 정당하다는 반론이다. 귀천이나 현우의 차등이 엄연히 존재하는 것을 말로만 부정하니 관념적 환상이라고 하지 않을 수 없다.

창조주권은 귀천이나 현우를 말로만 부정하지 않고 사실로 받아들여, 그대로 두지 않고 안에 들어가 뒤집는다. 미천한 처지를 각성과 분발의 근거로 삼아, 고귀한 창조를 이룩한다. 어리석다는 사람이 슬기롭고, 슬기롭다는 사람이 어리석은 것을 보여주는 역전도 이룩한다. 귀천·현우의 상위자가 잘났다는 착각에 사로잡혀 스스로 만들어낸 장애가 없어, 하위자는 이런 비약을 이룩할 수 있다.

이렇게 하는 원리는 대등론이다. 차등론을 부정하는 대안은 평등론이 아니고, 대등론이어야 한다. 유럽에서는 평등론이 가장 앞선 사상이라고 자랑하는데, 동아시아는 대등론을 오랜 전통으로 삼았다. 평등론은 타당성을 소리 높여 외치는 말이 모두 동어반복이고, 대등론은 드러내 말하지 않는 가운데 거듭 새롭게 창조되어왔다.

평등론은 단일 노선의 평화를 막무가내로 관철시키겠다는 싸움을 벌이고, 대등론은 서로 상반된 것들을 포용하면서 화합하는 것을 임무로 삼는다. 정치권력의 힘으로 평등론을 관철시키려고 상극을 극대화하는 사태를 크게 염려하지 않을 수 없다. 상극에서 상생으로 전환하는 과업을 대등론이 맡아 나서서, 세계사의 진행 방향을 다시 설정해야 한다.

나는 책을 여러 권 써서, 평등론과 대등론의 차이를 말하고, 동아시아의 평등론이 거듭 새롭게 창조되어온 내력을 줄곧 밝혀왔다. 특히 주목할 만한 것을 가져와 재론한다. 홍대용은 금수나 초목이 사람과 대등하다고 했다. 사람 사는 세상에서는 크고 작은 나라가 모두 대등하다고 했다.

"무리를 지어 다니면서 서로 불러 먹이는 것은 금수의 예의이고, 떨기로 나며 가지가 뻗어나는 것은 초목의 예의이다. 사람이 동물을 보면 사람이 귀하고 동물이 천하지만, 동물이 사람을 보면 동물이 귀하고 사람은 천하다. 하늘에서 본다면 사람과 동물이 균등하다." "하늘이 내고 땅이 길러주며, 무릇 혈기가 있는 자는 모두 사람이고, 여럿 가운데 뛰어나 한 나라를 맡아 다스리는 자는 모두 임금이고, 문을 거듭 만들고 해자를 깊이 파서 강토를 조심하여 지키는 것은 다 같은 국가이다. 하늘에서 본다면 어찌 안팎의 구별이 있겠느냐?"(〈毉山問答〉)

사람뿐만 아니라 금수나 초목 등의 모든 생명체는 자기가 존귀하고 상대방은 미천하다고 여기고, 자기는 안이고 상대방은 밖이라고 한다고 했다. "하늘에서 본다면"이라는 말을 써서, 제3자의 공평한 시점에서 판정한다고 하고, 논의를 총괄했다. 귀천이나 내외의 구분이 고정되어 있고 절대적이라고 하는 차등론은 부당하고, 가변적이고 상대적이라고 하는 대등론이 타당하다고 해야 하는 이유를 분명하게 밝혔다.

"쇠똥구리는 쇠똥 뭉치를 자기 나름대로 사랑하고, 검은 용의 여의주를 부러워하지 않는다. 검은 용 또한 여의주를 가지고 스스로 자랑하면서 저 쇠똥구리의 뭉치를 비웃지 말아야 하리라."(〈蜣螂〉) 李德懋(이덕무)가 남긴 이 짧은 글은 대등론의 이치를 더욱 분명하게 밝힌다. 쇠똥구리의 쇠똥 뭉치와 검은 용의 여의주는 최하이고 최상인 차이점이 있다고 하지만, 둥근 물체라는 점은 같다. 쇠똥구리든 검은 용이든 각기 사는 방식이 다르고, 필요한 것이 따로 있으므로 상대방을 부러워할 필요가 없다.

쇠똥구리는 쇠똥을 먹이로 삼아 누구에게 피해를 주지 않고 환경을 정화한다. 검은 용은 권능을 높이고, 약자들을 멸시하고 두렵게 여기도록 하기 위해 여의주라고 하는 요상한 물건이 필요하다. 쇠똥구리 같은 하층민은 선량할 수밖에 없고, 검은 용 같은 지배자는 악독하게 마련이다.

여의주를 희롱하면서 하늘에 날아오르는 용은 잠시 동안 득세한다. 중력의 법칙을 어기는 짓을 오래 할 수 없다. 땅에 붙어 천천히 움직이는 쇠똥구리는 천지만물이 천연스럽게 움직이는 모습을 있는 그대로 보여주고 있다. 자연을 거역하는 강자는 단명하고 순응을 일삼는 약자는 삶을 무리 없이 이어나가, 승패가 역전되는 것이 필연이다.

● 댓글과 답글

윤동재: "창조주권은 차이를 소중하게 여긴다. 각기 다른 사람들이 자기가 좋아하는 창조를 하는 권리나 능력이 창조주권이다. 창조주권을 행사하려면 단일화 또는 획일화를 거부해야 한다. 독자적인 선택을 해야 하고 다양성을 각기 자기 나름대로 특이하게 구현해야 한다." 무릇 모든 가정 교육, 모든 학교 교육이 나아갈 바를 명쾌하게 말씀해 주셨습니다. 천 번 만 번 공감합니다. 교육부 장관이나 교육부 장관이 되려고 하는

사람은 억만 번 읽어봤으면 합니다. 교사나 교사가 되려고 하는 사람도 억만 번 읽어봤으면 합니다. 저는 많이 모자라기 때문에 십억만 번 읽겠습니다.

조동일: 각기 다른 사람들이 자기가 좋아하는 창조를 이미 하고 있는 것을 무슨 발견이나 되는 듯이 말했을 따름입니다. 내 글을 읽지 않고 실행을 더 잘하는 분들에게 누를 끼친 것 같습니다.

이복규: 천부인권을 전제로 하는 기독교 교회에서, "각자의 재능(은사)대로 섬기라, 높고 낮음이 없다"고 합니다. 각각의 지체가 제 구실을 하여 전체인 교회를 이룬다는 가르침이 천부인권 속에서의 대등론이라 설명할 수 있겠다는 생각이 듭니다.

조동일: 천부인권론은 인권을 준 쪽과 받은 쪽의 절대적 차등을 전제로 하므로, 대등론과 전연 다릅니다.

임재해: 천부인권과 창조주권을 피동성과 능동성, 이상론의 평등과 현실론의 대등, 획일성의 억지와 다양성의 융통, 관념적 환상과 현실적 실상, 단일화의 평화와 상이함의 조화, 고정적 평등론과 가변적 대등론으로 대비하여 논의함으로써, 천부인권의 평등론이 지닌 한계를 극복하는 대안이 창조주권의 대등론이라고 설득한다. 창조주권론이 대등론을 입증하고 대등론이 창조주권론을 입증하는 상생의 논리를 이루고 있다. 대등론의 본론 전개가 기대된다.

조동일: 말을 쉽고 실감나게 해야 합니다.

현금석: 쇠똥구리는 민중이고 검은 용이 권력자라고 한다면, 부당한 권력을 함부로 행사한 정치권력자를 민중이 연대해 무너뜨린 것이 2017년 촛불혁명이라고 하겠습니다. 촛불혁명은 민중의 선택을 받은 정치권력자

가 함부로 권력을 남용해서는 아니 된다는 민중의 선언이자 심판이었습니다. 정치권력은 공적으로 사용되어야 하며 사적으로 남용될 수 없다는 최소한의 도덕성의 기준을 세운 도덕 혁명이라고도 할 수 있습니다. 김영삼 문민정부 시절 군부세력이 물러나고 현정부 들어 정보기관이 제자리를 잡아가고 있지만 아직도 갈 길이 멉니다. 우리 사회 곳곳엔 여전히 자신이 가진 권력을 남용하는 세력이 포진해 있습니다. 선출되지 않은 검찰 권력과 사법 권력, 권력부의 다른 한 축을 담당하는 언론 권력, 인간의 허약함을 파고드는 종교 권력, 혁신을 거부하는 학문 권력 등이 대표적인 제도권 권력들입니다. 조동일 문화대학이 유튜브라는 쌍방향 의사소통방식을 통해 천부인권을 대체하는 창조주권을 강의하고 있는 지금 이 자리가 바로 또 다른 촛불혁명이라고 생각합니다.

조동일: 지금 하자는 혁명은 촛불혁명과는 아주 다른 본질적인 혁명입니다. 정치는 아무리 민주화되어도 버리지 못하는 차등론을 근본적으로 타파하는 대등론의 혁명입니다. 한국만이 아닌 세계사의 진로를 바로잡아, 인류의 어리석음을 치유하는 가장 큰 혁명입니다. 누구나 참여해 각자의 창조주권을 발현하면서 조용히 진행하는, 혁명이 아닌 혁명입니다.

Youngsuk Chang: 평등론과 대등론에 대한 비유와 정리가 너무 재미있고 공감이 갑니다.

조동일: 그것이 핵심입니다.

● ● ● ● ● ●


1-11 정치주권과 창조주권

나라의 주권은 군주의 권한이라고 하다가 혁명이 일어나고 개혁이 이루어져, 나라의 주권이 국민에게 있다고 하게 되었다. 이것이 국민주권이다. 국민주권을 정치주권이라고 하는 것이, 창조주권과 비교해 고찰하는데 더 적합하다.

정치주권이 무엇인가는 누구나 다 안다. "대한민국의 주권은 국민에게 있고, 모든 권력은 국민으로부터 나온다." 대한민국헌법의 이 조문에 국민의 정치주권이 명시되어 있다. 거의 모든 나라가 헌법에 비슷한 조문을 두고 국민의 정치주권을 보장한다고 한다. 정치주권이 보장되고 실현되는 정도에 따라 국가가 평가된다.

이런 생각이 일반화되어, 정치주권은 최대한의 찬사를 모은다. 국민이 정치주권을 행사해 나라를 다스리니 얼마나 영광스러운가? 이렇게 말하면서 스스로 도취된다. 정치주권의 실상은 어떤가? 정치주권은 대의정치를 통해 실현되고, 선거에서 구체화된다. 모든 국민은 피선거권과 선거권을 가지고 정치주권을 행사한다고 헌법에 명시되어 있다. 피선거권은 소수가, 선거권은 모든 국민이 행사하므로, 선거권이 정치주권의 핵심을 이룬다.

선거를 하면서 어떤 보람을 얼마나 느끼는가? 선거는 후보 가운데 하나를 선택하는 행위이다. 후보를 추가할 수 없고, 선택이 아닌 다른 행위를 할 수도 없다. 제한된 조건에서 벗어나지 못한다. 선거 결과는 다수결로 판정되므로 소수는 들러리를 서고 만다. 피선거권자든 선거권자든 개인의 특별한 식견을 가지는 것은 용납되지 않고 무시된다. 선거는 사실상 단일 후보를 놓고 하는 경우가 적지 않아, 요식 행위일 수 있다. 후보가 둘 이상이라도 예측불허의 백중지세가 아니라면 개인의 선택은 하나마나한 것일 수 있다. 투표는 권리라기보다 오히려 마지못해 수행하는 의무이다.

겉보기로는 모범적으로 이루어지는 것 같은 선거가 사실은 엉망일 수도 있다. 거대 양당이 자기 쪽 동지라는 이유로 자격 미달의 후보를 대거 공천하면 어떻게 해볼 수가 없다. 편향성의 좌우가 아닌 수준의 상하를 가리는, 진정으로 중요한 선택을 하는 것이 원천적으로 불가능하다. 정치인의 수준 향상은 국민에 비해 너무 더디다. 정치인으로 나서면 너무 바빠 제대로 된 책은 한 권도 읽지 못하니 그럴 수밖에 없다. 무면허 운전수가 몰고 가는 버스를 탄 불안을 떨치기 어렵다.

선거는 몇 해만에 한 번씩 있다. 선거가 끝나면 모든 것이 달라진다. 선거 기간 동안 가까이 다가와 한껏 몸을 낮추던 후보가 당선이 되면 멀어지고 높아진다. 당선자가 공약과는 다른 딴 소리를 하고, 투표한 주민을 무시하는 등의 배신행위를 해도 어쩔 수 없다. 배신당하지 않아도, 일반 국민은 정치에서 소외된다. 정치주권이 국민에 있다는 명분론으로 소외를 보상하기는 어렵다.

선거가 없는 기간 동안에는 정치주권이 동면에 들어간다. 보통 정당이나 사회단체를 만들고, 시위를 하고, 청원을 하는 등의 활동은 특별한 사람들이나 한다. 국민 저항권도 정치주권의 하나라고 하지만 행사하기 아주 어렵다. 정치에 관한 발언을 하려고 생업을 돌보지 않고 거리에 나서거나 컴퓨터를 두들겨대는 행태는 정상이 아니다. 정치주권은 명목상 위대할 따름이고 실상은 공허하기만 하다.

정치주권에 매달리면 실망이 누적되고 삶이 활기를 잃는다. 정치주권은 가볍게 여기고 너무 많은 기대를 걸지 말아야 한다. 정치주권만 대단하게 여겨 관심을 집중시키고 창조주권을 망각하는 것은 크게 잘못되었다. 창조주권을 소중하게 여겨야 한다. 창조주권 발현을 삶의 보람으로 삼고 세상이 더 잘되도록 하는 비방으로 활용해야 한다. 정치주권에 매달리다가 누적된 실망을 창조주권이 말끔히 씻어준다. 창조주권 발현은 항시 이루어지고, 소수가 무시되지 않고 개인이 절대적인 의의를 가지며, 양이 아닌 질로 평가된다.

창조주권은 헌법에서 보장한 것은 아니다. 헌법에서 모든 국민은 양심의 자유, 종교의 자유, 언론·출판의 자유와 집회·결사의 자유, 학문과 예술의 자유를 가진다고 했다. 이런 조문에 천부인권과 함께 창조주권이 포함되어 있다는 궁색한 해석을 할 필요는 없다.

태어나고, 생존하고, 호흡하고, 먹고 마시고, 사랑하고, 늙고 죽는 자유나 권리는 헌법에서 말하지 않아 없는 것이 아니며, 당연히 보장된다. 헌법을 만들지 않은 시기나 나라에서도 당연히 보장된다. 창조주권은 이와 같은 것이다. 창조주권을 누구나 일상적으로 행사하면서 자기 삶을 보람되게 하고 세상에 기여하는 것이 가장 기본적인 자유이고 권리이다.

누구나 일상적으로 자기 삶을 보람되게 하고 세상에 기여하는 행위는 특별히 논의할 것이 없다고 밀어두지 말아야 한다. 그 의의를 밝혀 더 잘할 수 있게 해야 한다. 부당하게 폄하되고 무시되는 잘못을 시정해야 한다. 학문 어느 분야에서도 소관사로 삼지 않아 방치해온 가장 소중한 일을 힘써 해야 한다. 이보다 더 중요한 일은 없다고 단언할 수 있다.

정치주권에 관한 논의는 정치학이나 법학에서 야단스럽게 하면서 많은 사람이 밥벌이를 한다. 그 패거리가 창조주권을 노리지는 않으니 다행이다. 창조주권은 철학이나 교육학에서 밥벌이로 삼을 만하다고 여기지 않는 것도 다행이다. 기존의 학설을 열거하지 않고 내 이야기를 직접 하면서, 소속 학계가 없어 모든 사람과 직거래를 하니 행복하다.

　◦　댓글과 답글

윤동재: 텔레비전에 얼굴이 많이 나오는 유명 정치인이 어느 날 지역구 유치원을 방문했다. 원생들은 손뼉을 치며 환호했다. 새싹들의 밝은 모습을 본 그는 흡족해 하며 물었다.

"여러분 내가 누구인지 알아요?"

"네 국회의원요."

그러자 유치원생에게도 인기가 있다고 믿은 그가 다시 물었다.

"그럼 내 이름이 뭔지 알아요?"

그러자 아이들은 하나같이 큰소리로 외쳤다.

"저 새끼요!"

인터넷에 떠도는 유머입니다. 정치인에 대한 실망과 반감을 유치원생의 입을 빌려 표현한 것입니다. 정치인에 대해 실망하고 말 것인가. 아니다. 오늘 강의에서 말씀해 주신 것처럼 "정치주권에 매달리면 실망이 누적되고 삶이 활기를 잃는다. 정치주권은 가볍게 여기고 너무 많은 기대를 걸지 말아야 한다." "창조주권을 소중하게 여겨야 한다. 창조주권 발현을 삶의 보람으로 삼고 세상이 더 잘되도록 하는 비방으로 활용해야 한다." "창조주권을 누구나 일상적으로 행사하면서 자기 삶을 보람되게 하고 세상에 기여하는 것이 가장 기본적인 자유이고 권리이다."

나는 오늘 창조주권을 행사하러 아침부터 신발 끈을 졸라매고 길 떠납니다. 우리 모두 다 함께 창조주권 행사하러 갑시다! 그러면 나도 살고 여러분도 살고 모두 모두 삽니다.

조동일: 그렇습니다. 정치인이 저질인 것을 개탄하고 있지 말고, 우리 각자가 하는 일을 훨씬 더 잘합시다.


현금석: 사람은 아프면 치료를 받아 건강을 되찾고자 합니다. 마찬가지로 민생이 병들면 원인을 찾고 대책을 제시해 정상으로 되돌려야 합니다. 전자는 의사한테 맡기고, 후자는 정치 권력자에게 위임한 것이 지금까지의 인류 역사입니다. 허나 의사는 병을 고치는 처방을 제시하고 도와줄 뿐 실제 병이 낫는 것은 환자 자신의 몸이 스스로 하는 일이며, 정치 권력자는 민생을 구원하겠다고 동분서주하지만 실제 세상이 좋아지는 것은 사람들 스스로 각성하고 노력해야 가능한 일입니다. 창조주권은 치료의학이 아닌 예방의학을 주장하며, 선거주권이 아닌 문화주권을 선언하고 있

습니다. 이것이 조동일 문화대학 설립 이유라고 생각합니다. 천부인권에 바탕을 둔 유엔인권선언은 편협한 인간중심주의의 산물이며, 공산당선언은 계급해방이라는 낭만에 기초한 물질주의의 산물이라면, 창조주권선언은 몸의 건강과 세상의 평화를 아우르는 문화주권선언입니다. 비로소 20세기가 막을 내리고 21세기 새로운 시대가 열리고 있음을 직감하고 있습니다. 요즘 국내외 상황을 둘러보면 정치 과잉이 난무합니다. 지나침은 모자람만 같지 못하다 했으니, 모자람은 작은 병이요 지나침이야말로 세상의 큰 병이라 할 수 있습니다. 지금은 큰 병을 진단하고 고치는 큰 의사가 필요한 시대입니다. 한의학 침술에 약한 기는 북돋고 강한 기는 죽이는 보사법補瀉法이 있습니다. 정치 과잉은 덜어내고 문화주권은 살리는 처방을 내는 사람이 우리 시대의 명의라고 생각합니다.

조동일: 책임 전가는 해결책이 아닙니다. 우리 모두 역사 창조의 주역임을 명확하게 알고 열심히 노력합시다.

임재해: 정치주권은 국민주권이라는 이름으로 헌법에 보장되어 있어도 사실상 허망한 것이나, 창조주권은 헌법에 명시되지 않아도 누구나 자유롭게 누릴 수 있는 기본적 권리이다. 따라서 어느 분과학문에서도 창주주권론을 독점할 수 없다. 그러므로 창조주권론 연구야말로 사실상 통섭학이자 진정한 통찰학이다.

조동일: 창조주권론이 필요한 내용을 모두 갖출 수 있게 노력을 모으자.

Nam Gyu Kim:종이 조각에 의지해야지만 지켜질 수 있는 나약한 권리는 필요 없다. 내가 어떤 조건을 타고 태어나도 누릴 수 있는 절대적인 행복을 찾고 싶다. 어린 시절 마음속으로 이렇게 다짐한 적이 있습니다. 지금은 나름대로 그 답을 찾고, 그 답을 펼치는 삶을 살고 있지만, 우리 전래의 지혜의 흐름 안에서 답을 찾고, 명명하고, 그것을 확장해나가는 논의와, 영상을 통해 연결될 수 있어 기쁘고 감사하게 여깁니다.

조동일: 사실은 누구나 그렇게 하는 생각을, 부적절한 교육이나 그릇된 선전 때문에 눌러둡니다. 잘못을 알아차리고 이제 자유를 얻어, 각자의 창조주권을 당당하게 발현해야 합니다.

● ● ● ● ●

## 1-12   소통·협동·봉사

소통·협동·봉사는 인간관계의 기본을 이룬다. 모든 사람이 이 셋을 하면서 살아간다. 누구나 소통으로 관계를 형성하고, 협동하면서 서로 돕고, 봉사하면서 기쁨을 누린다. 배우지 않고 이렇게 하고 있지만, 해야 하는 일이 저절로 주어져 있는 것은 아니다. 생각과 노력이 필요하다.

소통·협동·봉사는 차등론을 무너뜨린다. 평등론을 대안으로 제시하는 것도 아니다. 대등론의 타당성을 입증한다. 소통은 대등한 관계를 확인하고 형성하는 방법이다. 협동은 서로 대등하게 도우면서 공동의 과업을 성취하는 행위이다. 봉사는 주는 것과 주면서 얻는 기쁨이 대등할 수 있는 행위이다.

어떻게 소통하고 협동하고 봉사할 것인지 각자 자기의 창조주권을 발동시켜 구상하고 실행해야 한다. 소통·협동·봉사를 하는 구체적인 방식은 사람에 따라 다르다. 능력으로는 평가되지 않은 인간미라고 하는 것도 소중한 의의가 있다. 개성이 매력일 수 있다. 이런 것들까지 창조주권의 영역이다.

소통은 단순한 일인 것 같지만, 인간관계의 기본을 이룬다. 분위기를 부드럽게 하고, 대화를 이끌어내고, 공동의 관심사를 확인하는 등의 방법을 적절하게 사용하면 소통을 잘할 수 있는 것은 아니다. 방법 이전의 마음가짐이 문제이다. 마음이 열려 있어야 소통이 이루어진다.

소통을 하지 않고 살면 심각한 타격을 받는다. 독방에 가두는 것이 가장 가혹한 형벌이다. 독방에 오래 감금된 죄수는 두뇌가 손상된 것이 의학적으로 입증되었다. 수감 중 자살하는 죄수는 대부분 독방에 들어 있던 공통점이 있다. 독방에 수감된 죄수가 아니면서 소통을 하지 않고 혼자 지내는 것은 자살과 다름없다.

지금 갖가지 불통이 심각한 지경에 이르러 인류를 불행하게 하고 세계사의 장래를 어둡게 하고 있다. 소통의 범위를 넓혀 세계 평화를 이룩하는 데 힘써야 한다. 사람만 대단하다고 여기지 말고 다른 생명체와 공생하고, 자연환경을 존중해야 인류는 평안을 누릴 수 있다. 우주적인 범위의 소통에 나를 잊고 동참하는 것이 최대의 소망이다.

협동을 하지 않으면 살아갈 수 없다. 한 사람의 힘은 얼마 되지 않는다. 합쳐야 큰 힘이 된다. 능력이 각기 달라 보완해야 한다. 협동은 서로 같은 힘을 합치는 행위가 아니다. 서로 같은 힘은 경쟁하는 성향이 더 커서 합치기 어렵다. 힘이 각기 달라 서로 필요로 할 때 협동이 잘 이루어지고, 협동에서 더하기를 넘어선 곱하기의 효력이 생긴다.

협동이 어떻게 이루어지는 것이 바람직한지 내 경험을 들어 말한다. 영남대학교 교수 시절에 구비문학론을 강의하면서, 설화나 민요를 찾아서 채록하는 구비문학 현지조사 실습을 지도하는 좋은 방법을 지어냈다. 학생들에게 스스로 답사반을 조직하라고 했다. 각반의 조사보고서를 공동으로 작성해 제출하면, 구성원 전원이 동일한 점수를 받도록 했다. 이 점수가 절반, 학기말의 필답고사에서 각자 얻은 성적이 나머지 절반의 비중을 가지게 했다.

이렇게 하면 여러 반이 벌이고 있는 경쟁에서 자기 반이 앞서게 하려고 모든 구성원이 서로 도와 열성적으로 협동한다. 협동이 경쟁이고, 경쟁이 협동이다. 답사반을 5명 내외의 인원으로 스스로 조직하라고 했다. 이렇게 하면, 주동자가 나서서 동참자를 모으면서 유능한 인재를 두고 영입 쟁탈전을 벌인다. 평소에 경쟁만 일삼고 협동은 마다하던 외톨이나 만사에 소극적인 예외자는 받아주는 곳이 없어 낙오자가 될 수 있다. 어떤 답사반에도 참여하지 못하면, 답사에 참여하지 못하고 답사 점수가 0점이다.

다양한 능력이 빛을 본다. 어떤 능력도 무용하지 않고, 누구도 게으름을 필 수 없다. 조직력이나 기획력이 뛰어난 학생이 자연스럽게 조직을 이끈다. 마을에 들어가 숙식할 방을 얻고 제보자를 물색하는 섭외력이 남다른 학생이 크게 활약한다. 짐을 잘 지고, 음식을 잘 만들고, 술을 잘 마시는 학생의 기여도 돋보인다. 노래나 이야기를 청하려면 술대접을 해야 하므로, 술을 잘 마시는 학생이 대작을 맡아 영웅처럼 뽐낼 수 있다.

협동의 범위를 넘어서 남들에게 혜택을 베푸는 행위는 봉사이다. 봉사는 하지 않아도 되는 것이 아니다. 측은지심惻隱之心은 사람의 본성이라고 옛사람이 한 말이 타당하다. 아무리 흉악한 사람이라도 어린아이가 우물로 기어가는 것을 본다면 구해주지 않을 수 없다. 도움을 주어 고맙다는 말을 듣는 것은 나중의 일이다. 측은지심을 만족시키는 기쁨이 봉사에 사용한 노력이나 재화의 손실 또는 손해와 대등하다.

누구나 공동체의 일원으로서 당연히 해야 할 일이 있다고 여기면, 협동과 함께 봉사가 일상적인 일이 된다. 협동하고 봉사하는 일을 남들보다 더 잘하려고 창조주권을 다양하게 발현하는 경쟁을 하게 된다. 이런 사회가 대등사회이다. 미래의 사회는 차등사회도 아니고 평등사회도 아니고, 대등사회여야 한다.


● 댓글과 답글


현금석: 조동일문화대학 창조주권론 강의가 벌써 12강에 접어들었다. 첫 강의부터 차례대로 빼놓지 않고 주의 깊게 들었다. 어떤 강의는 통째

로 반복해서 듣기도 하고, 어떤 강의는 듣다가 멈추기를 하고 어떤 대목만 거듭 묵독하며 깊이 생각한 적도 있다. 강의를 들을 때마다 떠오른 생각과 느낌을 댓글에 적었다. 시간이 얼마 지나, 썼던 댓글을 다시 읽어 보고 고쳐 달기도 했다. 집에서 컴퓨터를 켤 때마다 제일 처음 들어가는 곳이 유튜브 조동일문화대학이다. 이번엔 또 어떤 강의가 올라왔을까 궁금하기 때문이다. 새로 올린 강의가 보이면 반갑고 즐겁다. 조금은 달뜬 감정을 지그시 누르며 생쥐를 감싸고 있는 오른손 검지에 힘이 살짝 들어간다. 오늘 강의 주제는 소통, 협동, 봉사다. 소통, 협동, 봉사에 대한 의미 규정에 대해 또 다른 해설을 붙이는 것은 췌언이요, 사족이다. 오늘 강의는 언어가 아니고 실천이다. 왜인가? 좌우 남북 남녀 노소 대소 원근을 망라한 소통과, 無住相布施(무주상보시)란 봉사와, 몸소 행한 협동의 실례와 忘我無我(망아무아)의 협동의 자세를 눈앞에서 보고 있기 때문이다. 〈맹자〉에 나오는 惻隱之心(측은지심)을 봉사를 설명하는 예화로 원용한 것은 기발한 착상이다. 자유자재한 변통력의 소산이다. 고금학문 합동작전의 표본이라 하겠다.

조동일: 많은 책임을 느끼고, 더 좋은 강의를 하겠다고 다짐한다.


임재해: 소통과 협동, 봉사를 보기로 대등론의 타당성을 입증한다. 다른 생명체와 대등한 관계를 맺으려면 서로 소통할 수 있어야 한다. 설화에서는 짐승의 소리를 알아들어서 억울한 일을 해결하고, 나무가 우는 소리를 들어서 큰 재난을 예측한다. 실제로 짐승의 소리를 알아듣는 사람도 있고, 개의 소리를 번역해 주는 기계도 있다. 원숭이 연구자들은 울음소리를 듣고 의미를 헤아려, 울음소리가 사실상 언어라는 것을 입증하고 있다. 짐승과 대등한 소통을 하려면 짐승과 소통할 수 있어야 한다. 짐승의 소리를 언어로 번역해주는 앱을 개발하는 연구가 필요하다.

조동일: 소통의 범위는 넓을수록 좋은데, 방법이 문제이다. 개는 냄새

로 소통을 하니 그 범위가 무한하다. 사람은 언어 소통을 고집해 단절을 자초한다. 외국어도 통역이 필요한데, 기계를 이용해 짐승의 언어를 알아들으려고 하는 것은 무리한 욕구이다. 귀가 아닌 마음을 열고, 無言(무언)의 소통에 힘써야 한다.

Nam Gyu Kim: 소통, 협동, 봉사, 이 모두 나라는 아집에 갇히거나 이기의 마음으로선 이룰 수 없는 것들이겠네요. 삶이 어느 방향으로 나아가야 하는지 알기 쉽게 말해주니 감사합니다. 교수님의 경험에서 예를 들어주니 더욱 생생하게 이해가 됩니다.

조동일: 진정한 배움은 체험에서 얻습니다. 나는 농사를 짓지 않고 밥을 먹습니다. 그뿐만 아닙니다. 일상용구가 고장 나면 고치려고 하다가 망가뜨립니다. 도움을 받지 않고는 살아갈 수 없습니다. 도움은 도움으로 갚아야 합니다. 모두 서로 도우며 살아야 합니다. 이런 체험에서 대등론이 이루어집니다. 모두 실행하고 있는 대등론의 이치를 말로 정리해, 앎을 확인하게 하는 것이 도움을 갚는 내 농사입니다.

● ● ● ● ●

## 1-13 대등사회가 자랑스럽다

사회의 유형을 나누고 사회발전의 단계를 말하는 이론에서 민주사회나 복지사회가 가장 선진된 형태라고 한다. 민주사회 만들기는 서유럽이 선도하고, 복지사회를 이룩하는 데서는 북유럽이 앞선 것을 평가한다. 뒤떨어진 모든 곳은 이런 모범을 배우고 따르라고 한다.

선진의 우월성을 입증할 수 있는 좋은 계기가 생겼다. 코로나바이러스 감염증이 유행하는 대재앙에 서유럽이나 북유럽이 모범적으로 대처할 것을 기대했다. 그런데 결과가 사뭇 달라 실망을 자아낸다. 양쪽 다 대재앙에 대처하는 방안을 찾지 못하고 파탄을 보여, 배신의 충격을 준다고 해도 지나친 말이 아니다.

그 이유가 무엇인가? 철저한 민주사회에서는 누구나 평등을 위한 경쟁에 몰두하고 협동은 뒷전이다. 재앙이 닥치자 자기의 이익을 확보하려고 사재기를 서두른다. 잘 나간다는 복지사회에서는 평등을 위한 협동이 제도화되어 있어 경쟁을 할 필요는 없다고 여긴다. 재앙이 닥쳐도 국가가 잘 막아 주리라고 믿고 기대하다가 낭패를 보고 있다. 경쟁과 협동이 별개가 된 것이 공통된 결함이다.

한국은 민주사회나 복지사회를 이룩하는 세계사적 과업 수행에서 뒤떨어져 있다고 자책해왔다. 그런데 코로나바이러스의 대재앙이 닥치자 어느 선진국보다 더 잘 대처하고 있어 온 세계가 놀라는, 예상하지 않던 사태가 벌어졌다. 이것은 무슨 까닭인가?

그 이유는 대등의식을 깊이 지니고 실행하는 것이다. 대등론은 인류 공통의 사고이고 생활 방식인데, 다른 곳에서는 대부분 힘을 잃고 있다. 차등론이 드센 곳에서는 대등론을 억압해 무력하게 한다. 차등론을 평등론으로 극복하자는 주장은 진보적이라는 찬사를 모으지만, 평등론의 우위를 입증하려고 대등론을 부정한다.

한국은 평등론의 침해를 받고서도 대등론이 타격을 입지 않고 살아 있다. 그 덕분에 경쟁이 협동이고 협동이 경쟁이어서, 경쟁과 협동이 따로 놀아 생겨나는 파탄이 없다. 경쟁으로 협동을 바람직하게 하려고 한다. 협동이 바람직한 경쟁이게 한다. 이것이 민주사회니 복지사회니 하는 곳들과 아주 다른 점이다.

아무리 모자라는 사람이라도 자기 나름대로의 창조주권을 발현하는 경쟁에 참여해 협동을 더 잘하도록 하는 데 기여하고자 한다. 미력이라도 합쳐 협동을 바람직하게 이룩해 거만을 떠는 이웃 나라들과의 경쟁에서 보란 듯이 앞서서, 세상에 널리 도움이 되는 충격을 주는 데까지 이르렀다. 이런 사실을 미처 모르고 있다가 알아차리고, 남들이 말하니까 새삼스럽게 되돌아보니 어안이 벙벙하다.

우리가 살면서 만들어온 이런 사회가 어떤 사회인가? 민주사회나 복지사회와는 다른 또 하나의 사회 형태인데, 인식이 없어 지칭하는 말도 없다. 막연한 상태로 둘 수 없어, 대등사회라고 명명하자고 제안한다. 장성한 어른을 신생아라고 여기고 이제 이름을 짓는다.

남들의 책을 읽은 것을 공부라고 여겨온 학자들은 사회의 유형을 나누고 사회발전의 단계를 말하는 이론을 우리가 새롭게 만들 수 있다는 가능성을 인정하지 않는다. 여기서 하는 말을 전해 듣고도 깨어나지 못해 이상한 잠꼬대나 하지 않을까 염려된다. 그쪽은 상대하지 않고, 눈이 오염되지 않고 귀가 잘 들리는 선량한 백성을 말벗으로 삼아 말을 잇는다. 우리는 책에 없는 사실을 체험을 통해 분명하게 알았다. 대등사회는 민주사회나 복지사회보다 훌륭하다고 자신 있게 말한다. 이것이 사회이론을 혁신하는 지침이 된다.

한국에는 사재기가 없다고 감탄하는 것은 표피적인 인식이다. 역병에 대처하는 한국의 비방을 세계 도처에서 배워가겠다고 하는 것은 알팍한 생각이다. 남다른 비방이 어떻게 해서 생겼는지 근원을 알아야 한다. 근원은 배워 갈 것이 아니다. 어떤 나라 어느 누구도 깊이 간직하고 있는 공통된 능력인 대등론을 스스로 발견하고 발현하면 된다.

민주사회나 복지사회를 이루었다고 자랑하는 곳들은 평등론의 환상을 버리고, 오래 방치해 무력하게 만든 대등론을 살려 대등사회를 이룩하는 쪽으로 방향을 선회해야 한다. 아직까지 차등론에 시달리는 곳들은 평등론의 수입으로 해결책을 삼으려고 하는 실수에서 깨어나, 차등론 때문에 억눌려 있는 대등론을 일으켜 세우면 되는 쉬운 길이 있다.

민주사회와 복지사회를 이룩하면서 역사가 종말에 이르렀다고 하는 것은 착각이다. 착각을 고착화하는 책동에 말려들지 말고 대등사회를 만드는 세계사적 과업이 아직 남아 있는 것을 알고 실행해야 한다. 후진이 선진이 되는 것이 당연하다. 역사는 역전을 통해 발전한다.

민주사회나 복지사회를 이룩했다고 선진임을 자랑하는 곳은 전환이 어려워 후진으로 밀려난다. 자본이나 기술이 뒤떨어져 후진이라고 하는 곳은 대등론이 침해를 덜 받아 선진을 이룩하는 비약을 하기 쉽다. 지금까지의 선진을 부러워하지 말고, 후진인 것을 다행으로 여기고 앞서서 분발하면 된다. 역사는 역전을 통해 발전한다.

너무나도 작은 코로나바이러스가 초대형 괴물이 되어, 엄청난 힘으로 모든 곳을 휩쓸고 지나간다. 그 덕분에 세계 전역에서 허상이 무너지고 실상이 드러난다. 엄청난 불행이 놀라운 행운으로 판명되어, 역사 진행의 방향을 바로잡는 기적이 눈앞에 나타난다.


※ 댓글과 답글


백두부: 코로나 바이러스가 일어나 선진의 오만과 착각을 무너뜨리고, 인간과 자연의 소통을 촉구한다는 말이군요. 후진을 다행으로 여겨 방향 전환을 가볍게 하는 자각이 쉽게 일어나기도 하고 심각한 논란을 동반하기도 하겠습니다.

조동일: 사리가 명백해도 사고에는 혼란이 일어나 말이 많을 수 있습니다.


현금석: 자유민주주의의 자유는 애초부터 힘 있고 가진 자만이 누릴 수 있는 특권을 보장하는 이념이다. 현재 미국 중심의 자유민주주의가 그러하다. 미국은 조지 플로이드 사망사건에 보듯 인종차별이 여전하며, 코로나 사태에서 보듯 빈부 격차에 따라 의료 차별이 극심하고, 막강한 군

사력을 바탕으로 세계를 지배하고 조종하기 위해 온갖 수단을 행사한다. 미국은 자유민주주의의 전도사 노릇을 하며, 실제로는 차별주의와 배타주의를 전파한다. 그에 반해 유럽 중심의 사회민주주의는 자유민주주의의 차등을 혁파하고자 평등을 내세움으로써 형식상 평등사회를 지향한다고 할 수 있다. 본 강의는 유럽 중심의 사회민주주의를 평등을 실현하는 방식에 따라 서유럽의 민주사회와 북유럽의 복지사회로 구분한다. 민주사회는 평등을 실현하기 위해 협동이 아닌 경쟁을 중시하고 복지사회는 경쟁이 아닌 협동에 중점을 둔 결과, 이번 코로나 사태에 한계를 드러냈다고 진단한다. 이어서 유럽의 민주사회와 복지사회를 넘어선 새로운 길을 제시하는데, 이른바 대등사회가 그것이다. 우리나라는 대등의식이 생동하는 사회라서 협동과 경쟁이 상호 긍정적 작용을 했고, 그로 인해 코로나 대처에서 세계 모범이 되었다고 평가한다. 20세기를 지배한 평등론의 시대가 저물고 21세기 대등론의 시대가 도래했다고 선언한다. 2020년 코로나 사태 이후 등장한 대등론은 20세기 내내 세계 변방이었던 한국이 세계 중심에 서는 신호탄이 될 것인가. 생극론이 세계문학사를 넘어서서 사회이론에까지 확장되었으니 지칠 줄 모르는 모험이 어디까지 나아갈 것인가. 푸르디푸른 청춘의 북소리가 잠에 빠진 세상 사람들을 깨우고 있다. 경복하고 또 경복한다.

조동일: 옳은 말일수록 조심을 더 하면서 조금씩 해야 한다. 허위의 장벽이 너무 크기 때문이기도 하지만, 독주하면 무력해지는 것이 더 큰 이유이다. 자만은 지혜를 죽이는 독약이다.


윤동재: 대동사회와 대등사회는 어떻게 다른가? 대동사회가 되면 대등사회도 되는가? 대등사회가 되면 대동사회도 되는가? 딴지거사는 이게 궁금하다고 한다. 그래서 질문을 드려보라고 한다. 딴지거사의 청을 받아들여, 딴지거사를 대신하여 청송농부 야초는 감히 질문을 드린다.

조동일: 대동사회는 모두 같은 생각을 하면서 상생을 하겠다는 사회이다. 공허한 이상이고, 창조를 모으려다가 김을 빼게 된다. 대등사회는 각기 자기 생각을 하는 사람들이 상극이 상생이고 상극이 상생인 관계를 가지는 사회이다. 실제로 있고, 다양한 창조가 역동적으로 이루어진다.

임재해: 선진이 후진이고 후진이 선진이라는 생극론의 역사적 전개과정을 입증할 구체적 사례로 지금 진행중인 코로나19 사태를 든 것은 탁견이다. 바이러스 사태에 가장 효과적인 대응을 할 것으로 기대했던 미국과 유럽은 낭패를 당했다. 한국이 뜻밖에 잘 대응한 것은 민주사회와 복지사회와 다른 대등사회였기 때문이라 했다. 한국이 대등사회라는 사회를 입증하고 대등사회여야 코로나 대응을 잘할 수 있다는 점을 설득할 수 있는 논의가 기대된다. "역사는 역전을 통해 발전한다"는 문장을 되풀이한 것은 흠이다.

조동일: 설득력 있는 논의를 다채롭게 이룩하려고, 역사의 역전을 추진력으로 삼고 앞으로 나간다.

◦ ◦ ◦ ◦ ◦ ◦


1-14 시민의식과 대등의식


유럽 각국이 코로나바이러스 창궐에 대응하는 한국의 방식이 뛰어나다고 인정하고 받아들이려고 해도 시민의식의 성숙을 따를 수 없는 것이 가장 큰 난관이라고 한다. 시민의식의 성숙이라고 하는 것은 막연하고 무책임한 말이다. 이에 대해 전부터 많은 불만이 있었다.

시민이란 무슨 말인가? 말뜻의 유래와 변천을 몇 단계로 말할 수 있다. 시민은 도시에서 사는 사람이다. 저자에서 장사를 하는 사람이다. 장사를 해서 돈을 모아, 귀족에 대항하는 역량을 지닌 시민계급이 되었다. 시민계급이 귀족을 대신해 역사의 주역으로 등장해 근대라고 하는 새로운 시대를 열었다.

시민이 주도하는 시민사회가 발전하는 단계에 들어서자, 주역이 존경을 받게 되었다. 시민은 정신적 품격과 도덕적 책임의식을 모범이 되게 갖추었다고 평가된다. 시민의식이라는 것은 이런 의미의 시민이 지닌 모범이 되는 의식이다. 법을 잘 지키고, 공익을 존중하고, 봉사를 즐겨 하는 것을 성숙된 시민의식이라고 한다.

한국이 유럽 각국보다 코로나바이러스 창궐에 더 잘 대응하는 것은 이런 의미의 시민의식이 더욱 성숙되었기 때문이라고 할 수 있는가? 시민사회의 발전에서 유럽 각국이 앞서고 한국이 뒤떨어졌는데, 시민의식의 성숙에서는 한국이 앞서고 유럽 각국이 뒤떨어져 있다는 것은 전혀 말이 되지 않는다. 한국이 코로나바이러스 창궐에 더 잘 대응하는 이유를 시민의식의 성숙에서 찾는 것은 잘못된 진단이므로 바로잡아야 한다.

한국사회는 유럽 각국과 어떻게 다른가? 나는 한 마디 말로 지적한다. 아무리 모자라는 사람이라도 자기 나름대로 창조주권을 발현하는 경쟁에 참여해, 사회적 협동이 더 잘되도록 한다. 창조주권이란 누구나 창조하는 주체로서 지니고 있는 능력이고 권리이다. 각자의 창조주권을 사회적 협동을 위해 발현하는 데 한국인은 남다른 열의가 있다.

이것은 시민의식이 아니다. 도시와 거리가 먼 산촌에 사는 사람도 같은 생각을 가지고 있으므로 시민의식이 아니다. 오래전부터 이어온 의식이고 근대에 와서는 오히려 조금 위태로워졌으므로, 근대 시민의식이라고 할 것은 결코 아니다. 이것은 시민의식이라기보다 민중의식이다. 아무리 모자라는 사람이라도 자기 나름대로 창조주권을 발현해 사회적 협동이 더 잘되도록 하려는 것은 민중의식의 발로이다. 민중의 일원으로 할 일을 하자는 것이다.

이것을 민중의식이라고만 하지 않고, 나는 대등의식이라고 다시 규정한다. 차등론이 지배하거나 평등론으로 차등론을 극복하려고 하는 곳에서는 감퇴된 대등의식을, 한국인은 다른 어느 곳들보다 더 잘 보존하고 있어 멀리서 보기에는 기적 같은 일이 일어난다. 코로나바이러스 창궐에 일치단결해 대응하는 것은 이 때문이다.

대등의식을 한국인만 지닌 민족성이라고 여기는 것은 잘못이었다. 누구나 지닌 의식을 장애 요인이 적어 비교적 잘 보존하고 있을 따름이다. 이렇게 말할 수 있는 근거가 무엇인가?

14세기 아랍의 역사가 이븐 칼둔(Ibn Khaldun)을 만나보자. 이 사람은 심오한 역사철학을 갖추고 역사 이해의 범위를 넓혀 세계사 서술을 처음 시도했다. 역사 발전의 동력은 무엇인가? 이 의문에 대한 대답을 역사 연구의 핵심 과업으로 삼고, 다음과 같은 논의를 전개했다.

역사 발전의 동력은 '아사비야'(asabiya)이다. 이것은 혈연적인 동질성을 가진 사람들이 공동의 목표를 달성하기 위해 함께 지닌 창조적인 의지를 뜻하고, '공동의 의지'라고 번역할 수 있다. '아사비야'가 경쟁자들보다 더욱 치열한 집단이 불리한 위치를 극복하고 커다란 과업을 수행했다'. 상하를 아우르는 유대인 '아사비야'가 창조력의 원천임은 일반화될 수 있는 견해이다. 세계사 이해에 널리 적용하는 한편 우리 자신에 관한 성찰에서 이용하는 것이 마땅하다. 우리 민족은 이런 특징을 강렬하게 지녀 기층문화의 활력과 상층지성의 창조를 결합시켰다.

이븐 칼둔이 말한 '아사비야'를 대등의식이라고 하고, 협력과 경쟁의 관계에 관한 새로운 논의를 보탠다. 공동체의 유대를 다지고 협력을 더 잘해 경쟁력을 가지도록 하기 위해 상하의 구분 없이 누구나 자기의 창조주권을 경쟁적으로 발현하는 의식이 대등의식이다. 이런 사회가 대등사회이다.

한국인은 인류문명의 소중한 자산인 '아사비야'를 구현하는 대등의식을 손상이 덜 되게 이어오면서 근대문명의 자랑인 과학기술의 발달과 효율적인 행정을 더 보태 코로나바이러스 창궐에 대응하는 모범적인 방식을 제시했다. 대등의식은 있으나 근대문명이 모자라는 곳은 보충하면 된다. 근대문명의 자랑은 갖추었으나 대등의식이 손상된 쪽은 회복이 어려워 진통을 겪어야 한다.

● 댓글과 답글

백두부: 세계와 동아시아와 우리의 중세에 대한 이해가 부족한 것이 큰 문제인 것 같습니다. 당면한 코로나바이러스 사태에 대한 진단을 근대 유럽문명권의 개념으로 하니 피상적인 수준에 머무르고 맙니다. 민중의식이나 대등의식을 재발견하여 새로운 시대를 열어가야 하겠습니다.

조동일: 유럽중심주의, 근대지상주의 학문의 폐습을 시정하고, 진정으로 보편적인 안목으로 세계사를 이해하도록 힘써야 합니다.

임재해: 앞의 논의에서 한국은 민주사회와 복지사회와 다른 대등사회라고 했는데, 여기서는 유럽의 시민의식과 다른 민중의식을 새로 제기했다. 창조주권을 발현하는 민중의식이 곧 대등의식이며 한국이 코로나에 잘 대응한 것은 시민의식이 약화된 까닭에 잘 발현된 대등의식이라는 것이다. '아사비야'의 공동의지를 끌어오기 전에 한국의 민중의식이 곧 대등의식이라는 사실을 다른 나라의 시민의식과 다른 한국의 문화적 상황을 근거로 더 구체적으로 다루면 설득력이 높을 것이다.

조동일: 더 해야 할 일이 아주 많아 창조주권론이 멀리까지 나아간다. 그래서 미흡하기만 해서 다른 작업을 더 해야 한다.

현금석: 이 강의를 듣고 나서 《문명의 동질성과 이질성》의 〈역사서〉,

《세계지방화시대의 한국학 9 학자의 생애》의 〈이븐 칼둔〉을 다시 읽었습니다. 세 문장이 이십여 년이라는 시차를 두고 집필되었는데, 한꺼번에 읽어보니 하나로 관통하고 있습니다. 雪坡老師曰: "二三子乎! 吾道一以貫之." 山木對曰: "唯." 雪坡老師出, 同道問曰: "何謂也?" 山木答曰: "夫子之道, 創造主權而已矣." '아사비야'를 '대등의식'으로 번역한 것은 창조주권의 발현입니다. 중세의 일반사 개념이 근대 이후 역사의 보편사 개념으로 다시 태어났으니, 이보다 더한 창조주권의 발현을 어디서 찾을 수 있겠습니까. 중세 아랍문명의 흥망성쇠를 꿰는 역사법칙이 '아사비야'라면, 근대 이후 동아시아 한문문명을 다시 살리는 역사원리가 '대등의식'이기 때문입니다. '자유의식'의 증대로 근대 역사를 선점한 헤겔의 역사철학이 역사의 유물로 사라지는 역사 현장을 지금 눈으로 보고 있습니다. 통쾌! 통쾌! 통쾌!

조동일: 족보를 들추니 곤혹스럽군요. 논의를 너무 복잡하게 한 허물을 씻으려고 지금은 말을 쉽고 짧게 하려고 합니다. 골치 아픈 책을 지나치게 많이 써서 성가시게 한 잘못을 용서해주기를 바라고, 듣기 좋은 이야기를 조금 합니다.


이강혁: 사회학에서 공동체의 역설로 합리성의 비합리성을 이야기합니다. 거래를 하거나 경제 활동 등 다양한 사회 활동에서 합리적 이익을 위하여 리스크를 감수하는 비합리적 행동을 한다고 합니다. 즉 아사비야라는 공동의 의지가 합리적이면 구성원들은 모두 희생을 해야 한다고 합니다. 이러한 상황에서 전체주의적 희생이 아닌 대등한 사회를 위하여 창조주권에 대한 교육이 필요하다고 생각합니다.

조동일: 더 많은 연구가 필요한 과제입니다. 함께 노력합시다.

● ● ● ● ● ●

## 1-15 반면교사의 가르침

각성의 원천은 둘이다. 하나는 경험하는 것이다. 하나는 교사에게서 배우는 것이다. 이 둘은 어긋날 수 있다. 교사는 경험한 것과 다르게 가르칠 수 있다. 훌륭하다는 교사일수록 생생한 경험을 기존의 관념에 따라 재단하는 횡포를 더 많이 저지를 수 있다.

스승 없이 혼자 공부하는 것이 더 나을 수 있다. 徐敬德(서경덕)은 어려서 집이 가난해 글공부를 제대로 하지 못했다. 봄에 들에 나가 나물을 캐다가 종달새가 나날이 높이 나는 것을 보고 그 이치를 깨달았다고 했다. 서당에 다니면서 글공부를 하다가 선생에게 질문을 해도 대답을 제대로 하지 못하므로 그만두고 혼자 공부했다고 했다. 그래서 독자적인 학문 세계를 이룩했다.

스승에게 계속 배우고, 학업의 수준이 높아지는 데 따라 더 높은 선생을 찾았더라면, 서경덕도 당시의 대부분 선비가 으레 그랬듯이 성현의 학문을 존숭하고 추종하는 학문을 했을 수 있다. 朱子(주자)라고 존칭되는 朱熹(주희)를 따라 理氣(이기)이원론의 철학을 했을 수 있다. 모처럼 찾은 선생이 마음에 들지 않아 천지만물에서 직접 가르침을 받으면서 혼자 공부해 기일원론을 이룩했다.

수많은 성인이 아직 이르지 못한 "千聖不到(천성부도)"의 경지로 나아간다고 스스로 천명했다. 하나인 氣(기)가 둘로 나누어져 相生(상생)하고 相克(상극)하는 관계를 가지고 운동하고 변화해 천지만물을 산출한다고 밝혀 논해 철학사의 대전환을 주도했다. 이황李滉이 서경덕의 주장은 성현의 가르침과 부합되지 않으므로 틀렸다고 비판한 것은 원천 무효이다.

서경덕이 선생에게 배우지 않은 것은 아니다. 질문을 해도 대답을 제대로 하지 못하는 선생을 만나 배우는 것이 부질없고 혼자 공부해야 한다고 깨달았다. 그런 선생은 반면교사이다. 반면교사는 가르쳐주는 대로 받아들이면 잃을 것이 많고, 반대로 하면 얻을 것이 많도록 하는 선생이다. 반면교사를 한다고 자처하는 사람은 없으며, 배우는 사람이 자기 나름대로 반면교사를 만들어 가르쳐주는 것 이상을 얻어낸다.

한국은 일찍부터 중국을 스승으로 삼고 공부했다. 한문을 배워 한문학 작품을 창작하고 불교나 유학 사상을 전개하면서, 이따금 중국을 반면교사로 삼아 독자적인 비약을 이룩했다. 문학 창작에서 고전을 본뜨는 기풍에 반기를 들고, 李奎報(이규보)는 物(물)이라고 일컫은 사물과 직접 부딪치는 체험을 살리는 문학을 해야 한다고 했다. 서경덕을 비롯한 기철학자들은 중국에서 들어오는 이기이원론을 반면교사로 삼고 반론을 제기하는 창조작업을 했다. 중국이 청대에 철학을 잃고 고증학이나 하는 풍조 때문에 더욱 분발해, 최한기는 기철학의 진폭을 넓혀 천하만사를 모두 일관되게 논의했다.

한국과 일본은 오랫동안 가르치고 배우는 관계에 있으면서 서로를 반면교사로 삼았다. 한국이 理氣(이기) 논의에 몰두하는 것이 마땅하지 않다고 여기고, 일본은 실용학문을 하는 데 힘썼다. 일본인이 잇속에만 밝아 천박하다고 나무라고, 한국의 선비들은 사람이 갖추어야 할 도리를 더욱 돈독하게 해야 한다고 다짐했다. 이런 공박에서 일본이 승리해 한국은 식민지 통치를 받는 데까지 이르고, 일본을 통해 이익을 추구하는 실용학문을 서양에서 받아들이게 되었다.

오늘날 중국은 정치대국이고, 일본은 경제대국이다. 그 사이의 한국은 정치력을 키우고 경제발전을 이룩하기 위해 중국과 일본을 스승으로 삼고, 반발하고 경쟁하면서 독자적인 발전을 이룩해야 한다. 중국이나 일본을 어떤 면에서 반면교사로 삼을 것인가? 이것이 초미의 관심사인데, 대강은 알겠으나 명확하게 대답할 말이 없어 고민이었다.

코로나바이러스가 창궐하는 사태가 벌어지자 모호하던 것이 명확해졌다. 중국은 위대한 정치가 더욱 빛나도록 하는 데 장애가 되면 무엇이든지 버린다. 일본은 경제 발전을 단일목표로 삼고 매진하면서 어떤 특단의 대책이라도 강구한다. 그런 방식으로 차등론을 극단화하는 것을 아주 훌륭한 반면교사로 삼고, 한국은 차등론과 정반대인 대등론을 재확인하는 것을 활로로 삼는다.

정치는 위에서 군림하지 말고 아래로 내려와 만백성의 공유물이 되어야 한다. 경제는 부의 독점에서 벗어나, 서로 염려하고 돌보는 상보적이고 우호적인 관계가 되어야 한다. 대통령을 우습게 보고, 재벌 총수를 마구 나무라면서, 이렇게 주장하는 사람들이 나날이 늘어나 모두들 공동체의 결속을 자기 일로 삼고 일탈을 허용하지 않는다. 대등사회를 이룩하는 사회 저변의 창조주권을 일제히 발현한다.

● 댓글과 답글

김영숙: 반면교사의 가르침이 중요한 것 같습니다. 공자도 "三人行에 必有我師"라고 해서 예로부터 반면교사에서 자신을 깨우친 이들이 많은 것 같은데, 서경덕의 경우가 참 재미있고 인상적입니다.

조동일: 반면교사를 잘 만나는 것은 큰 복인데, 알아보지 못하면 소용이 없습니다.

현금석: 잘산다는 게 뭘까? 하루하루 아파트값 등락에 목을 매고 재테크 프로에 빠져 사는 삶, 자신이 좋아하는 인기연예인의 동정에 일희일비하는 삶, 시사정치 프로 시청에 온통 시간을 소비하는 삶, 이런 인생을 더 잘 사는 삶이라 할 수 있을까? 옛사람이 그 해답의 실마리를 내놓았다. "君子有終身之憂 無一朝之患也"(군자는 평생의 근심은 있어도 하루아침의 걱정은 없다.) 그렇다. 자잘한 근심을 넘어서서 거대한 고민을 하면

서 살 때, 인간은 죽는 순간까지 행복하다. 동서고금을 오르내리며 인류 역사를 휘어잡는 조동일문화대학이 바로 여러분 곁에 있다. 영상 강의가 짧아 아쉬운 사람은 책을 구해 읽으면 된다. 책을 읽어도 갈증이 가시지 않는 사람은 스스로 우물을 파라. 그것이 自得(자득)이다. 자득은 反面教師(반면교사)를 스승으로 삼아, 正面教師(정면교사)의 자격을 얻는다.

조동일: 조동일문화대학을 전면교사가 아닌 반면교사로 삼으면 더 큰 소득이 있다.

Nam Gyu Kim: 같은 대상이 어떨 때는 교사로, 어떨 때는 반면교사로 다양한 관점에서, 나를, 우리를 깨우쳐주고 살려주고 있구나. 이런 생각에 감사가 일어납니다. 밖에서 들어오는 것과 내 안에서 일어나는 것. 어디에 귀 기울여 나의 뜻을 실어 밝혀나갈지 살펴보게 됩니다.

조동일: 그렇습니다. 세심하게 잘 살펴야 합니다.

◉ ◉ ◉ ◉ ◉

## 1-16 멀리 있는 반면교사

1945년에 일본 식민지통치에서 벗어나 광복을 하고 1948년에 대한민국 정부를 수립하고, 1950년에서 1953년까지 전쟁을 치르면서 미국의 도움이 절대적이라고 여겼다. 미국에서 공부하고 온 사람들이 나라를 이끌고, 대학의 주역 노릇을 했다. 미국이라는 교사를 따르고 배우면 모든 것이 잘된다고 믿었다. 미국에서 좋은 것은 한국에서 더 좋다고 여겼다.

미국은 다 좋은가? 좀 가벼운 이야기부터 하자. 미국 샌프란시스코에 갔다가 시애틀까지 기차 여행을 하고 싶어 물어보니, 기차가 너무 느리고 불편해 고생만 할 것이니 그만두라고 했다. 여행하는 재미는 생각하지도 말고, 비행기를 타고 신속한 이동을 택하라고 했다. 기차는 근대 기계문명의 상징이다. 기계문명 발전을 선도해왔다는 미국에 공공의 기차는 없고, 세계 최하 수준의 사기업의 기차만 가까스로 다닌다. 그것도 화물 수송을 위한 것이고, 사람이 타라는 것은 아니다. 한국에서는 사람이 타는 기차가 자주 다니고 빠르고 쾌적한 것이 새삼스럽게 자랑스럽다. 미국인은 이동만 하고, 한국인은 여행을 즐긴다.

미국은 치안이 불안하다. 저녁 8시 이후에는 안전을 보장할 수 없고 강도를 만날 염려가 있으니 외출하지 않는 것이 좋다. 사람마다 총을 가지고 자기를 보호하니 큰 염려는 없다고 하는데, 과연 그런가? 무차별 총기 난사 사고가 잊을 만하면 다시 일어난다.

총기 난사까지도, 선진 미국에 있으니 후진 한국이 본받아 마땅히 있어야 한다고 할 사람은 없다. 한국은 그런 일이 일어나지 않아서 좋다. 미국과는 다른 한국의 장점을 살려 사회 안전에 더욱 힘써, 누구나 안심하고 살 수 있게 해야 한다. 이 경우에는 미국이 따르고 배워야 할 교사가 아니고, 반대로 하라고 가르쳐주는 반면교사이다.

미국이 반면교사인 것을 하나 더 들면 사람 차별이다. 노예로 부리던 흑인 차별이 격렬한 반대가 있어 공식적으로는 철폐되었으나, 사실상 남아 있다. 백인이 아니라는 이유에서 아시아인도 차별을 받는다. 미국처럼 인종차별을 해야 선진국일 수 있다고 하는 사람은 없다. 인종차별을 하는 미국이 반면교사라는 사실은 재론이 필요하지 않다.

백인들끼리는 차별을 하지 않는 것도 아니다. 《학문의 정책과 제도》라는 책을 쓰려고 자료를 조사하면서 확인한 사실을 말한다. 미국에서는 대학교수의 보수가 전공이나 성별에 따라 차이가 있는 것으로 고정되어 있다. 전공 분야의 등급을 경영학, 공학, 자연과학, 인문학으로 하고, 최상위의 보수는 최하위의 갑절이나 된다. 남성 교수는 더 받고, 여성 교수는 덜 받는 것도 불변의 차등이다.

미국에서 이렇게 하는 이유는 교환가치를 평가의 척도로 삼기 때문이다. 돈을 더 버는 분야는 보수를 더 주는 것이 당연하다고 한다. 남성 교수를 여성 교수보다 우대하는 이유도 이와 같다. 한국에서는 교환가치가 아닌 사용가치를 평가의 척도로 하고, 어느 학문이든 사용가치가 대등하다고 한다. 남성 교수든 여성 교수든 학문의 사용가치를 대등하게 발현한다고 한다. 미국처럼 해서 교수 인력의 교환가치를 증대해야 한다고 주장하는 사람은 없다.

미국에는 공공 의료보험은 없고, 사설 의료보험만 있다. 공공 의료보험을 만들려고 하는 시도는 사설 보험회사가 막대한 힘을 가지고 방해해 좌절되었다. 사설 의료보험에 가입하려면 돈이 많고, 또한 병이 없는 이중의 선민이어야 한다. 보험회사는 막대한 수익을 쉽게 올리고, 대다수의 국민은 아파도 병원에 가지 못한다. 한국은 모든 국민이 의무적으로, 자동적으로 공공의료보험에 가입하고, 사설 의료보험은 일부 보조적인 것으로 이용한다.

미국의 의료제도를 교사로 여기고 받아들여야 한다는 주장도 있다. 공공 의료보험 가입을 의무화한 것은 자유권 침해이다. 공공 의료보험에 의한 치료는 지불하는 수가가 낮아, 수준이 높을 수 없다. 능력이 있으면 공공 의료보험에서 탈퇴하고 미국에서처럼 사설 의료보험에 가입에 파격적인 혜택을 누릴 수 있게 해야 한다. 이런 주장이 있으나, 국민의 동의를 얻지 못해 채택되지 않는다. 한국은 공동체에서 벗어날 수 있는 예외자를 인정하지 않는 나라이다. 미국의 의료제도를 반면교사로 하고 더 좋은 제도를 만들어, 모든 사람이 혜택을 누리게 하는 것을 자랑스럽게 여긴다. 코로나바이러스가 창궐하자 한국 의료제도의 장점이 분명하게 입증되었다.

기차 여행의 꿈은 접고, 비행기로 이동하라. 총으로 자기 안전을 지켜야 한다. 시장에서의 교환가치로 인력을 평가한다. 돈이 있고 병이 없으면 사설 의료보험을 이용하는 선민일 수 있다. 이 모든 것들의 기본 원리는 차등론이다. 자본주의에 입각한 차등론이 경험주의니 실용주의니 하는 말로 미화되어 있다. 미국의 차등론을 반면교사로 삼고, 한국은 대등론의 나라임을 재확인하고 더욱 빛내고자 한다.

한국은 아직 여러모로 미비한 나라이지만 희망이 있다. 아무리 모자라는 사람이라도 자기 나름대로 창조주권을 발현하는 경쟁에 참여해, 사회적 협동이 더 잘되도록 하는 것을 기본적인 활력으로 삼는다. 이런 특징을 지닌 전통적인 대등론을 살려나간다. 미국이라는 반면교사가 거대한 자태를 뽐내는 덕분에, 대등론의 의의가 더욱 분명해진다.


● 댓글과 답글


Kee Hee Lee: 선생님 축하드려요! 다시 학창시절로 돌아가는 것은 어렵지만 기쁘고 신나는 강의! 열심히 듣겠습니다.

조동일: 미국에서 들려주는 소식 반가워요.


임재해: 미국의 반면교사 노릇 여럿을 실감나게 들어서 막연한 미국 동경의 고정관념을 깨뜨려 주었다. 이 가운데 특히 문제가 되는 것이 흑인 차별이다. 한국은 휴전선을 두고 남북 대치를 하고 있지만, 미국의 흑백 차별과 갈등, 폭동에는 전선이 없다. 언제든지 폭발 가능한 시한폭동이나 다름없어서 사실상 한국의 남북 대치보다 더 위험한 처지에 놓여 있다.

조동일: 아프리카 사람들을 납치해 쇠사슬을 채우고 노예로 부린 죄과는 천년이 지나도 다 씻지 못할 것이다.


현금석: 상인천여중에 근무할 때 있었던 일을 소개한다. 2014년 9월

중순 무렵으로 기억한다. 점심시간, 별관 교사식당에서 배식 받은 식판을 내려놓는데, 맞은편에 앉아 있던 에릭(Eric)이 다가왔다. 에릭은 30대 초반 미국 콜로라도 출신 청년으로, 당시 우리학교 영어원어민 교사였다. 에릭이 나를 바라보며 물었다: "한문 선생님이세요?" 내가 대답했다: "네 그런데 … 무슨 일로 …" 에릭이 말했다: ""한문 배울 수 있나요?" 놀라 내가 다시 말했다. "한문이요? 한문을 배우겠다고요?" 우리 둘은 이렇게 만나 그해 2학기 내내 한문 공부를 같이했다. 그 후 내가 물었다: "한국에 사는 거 어떤가요?" 에릭이 힘주어 말했다. "너무 좋아요. 한국에서 살래요. 미국 안 갈 거예요." 내가 다시 물었다: "한국이 그렇게 좋아요? 어떤 점이 좋아요?" 에릭이 말했다. "한국은 가족이 너무 따뜻해요. 다정해요. 정이 많아요. 미국은 안 그래요." 다시 물었다. ""또 뭐가 좋아요?" 에릭이 말했다. "한국 음식이 너무 맛있어요." 참, 의외의 대답이었다. 나중에 살펴보니, 과연 에릭은 한국 사람보다 더 한국 음식을 맛있게 먹었다. 식판엔 늘 밥이 수북했고 반찬도 가리지 않고 뭐든 잘 먹었다. 당시 에릭은 우리나라에 온 지 2년째였다. 이듬해 2월, 에릭은 우리학교를 떠났다. 원어민교사 제도가 폐지되었기 때문이다. 에릭은 자신이 말한 대로 미국에 가질 않고, 서울 강남 영어유치원 담임교사로 초빙받았다. 헤어지던 어느 날, 에릭이 작은 선물 상자를 내밀며 말했다: "스승님 한글박물관에 갔다가 스승님 선물 샀어요." 우리 집 작은 방 옷장엔 빠알간 색상에 한글 닿소리 홀소리 문양이 새겨진 넥타이 한 벌이 걸려있다. 나와 만났던 해, 에릭은 서울대학교 언어교육원 한국어교육센터에 등록해 공부하고 있었다. 자신의 꿈이 언어학자라고 했다. 지금 어디서 무엇을 하고 있을까? 에릭이 말한 것처럼, 우리나라는 깊은 정을 나누는 공동체 문화가 살아 있고, 매일 먹는 일상 음식이 건강에 좋고 정말 맛있다. 21세기 내내 발현하고 계승해야 할 살아 있는 세계문화유산이다.

조동일: 절실한 이야기이다.

● ● ● ● ● ●

1-17 학문의 역전

미국의 나쁜 점만 들어 비난하면서 반면교사 운운하는 것은 잘못이다. 미국의 장점도 말해야 한다. 미국은 과학기술의 나라이다. 과학기술 발전을 주도하면서 세계를 이끈다. 이 점을 바로 알고 미국을 존경하는 것이 마땅하다고 한다. 과연 그러한가?

미국이 과학기술 발전에서 압도적인 우위를 차지하는 분야는 무기 개발이다. 가공할 만한 최첨단의 무기를 계속 개발해 세계를 위압한다. 불안에 사로잡힌 다른 여러 나라는 미국과의 격차를 조금이라도 줄이기 위해, 무기를 스스로 개발하려고 애쓰거나 미국 무기를 구입하거나 해야 한다. 그 어느 쪽에서든지 힘이나 돈을 탕진해 복지를 희생시켜야 한다.

과학기술뿐만 아니라 다른 모든 분야에서도 미국의 학문은 최첨단의 발전을 보이고 있어 온 세계가 배우고 따라야 한다는 주장이 드세다. 이 말도 맞지 않다. 《학문의 정책과 제도》의 한 대목 〈미국 학문의 시장 경쟁〉에서 밝혀 논한 사실을 재론한다. 미국은 자본이 학문을 지배해 시장의 횡포가 극심한 나라이다. 거대 회사가 어느 대학 이공계나 의약계 연구비를 전액 부담하고 연구 성과를 독점해 이용하는 것이 단적인 예이다. 독점 이용이 끝난 다음에야 학계에 발표할 수 있게 해서, 연구물은 인류를 위한 공공의 자산이므로 즉각 공개해야 한다는 원칙을 어긴다.

수익 창출과 직결되지 않는 분야는 자본의 지배에서 벗어나 있어 자유롭게 연구할 수 있지만, 정상적인 국가라면 으레 있는 공공의 지원이 수준 이하이어서 어려움을 겪는다. 금전으로 평가되는 교환가치가 아닌 다른

가치는 인정할 수 없다는 실용주의가 인문학문은 존립이 어렵게 한다. 세계 도처에서 나타나는 이런 현상이 미국에서 특히 심하다. 미국의 선례가 전파되어 잘 나가던 나라도 망조가 들게 한다.

미국의 대학은 돈 놓고 돈을 먹는 영리업체이다. 어느 주립대학 역사학 교수는 예산 삭감 때문에 인문학문이 죽어가니 살려달라고 각계 유력자들에게 호소했으나 답장을 받지 못한 편지를 모아 책을 냈다.(Herman Prins Solomon, *Creed and Corruption, the Downfall of Humanities at Suny Albany, 1995~2003*, Braga: Edicoes Appacdm, 2003) 어느 영문학 교수는 자기가 하는 영문학이 대학에 가까스로 자리를 잡았다가 실용적인 가치가 없다는 이유로 밀려나는 참상을 책을 써서 개탄했다.(Robert Scholes, *The Rise and Fall of English*, New Haven: Yale University Press, 1998)

문학사는 근대학문의 주역이다. 정치사는 고대에 출현해 정치 지배자의 치적을 칭송하고, 종교사는 중세에 등장해 종교의 교조나 성자가 경이로운 가르침을 베풀었다고 칭송했다. 문학사는 근대에 이르러서 출현하고, 국민 또는 민족 공동체의 표상이라는 이유에서 밑으로부터의 평가를 얻었다. 자국문학사는 물려받은 유산과 학문하는 수준을 자랑하는 양면의 의의가 있어 잘 쓰려는 경쟁이 벌어졌다. 미국은 초강대국의 위세와는 어울리지 않게 문학사가 초라한 불균형이 있다. 이에 관해《문학사는 어디로》라는 책에서 한 논의를 간추려 옮긴다.

자국문학사를 잘 쓰고 문명권문학사로, 다시 세계문학사로 앞서 나아가는 국제적인 경쟁에 미국은 참가하지 못한다. 세계문학사는 쓰기 시작하다가 말았다. 문명권문학사는 시도하지 않았다. 자국문학사 서술에서는 방황을 하고 차질을 보여주었다. 미국문학사는 영국문학사의 일부라고 하다가 가까스로 독립하고, 서술의 원리나 방법을 찾는 데 어려움을 겪었다. 집체작업을 해서 자세하게 쓰는 시도를 몇 번 했어도 평가할 만한 성과를 보여주지 못했다.

거대국가의 문학사 서술이 빈약한 불균형을 타개하는 특단의 방법을 찾았으니, 그것이 바로 문학사 부정론이다. 문학사 서술은 가능하지 않고 무리하게 시도할 필요가 없으므로, 청산의 대상으로 삼아야 한다고 공언한 책을 미국을 대표하는 하버드대학 영문학 교수가 써냈다.(David Perkins, *Is Literary History Possible?*, Baltimore: Johns Hopkins University Press, 1992) 이 책이 주도하는 문학사 부정론이 해체주의의 열풍을 타고 세계로 번져 미국이 학문의 주도권을 장악하도록 했다.

우리 한국은 문학의 유산이 자랑스럽다. 한국문학사를 잘 쓰기 위해 진지하게 노력한 성과도 자랑스럽다. 한국문학사 서술에서 얻은 성과를 확대해 동아시아문학사를 바람직하게 이룩하고, 세계문학사 이해를 바로잡는 데까지 나아가고 있다. 한국이 세계를 선도하는 나라가 되는 대전환이 문학사 서술에서는 이미 실현되고 있다.

미국의 문학사 부정론을 받아들여 우리가 하는 작업을 버려야 뒤떨어지지 않는다고 하는 사람들도 있다. 우리말을 버리고 영어를 공용어로 해야 한다는 것과 동격인 망상이 말썽을 부린다. 사리를 분명하게 가려, 미국은 훌륭한 반면교사임을 거듭 확인해야 한다. 그 덕분에 우리는 잘 나가고 있다고 하고 말 것은 아니다. 미국 때문에 생긴 혼란과 침해를 세계 전역에서 바로잡기 위해 분투해야 한다.

우리의 창조주권을 획기적으로 살려, 우리 학문을 널리 모범이 되게 이룩하는 데 더욱 힘써야 한다. 동아시아를 위해 헌신하고, 더 나아가서 인류를 위해 널리 기여해야 한다. 국가의 지원이 있어서 하는 일은 아니다. 위정자들은 뭐가 뭔지 모르고 있으나, 책을 사보고, 토론에 참여하는 대등사회의 관심과 협조가 큰 힘이 된다.

◎ 댓글과 답글

임재해: 자본이 장악하고 있는 미국 학계의 실상이 적나라하게 지적되었다. 문학사 서술을 부정하고 있는 미국 인문학계의 현실이 우리 학계에서는 극복되고 있어서 다행이다. 그러나 최근에 지원자 수가 적다는 이유로 많은 학과가 대학에서 퇴출되는 것은 심각한 문제이다.

조동일: 우리는 다른 길로 가야 한다는 것을 분명하게 알아야 한다.


현금석: 《세계 지방화 시대의 한국학 8, 학문의 정책과 제도》와 《문학사는 어디로》를 책장에서 꺼내 다시 읽었습니다. 책 이곳저곳을 훑어보며 새삼 경탄했습니다. 어떻게 사람이 한 생을 살면서 이렇게 많은 책을 읽을 수 있을까? 특히 《문학사는 어디로》는 책 속의 책이 끝없이 이어지는 책의 밀림이었습니다. 그것도 그냥 아무 책이나 닥치는 대로 읽은 게 아니고, 문학사라는 일관된 주제 아래 꼭 필요한 책을 골라 읽고 치밀하게 고찰하는 자세는 독자를 압도합니다. 이번 강의를 듣는 사람은 《문학사는 어디로》를 구해 읽어 보기 바랍니다. 이번 강의가 쉽게 들린다고 해서 다 알았다고 하기 어렵기 때문입니다. 더욱이 학문에 뜻을 둔 젊은이라면 반드시 읽어야 할 것입니다. 모름지기 학자란 어떠해야 하는가 하는 전범을 보여주기 때문입니다. 《문학사는 어디로》의 표지 그림 雪坡遠路(설파원로)는, 볼 때마다 가슴이 뻥 뚫립니다. 백설이 滿乾坤(만건곤)한 풍경, 눈 덮인 산등성이 먼 길을 오르는 사람들, 저 멀리 하늘을 날아가는 산새들. 오랜만에 《산산수수, 조동일 화집》을 펼쳐보았습니다.

조동일; 너무 많은 책을 써내고 지나치게 자세한 논의를 펴서 미안합니다. 대강 훑어 대의만 파악하고, 반면교사로 이용하세요.


이강혁: 2차 세계대전 이후로 유럽은 인간의 본성에 대한 회의와 탐구

를 시작했다. 그래서 〈고도를 기다리며〉와 같은 작품들, 독일의 희망 신학, 프로이트의 무의식과 같은 대 전환을 경험한다. 하지만 미국은 대 경제 호황으로 자본이 발달한다. 많은 한국인들이 미국으로 가서 학문을 배워 오고 있다. 하지만 유럽에서 인간에 대한 깊은 탐구 역시 배워야 한다.

　조동일: 배울 것이 아니라, 토론의 대상으로 삼아야 한다.

● ● ● ● ● ●


## 1-18 세계를 둘러보며

　대등의식은 한국인의 고유한 특성이 아니다. 대등의식은 보편적인 유산이다. 인류의 보편적인 유산인 대등의식이 침해를 받아 왜곡되고 퇴색되고 짓밟히고 있는 곳이 대부분이다. 차등론이 드세서 이런 불행한 사태가 벌어졌을 뿐만 아니라, 차등론을 철폐하는 대안을 평등론으로 삼으려고 하는 것도 차질이 생긴 원인이다. 우리는 이런 폐해가 적다.

　대등의식은 침해를 받고 짓밟히는 곳에서도 없어지지 않고 남아 있다. 이따금 특별한 계기가 있으면 청순한 모습을 드러내 혼미해진 사고를 청산하고, 빗나가는 행동을 바로잡는다. 그 증거를 문학 작품에서 찾을 수 있다. 감당하기 어려운 위기 상황에서 정신을 차려야 해야 할 때, 예사롭지 않은 작품이 나타난다.

　독일이 제2차 세계대전을 일으키고 불국을 점령해 통치할 때 나타난 저항문학에서 그런 본보기를 찾을 수 있다. 베르코르(Vercors)라는 가명으로 사용한 작가가 비밀출판을 한 《바다의 침묵》(Le silence de la mer)을 읽으면, 두 가지 점에서 충격을 준다. 의식이 착종되어 난해한 작품을 쓰던 풍조를 청산하고, 이해하기 쉬운 이야기를 명료하게 했다. 독일의 만행을 규탄하고 격렬하게 싸우자고 선동하지 않고, 거의 반대가 되는 말을 했다.

독일군 몇이서 방을 징발하러 오고, 독일군 장교 한 사람이 징발한 방을 숙소로 사용했다. 집주인이 독일군 장교와 아무 말도 하지 않아, 침묵이 오래 계속되었다. 이것으로 작품 제목을 삼았다. 독일군 장교는 침묵을 깨지 못하는 뜻밖의 상황에 부딪혀 당황했다. 무력을 사용해 불국인의 영혼까지 쉽게 짓밟을 수 있다고 여긴 것이 잘못인 줄 알고, 우월감이 무너지는 충격을 받았다. 혼자 중얼거리면서 불국을 존경한다고 하고, 두 나라가 싸우지 말고 각기 지닌 장기를 살려 서로 도와야 한다는 말을 했다. 동부전선으로 가라는 명령을 받아 작별을 고하면서 "지옥으로", "장차 썩은 시체를 거름으로 보리가 자랄 곳으로" 떠나간다고 했다.

이 작품은 침묵을 저항 아닌 저항의 방법으로 삼아, 우세한 군사력으로 격렬한 공격을 한 것보다 더 큰 성과를 올렸다. 상대방을 파멸시키지 않고 끌어안아, 잘못을 깨우치고 착각에서 벗어나게 했다. 미약하면 강력하고, 강력하면 미약한 생극의 원리를 알아차리고, 서로 대등한 관계에서 화합을 이룩할 수 있다고 생각하게 되었다.

전쟁이 끝난 뒤 독불 양국은 생극의 원리와 대등한 관계에 입각해 우호를 다지며 유럽 통합을 선도하고 있다. 많이 다르고 서로 이해할 수 없는 측면이 얼마든지 있어 서로 보완하는 방향으로 나아간다. 무력을 뽐내며 침략을 일삼는 것이 마땅하며 자랑스럽다고 하는 사고방식을 지구 전역에서 불식하는 데 큰 기여를 한다.

팔레스타인 작가 카나파니(Ghassan Kanafani)의 아랍어 소설 《하이파에 돌아와서》(A'id ila Hayfa, 1969)는 이스라엘과 팔레스타인의 싸움 때문에 생긴 비극을 다룬 작품이다. 이스라엘을 건국한다고 영국군이 진주해 팔레스타인을 몰아낼 때, 황급하게 떠나느라고 어쩔 수 없이 두고 온 아들을 팔레스타인 부부가 20년이 지난 뒤에 만나러 갔다. 아이를 버려두고 피난을 해야 했던 것은 통분할 일이다. 주인공의 이런 심정에 독자도 동의하다가, 그다음에 일어난 일을 보면 생각이 달라진다.

버리고 떠난 집에 가니 거기 살고 있는 이스라엘인 부부가 방문자 부부를 다정하게 맞이하고 그 동안 있었던 일을 알려주었다. 버려두고 온 아이를, 집을 차지하고 살게 된 자기네가 아들로 삼고 길렀다고 했다. 아버지를 아우슈비츠 수용소에서 잃고 가까스로 살아나 이스라엘로 이주한 아내가 아이를 낳을 수 없어 고민이었던 차에, 다섯 달 된 아이를 양자로 삼아 기르면 집을 한 채 주겠다는 제안을 받아들였다고 했다.

양쪽은 아들 때문에 서로 다른 생각을 했다. 아들을 생부모는 데려오고 싶어 하고, 양부모는 보내기 싫어했다. 아이에게 선택권을 주자는 데 합의하고 의향을 물어보았더니, 아이는 친부모를 따라갈 의향이 없다고 했다. 자기는 유태인이어서 양부모와 함께 살겠으며, 조국 이스라엘 병사가 된 것이 자랑스럽다고 했다.

방문자 부부는 그 순간 집에 있는 둘째 아들을 생각했다. 첫아들을 버리고 떠나온 뒤에 낳은 둘째 아들도 이제 청년이 되어 팔레스타인 해방투쟁의 전사로 나서겠다는 것을 말려두었다. 이제 그 두 아들이 전쟁터에서 만나 서로 싸울 판국이다. 이것이 더 큰 비극이다.

집단 사이의 적대적인 관계란 것은 허망하다. 자라는 아이들은 소속이 미리 정해져 있지 않고, 어느 곳에서 누가 양육하는가에 따라서 유태인이 되기도 하고 팔레스타인 사람이 되기도 한다. 그 둘이 얼마든지 넘나들 수 있는데, 왜 서로 용납할 수 없단 말인가? 사람은 누구나 대등하다. 자기주장만 내세우지 말고, 적대적이라고 생각되는 상대방을 대등의식을 가지고 이해하고 사랑해야 한다.

이 작품의 작자 카나파니는 팔레스타인 해방투쟁의 대변인인데, 이런 작품을 세상에 내놓았다. 이스라엘을 소리 높여 고발하고 강력하게 규탄하는 논조를 버린 것이 직무유기라고 할 것인가? 아니다. 차등론을 대등론으로 타파하면 약한 것이 강한 것보다 더 강하게 된다. 싸움 부정이 싸움을 가장 잘하는 방법이어서 궁극적인 승리를 가져온다. 이렇게 깨우쳐준다.

### ◉ 댓글과 답글

임재해: 카나파니의 작품을 보면, 해방 후 우리나라 빨치산 이야기가 떠오른다. 형제가 한 사람은 빨치산이 되고 한 사람은 토벌대가 되어 서로 다른 시간에 어머니를 몰래 찾아왔을 때, 어머니가 형제 둘을 다 품어주는 이야기이다. 어느 아들 편에 기울어지지 않고 둘을 다 품어주고 숨겨주는 어머니 같은 마음이 대등론이다.

조동일: 그 마음으로 통일을 이루어야 한다.

윤동재: 하이파는 이스라엘 북서부의 항구도시이다. 텔아비브 공항에 내려 지중해를 따라 카이사리아, 아코를 거쳐 하이파로 가게 된다. 하이파로 가기 전 들르게 되는 아코는 이슬람 유적지가 많은 곳이다. 여리고에서처럼 친절하고 따뜻한 아랍인을 만날 수 있는 곳이다. 하이파도 아코와 같이 친절한 아랍인을 볼 수 있는 곳이다. 두 곳 모두 이스라엘인과 아랍인이 어울려 지내고 있는 곳이다. 이스라엘에 가 본 사람들은 말한다. 이스라엘에 가기 전에는 아랍인에 대해서 잘 몰랐는데 이스라엘에서 만나는 아랍인들은 대체로 친절하고 따뜻하다고. 선생님 강의를 들으니 이스라엘 다녀온 사람들이 입버릇처럼 하던 말이 다시 생각난다. 《하이파에 돌아와서》란 작품도 그냥 나온 것이 아니라, 손끝에서 나온 작품이 아니라, 다른 사람들을 존중하고 함께 살기를 열망하는 아랍인들의 삶에 푹 젖어 있던 귀한 생각과 삶의 태도가 자연스럽게 작품으로 나온 것이라는 생각이 든다. 예전에 읽었지만 선생님의 강의를 듣고 나니 다시 읽고 싶다. 작품의 길이가 길지 않아 오래 걸리지 않을 것 같다.

조동일: 공허한 관념에 매이지 말고, 생생한 현실을 알아야 한다.

Nam Gyu Kim: 팔레스타인 소설의 내용을 통해 비춰주는 현실의 모습에 의식의 전환이 일어납니다. 집단과 그들이 공유하고 있는 생각은 하나의 선택일 뿐인데, 그 생각에 저당잡혀 사는 생명들이라는 생각에 안타까움이 일어나네요. 그런 의식의 대전환을 일으켜줄, 대등론의 세계가 펼쳐지기를 바랍니다.

조동일: 그처럼 복잡한 논의를 납득할 수 있게 하려면 더 많은 노력해야 합니다.

● ● ● ● ●

1-19 또 하나의 재앙

코로나바이러스 역병을 잘 막아내려고 지혜를 모으고 있는데, 또 하나의 재앙이 나타났다. 여성을 노예로 삼고 음란물 영상을 남성 구매자들에게 제공해 막대한 이득을 얻은 성범죄가 알려져 큰 충격을 준다. 이 재앙을 이겨내려면 더 큰 지혜가 필요하다.

코로나바이러스 역병은 세계 전역에 닥친 대동지환大同之患이다. 옛사람들이 공통적인 재앙을 지칭하던 대동지환이라는 말이 아주 적절하다. 우리가 이에 잘 대처하는 지혜가 널리 알려져 칭송을 받고 있다. 온 세계를 새롭게 한다고 남들이 알아주고 스스로 대견하게 여긴다.

음란물 성범죄는 국내의 사건이고 다른 데서도 같은 일이 일어날 수 있을까 의문이다. 이에 대처하는 방법은 남들이 관심을 가질 것이 아니다. 그러나 두 문제를 해결하는 지혜 또는 방법은 근본적으로 동일하다. 우리만의 문제를 특수하게 해결해야 하는 것은 아니다. 보편적인 원리에 근거를 두어야 하고 세계사에 대한 통찰에 근거를 두어야 한다. 새로운 시대를 열어가는 결단을 내려야 한다.

음란물 성범죄가 알려지자 범죄자를 엄벌하고 구매자들도 처단해야 한다는 소리가 높다. 이렇게 하면 사태가 수습될 것은 아니다. 문제를 근본적으로 검토하고 그 이상의 해결책을 찾아야 한다. 차등론이나 평등론을 비판하고, 대등론의 창조주권이라고 말해온 대안의 진면목을 보여주어야 하는 과제가 제기되었다.

차등론에서는 말해왔다. 남성은 방종할 수 있고, 여성은 정절을 지켜야 한다. 여러 이성과 관계를 가지는 방종은 남성의 특권이고, 한 이성과만 관계를 가져야 하는 정절은 여성의 의무이다. 남성은 잡되어도 여성은 순결해야 한다. 남녀는 윤리적 차등이 있는 것이 당연하다. 이렇게 말하는 것은 설명이 더 필요하지 않아 예증을 들지 않는다.

평등론은 이에 대해 반론을 제기하고 상이한 주장을 한다. 방종이냐 정절이냐는 남녀 어느 쪽이든지 스스로 결정해야 한다. 남녀는 윤리적으로 평등해야 한다. 이것은 새삼스러운 주장이 아니고, 유럽에서는 몇 세기 전부터 있던 일이다. 불국 작가 라클로(Choderlos de Laclos)는 《위험한 관계》(*Les liaisons dangereuses*)라는 소설에서, 부부 관계인 남녀가 각기 자기가 좋아하는 이성들과 자기 나름대로의 관계를 가지는 모습을 그려놓았다.

이런 것은 소설 제목에서 말했듯이 위험한 관계이고, 바람직하다고 하기는 어렵다. 남녀는 평등할 수 없는 차등을 지니고 있다. 방종의 결과가 남성은 잊으면 그만인 기억이지만, 여성에게는 임신으로 남고 출산으로 이어져 평생의 짐이 될 수 있다. 남성은 여성보다 완력, 경제력, 정치력 등의 힘이 우세해 상대방을 자기 마음대로 할 수 있으나, 열세인 여성은 그럴 수 없다.

이런 본원적 차등이 남녀는 윤리적으로 평등해야 한다는 주장이 실현되지 못하게 한다. 윤리적 평등으로 본원적 차등을 부정할 수 없어, 평등론은 무력하다. 남성이 여성의 정절을 침해하는 가해자, 여성은 정절을 침해당한 피해자가 되는 것이 흔한 일이다. 인류 역사만큼이나 오랜 내력을 가진 불행이 지금도 되풀이되고 있다.

가해자를 그냥 두고 보아야 하는 것은 아니다. 여성 자신이나 주위 사람들이 복수를 할 수도 있다. 채만식의 소설 《탁류》에서는 강간당하고 임신해 출산까지 해서 더욱 어렵게 살아가던 가련한 여인이 분노가 극도에 이르자 강간범을 돌로 때려 죽였다. 가해자를 고발해 법의 심판을 받게 하는 것이 통상적으로 이루어지는 더 나은 방법이다. 가해자가 막강한 힘을 가진 거대한 집단일 때에는 복수도 처벌도 할 수 없어 분노를 터뜨리기만 한다.

지금 논의되고 있는 것은 법에 의한 처벌이다. 여성을 음란물 영상 제공의 노예로 삼은 범죄자를 강력하게 처벌하고, 가담자들에게도 죄를 물어야 한다는 여론이 드세다. 강력한 처벌을 하면 문제가 해결되는 것은 아니다. 강력한 처벌이 두려워 같은 일이 다시 일어나지 못하게 한다고 해도, 이미 생긴 피해는 회복되지 않는다.

가해자를 강력하게 처벌한다고 피해 여성들이 상처가 치유되고, 윤리적으로 원상회복 될 수 있는 것은 아니다. 사건이 사회적 관심사로 등장해 논의에 참가하는 사람들의 폭이 확대될수록 피해자는 수치심을 감추어두기 더욱 난감해진다. 피해자들을 살리는 것을 핵심 과제로 삼고 지혜를 모아야 한다. 차등론을 평등론으로 넘어서려고 하는 시도를 넘어서서, 대등론의 창조주권을 최고 수준으로 발휘해야 하는 과제가 제기되었다.

● 댓글과 답글

박영미: 이제까지 가해자 처벌만 생각하고, 피해자를 살리는 것이 핵심

과제인 줄 몰랐습니다. 대등론을 최고 수준으로 발휘해야 하는 과제 어렵습니다.

조동일: 발상의 대전환이 필요합니다.


현금석: 사람은 누구나 성인聖人이 되어야 한다는 것이 유학의 이념이다. 사적인 이익을 버리고 공적인 이익을 구현하는 것이 성인의 책무이다. 세상이 잘못되어 감을 근심하고 세상을 바로잡기 위해 노력하는 것이 군자君子의 의무이다. 이렇게 주장해도, 남녀차별이라는 악습이 뿌리 깊게 퍼져 있다. 남녀차별을 그대로 두고 대등사회를 말할 수 없다. 그렇다면 남녀 대등사회를 이루는 길이 있을까? 그 길은 분명히 있다고 설파 성인은 말한다. 그 길은 대등론을 최고 수준으로 발휘할 때 생겨난다고 설파는 말한다. 그 길은 과거에 있어본 적이 없고 지금도 있지 않지만, 앞으로 우리 사회 구성원 모두가 함께 걸어가야 할 길이다.

조동일: 유학은 차등론에서 벗어나지 못해, 세상을 바로잡으려고 하다가 더 망친다. 차등론을 대등론으로 바꾸어 자기를 바로잡는 것이 선결과제이다.


Nam Gyu Kim: 차등을 평등이 아닌 대등으로 뒤집을 때 약자가 우위에 서게 된다는 말씀이 마음에 와닿습니다. 가끔씩 악하다고 생각되는 이를 만날 때, 내가 지닌 힘이 약하다고 생각될 때, 그보다 더 강한 힘으로 그를 눌러주지 못하는 자신을 나약하고 비겁하다고 탓하게 되는 경우, 그래서 더 동일한 선상에서의 힘을 더 키우려고 애쓰게 되는 경우들이 있는데, 지금 이 모습 이대로 관계의 역전을 일으킬 수 있는 대등론의 원리가 놀랍고 동의가 되어집니다.

조동일: 그 이치를 더욱 깊이 탐구해, 쉽게 알아차릴 수 있게 말합시다.

● ● ● ● ● ●

## 1-20 창조주권 더 크게

가해자가 막강한 힘을 가진 거대한 집단일 때에는 복수도 처벌도 할 수 없어 분노를 터뜨리기만 한다고 했다. 그런 일이 병자호란 때 청나라 군사들이 부녀자들을 약탈해 가는 것으로 나타났다. 잡혀간 이들을 어렵게 교섭하고 많은 돈을 주고 해서 데려와서는 환향녀還鄕女라고 하면서 멸시했다. 시아버지가 내쫓고 남편이 버려 자살하기까지 하는 사태가 벌어졌다.

사실은 그렇지만, 민간의 전설에서는 이와 아주 다른 말을 항변 삼아 했다. 국왕이 결단을 내리고 엄명했다. 돌아오는 길에 큰 솥을 걸고 물을 데워 모두 목욕을 하도록 하고, 다시 딴말을 하면 국법으로 처단하겠다고 해서 그대로 시행되었다. 아무도 감히 다른 말을 하지 못했다. 전설은 민중이 지닌 대등의식의 창조주권에 입각한 해결책을 아주 분명하게 제시했다.

남녀관계는 생각하기 나름이다. 옛적 몽골에서는 손님이 오면 남편이 자기 아내와 동침하도록 했다. 손님을 잘 대접하고, 또한 새로운 혈통을 받아들이고자 했기 때문이다. 적대적인 집단이 싸움을 벌이면 여성을 약탈해 가는 것이 예사였다. 다음 싸움에서는 이겨 아내를 찾아와서는 아무 일도 없는 듯이 함께 잘 살았다. 아내가 다른 남자와 관계해 낳은 아이를 자기 아이로 기르는 것이 당연하다고 여겼다. 칭기스칸도 이렇게 했다.

월남소설에 《김운교》(Kim Van Kieu, 金雲翹)라는 것이 있다. 한국의 《춘향전》처럼 민족고전으로 애독되고 칭송되는 작품이지만, 여주인공의 처신은 정반대이다. 춘향은 원래 기생의 딸인데도 막강한 힘을 가진 지방 수령이 겁박해도 굽히지 않고 정절을 지킨 것이 아주 훌륭하다고 한다. 《김운교》에서는 양가집 딸 翠翹(취교)가 첩으로 팔려갔다가 娼妓(창기)가 되었어도 사랑하는 사람을 향한 애틋한 마음을 버리지 않아 감동을 준다.

취교는 아버지를 구하고 집안을 살리기 위해 자기를 희생시켰다. 그 뜻이 갸륵하다고 하고, 정조를 잃고 몸이 더럽혀진 것은 조금도 탓하지 않았다. 사랑하는 사람을 잊지 못하고 그리워하는 간절한 심정에 독자는 깊이 감동하도록 작품이 전개되었다. 사랑하는 사람도 이런 사실을 알고, 결말에 이르러서는 죽게 된 취교를 살려내 아내로 받아들였다. 취교의 동생과 이미 결혼하고 있어, 취교를 또 한 사람의 아내로 받아들이고 정신적 사랑을 순수하게 이어간다고 했다. 취교는 가장 가련하고 청신하고 아름다운 여인으로 오래오래 기억되고 있다.

방종은 잡되고, 정절은 청결이라고 둘로 나누는 것은 잘못이다. 오염이 청결이고 청결이 오염이다. 생각하기에 따라 이렇게도 되고 저렇게도 된다. 남의 자식이 내 자식이고, 내 자식이 남의 자식이다. 기르기에 따라 다르다. 이렇게 생각하고 행동하게 하는 것이 인류가 이상으로 삼는 대등한 화합의 원리이고, 가장 높은 수준의 창조주권이다.

병자호란 때 여인들이 잡혀간 것이나, 오늘날의 여성들이 음란물을 제공하는 노예가 된 것이나 국가나 사회가 무능해 막지 못했기 때문이다. 잘못을 시인하고 책임질 일을 해야 한다. 일제가 종군위안부를 만들어낸 것까지 보태 함께 말해보자. 가해자를 처벌하는 것보다 피해자를 살리는 것이 월등히 중요한 과제이다. 이 일을 위해 힘을 모으자.

가해를 막지 못한 잘못을 속죄하려면 피해자를 살려내야 한다. 이것을 공동체의 일원이면 누구나 자기 일로 여겨야 한다. 종군위안부만 명예 회복이 필요한 것은 아니다. 강도에게 피해를 당해 장애인이 된 사람을 멸시하고 조롱하는 어리석은 짓을 하지 말아야 한다. 단기적인 대책은 다 소용없다. 앞에서 말한 인류가 이상으로 삼는 대등한 화합의 원리를 실현하고, 가장 높은 수준의 창조주권을 발현해야 한다.

이 기회에 차등론에 근거를 둔 낡은 윤리의식을 철저히 불식해야 한다. 우리 모두 새 사람이 되어, 세계사의 대전환을 선도해야 한다. 코로나바

이러스 역병을 잘 막아내는 것만으로는 부족하다. 동시에 터진 또 하나의
재앙을 창조주권을 위대하게 발휘하는 더 큰 계기로 삼아야 한다.

● 댓글과 답글

이일수: 민중의 설화와 동아시아의 일원인 월남의 고전에서 대등론에
입각한 남녀문제 해법의 한 단서를 찾을 수 있다는 착상이 더욱 정교하
여져야 하겠습니다.

조동일: 그렇습니다. 더 노력합시다.

임재해: 남녀 대등론은 여성의 외도를 남성의 외도처럼 특별히 탓하지
않는 것은 물론, 남녀가 외도로 낳은 자녀까지 서로 대등하게 여기는 데
까지 나아간다. 가해자 처벌보다 피해자를 보호하는 것이 문제해결의 근
본이라는 대안은 탁견이다.

조동일: 창조주권을 더 크게 발현해 발상의 전환을 이룩해야 한다.

● ● ● ● ●

# 제2장

나아감

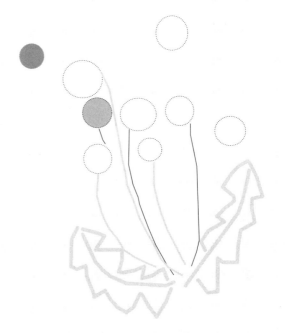

## 2-1 앎은 스스로 얻는다

일어섰으면, 앞으로 나아가야 한다. 나아가려면 알 것을 알아야 한다. 앎을 스스로 얻어야 한다. 이렇게 말하는 앎이 무엇인지 먼저 알아보자.

'앎'은 교육과 학문을 하나로 합친 말이다. 교육과 학문은 둘인데, 함께 논의하기 위해 합쳐서 말하는 것은 아니다. 교육과 학문은 '앎'이라는 점에서 하나이다. 세상에 태어나서 무엇을 처음 아는 것부터 대학자가 엄청난 이치를 알아내는 것까지 모두 일관된 작업이고 공통된 원리가 있다.

신문기자가 찾아와 인터뷰를 하면서 물었다. "스승의 날을 맞아, 교수 선배로, 인생의 겨울을 맞은 인생 선배로서 이 땅의 또 다른 스승들에게 당부하고 싶은 말씀이 있을까요?" 이에 대해 대답했다. "언제나 초심자가 되어 출발 선상에 서서 탐구를 하고자 하면 인생의 겨울이 없습니다."

다시 물었다. "지금은 어른이 사라진 시대라고 합니다. 그렇지만 사람들 마음속에는 '참 스승'에 대한 목마름이 늘 있는데요, 우리 시대가 스승을 잃어버리게 된 이유를 무엇이라고 생각하시는지요?" 이에 대해서도 동문서답을 했다. "컴퓨터가 나타나 어른이 사라졌습니다. 어린아이는 말 배우듯이 컴퓨터를 익혀 가지고 노는데, 나이 많은 사람은 거듭 배워도 컴맹에서 벗어나기 어렵군요. 이러고서 누구를 훈계합니까? 어른이 사라진 것이 개탄할 일이 아니고 당연합니다. 나이가 많다고 어른으로 행세하지 말아야 합니다. 연륜이 오염이지 않고, 오염을 씻어내는 맑은 물이어야 합니다. 허위의식을 버리고 자세를 낮추어 어린아이처럼 출발선상에 다시 서야 합니다."

교육에 대해서 흔히 하는 말이 있다. 주입식 교육을 하지 말고 산파술

교육을 해야 한다고 한다. 소크라테스(Socrates)가 일찍이 시범을 보인 산 파술교육은, 선생이 학생에게 계속 감당하기 어려운 질문을 해서 학생이 자기가 무지한 것을 알아차리고 지혜를 받아들이도록 하는 것이라고 한 다. 이것은 여러모로 잘못되었다.

선생이 공연히 질문을 해서 학생이 스스로 하려고 하는 공부를 방해하 지 말아야 한다. 무지를 알아차리도록 하는 것은 잘못이고, 창조주권을 알아차리도록 해야 한다. 지혜를 밖에서 받아들이도록 하는 것도 잘못이 고, 창조주권을 발현해 지혜를 스스로 마련해야 한다. 선생은 누구이고 학생은 누구인가? 선생이 학생을 가르칠 수 있는가? 선생과 학생의 구 분이 필요한가? 이런 것이 모두 의문이다.

이런 의문이 이어지는 것은 선생이 학생을 잘못 가르치는 탓이다. 산 파술교육이라는 것도 잘못 가르치는 방법의 하나이다. 잘 가르치는 좋은 교육이 있는가? 산파술교육보다 더 나쁜 교육을 먼저 말해보자. 선생은 할 수 없거나 하지 않은 일을 학생에게 일방적으로 요구하는 훈계교육은 가장 나쁘다. 이와는 반대가 되는 좋은 교육은 어떻게 해야 하는가? 산 파술 교육의 결함까지 시정하려면 어떻게 해야 하는가?

시범교육을 대안으로 제시할 수 있다. 선생이 자기의 창조주권을 성실 하고 철저하게 발현해 창조의 성과를 이룩하는 시범을 보이고, 학생도 해 보라는 것이다. 가능성을 신뢰하고 용기를 가지고 해보라는 것이다. 40년 이 넘는 기간 동안 교단에 서서 이 방법으로 교육을 하려고 수고한 것을 대견하게 여기면서, 너무 엄격하고 지나치게 큰 부담을 준 것을 반성하고 있다. 앞뒤 말이 맞지 않은 것은 생각이 모자라기 때문이다.

학사에서 박사까지의 지도교수로 모신 장덕순 선생은 "無爲之敎(무위지 교)를 크나큰 가르침으로 삼아 天稟(천품)이 自發(자발)하게 했다"고 묘 비에 썼다. 무위지교는 가르치지 않으면서 가르친다는 뜻이다. 어떻게 했 다는 말인가? 훈계교육, 산파술교육, 시범교육 따위가 범접하지 못하게 막아주고, 마음껏 뛰어놀 수 있게 했다. 무슨 말을 해도 다 받아주었다. 좌우 눈치를 보지 않고 과감한 시도를 마음 편하게 하고 있는 것이 그 덕분이다.

70대까지는 내가 장덕순 선생보다 더 잘 가르쳤다고 착각하다가, 80이 넘어서야 많이 모자라는 것을 깨닫기 시작했다. '앎'은 스스로 얻는 것인데, 나는 공연히 땀 흘려 수고하면서 간섭했다. 선생의 가르침을 되새기면서 어린아이로 되돌아가 새 출발을 하는 시점을 좀 더 앞당긴다. 창조주권론을 전개하는 방송을 하고 책을 내는 것이 그 덕분이다. 이 대목의 글을 쓰게 된 것이 새삼스럽게 신통하다.

선생이 아닌 선생이, 하지 않으면서 하는 교육이라야 '앎'을 스스로 얻는 것을 방해하지 않고, 마음 놓고 할 수 있는 푸근한 자리를 마련해준다. 이렇게 하는 것은 너무나도 당연해 이름이 없어야 하지만, 구태여 있어야 한다면 무위교육이라고 하겠다. 족보가 있어야 존재를 인정하겠다고 우기면, 老子(노자)를 연원으로 삼는다고 말해둔다.


◉ 댓글과 답글


김영숙: 탐구자에겐 "인생의 겨울은 없다"는 말씀에 기가 죽습니다. 선생님의 학문하시는 인생에 겨울이 없음은 익히 보아왔습니다. 창조주권을 스스로 발현할 수 있는 학생에겐 무위교육이 가능하지만, 그렇지 못한 학생에겐 무위교육이 방종으로 흐를 가능성도 있을 것 같습니다.

조동일: 무위교육을 스스로 하면, 누구나 인생의 겨울이 없는 탐구자일 수 있습니다.

무능하다고 여기고 자기를 차별하면, 그 가능성이 없어집니다. 자기를 차별하지 못하게 말리는 것이 교사가 할 일입니다.

임재해: 카잔차키스의 《그리스인 조르바》는 모든 일과 사물을 그때마다 처음처럼 새롭게 본다. 돌이 굴러떨어지는 것을 보고 돌의 생명력을 새로 발견하고, 짐을 싣고 가는 노새를 경이로운 존재로 여기고 감탄한다. 늘 보던 바다를 보며 새삼 푸른색으로 넘실대는 바다를 기적으로 여겨 놀랄 뿐 아니라, 매일 아침마다 새로운 세상이 시작되는 것을 알아차리고, 스스로 새로운 세상을 창조하려고 한다. 무위의 교육과 학문으로 각자 스스로 앎을 얻도록 어린아이처럼 출발 선상에 늘 다시 서게 하는 것이야말로, 창조주권을 발현하는 최선의 길이다.

조동일: 그렇다. 천지가 날로 새롭다고 하면 나도 날로 새롭다. 만물이 창조를 하는 것을 보고 감격하면 나도 창조를 하게 된다.

현금석: 이 강의는 老子(노자) 〈道德經〉(도덕경)의 새로운 판본이다. 王弼(왕필)의 주석을 훨씬 뛰어넘는다. 이 강의를 듣고 노자 〈도덕경〉을 다시 읽었다. 이 강의와 관련이 있는 원문과 왕필의 주를 적는다. 2장 원문: "성인은 함이 없는 일에 처한다.(聖人處無爲之事) 말 없는 가르침을 행하고 만물이 서로 작용하는데 간섭하지 않으며, 창조하고서도 소유하지 않으며, 일을 하고서도 자랑하지 않는다.(行不言之教 萬物作焉而不辭 生而不有 爲而不恃) 공로가 이루어져도 그 공적을 차지하지 않으며, 공적을 차지하지 않으므로 그 공적이 사라지지 않는다.(功成而不居 夫唯不居 是以不去.)" 왕필 주: "스스로 그러함이 이미 족하니 인위를 행하면 망가진다.(自然已足 爲則敗) 지혜가 스스로 갖추어져 있으니 인위를 행하면 허위가 되고 만다.(智慧自備 爲則僞)" 10장 원문: "기운에 맡겨 부드러움을 지극히 해서 갓난아기처럼 될 수 있겠는가?(專氣致柔 能嬰兒乎?)" 왕필 주: "專은 맡긴다는 뜻이다. 致는 이른다는 뜻이다. 스스로 그러한 기운에 맡겨서 지극히 부드러운 조화를 이루어 갓난아기가 바라는 바가 없는 것처럼 할 수 있다면, 만물은 저마다 온전해지고 만물의 본성은 저마다

실현될 것임을 말하고 있다.(專 任也 致極也 言任自然之氣 致至柔之和 能
若嬰兒之無所欲乎 則物全而性得矣)"

조동일: 누구나 노자이고 왕필일 수 없다. 노자나 왕필의 글을 읽고
유식 자랑을 하면, 가야 할 길에서 멀어지는 것이 예사이다.

Nam Gyu Kim: 2009년경 계명대학에서 진행하는 열린 특강에 몇 번
참석했습니다. 그때 교수님이 이제 산을 하산하는 시점이라는 말씀 같은
것을 들었던 기억이 납니다만, 지금의 이 강의를 들으니, 늘 새롭게 배우
는 초심자의 자리, 어린아이의 자리에서, 새로운 그림을 매순간 펼쳐나가
시는 모습처럼 보여 반갑고 기쁘고 생생합니다. 말씀 나눠주시는 무위교
육이라는 것이 무언가를 애써 가르치려 하지 않아도, 이미 자기 안에 있
는 앎에 눈 떠 그것이 이끄는 삶으로 살아갈 수 있도록, 단지 안내하고
그것이 펼쳐질 수 있도록 공간을 허용하는 교육에 대해 말씀하시는 것으
로도 이해되어 동의가 되고 공감도 가구요.

조동일: 무위교육을 위한 제도나 여건을 마련하라고 요구하고 투쟁하면
이루어지는 것이 있을 수 없습니다. 무위교육을 먼저 내게 실시해 타당성
을 체득하고, 가능한 범위 안에서 조금씩 확대하는 것이 바람직합니다.

◉ ◉ ◉ ◉ ◉

## 2-2 누구나 영재이다

재능이 뛰어난 사람을 영재라고 하면서 대단하게 여긴다. 영재를 찾아
내 특별한 교육을 해야 한다고 한다. 이것은 잘못된 생각이다. 잘못된 생
각에 근거를 둔 영재론이 창조주권론을 전개하지 못하게 방해하고 있으
므로, 철저하게 따져 물리쳐야 한다.

영재가 따로 있는 것은 아니다. 사람은 누구나 창조주권을 지니고 있다. 창조주권을 찾아내 발현하는 사람은 누구나 영재이다. 창조주권의 능력은 오묘하고 다양해서 지능검사 같은 방법으로 측정하기 어렵다. 기성세대의 낡은 사고방식으로 아직 나타나지 않은 미지의 능력을 함부로 판정하지 말아야 한다.

어린아이가 영문자, 구구단, 천자문 같은 것들을 줄줄 외는 것이 영재의 증거라고 여기고 자랑한다. 옛적에는 아이가 공부를 기대 이상으로 잘하면 가르침을 중단했다. 才勝(재승)은 곧 薄德(박덕)이라고 여겼기 때문이다. 재주가 뛰어나면 사람됨이 모자라게 마련이므로, 재주를 눌러 함부로 날리지 못하게 했다. 외기를 잘하는 誦才(송재)를 뽐내는 것을 특히 경계했다.

才(재)와 상반되는 德(덕)이 도덕적으로 훌륭하다는 것만은 아니다. 창조주권이 온전하게 발현해 전인적인 창조력을 보여주면서 종합적인 판단을 바람직하게 해야 하는 것까지 말한다. 才(재)를 숭상하고 誦才(송재)를 뽐내는 것은 편벽된 선택과 오만한 태도로 말썽을 일으키는 일탈행위이다. 종합적이고 전인적인 창조력을 손상시키고, 창조주권이 온전하기 어렵게 한다.

朴趾源(박지원)은 열다섯 살이 될 때까지 글을 배우지 못했다고 한다. 서당에 입학하자 바로 쫓겨났다는 말일 것이다. 나이가 들어서 글공부를 시작하고 몇 해만에 대문장가가 되었다. 오래 눌러두어 오염되지 않고 손상을 면한 창조주권이 탈출구를 찾지 못하고 있다가 폭발했다고 할 수 있다.

날리는 재주를 경계하는 전통은 일제강점기에 이르자 단절되고, 재주가 뛰어난 사람을 영재니 천재니 하면서 대단하게 여기는 일본의 풍조가 수입되었다. 일본인은 一刀兩斷(일도양단)의 장기를 유감없이 발휘해, 천황과 천민의 거리만한 것이 천재와 둔재 사이에도 있다고 한다. 차등론을 이처럼 극도로 가다듬어 누구나 창조주권을 대등하게 갖추고 있는 원천적 진실을 깡그리 부인하면서, 복종과 모방을 일삼는 것을 자랑한다. 이런 배경을 가진 것은 생각하지 않고, 일본인의 천재론을 식민지 통치를 받는 기간 동안 받아들여, 우리에게 유리하게 적용하려고 했다. 조선에도 천재가 있으니 기가 죽지 말자고 하고, 삼대 천재가 누구누구라고 하는 말을 자주 했다.

일제의 통치에서 벗어나자 천재 칭송이 슬그머니 사라졌다. 누구누구가 천재라는 말을 다시 들을 수 없게 되었다. 그 대신 어린 영재라는 말을 자주 한다. 천재론이 영재론으로 교체되어, 천재 예찬 대신 영재 육성을 말한다. 어린 영재를 찾아내 특별히 교육하는 비방을 미국에서 직수입해 왔다고 한다. 이렇게 하는 데서 뒤떨어지지 않아야 한다고 다그친다. 영재 교육을 위한 국가 시책을 빨리 세워 후진 상태를 청산해야 한다고 적극 주장한다.

어려서 송재가 뛰어난 아이를 영재라고 하면서 특별한 방법으로 가르쳐 그 능력을 더욱 키워야 한다고 한다. 송재가 뛰어나면 무슨 소용이 있는가? 사전을 다 외면 글을 잘 읽고 쓸 수 있는 것은 아니다. 기억의 부담에서 벗어나 자유로워진 머리를 창조하는 사고에 더욱 적극적으로 활용하는 것이 마땅하다. 인터넷에 들어 있는 엄청나게 많은 정보를 쉽게 꺼낼 수 있고, 인공지능이 엄청난 능력을 가졌다고 하는 오늘날 송재를 평가하는 것은 정도가 심한 시대착오이다.

송재가 조금 보이면 영재라고 추켜세우고 사방 자랑하면서 더 많은 것을 외게 하는 것은 부끄럽기 이를 데 없는 추태이다. 자만심을 한껏 키워, 스스로 묻고 깨달아 창조력을 기르는 것을 방해한다. 영재로 지목된 아이는 부모의 허영 탓에 곧 평균 이하, 때로는 바보가 된다. 부모가 자기 아이를 죽이는 데 학교가 가세하고 나라가 뒤를 보아주어 참사를 확대하지 말아야 한다.

영재는 조기교육을 해야 한다고 한다. 조기교육은 식물을 조기재배하면 일찍 시들어버리는 것과 같다. 마라톤 경기를 백 미터 달리기의 속도로 시작하는 것과도 같다. 뛰어난 재주를 가속적으로 키운다면서, 창조주권을 손상시키기나 한다. 열다섯에 대학에 입학해 스무 살에 박사 학위를 취득하고는 바보가 되어 주저앉으면 오히려 다행이다. 가속을 붙여 계속 치달으면, 완성도가 모자라는 실패작만 남기고 힘을 탕진해 일찍 세상을 떠나게 된다.

영재 교육을 한다고 법석을 떨면서 특별히 선발된 아이를 희생자로 만드는 것만 문제가 아니다. 영재가 아닌 대부분의 학생은 적당히 가르치면 된다고 여기는 더 큰 잘못을 저지를 수 있다. 영재가 따로 없다고 분명하게 해야 한다. 누구든지 자기 취향에 따라 자발적으로 공부하면서 창조주권을 발현하면 모르고 있던 능력이 발견되고 발전된다. 지금 말하고 있는 창조주권론에서 허위가 아닌 진실을 발견하고, 절망을 넘어서는 희망을 찾자.

● 댓글과 답글

김영숙: 영재 교육을 위해 곳곳에 특수학교가 세워졌고, 아이들이 학교 공부 마치고 학원 가느라 놀 시간이 없습니다. '과외망국'이라는 말까지 나오는 현실에서, 오랫동안 믿어 의심하지 않던 '재승박덕'이란 말이 힘을 발휘하지 못하는 까닭이 궁금합니다. 치열하게 경쟁하며 살아가야 하는 현대인들에겐 인간적 도덕적 덕목인 德(덕)보다는 才(재)가 더 필요하다고 인식하는 것 같습니다.

조동일: 그래서 아이들을 망치고 세상이 그릇되게 합니다. 산천에서 뛰어노는 것이 어떤 과외공부보다 더 나은 줄 알아야 합니다.

현금석: 설파가 말했다. "열다섯에 대학에 입학해 스무 살에 박사 학위

를 취득하고는 바보가 되어 주저앉으면 오히려 다행이다. 가속을 붙여 계속 치달으면, 완성도가 모자라는 실패작만 남기고 힘을 탕진해 일찍 세상을 떠나게 된다." 荀子(순자) 〈修身篇〉(수신편)에 나오는 말이다. "무릇 천리마는 하루에 천리를 달려가지만, 느리고 둔한 조랑말도 열흘간 수레를 끌면 마찬가지로 목적지에 도달한다. 장차 무궁한 것을 추구하여 끝없는 세계를 쫓으려 하는가? 그렇게 되면 뼈마디를 부러뜨리고 힘줄을 끊어뜨려, 삶이 끝날 때까지 달려도 도달치 못한다. 장차 도달할 목적지가 있다면, 천리 길이 비록 멀어도 혹은 느리든 빠르든 혹은 앞서든 뒤처지든 어찌 도달치 못할 것인가?(夫驥一日而千里, 駑馬十駕則亦及之矣. 將以窮無窮, 逐無極與? 其骨折絕筋終身不可以相及也. 將有所止之, 則千里雖遠, 亦或遲或速, 或先或後, 胡爲乎其不可以相及也?)" 나는 말한다. "설파는, 영재가 따로 없다고 말하고, 순자는 천리마가 따로 없다고 말하는 점이 같다. 허나 설파의 창조주권론은 인간의 자발성을 중시하고, 순자의 修身論(수신론)은 예법과 스승을 따르는 규범성을 중시하는 점이 다르다."

조동일: 빠른 말은 너무 많은 수고를 앞당겨 하다가 단명하고, 느린 말은 늦게까지 삶을 즐기며 더 멀리 갈 수 있다.


박영미: 《源氏物語》(겐지모노가타리)의 "才(재)가 있다"에서 일본인들이 才(재)에 대해 연구한 것은 보았으나, 일본의 천재론이 식민지 시대에 우리나라로 들어온 것인 줄은 몰랐습니다. 송재를 경계한 선조들의 지혜가 놀랍습니다. "영재가 따로 없다는 것을 분명히 하고 누구나 자발적인 공부로 창조주권을 발현하면 모르던 능력이 발견 발전된다"를 누구나 진실로 받아들이면 좋겠습니다.

조동일: 덕과 재에 관한 넓고 깊은 비교연구를 합시다.

❋ ❋ ❋ ❋ ❋

## 2-3 각양각색

영재는 따로 있지 않다. 누구나 영재일 수 있다. 창조주권이 능력을 보장한다. 그 능력을 스스로 발견하고 실현하는 결단을 내리는 사람은 모두 영재이다. 말만 이렇게 하면 되는 것은 아니다. 이렇게 될 수 없게 하는 두 가지 장애를 물리쳐야 한다. 영재가 따로 있고 자기는 해당되지 않는다는 망상을 물리쳐야 한다. 남이 자기 능력을 남이 알아내고 발현하도록 이끌어주기를 기대하는 잘못을 단호하게 척결해야 한다.

능력의 차이는 타고난다는 말을 자주 듣는다. 이것은 창조주권이 사람마다 다르다는 말인데, 과연 그런가? 창조주권이 양이나 질에서 차이가 없다고 말해주는 아주 분명한 증거는 언어능력이다. 사람은 누구나 말을 배워서 한다. 이 엄청난 일을 아주 쉽게 한다. 말을 알고 하도록 하는 모국어의 어법을 터득해 간직하고 활용하는 점에서 모든 사람은 대등하다.

모든 언어는 각기 그 나름대로의 특징을 지니고 있다. 어떤 면에서 단순하면 다른 면에서는 복잡하다. 어떤 면에서 투박하면 다른 면에서는 세련되어 있다. 어느 하나를 기준으로 우열을 말하는 것은 타당하지 않다. 모든 언어는 각양각색이어서 대등하다.

모국어를 공유하는 사람들 가운데 누구의 문법은 복잡하고 세련되어 있으며, 누구의 문법은 단순하고 투박한 것도 아니다. 복잡하고 세련되어 있는가, 단순하고 투박한가 하는 것은 공통된 문법을 상이하게 활용해서 하는 말이나 글에서 나타나는 양상이다. 이것은 지체나 학식에 의해 결정되지 않는다.

입담 좋은 이야기꾼이 넋을 잃게 하는 말솜씨를 자랑하고, 고관대작은 몇 마디 투박한 호령이나 한다. 글을 쓸 때에는 사정이 좀 달라져 많이 배우면 수식이 번다해지는데, 박지원은 그런 것이 모두 쓰레기라고 나무랐다. 기와나 자갈같이 질박하면서 진실한 수작을 소중하게 여겨야 한다고 했다.

이런 사실을 근거로 창조주권에 대한 이해를 넓힐 수 있다. 모국어를 말하는 문법처럼 공통되게 지니고 있는 창조주권을 어느 정도 어떻게 발현하는가는 사람마다 다를 수 있다. 잘못된 교육을 받고 주어진 규범을 따르느라고 창조주권이 손상되어 힘을 쓰지 못하게 될 수도 있다. 스스로 결단을 내려 창조주권을 넉넉하게 살리고 다양하게 활용할 수도 있다.

누구는 농사를 잘 짓고 누구는 학문을 잘하는 각양각색의 활동이 창조주권의 대등한 발현이다. 이에 관해 金樂行(김낙행)이 한 말을 들어보자. "쌓인 물화가 곳간에 가득한 것은 힘써 물건을 만들거나 장사를 한 공적이다. 밖에 곡식을 가득 쌓아놓은 것은 농사일을 게을리 하지 않아서이다. 어째서 선비는 공부를 하지 않아 속이 텅텅 비어 있는가?"(〈自警箴〉)

물건을 만들고 장사를 하고 농사를 짓는 사람들은 부지런하게 일하는데, 선비는 게으름을 피우면서 잘난 체해도 되느냐 하고 나무랐다. 공부를 하지 않아 속이 텅텅 비어 있는 것을 부끄럽게 여겨야 한다. 면학을 당부하면서 흔히 하는 말이 아니고, 더 깊은 뜻이 있다.

선비는 물건을 만들고 장사를 하고 농사를 짓는 사람들을 천하다고 여기지 말아야 한다. 부지런하게 일하는 것을 높이 평가하고 본받아야 한다. 선비는 지체가 높아 놀고먹을 수 있는 특권이 있다는 착각을 시정해야 한다. 누구나 노동을 해야 하는 의무가 있다.

선비가 하는 공부도 위신장식이나 파적거리가 아닌 노동이어야 하고, 공부해 얻은 지식은 생산물이어야 한다. 만들어 파는 다른 물건이나 농작물이 널리 쓰이는 데 참여해 누린 혜택에 유용성이 큰 지식을 생산해 보답해야 한다. 사람들이 서로 다른 일을 하는 것은 각기 다른 능력을 발휘해 서로 돕고자 하는 협동이다.

지체 높은 선비 權燮(권섭)은 자기와는 정반대의 최하층 천민의 삶을 노래하는 시조를 지었다. "이리 좋은 마음 남의 말을 듣고 고칠손가?/ 패랭이 기울여 쓰고 오락가락 綠水靑山間(녹수청산간)에/ 세상에 호화롭게 지내는 분네는 웃지 마오, 이 狂生(광생)."

패랭이를 기울여 쓴 것은 보는 사람들을 웃기려고 이상하게 꾸민 거동이다. 녹수청산은 물도 푸르고 산도 푸른 실제의 장소일 수도 있다. 노래를 부르는 사설일 수도 있다. 놀이에서 보여주는 장면일 수도 있다. 그 어느 쪽이든지 녹수청산 사이에 놀이를 하니 너무 즐거워, 좋다는 말이 절로 나온다. 스스로 좋아서 광대 노릇을 한다. 얕잡아보고 험담이나 한다고 그만둘 수 없다.

광대는 賤生(천생)이어서, 모욕을 견디면서 재주를 보인다. 광대는 천생이기만 하지 않고 狂生(광생)이기도 하다. 광대 노릇은 미쳐서 하는 짓이라 너무나도 즐겁고 한없이 신명난다. 미치게 좋아하는 것 없이 살아서 무엇을 하는가? 호화롭게 지낸다고 거들먹거리기나 하는 것은 허깨비 노릇이다. 이런 말을 하면서, 자기 삶은 따분하다고 여기고 광대처럼 떠돌아다니기를 염원했는가? 천대받고 사는 처지를 이해하고 포용해 커다란 화합을 이룩하려고 했는가? 두 생각을 함께 했다고 보는 것이 타당하리라.

창조주권이 같으면 발현하는 양상도 같아야 한다고 하는 평등론은 잘못되었다. 평등론의 잘못을 대등론으로 바로잡아야 한다. 창조주권을 각양각색으로 발현해 서로 돕고 사는 것이 마땅하다. 누구나 같은 정도로 창조주권을 지니고, 이렇게 하는 의무도 대등하게 지니고 있다. 평등론은 경쟁을 부추기고, 대등론은 협동을 가져온다.

● 댓글과 답글

박영미: 천민의 삶을 노래한 권섭의 시조가 참 좋습니다. 천민의 삶에서 각양각색의 삶과 화합을 보고 노래한 시조가 소중합니다. 지금을 사는

현대인도 이러한 대등의식을 발현해야 합니다.

조동일: 현대인이 오히려 모자란다고 해야 합니다. 지금은 '狂生(광생)' 의 즐거움이 상업주의 때문에 사라진 것 같아 안타깝습니다.

김영숙: 박지원과 김낙행의 글에서 감명을 받았습니다. 박지원은 실학 자여서 기와나 자갈 같은 질박한 문장을 중시했다고 할 수 있지만, 김낙행은 전형적인 유학자라고 볼 수 있는데, 열심히 일하는 서민의 농부를 높이고, 공부하지 않는 선비들을 꾸중한 말이 잊히지 않습니다.

조동일: 유학자는 완고하다는 선입견을 버려야 합니다. 현대의 학문은 대단한 발전을 해서 무엇이든지 잘 안다는 착각에서도 벗어나야 합니다.

현금석: 설파는 말한다. "평등론은 경쟁을 부추기고, 대등론은 협동을 가져온다." 이것은 사회학적 관점에서 본 통찰이다. 나는 말한다. "평등론은 죽음을 초래하고, 대등론은 생명을 산출한다." 이것은 생물학적 관점에서 본 통찰이다. 인간의 몸은 세포로 구성되어 있으며, 그 세포는 세포막을 통한 세포내액과 세포외액의 이동에 의해 恒常性(항상성, homeostasis)을 유지한다. 세포내액은 나트륨에 비해 칼륨 비율이 높고, 세포외액에 비해 나트륨 비율이 높아, 서로 성질이 다르다. 이 다른 차이를 유지하기 위해 막대한 에너지가 소요되는데, 이것을 생리학에선 활동전위(action potential) 라고 말한다. 활동전위는 생명의 본질이며, 그 차이로 인해 생명현상이 발현한다. 이와 달리 세포외액과 세포내액의 차이가 없어지면 세포 활동은 정지하고 인체도 생명을 다한다. 다시 말한다. 단일을 지향하는 평등은 죽음이고 차이를 인정하는 대등은 삶이다.

조동일: 소중한 가르침에 감사한다. 논의의 범위를 생물학으로까지 넓혀 대등론을 더욱 발전시키는 능력이 있는 분들의 분발을 기대한다.

Nam Gyu Kim: 중학교 무렵 과학영재 캠프를 다녀왔던 기억이 떠오릅니다. 나는 듣도 보도 못했던 내용들을 술술 발표하고 주고받는 사람들을 보며 놀라기도 했는데, 가장 인상 깊었던 장면은 장기자랑 때 노래를 부르던 어떤 여학생의 모습이었습니다. 무반주로, 이런 노래를 부른다고? 생각되어지는 노래를 두 곡을 부르는데 그 모습이 자유더라구요. 아마 자신이 지닌 창조주권을 발현하는 어떤 모습이었을 텐데요, 세상이 정해놓은 분별의 기준 안에서 더 높은 자리를 선점하기 위해, 이미 지니고 태어난 창조주권을 보지 못하고 억압하게 되는 길이 아닌, 교수님께서 밝혀놓은 두 가지의 장애를 잘 알아차리고, 그저 자신의 맛으로 창조주권을 실현하는 삶을, 다시금 결정하게 됩니다.

조동일: 영재로 지목된 아이는 불행하게 되고 맙니다. 국가의 폭력에 희생되는 데 이릅니다. 어느 분야에 특별한 능력이 있으면 다른 쪽은 아주 무능하게 마련이어서 전연 영재가 아닌데, 영재로 오인되어 납치될 염려가 있으므로 그 능력을 숨겨야 합니다. 숨겨주어야 할 부모가 납치를 촉진해 자식을 망치는 저질의 비극을 자주 봅니다.

어릴 적에는 산천에서 뛰노는 것보다 더 좋은 교육이 없는데, 조기교육을 한다고 감금합니다. 오물로 보물을 망치는 짓을 돈을 자랑하며 합니다. 시골에 살고 있고 가난한 부모를 만나 이렇게 망가지지 않은 것은 엄청난 행운입니다. 그런데 행운을 불운이라고 오해하고 무효로 만드니, 축구 선수가 자살골을 넣는 것과 같다고 하겠습니다.

나는 최초학력이 깊은 산골 영양초등학교 3학년까지입니다. 최종학력은 서울대학교 박사과정 3년입니다. 맨 앞 시기를 공부는 팽개치고 산천에서 뛰놀며 보내, 박사논문이 쭉정이인 관례를 거부했습니다.

● ● ● ● ● ●

## 2-4 언어능력

사람이 누구나 창조주권을 대등하게 지니고 있는 가장 분명한 증거는 말을 하는 것이다. 돌을 지날 무렵 걸음마를 떼놓으면서 말을 하기 시작한다. 너댓 살 되면 말을 거의 완벽하게 한다. 말을 하는 원리를 잘 알고, 들어본 적 없는 말을 만들어내서 하기도 한다. 이보다 더 놀라운 일이 있는가? 이에 관해 많은 탐구를 했으나 아직 미흡하다. 아는 범위 안에서 할 수 있는 말을 하자.

사람은 말을 하는 창조주권이 있어, 유인원을 비롯한 다른 동물과 결별했다. 소통하는 범위를 넓히면서 문화를 이룩하고 문명을 발전시켜 오늘에 이르렀다. 말을 글로 적어 쓰임새를 더욱 확대했다. 세계사는 언어와 문자의 역사를 핵심으로 삼는다. 언어활동 창조물이 인류가 얼마나 빼어난 능력을 지녔는지 가장 분명하게 말해준다.

인공지능이 사람과 같은 수준의 말을 할 수 있는가? 일정한 범위 안에서 학습한 말만 할 수 있고, 말을 하는 원리를 알고 말을 만들어내서 하지는 못한다. 말로 발현할 창조주권이 없기 때문이다. 인공지능이 바둑을 사람보다 더 잘 두는 것과 경우가 다르다. 말은 바둑보다 월등하게 복잡하고, 민족마다, 고장마다, 사람마다 다르다. 인공지능이 이 모든 말을 사람보다 더 잘하게 하려고, 동원해야 할 컴퓨터를 둘 장소가 지구만으로는 모자라 우주까지 뻗어야 할 것이다. 그래도 사람만큼 말을 잘하지는 못할 것이다.

사람의 두뇌는 부피나 무게가 얼마 되지 않으면서 엄청난 능력을 가지고 있다. 그 가운데 언어능력이 가장 놀랍다. 말을 하는 원리를 알고 말을 한다. 말을 하는 원리를 문법이라고 한다. 문법은 바둑의 원리나 작전보다 월등하게 복잡할 뿐만 아니라 미묘하고 모호하다. 이 문법을 본원문법이라고 하자. 사람은 어디 사는 누구든지, 타고난 창조주권을 발현해 본원문법을 터득하고 활용하는 작업을 의식하지 않고 한다.

본원문법이 하는 말에 나타나 있는 것을 연구 대상으로 삼고, 학자들이 그 모습을 조사하고 기술하고 정리해놓은 것도 문법이라고 한다. 혼란을 시정하기 위해 이것은 학습문법이라고 일컫기로 한다. 학습문법이란 학습해 알아낸 문법이고 학습에서 활용하는 문법이라는 이중의 의미를 지닌다.

본원문법을 학습문법에다 옮겨놓으려면 본원문법을 감지하는 능력과 학습문법을 기술하는 방법을 함께 갖추고, 적절한 작업을 진행해야 한다. 어느 국면에서는 인공지능의 도움을 받을 수 있지만, 이 작업 전체는 언어학자가 스스로 해야 한다. 본원문법을 학습문법에다 옮겨다 놓는 언어학자의 능력은 대단하다고 할 만하다.

어느 언어가 소멸 단계에 이르러 사용자가 한 사람만 남았어도, 면담조사를 잘한다면 그 언어의 문법을 기술할 수 있다. 이것만 놀랍다고 할 것은 아니다. 마지막으로 남은 한 사람이 자기 언어의 본원문법을 완벽하게 간직하고 있는 것이 더욱 놀랍다. 그 사람이 늙고 병들었어도 말을 할 수 있으면 간직하고 있는 비밀을 토해낼 수 있다. 본원문법을 인지하고 학습문법에다 옮겨놓는 능력은 부차적인 것이다.

학습문법은 학습의 결과이면서 학습에서 사용하는 지식이라는 이중의 성격을 지니고 있다. 학습의 결과가 미흡해도 학습에서 사용하려고 서둘러, 차질을 빚어낼 수 있다. 말만 하고 글은 모르고, 학교에 다니지 않아 학습문법 교육을 전연 받지 않은 사람의 본원문법은 온전하다. 학습문법 교육은 본원문법이 온전한 상태에 남아 있지 못하게 침해할 수 있다.

학습문법 교육이 본원문법을 침해할 수 있는 이유는 셋 들 수 있다. 의식하지 않고 하던 행동을 의식하면서 하면 순수성이나 자발성이 흔들릴 수 있다. 학습문법을 공부하고 의식하면, 말과 글이 부자연스러워진다.

정확하게 말하려고 노력하면 더 어색해진다.

인식은 아무리 잘해도, 인식한 내용이 인식 대상보다 언제나 협소하다. 학습문법이 아무리 발전해도 본원문법의 전모를 그려낼 수는 없다. 학습문법에 등록되어 있지 않은 말이나 글은 틀렸다고 오해를 할 수 있다. 이 때문에 엄청나게 많은 언어 자산이 망각되거나 폐기될 수 있다.

학습문법에서 "… 했었다"를 과거 이전의 대과거라고 잘못 가르친 적 있다. "그"나 "그녀"가 삼인칭대명사라고 아직도 말한다. "할머니 그녀, 행복하셨었나요?" 학습문법만 아는 외국인이라면 이렇게 말할 수 있다. 마주 앉아 이야기를 나누는 상대방의 할머니가 자기가 알고 있는 근래뿐만 아니라 오래전의 젊은 시절에도 잘 지내는지 물어보려고 하는 말이다.

본원문법이 온전하면 이런 실수를 하지 않는다. 사고의 혼란이나 판단의 착오를 시정할 수 있다. 언어활동의 창조주권이 온전하게 보존되고 작동할 수 있게 하는 모국어의 본원문법에 무한한 감사를 드려야 한다. 우리말이 우수해서 이런 것은 아니다. 구체적인 모습이 서로 다른 어떤 언어라도 모국어로서 대등한 가치를 가진다.

### 댓글과 답글

박영미: 세계사는 언어와 문자의 역사를 핵심으로 한다. 강의 감사합니다. 모국어의 본원문법이 얼마나 위대한지 알 수 있습니다. 말을 하는 영역에서 인공지능은 사람보다 뛰어나지 못할 것입니다.

조동일: 본원문법은 인공지능이 이르지 못하는 영역입니다.

현금석: 올해 九旬(구순)인 나의 모친은 학교 문턱을 밟아보지 못한 무학자다. 지금까지 책 읽는 걸 본 적이 없다. 텔레비전이 있어도 시청하지 않는다. 문명 속에 사는 자연인이다. 어제 선친 기일이라, 모친이 계

시는 춘천엘 다녀왔다. 밤늦게까지 모친과 마주 앉아 두런두런 이 얘기 저 얘기 주고받았다. 모친의 聽力(청력)이 떨어져 크게 목소리를 내야 하는 불편함은 있지만, 의사소통에 지장은 없다. 모친과 나는 한 세대 차이가 나고, 정규 학력에서도 天壤之差(천양지차)이지만, 만날 때마다 아무런 부담 없이 자유롭게 대화를 나눈다. 설파의 논리를 따르면, 모친과 나 둘다 한국어라는 모국어의 본원문법이 온전한 때문이다. 본원문법을 깨치는 능력은 우리 몸, 어디에 숨어 있을까?

조동일: 모친의 본원문법은 공부를 많이 한 아들보다 더 온전할 것입니다. 아무리 뛰어난 국어학자라도 모친에게 많이 배워야 합니다. 외국어를 여럿 알고 이 나라 저 나라를 드나드는 국제인은 모친보다 많이 무식합니다.

● ● ● ● ●


## 2-5 학문과 예술의 원천

언어는 배우는가, 깨치는가? 늑대에게 양육된 아이를 발견하고 구출했더니 말을 하지 못하더라고 했다. 말을 배우지 못했기 때문이다. 사람과 흡사한 원숭이가 사람들 사이에서 자라도 말을 배우지는 못한다. 말을 배울 능력을 타고나지 않았기 때문이다.

언어는 깨친다는 것과 배운다는 것이 둘 다 타당하다. 사람은 누구나 언어를 스스로 깨치는 능력을 타고나, 주위에서 하는 말을 듣고 배워 그 능력을 실현한다. 외국인에게 양육되면 모국어가 바뀐다. 동일한 창조주권이 잠재적인 가능성이었다가 상황에 따라 상이하게 발현되어 구체적인 모습을 갖춘다고 할 수 있다.

학문은 어떤가? 모르던 이치를 알아내고, 그릇된 이치를 바로잡고자 하는 학문능력 또한 누구나 타고난 창조주권이다. 이런 잠재적인 능력이 발현해 학문을 실제로 하는가는 주어진 환경과 깊은 관련이 있다. 학문을 이미 하고 있는 교사를 만나 자기 능력을 개발하다가, 학문을 잘못하는 반면교사 덕분에 비약을 이룩한다.

예술은 어떤가? 사람은 누구나 예술의 창조주권을 지니고 태어난 예술가이며, 능력의 우열을 말할 수 없다. 구석기 시대의 동굴벽화는 오늘날 사람들이 따르기 어려운 생동감을 지닌다. 어린아이가 처음 그리는 그림이 자기를 무색하게 하는 줄 알고, 피카소는 어린아이처럼 그리려고 평생을 노력했다고 한다. 언어는 사라지고 없고, 학문은 이름이 거창해 판단을 흐리게 하지만, 미술은 창조주권을 타고났다는 사실을 명백하게 입증한다.

그림을 창조주권만으로 그리는 것은 아니고, 다른 사람들의 그림을 보고 자기 그림을 그리게 되는 것이 언어 습득과 다르지 않다. 이런 원칙에서 벗어나 실수를 하지 않도록 주의해야 한다. 그림을 그릴 줄 모른다고 여기고 자초지종 가르쳐달라고 하면, 미술교사는 자기처럼 그리라고 하는 것이 예사이다. 추종이나 모방은 창조주권을 손상시킨다.

그림은 배우지 말고 스스로 그려야 한다. 닮게 그리는 기술은 사진이 생겨나 앗아갔으니, 타고난 창조주권을 안심하고 발현하면 된다. 반면교사를 만나 넘어서야 그림다운 그림을 그린다. 학력이니 경력이니 계보니 유파니 평가니 하는 등의 방해꾼이 끼어들지 못하게 막아야 진정으로 가치 있는 창작을 할 수 있다.

음악이나 문학은 어떤가? 여럿이 함께 일하면서 노동요를 익혀 부르는 데서 음악이나 문학이 시작되었다. 북을 치고 피리를 부는 것도 보고 들은 대로 하면 된다. 이야기를 듣고 자기 말로 다시 해서 옮기는 것도 자연스러운 과정이다. 학교에서 음악이나 문학을 가르치게 되면서 왜곡이나 변질이 일어난다. 학습문법이 본원문법을 교란하는 것보다 더욱 심각한 사태가 벌어진다.

 서산에 돋은볕 서고 구름은 늦이로 낸다
 비 뒤 묵은 풀이 뉘 밭이 짙었는고
 두어라 차례 지은 일이니 매는 대로 매오리라

 魏伯珪(위백규)가 지은 이런 시조가 있다. "돋은볕"은 아침에 해가 솟을 때의 볕이다. 그런 것이 서산에 서면 구름은 늦이, 예상 시간보다 늦게 모습을 드러낸다고 했다. 비가 온 뒤 묵은 풀이 누구의 밭에서 짙었는가 물었다. 어떻게 하겠나, 차례를 정해놓은 일이니, 밭을 매는 대로 매리라고 했다.

 알기 쉽게 더 풀이해보자. 아침 해 뜰 때의 찬란한 볕이 저녁 서산에서 보인다. 구름은 이미 알고 있는 시간보다 늦게, 같은 모습을 다시 나타낸다. 기상 관측이 아주 정확해 조금 달라지는 것을 알아낸다. 비 온 뒤에 풀이 길어진 밭이 보이는데, 누구의 밭인가? 내 밭도 같은 상태일 것이 아닌가? 하나를 보면 다른 것도 안다.

 농민은 일을 마치고 돌아올 때에도 쉬지 않는다. 오랜 경험과 지식을 살려, 하늘을 쳐다보고 기상을 관측한다. 관측한 바에 따라 농사를 예견하고 준비하고 실행한다. 작은 변화까지 민감하게 감지하고 어떻게 대처할 것인가 안다. 학교에 가서 교육을 받지 않았어도, 이론과 실천을 겸비한 노련한 학자이다. 방해가 되는 교육을 받지 않은 덕분에, 훼손되지 않은 창조주권을 온전하게 발현해 자연의 움직임을 밀착해서 파악하는 학문을 한다고 하는 것이 더 적절한 말이다.

 글공부를 자랑으로 삼던 선비가 농민과 함께 살면서 학식을 쇄신하고, 농민의 내심을 그대로 전하는 노래를 이렇게 지었다. 학문하고 예술하는 능력을, 원래 하나였던 상태로 되돌아가면 다시 살려낼 수 있다고 알려준다. 오늘날의 우리는 어디로 되돌아갈 것인가?

● 댓글과 답글

이복규: 타고난 창조 능력이 자극을 받아야 발현된다.
조동일: 선천과 후천이 만나야 된다는 말이다.

임재해: 인간의 창조적 능력을, 말하는 능력에 이어 그림 그리는 능력으로 말하니 공감하기 쉽다. 구체적 사례를 더 풍부하게 이야기하면 설득력이 더 클 것이다.
조동일: 여러 사례를 차차 더 든다.

현금석: 설파가 묻는다: "오늘날의 우리는 어디로 돌아갈 것인가? 노자가 대답한다. "희다는 것을 알면서 검은 것을 지키면 천하의 법도가 된다. 천하의 법도가 되면 늘 그러한 덕이 어긋나지 않아 무극으로 되돌아간다. 영광됨을 알면서 욕됨을 지키면 천하의 골짜기가 된다. 천하의 골짜기가 되면 늘 그러한 덕이 넉넉해서 통나무로 되돌아간다."(知其白守其黑 爲天下式 爲天下式 常德不忒 復歸於無極 知其榮守其辱 爲天下谷 爲天下谷 常德乃足, 復歸於樸) 왕필 주. "통나무는 있는 그대로의 자연스런 상태이다. 있는 그대로의 자연스런 상태가 흩어지면 온갖 행위가 드러나고 수많은 다른 것들이 생겨나니 다양한 그릇과 같다. 성인은 나누어지고 흩어지는 것을 통해 우두머리를 세운다. 善(선)을 스승으로 삼고 不善(불선)을 바탕으로 삼아 백성의 풍속을 옮기고 바꾸어 다시 하나인 세계 곧 있는 그대로의 자연스런 상태로 되돌아가게 한다.(樸 眞也 眞散則百行出殊類生 若器也 聖人因其分散 故爲之立官長 以善爲師 不善爲資 移風易俗 復使歸於一也)

조동일: 노자를 숭앙하거나 노자에 대해 안다고 자랑하면, 노자는 뜻이 없는 글이 되고, 넋이 빠진 몸이 된다.

Nam Gyu Kim: 언어의 습득은 배움과 깨침이 함께함으로써 이루어지는 과정이라는 말씀이 분명합니다. 한때는 깨침에만 집착을 해서, 배우고 쌓고 습득하는 과정에 대해 부질없다는 생각으로 멀리하기도 하였지만, 삶의 어떤 요소는 깨침으로 인해, 또 어떤 부분들은 더불어 하는 배움으로 알아가고 성장해나가는 과정이라 생각하니, 한결 가볍고 선명해집니다. 음악, 미술을 배우려고 애쓰다가 어렵고 나랑은 과가 안 맞다는 생각으로 일찍 놓아버렸습니다만, 다른 배움의 관념들이 들어오기 전에 교수님의 말씀을 들었다면, 더 가볍고 즐겁게, 예술을 즐기는 삶을 살 수 있었겠다는 생각이 듭니다. 지금부터도요.

조동일: 깨침과 배움은 병행해야 하지만, 깨침은 근본이고 배움은 수단입니다. 깨침이 없으면 배움은 불가능합니다. 배움이 없다고 깨침이 손상되는 것은 아닙니다.

● ● ● ● ●

2-6 모두 아울러

높으락 낮으락 하며 멀기와 가깝기와
모지락 둥그락 하며 길기와 자르기와
평생에 이러 하였으니 무슨 근심 있으리

시조에 이런 것도 있고, 安玟英(안민영)이 지었다. 언어·학문·예술능력을 한꺼번에 보여주고, 셋이 하나임을 확인할 수 있는 자료이다. 주석은 생략하고, 거론하는 데 필요한 용어를 제시한다. 작품 전문이 초·중·종장으로 통칭되는 줄1·2·3으로 이루어져 있다. 줄마다 토막1·2·3·4가 있다.

토막1·2에서 "-락"이 되풀이되고, 토막2에 "-며"가 있고, 토막3·4에서 "-와"가 되풀이된다. 이런 것이 줄1·2에서 되풀이된다. "-락"·"-며"·"-와"는 복수의 것들을 열거하는 어미인 것이 같으면서 다른 점도 있다. "-락"은 반드시 짝을 지워, 대조되는 의미를 지닌 서술어 둘을 열거한다. "-며"도 짝을 지워, 대조되는 의미를 지닌 동사 둘을 열거할 수도 있다.

"-와"는 한 번만 쓰여 앞뒤의 명사를 연결하기만 하는 것이 예사이다. 여기서 "멀기와 가깝기와", "길기와 자르기와"라고 해서, 뒤에 첨가한 "-와"와 앞의 "-와"가 짝을 이루도록 한 것은 특이하다. "-와"로 연결되는 것들이 두 쌍만이 아니고 그 이상이 더 있을 수 있다는 생각도 하게 한다.

줄1에서는 높고 낮은 高低(고저), 멀고 가까운 遠近(원근)을 말한다. 줄2에서는 모지고 둥근 角圓(각원), 길고 짧은 長短(장단)을 말한다. 공간적 존재의 여러 양상을 둘씩 짝을 지워 말한다. 줄1에서 말한 것들은 기준점이 있다. 줄2에서 말한 것들은 기준점이 없다. 갖가지 경우를 모두 들어 대조가 되는 것들을 말한다.

지금까지 "복수의 것들을 열거하는 작업을 일제히 한다"는 사실판단을 했다. "왜 그렇게 했는가?" 밝히는 인과판단이 필요하다. "그렇게 한 것이 어떤 의의가 있는가?" 알아내는 가치판단을 하는 데까지 나아가야 한다.

사실판단에서는 줄1과 줄2만 다루었다. 줄3을 거론하면 인과판단으로 나아갈 수 있다. 줄3 서두에서 "평생에 이러 하였으니"라고 한 것은 줄1·2에서 말한 것이 살아오는 과정이라는 말이다. 과정에는 시제가 들어가야 한다. 시제를 넣으면서 생략되어 있는 것을 "그밖에 여러 일이 있었으며"라는 말을 괄호 안에 적어 보충해보자.

"높았다가 낮았다가 하고 멀었다가 가까웠다가 하며 (그 밖에 여러 일이 있었으며), 모질었다가 둥그렀다가 하고 길었다가 짧았다가 하며 (그 밖에 여러 일이 있었으며), (이렇게 살아왔으니) 무슨 근심 있으리"라고 했다고 할 수 있다.

"높은 것은 낮고 낮은 것은 높고, 먼 것은 가깝고 가까운 것은 멀고, 모진 것은 둥글고 둥근 것은 모지고, 긴 것은 짧고 짧은 것은 길다"는 것은 생극론의 사고이다. 상생이 상극이고 상극이 상생이라는 것이 여러 모습으로 나타난다. 낮다, 가깝다, 모지다, 짧다는 것이 실제 상황이어서 문제를 빚어내지만, 너무 염려할 것은 아니다.

억눌려 사는 불운이 행운이어서, 세상의 움직임을 잘 알 수 있다. 높고, 멀고, 둥글고, 길다고 으스댈 것은 아니다. 생극의 이치에 따라 세상이 돌고 도는 것을 알아야 한다. 차등론을 근거로 삼고 군림하는 상층 양반을 中人(중인) 歌客(가객)이 비판하면서, 생극론에서 생겨나는 대등론을 대안으로 제시했다.

모국어 자산의 미묘한 층위인 어미(토)를 다채롭게 활용해, 짜임새가 절묘한 작품을 만들어, 철학의 논란을 획기적으로 해결했다. 언어·학문·예술능력이 하나임을 입증했다. 힘써 배워서 이룬 성과가 아니고, 타고난 창조주권을 저절로 발현한 결과이다. 불운이 행운이고 낮아야 높은 것을 절감하게 하는 현실이 도와준 덕분에 하는 일이 더 잘 되었다.

 ● 댓글과 답글

이복규: 안민영 작품에 이런 게 있었다니. 정철만이 아니고, 대등론으로의 전환을 알리는 전례가 또 있었군요.
조동일: 대등론에서는 정철이 안민영보다 뒤떨어졌습니다.

박영미: 안민영 시조 분석방법을 다른 시에도 적용해 보겠습니다. 중인

안민영의 시조가 놀랍습니다. 그 깊이와 철학까지. 예술 언어 학문이 하나인 것을 보여주는 시조가 참 좋습니다.

　조동일: 많은 것을 깨닫게 하는 소중한 작품입니다.


　임재해:

굵으락 작으락 하며 밝기와 어둡기와

붉으락 푸르락 하며 웃기와 화내기와

모든 일이 이러하니 따져 무엇 하리오

조동일:

안민영이 다시 나타났네.

◈ ◈ ◈ ◈ ◈ ◈


## 2-7 모국어와 외국어


　모국어와 외국어는 습득 과정이 다르다. 모국어는 말을 먼저 하고, 글은 나중에 공부한다. 말을 먼저 하는 것은 본원문법을 의식하지 않으면서 스스로 터득하기 때문이다. 그 다음 단계의 글공부는 의도적인 노력으로 하고, 본원문법이 명료하게 의식되지 않을 수 있어 학습문법의 도움이 필요하다. 외국어는 본원문법은 습득할 수 없어 학습문법을 익히면서 글공부에 힘쓰고 말도 해야 한다.

　사람은 누구나 모국어가 하나이다. 둘 이상의 언어를 모국어로 하는 것이 바람직하다고 하지만 가능하지 않다. 먼저 익힌 말이 모국어이고 다른 것들은 외국어이다. 외국어 공부는 모국어가 정착된 다음에 시작해야 혼란이 생기지 않는다.

　모국어 말하기는 돌이 될 무렵에 시작하고, 너댓 살 되면 거의 완벽하게 된다. 초등학교에 입학할 때가 되면, "거의"라는 한정어가 떨어져 나간다. 말을 배웠으므로 글공부를 시작한다. 1학년에서 6학년까지 글공부를 엄청나게 많이 해서, 신체 발육 못지않은 정신적 성장을 한다. 그러는 동안에 외국어 공부를 시작할 수는 있어도 열의가 지나치지 않아야 한다.

외국어를 모국어처럼 구사하도록 가르치면 모국어를 위태롭게 해서 혼란이 생긴다. 혼란이 심해지면 모국어를 교체하는 것을 해결책으로 삼을 수 있다. 모국어 교체가 일단 이루어진 다음에 역전될 수도 있고, 언어를 바꾸어 다른 방향에서도 이루어질 수 있다. 이렇게 하면 정신적 타격을 많이 받고 언어능력이 손상된다.

초등학교는 모국어 교체가 가능한 시기이다. 중학교 이후에는 외국어가 모국어의 자리를 빼앗는 정변이 일어나지 않는다. 초등학교 공부를 마쳐 모국어가 말과 글 양면에서 착실하게 자리를 잡은 다음 중학교에서부터 외국어를 공부하는 것이 정상적인 과정이다. 외국어 하나를 어느 정도 익히고 다른 외국어를 공부하기 시작하는 것도 정상적인 순서이다.

외국어를 모국어만큼 잘하는 것은 이룰 수 없는 희망이다. 외국어는 잘하면 잘할수록 남모를 좌절감을 더 느낀다. 아무리 잘해도 모국어 사용자만큼은 하지 못한다는 사실을 미묘한 국면에서 거듭 발견한다. 이런 좌절감에서 벗어나는 방법이 둘 있다. 적극적인 방법은 외국어를 여럿 대등한 수준으로 아는 것이다. 이렇게 하려면 특별한 노력이 필요하다. 소극적인 방법은 외국어를 잘 안다고 으스대지 않는 것이다. 이것은 누구나 할 수 있다.

모국어는 방언과 표준어, 입말과 글말을 다 배워서 활용한다. 외국어는 양쪽 다 갖출 수 없고, 표준어 글말을 선택해야 한다. 학습문법을 공부하면서 글말을 습득해야 한다. 본원문법을 터득하지 못하면서 입말을 익히려고 하는 것은 서투른 흉내에 지나지 않는다.

영어를 들어 논의를 구체화해보자. 영어를 입말로 공부하면 좋을 것 같으나, 본원문법은 물론 학습문법도 갖추어지지 않은 탓에 독해력이나 작문력이 향상될 수 없어 말 배우기 시작하는 어린아이 수준에 머문다. 영어를 학습문법을 익혀 글말로 공부하면, 영어 사용자를 만나지 않아도, 회화는 하지 못해도, 독해력으로 책을 읽고, 작문력으로 글을 쓸 수 있다.

영어를 입말로 공부하려고 하면 곳곳의 입말이 다 달라 어려움이 생긴다. 나라·지역·계층에 따라 영어라면서 하는 말이 아주 다르다. 런던은 길거리의 입말이 아주 이상해 영어 소통이 가장 어려운 곳이라고 한다. 영어는 한 언어가 아닌 한 어족이라고 한다. 영어를 배우려면 표준 글말을 선택해야 한다. 어떤 것이 영어의 표준 글말인가?

영어를 모국어로 하는 사람들은 표준 글말을 지역 입말과 섞어 쓴다. 표준 글말 영어는 영어를 모국어로 하지 않는 사람들이 지킨다. 모국어가 각기 다른 유럽 지식인들이 함께 쓰는 유럽영어(Euro English)가 바로 이런 것이다. 네덜란드, 독일, 스웨덴 등지에서 강연하고 발표할 때는 영어 소통이 잘되어, 영미에서 느낀 긴장이나 위축에서 벗어날 수 있었다.

영어만 알면 되는 것은 아니다. 영어와 함께 널리 사용되는 말에 아랍어, 중국어, 스페인어, 불어 등이 더 있어 힘써 배워야 한다. 이런 언어는 표준 글말이 확립되어 있어 선택의 어려움이 없다. 스페인어와 불어는 수도권의 지식인이 사용하는 말이 표준어이다. 아랍어나 중국어는 지역마다 달라 소통이 어려운 입말은 버려두고 표준화된 글말을 배우도록 한다.

모국어와 외국어의 관계에 관한 지금까지의 논의는 의문을 해결하고 혼란을 시정하기 위해 필요했으나, 할 일을 어지간히 했다고 하면서 끝낼 수 없다. 창조주권이 단일하지 않고 여러 층위가 있는 것을 확인하는 사례로 더 큰 의의가 있는 것을 발견했기 때문이다. 창조주권론을 심화하기 위해 일찍이 했어야 할 일을 이제야 하니 늦었지만 다행이다.

맨 아래의 제1층위 창조주권에서 모국어를 말로 익힌다. 이것은 혼자 저절로 한다. 그 위의 제2층위 창조주권에서 모국어 글공부를 하고, 외국어를 배운다. 이것은 선생의 도움이 있어 공동의 노력으로 한다. 더 위의 제3층위 창조주권에서는 어떤 외국어를 어떻게 배울 것인지 결정한다. 이것은 공공의 선택을 시비하면서 한다.

"혼자 저절로 하던 것을, 누구의 도움이 있어 공동의 노력으로 하고, 공공의 선택을 시비하면서 하게 된다." 이렇게 간추릴 수 있는 말에 창조주권 확장의 과정이나 원리가 집약되어 있다. 지금 전개하고 있는 창조주권론도 세 층위를 밟아나간다. 혼자 저절로 얻은 착상을, 다듬어 발표해 공동의 과제로 삼고, 공공의 선택을 적극적으로 시비해 모두 함께 나아갈 새로운 방향을 제시한다.

●  댓글과 답글

박영미: 외국어는 잘할수록 남모를 좌절감을 더 느낍니다. 저는 으스대지 않는 것이 좋은 줄은 알았는데, 외국어를 여럿 대등한 수준으로 아는 것이 좌절감에 벗어나는 적극적인 방법인 줄은 강의를 듣고 알았습니다.
조동일: 외국어는 모국어처럼 잘할 수 없는 절대적 한계가 있는 것을 인정해야 마음이 편안해집니다.

백두부: 제1층위 모국어 입말 익히기, 제2층위 모국어 글말, 외국어 글말 입말 익히기. 제3층위 외국어 여럿 익히기. 이렇게 정리해봅니다.
조동일: 층위가 높아지면 작전을 잘 세워야 합니다.

임재해: 모국어와 외국어 습득은 언어의 차이와 선후만 다를 뿐 그 과정은 크게 다르지 않으리라 생각했는데, 전혀 다르다는 사실을 쉽게 납득할 수 있었다. 현상을 겪어서 알고 있지만, 체계적으로 알아차리지 못해서 정확한 인식을 하지 못하고 있는 사실을 자각하게 만든다. "외국어는

잘하면 잘할수록 남모를 좌절감을 더 느낀다"는 역설적 인식은 경험하지 못한 사실이지만 논리적으로 쉽게 납득이 된다. 아무리 잘해도 모국어 사용자 만큼은 알 수 없기 때문이다. 겪어도 모르는 일을 알아차리게 하고, 겪지 않아도 쉽게 알아차리게 하는 것이 진정한 강의라 할 수 있다.

조동일: 경험을 잘 정리하는 작업과 이치를 분명하게 하는 자각이 둘이 아닌 하나여야 한다. 말은 쉬워도 실행이 어렵다. 아는 것이 많다는 착각을 버려야, 길이 보인다.

현금석: 지금까지 진행되어 온 창조주권 논의가 베일을 벗고 투명한 얼굴을 드러내고 있다. 솔개가 날아올라 하늘 끝에 이르고 잉어가 연못에서 펄떡 뛰어오르니, 상쾌하고 통쾌하도다! 창조주권의 원리는 교리가 아니라 사실이다. 왜인가? 언어습득 과정에서 세 층위를 거치는 것은 누구나 겪는 창조주권의 경험이기 때문이다. 설파의 창조주권론은 이성이 아니고 통찰이다. 왜인가? 언어습득의 창조주권이 설파의 창조주권론으로 비약하고 확장되고 심화되고 있기 때문이다. 요즈음 다시 읽고 있는《철학사와 문학사 둘인가 하나인가》와 오늘 강의 내용이 융합작용을 일으키는 것도 또 다른 창조주권의 발현이 아닐까.

"외국어 공부는 모국어가 정착된 다음에 시작되어야 혼란이 생기지 않는다"는 말을 실증하는 사례가 있다. 내가 직접 들어 알고 있는 얘기를 간략히 전한다. 십여 년 전 기독교 전도사 자격을 딴 젊은 부부가 캄보디아로 파견 갔다가 현지에서 아기를 출산했다. 아이가 어느 정도 자라자, 전도사 부부는 비싼 학비를 써가며 현지에 있는 영어유치원에 보내기로 했다. 그래서 아이는 집에선 한국어를, 유치원에선 영어를, 친구들과 만나서는 캄보디아어를 써야 했다. 결국 그 아이는 한국말, 영어, 캄보디아어, 이 셋 중 어느 하나도 제대로 하지 못하고 언어 혼란에 빠지고 말았다. 수년 전 남편은 캄보디아에 남고, 부인이 아이를 데리고 귀국해 지금까지 언어치료를 받도록 하고 있다.

조동일: 창조주권, 언어 습득, 문학과 철학의 창작, 이 셋을 통괄해서 고찰하는 작업은 하지 못하고 있다. 언어 습득 혼란이 창조주권을 침해하는지, 언어치료가 침해된 창조주권을 되살리는지도 힘써 연구해야 한다. 나는 시간도 힘도 모자라, 年富力强(연부역강)한 동지들을 구한다.

● ● ● ● ●


## 2-8 영어를 공용어로 하자는 망상

2000년 무렵의 일이다. 국어를 버리고 영어를 공용어로 해야 한다는 주장이 여기저기서 일어났다. 당시의 대통령이 나서서 정부에서 영어를 공용어로 하겠다고 하면서, 제주도에서 먼저 실시하는 것을 연구한다고 했다. 강행하기 전에 여론을 살피는 판국이었다.

영어 공용화는 부당하다는 반론이 더러 제기되었으나 미흡했다. 분발하지 않을 수 없어 나는 《영어를 공용어로 하자는 망상, 민족문화가 경쟁력이다》(2001)라는 책을 서둘러 써냈다. 거기서 한 말을 다시 하면서 새로운 소견을 보탠다.

영어를 공용어로 하자는 주장은 가능하지 않은 방법으로 실현될 수 없는 이익을 얻으려고 하다가 자해를 하는 어리석기 그지없는 행위이다. 영어를 공용어로 하는 나라는 영미의 식민지였고, 자기 나라 안에 여러 언어가 있어 서로 통하지 않는 두 가지 조건을 갖춘 곳이다. 인도, 말레이시아, 싱가포르, 필리핀, 케냐, 나이지리아 등의 아프리카 여러 나라가 모두 이에 해당한다. 우리는 그런 나라들과 형편이 달라, 영어를 공용어로 하는 것은 가능하지 않다.

지금이라도 늦지 않으니 미국의 식민지가 되자고 할 수는 있어도, 나라 안에 여러 언어가 있어 서로 통하지 않도록 만드는 것은 불가능하다. 영어로 말하지 않으면 벌을 주는 법을 제정한다 해도 효력이 없다. 일상생활에서는 한국어를 쓰고, 공적인 생활에서는 영어를 써서, 생활어와 공용어를 양립시키면 된다고 할지 모르나, 그렇게 될 수는 없다.

한국어는 일상어로 하고, 영어를 공용어로 삼는다면, 공용어의 지위를 상실한 한국어는 교육하지 않고 배우든 말든 알아서 하라고 하게 된다. 영어교육은 힘써 하겠지만 모든 국민이 그 혜택을 받지는 못한다. 본바닥의 영어 교사를 수십만 명 데려와야 하는데, 그럴 예산이 없다. 그런 사정 때문에 한국어는 잃고 영어는 얻지 못한 얼치기들이 생겨나 언어소통에 상당한 차질이 생길 것이다. 한국어는 영어처럼, 영어는 한국어처럼 말해 혼란이 일어난다. 그런 영어로는 어디 가도 행세하지 못한다.

일상어로 쓰지 않는 공용어는 스스로 창조적으로 구사하지 못하고 남의 말을 모방하는 데 그치는 불완전한 언어이다. 불완전한 언어를 가지고 남들보다 앞서 나가는 사고를 개발할 수는 없다. 불완전한 언어를 완전하게 만들려면 조기유학을 떠나는 것 외에 다른 방법은 없다. 한국에 대학이 있어야 할 이유는 없어지고, 중등교육도 힘써 할 필요가 없게 된다. 교육은 미국에 의존하면 국가의 부담이 많이 줄 수 있어 다행이라고 할지 모르나, 그렇다면 주권국가로 남아 있어야 할 이유도 없다.

일상어인 한국어와 공용어인 영어 가운데 어느 쪽을 더 많이 사용하는가에 따라서 계급이 나누어져 사회갈등이 심해지는 것을 쉽사리 예견할 수 있다. 공용어에 의존하는 상층은 미국을 고국이라고 생각하고 자기네를 미국인과 동일시하면서 동족을 멸시하고, 일상어에 머무르는 하층은 미국에 대한 반감을 상층을 상대로 폭발시킬 수 있다. 영어를 공용어로 쓸 수밖에 없는 나라들도 문화주체성을 찾아 사회통합을 이룩하려고 비장한 노력을 하고 있는데, 좋은 조건을 잘 갖추고 있는 쪽에서 불행을 자초하는 것은 어리석기 이를 데 없는 일이다.

영어를 공용어로 하자는 주장을 펴는 사람들은 실용주의의 사고방식을 지녔다고 자부한다. 국어 존중의 헛된 명분을 버리고 실제로 도움이 되고 이익이 큰 쪽을 택하자고 한다. 그러나 실용적인 관점에서 문제를 검토하면 사태가 더욱 명확하다. 남들이 이미 잘하고 있는 일을 뒤늦게 따라가는 것이 마땅한 전략일 수 없다. 우리가 더 잘하는 일을 힘써 개발하고 널리 알려야 한다. 한국어를 모국어로 하고 공용어로 삼아 발전시키는 학문의 질을 더욱 향상시켜 세계학문의 새로운 발전에 적극 기여해야 한다. 이것이 경쟁력 향상의 길이다.

영어의 횡포는 세계사의 문제이다. 영어가 우상이 되어 어린아이들을 제물로 바치기를 요구하는 불행을 도처에서 겪는다. 한국은 식민지통치를 겪고도 국어를 온전하게 가꾼 나라의 본보기여서, 세계의 질병을 치유하는 길이 어디 있는가 알려줄 의무가 있다. 우상 숭배의 해독에 빠져들려고 하지 말고, 인류의 불행을 해결하는 길을 찾는 데 앞서야 한다.

한국어는 사용자 수에서 세계 12위를 차지한다. 12위는 다수 언어의 말석이고, 소수 언어의 선두이다. 다수 언어 말석이라 고개를 숙여야 한다고 여기고 굴종을 선택하면, 소수 언어 선두에서 언어 주체성 옹호를 선도해야 할 책임을 포기하는 배신을 한다.

국력의 위상도 비슷한 정도여서, 두 가지 말을 할 수 있다. 제1세계 선진국 대열에 진입해 말석이라도 차지한 것이 다행이라고 할 수 있다. 식민지통치에서 해방된 제3세계 나라들의 선두에서 새로운 역사를 창조하는 본보기를 보이는 것이 자랑스럽다고도 할 수 있다. 제1세계의 말석이 앞으로 더 나가는 것은 아주 어렵다. 제3세계의 선두가 새로운 창조를 할 수 있는 가능성은 크게 열려 있다. 제1세계는 몰락의 길에 들어서서, 말석은 영광은 누리지 못하고 말폐나 차지한다.

근대를 넘어서는 다음 시대로 넘어가면서 선진이 후진이 되고 후진이 선진이 되는 대역전이 일어난다. 피해를 받으면서 고통을 겪은 수많은 민족이 선두에 나서서 대등한 발전을 성취하는 투쟁을 전개해야 한다. 민족문화의 다양한 발전이 인류문명을 더욱 풍요롭게 한다는 것을 입증해야 한다.

● 댓글과 답글

이일수: 영어를 공용어로 하자는 주장은 당연히 망상이다. 제3세계의 선두에서 우리 민족어로 창조적 역량을 발휘해, 세계의 학문을 선도하는 문화국가가 되어야 한다. 이 일을 남북이 함께 하는 것이 마땅하고, 그 길을 모색해야 한다.

조동일: 당연한 말이다. 내가 하는 말이 북쪽에 전달되기를 간절하게 바란다.

박영미: 영어의 횡포는 세계사의 문제이다. 한국은 식민지통치를 겪고도 국어를 온전히 가꾼 나라여서, 질병을 치유하는 길을 제시해야 한다. 이렇게 말하고, 영어공용화가 실용적이라는 주장에, 이미 남들이 잘하고 있는 일을 뒤늦게 따라가는 것이 마땅한 전략이 아니라고 실용주의적으로 반박하시는 부분이 시원했습니다.

조동일: 세계사의 문제인 영어공용화에 대해 거시적인 논란과 실용주의적 검토, 양면의 접근이 필요합니다.

현금석: 《영어를 공용어로 하자는 망상, 민족문화가 경쟁력이다》(2001)라는 책 한 권만으로도 설파의 공로는 온 천하를 덮을 것이다. 사회현상을 분석하고 미래사회를 조망하며 시민 대중을 계도하는 사회학자의 천 권의 서책이 인문학자인 설파의 이 책 한 권에 미치지 못한다고 생각한다. 이 책은 통속소설보다 쉽게 쓰였으며, 연애소설보다 짜릿하고 재밌다.

한 숨에 읽히는 걸 보면 이 책은 순식간에 쓴 것 같다. 허나 세계 곳곳을 누빈 자취와 책 곳곳에 담긴 寸鐵殺人(촌철살인)의 명구를 대하다 보면, 절로 허리를 꼿꼿이 세우고 고개를 숙이지 않을 수 없다. 만민대중의 일독을 권한다.

조동일: 知音(지음)이 있듯이 知學(지학)도 있고, 귀 名唱(명창) 못지않은 눈 碩學(석학)도 있어, 소리 하는 사람뿐만 아니라 책 쓰는 사람도 즐겁도다.


임재해: 영어를 공용어로 쓰지 않아도 미국을 고국으로 여기며 성조기를 흔드는 태극기부대들이 설치는데, 영어를 공용어로 썼다면 그 결과는 뻔하다. 다행히 공용어론이 폐기되자, 근래에는 한국어를 배우려고 하는 외국인들이 늘어나고, 외국에 한국어학과는 물론 외국학생들의 한국유학이 급증하고 있다. BTS는 우리말로 노래를 불러도 세계 젊은이들이 모두 따라 부르며 열광한다. 영어공용어론이 얼마나 위험한 망상인가 하는 사실이 최근의 한국어 열풍으로 입증되고 있다.

조동일: 미처 하지 못한 말 보충해주어 고맙다. 세계 곳곳의 외국인이 한국어를 배우려고 몰려오는데, 한국에서는 한국어를 버리고 영어를 공용어로 하면 얼마나 우습겠는가?

●　●　●　●　●

## 2-9 영어가 공용어인 나라

영어를 공용어로 하면 어떻게 되는지 알아보기 위해 말레이시아를 찾아간 적 있다. 말레이시아는 영어를 사실상의 공용어로 하는 나라여서 평소부터 관심이 있었다. 《영어를 공용어로 하자는 망상》을 쓰기로 작정하고 현지조사를 하기로 했다. 쿠알라룸푸르 이곳저곳 돌아보면서 자료를 구하고 많은 생각을 했다.

말레이시아 사람들이 대단한 포부를 말하는 책을 영어로 내놓은 것을 이미 알고 구해 읽었다. 다채로운 경력을 가진 석학 이브라힘은 아시아가 다시 깨어나 세계 전체를 위해 큰 기여를 해야 한다고 역설하고, "식민지 통치자들도 받아들여야 할 강령을 마련해야 한다"고 했다.(Anwar Ibrahim, *The Asian Renaissance*, Singapore and Kuala Lumpur: Times Books, 1996) 마하티르 수상도 대단한 주장을 펴는 책을 써서 "유럽의 세계지배는 실패로 돌아가고", "다음 세기에는 아시아가 정당한 위치, 정당한 지분을 차지할 것이다"고 했다.(Mahathir Mohamad, *A New Deal for Asia*, Selangor Dural Ehsan, Malaysia: Pelanduk, 1999)

영어로 학문을 하고 책을 쓰니 이렇게까지 하는구나 하고 생각하면서 부럽다고 여겼다. 쿠알라룸푸르 대형서점에는 이 비슷한 책이 많이 있을 것을 기대하고 찾아갔다. 모두 사서 읽기로 작정했다. 그런데 위에서 든 것들과 같은 책이 더 없어 충격을 받았다. 말레이시아 출판물은 보이지 않고, 영미에서 가져온 책이 서점을 메우고 있다. 이브라힘이나 마하티르가 한 말은 대외용 체면치레이거나 헛가락이고, 나라의 실상은 기대한 바와 아주 달랐다.

한 구석에 "Local Interest"(지방 관심사)라고 한 서가가 하나쯤 있어 말레이시아에 관한 책을 팔고 있는데, 모두 영미에서 출판된 것들이다. 말레이시아 역사에 관한 영어책을 세 종 발견했는데, 모두 외국인의 저작이다. 말레이시아 역사를 연구하는 것 같이 힘은 들고 수입이 나오지 않는 일은 경쟁력이 없고 국력을 낭비하니 외국인에 맡기는 것이 좋다고 여기는 것 같다.

국립대학에 가니 구내서점이 둘 있었다. 큰 서점에서는 영어 책만 파는데, 모두 영미 출판물 수입인 것이 다르지 않았다. 대학에서는 영어를 학문 수입에만 쓰고, 자가 생산이나 수출에는 이용하지 않았다. 큰 서점 곁에 있는 초라한 모습의 작은 서점에서는 말레이어로 출판된 책을 팔고 있었다. 종수가 얼마 되지 않고, 지질이나 편집이 수준 이하여서 신뢰감을 가질 수 없게 하는 것들이었다.

사마드 사이드(Samad Said)가 1961년에 내놓은 《살리나》(Salina)는 말레이어 소설 대표작이다. 영국의 식민지통치를 당하고 있다가 일본군이 침입해 이중의 고통을 겪는 시기의 어려움을 도시 근교 빈민들의 삶을 통해 다룬 내용이다. 살리나라고 하는 주인공은 창녀 노릇을 하면서도 착한 마음씨를 지니고, 어떤 역경에서든지 굽히지 않고 바르게 살아가는 자세를 보여주었다. 이웃의 소년에게 이렇게 말했다.

"비록 말레이 책들이 질이 낮다 할지라도 말레이 작가들의 마음속에, 그리고 생각 속에 담겨져 있는 사상이 무엇인지 살펴보고 또 동족에 대해 뭐라고 썼는지 알아보는 것이 좋지 않겠어요?" 그때로부터 반세기가 더 지난 지금 말레이어 책은 찾아보기 어렵다. 영어를 오래 쓰는 동안에 사정이 더 나빠진 것 같다. 사마드 사이드 같은 작가가 다시 나올 수 있을지 의문이다.

말레이시아는 영국의 식민지통치에서 독립해 나라를 세우면서, 자기 말 '바하사 말레이시아'(Bahasa Malaysia)를 국어로 한다고 헌법에 명시했다. '바하사 말레이시아'는 말레이어를 표준화한 것이다. 국민의 민족구성을 보면 말레인이 67.4%, 중국인이 26.4%, 인도인이 7.3%이다. 말레이어를 모국어로 하는 말레이인이 일상생활에서뿐만 아니라 문화활동에서도 일제히 사용하면, '바하사 말레이시아'를 국어로 하는 데 큰 지장이 없을 것 같다.

그런데 말레이어로 교육을 받는 국민은 42.3%에 지나지 않는다. 말레이어 교육을 국가에서 특별히 지원해도, 여유가 있는 사람들은 자기 자식을 영어 학교에 보내 수준 높은 교육을 받도록 한다. 영어로 교육을 받는 국민이 말레이인의 8.6%, 중국인의 14.3%, 인도인의 28.3%여서, 평균하면 14.2%이다.

영어로 교육을 받고 영어 구사 능력을 자랑하는 14.2%의 국민이 지배층을 이루어 나라를 이끌어나가므로, 영어가 사실상의 공용어이다. 영어가 국어 위에서 군림하는 것이 당연하다고 여긴다. 국어로 교육을 받은 42.3%는 힘이 모자라 지배를 받을 뿐만 아니라, 열등의식을 가지고 살아가면서 영어가 서투른 것을 부끄러워한다. 다민족국가여서 생기는 분열이 있고, 영어 사용 여부로 갈라지는 상하층의 대립이 추가되어 공동체적 유대의식을 찾기 어렵다.

말레이시아는 국어가 분명하게 있는데도 영어가 사실상의 공용어 노릇을 하면서 사회분열의 원인을 제공한다. 한국에서 국어를 버리고 영어를 공용어로 하자는 것은, 말레이시아에서는 어쩔 수 없이 빚어지는 비극을 국가 정책으로, 국민이 낸 세금을 써서 만들어내겠다는 수작이다. 10%대에서 더 늘어나기 어려운 영어 사용자들이 민족공동체를 유린하고, 대등사회의 결속을 파괴하는 참상이 벌어질 수 있다.

　◦ 댓글과 답글

이복규: 공동체적 유대감은 자국어를 통해서만. 열등의식 없는 가운데.
조동일: 그렇다. 남의 말인 영어로는 불가능하다.

박영미: 국어가 있어도 영어를 실질적 공용어로 한 말레이시아의 현실이 경각심을 일으킵니다. 영어를 공용어로 해 사회분열의 원인이 되고 대등사회 결속을 막고, 자국어문학이 없어졌습니다. 일본에서 만난 말레이시아 학생들은 제가 평소에 생각한 것과 좀 달랐습니다. 어려서부터 싱가폴에 가서 학교를 다녀, 영어를 미국인처럼 하고 자기들끼리는 말레이말

로 하다가 영어로 하다가 했습니다.

조동일: 언어는 의사소통의 수단만이 아니고, 문화 창조의 능력으로서 더욱 소중한 의의가 있습니다. 모국어가 말레이어인 사람이 영어를 사용해, 영미인 못지않게 발랄한 문화 창조력을 보여주는 것은 가능하지 않습니다. 그 반대도 가능하지 않습니다. 잘되는 일은 마다하고, 구태여 잘 안 되는 일을 탐내는 것은 현명하지 못합니다. 모국어 글쓰기는 가능하지 않고 출판을 할 수 없는 아프리카에서 차선책을 택하는 것과는 경우가 다릅니다.

⬤ ⬤ ⬤ ⬤ ⬤

## 2-10 학문을 하는 언어

나는 외국에 유학한 적이 없다. 영어를 국내의 학교에서 가르쳐준 대로 공부하고, 스스로 노력해 연마했다. 길거리 영어는 거의 불통이지만, 학문을 하는 데 필요한 영어는 듣고 말하고 쓴다. 수많은 나라에 가서 강연이나 연구발표를 하면서 주로 영어를 사용했다.

서울대학의 부교수일 때 미국 어느 명문대학 정교수로 오라는 초빙을 받았으나, 응낙하지 않았다. 영어로 강의하고 저술하면서 미국에 정착하기 위해 애쓰는 것이 노력의 낭비이고, 국내에 머물러야 내 학문을 마음 놓고 발전시킬 수 있기 때문이다. 내 연구에 대해 깊은 관심을 가지고 토론하는 道伴(도반)들을 멀리서는 찾기 어렵다. 한국에서 동아시아로, 동아시아에서 세계로 나아가면서 하고 있는 작업을 동아시아를 모르고 한국에 대해서는 더욱 무지한 문외한들이 깊이 이해하기를 기대하는 것은 무리이다.

한국의 문화유산을 우선적으로 이용하고 한국어로 생각하고 전개하는 연구를, 영어로 옮기는 것은 아주 어렵다. 연구 논저를 영어로 내면 독자의 범위가 넓을 수 있지만, 함량이 모자라면 손해이다. 수출이 긴요하다는 이유에서 완성도가 모자라는 상품을 서둘러 만들 수는 없다. 한국어로 쓴 저작의 번역이 당연히 기대되지만, 그리 큰 기대는 하지 않는다. 세계 도처에 한국어를 잘 알고 내 학문을 깊이 이해하는 사람들이 있기를 기대한다.

국내에 머물기만 한 것은 아니다. 외국에 가서 강의, 강연, 논문발표 등의 학술발표를 하는 일이 계속 있었다. 어느 나라에 갔는지 들고 발표 회수를 적어본다. 일본 11, 중국 9, 불국 6, 미국 4, 네덜란드 4, 인도 2, 러시아 2, 영국 2, 독일 2, 대만 1, 카자크스탄 1, 스웨덴 1, 스위스 1, 오스트랄리어 1, 이집트 1, 남아프리카 1이다. 나라는 16개국이고, 발표는 모두 49회이다.

사용한 언어는 한국어·영어·불어이다. 한국어는 한국어를 알아듣는 학생들을 상대로 하거나 통역을 거쳐야 할 때에, 불어는 불국에서만 사용했다. 영어로 쓴 글을 읽으면서 발표를 하는 것이 일반적인 방식이었다. 발표 내용 가운데 동아시아문학이나 세계문학에 관한 새로운 고찰을 한 것들을 본보기로 든다. 논문 제목을 괄호 안에 적는다. 거론하기 편리하게 하려고 (가)·(나)·(다)… 라는 말을 앞에 붙인다.

(가) 화란에서는 동아시아 번역문학의 내력을 고찰했다.("Historical Changes in the Translation from Chinese Literature: a Comparative View of Korean, Japanese and Vietnamese Cases") (나) 스웨덴에서는 한국·동아시아·세계문학사의 중세문학을 비교했다.("The Medieval Age in Korean, East Asian and World Literary Histories") (다) 이집트에서는 세계문학사 시대구분의 새로운 이론을 제시했다.("Toward a New Theory of the Periodizaion of World Literary History") (라) 남아프리카에서는 아시아와 아프리카의 구비서사시를 함께 논의하자고 했다.("From Oral to Written Epics: Toward a

Comparative Study of Asian and African Cases")

지금까지 없던 시도를 하고 세계문학 연구의 새로운 지평을 여는 논문이어서 큰 충격을 주고 뜨거운 호응을 얻었다. 함께 발표한 제3국의 학자가 가져가 자기네 말로 번역한 것도 있다. 그러나 모두 논문으로 처음 쓴 것이 아니다. 한국어로 써서 한국에서 출판한 책의 일부를 요약한 것이다. (가)는 《하나이면서 여럿인 동아시아문학》, (나)는 《공동문어문학과 민족어문학》, (다)는 《세계문학사의 허실》, (라)는 《동아시아 구비서사시의 양상과 변천》을 읽어야 제대로 이해할 수 있다.

이런 책을 신명 나게 썼다. 한국의 자료에서 먼저 발견하고 한국어로 생각해 깨달은 이치를 영어로 옮기는 어려운 과정을 거치지 않고, 한국어로 바로 나타내니 진척이 순조롭고, 깊이와 넓이를 쉽사리 갖추었다. 사상의 전통을 이은 철학으로 이론의 수준을 높여 고금의 창조주권을 최대한 발현했다. 활짝 열린 눈으로 동아시아로 세계로 나아가니, 보이는 돌이 모두 보석이었다.

외국인들은 이 성과를 알지 못하고, 있는 줄도 모르니 안타깝지만 어쩔 수 없다. 생산을 멈추고 유통에 종사할 수는 없다. 유학 와서 한국학을 깊이 공부한 학자가 큰 기여를 해줄 것을 기대한다. 번역을 잘해달라는 것만 아니다. 내가 한 작업을 자기의 창조주권에 입각해 재창조해, 전달이 새로운 연구이게 하는 것이 바람직하다.

'생극'을 본보기로 들어 말해보자. 한문문명권에서는 '生克'이라는 말을 그대로 사용하고 설명을 하면 된다. 이 말을 영어로 옮기는 것은 아주 어렵다. 많은 궁리 끝에 'becoming-overcoming'이라고 하기로 했으나 이해가 가능한지 의문이다. 전달이 새로운 연구이게 하는 과정을 거쳐, 내 학설이 일단 죽었다가 남들과 공유하는 학문이 되어 되살아나야 한다.

◈ 댓글과 답글

김영숙: 이 강의에서 창조주권의 중요성을 더욱 분명하게 깨닫게 됩니다.
조동일: 그렇습니다. 창조주권으로 학문을 창조해야 내다 팔 수 있습니다.


이복규: 생산을 멈추고 유통에 종사할 수는 없다.
조동일: 그렇습니다. 생산이 절대적인 의의를 지닙니다.


임재해: 미국 대학에서 교수로 초빙한 사실을 처음 알게 된 것도 이 강의를 듣는 재미이다. 전달이 '새로운 연구'가 되어야 하고 '학설이 죽었다가 공유하는 학문'으로 되살아나야 한다는 견해는 생극론에 입각한 학문론이다.
조동일: 미국 가서 영어로 학문을 하느라고 제대로 된 道伴(도반)을 만나지 못하면, 하는 말이 전달이 미흡해 죽었다가 되살아나지 못할 것이다.


박영미: 한국의 자료를 먼저 발견하고 한국어로 나타내니 깊이와 넓이를 갖추고, 전통을 이은 철학으로 이론의 수준을 높여, 고금의 창조주권을 최대한 발현한다. 창조주권 발현 최고과정을 이렇게 말씀해 주시니 제 마음에서 조금 더 구체화되는 느낌입니다.
조동일: 더 분명하고 생동하게 말하지 못해 미안합니다.


현금석: 聖人(성인)을 문화 창조자라고 규정한다면 설파는 성인이 되고도 남는다. 설파와 동시대에 태어나 살아 있는 성인의 책을 읽는 행운을 누리니 이보다 더 좋을 수는 없다. 길거리에 넘치는 사람을 모두 성인이라고 규정한다면 나도 성인의 반열에 들어갈 것이다. 그렇다면 성인이 유튜브를 통해 성인을 만나 교유를 하니 이보다 더 좋은 일이 있을까.

설파가 말한다. "전달이 새로운 연구이게 하는 과정을 거쳐, 내 학설이 일단 죽었다 남들과 공유하는 학문이 되어 살아나야 한다." 산목이 말한다. "이 말은 부활에 대한 21세기 새로운 해석이다. 부활은 色身(색신)에는 法身(법신)에만 있다. 육체의 부활이나 저승에서의 영생이라는 종교적 교리가 20세기 사람들의 몽매성을 조장해 예속시켰다고 한다면, 설파가 여기서 말하는 창조주권의 부활 선언은 21세기 인간들의 자발성을 일깨워 무한히 격려하고 있다. 끊임없는 창조, 끊임없는 변화, 끊임없는 순환이야말로 창조주권의 본래면목이다." 변화의 성경인 〈周易〉(주역)에서 말한다. "성대한 덕성과 위대한 사업이 지극하도다! 넉넉히 있는 것을 위대한 사업이라 이르고, 날마다 새로워지는 것을 성대한 덕성이라 이른다. 생겨나고 또 생겨나는 것을 쉼 없는 변화라 이른다." (盛德大業至矣哉 富有之謂大業 日新之謂盛德 生生之謂易) (繫辭傳)

조동일: 더 쉽게 말하지 못해 고민인데, 더 어렵게 말하네요. 성인이 되지 말고 범부로 머물러야 하고, 무식해야 슬기로운 줄 알아야 되니 고민입니다.


Nam Gyu Kim: 자신의 나라에서 자신의 언어로 시작을 하는 것이 왜 중요한지 분명하게 알겠습니다. 나로부터 시작해야 보편성의 세계로 나아갈 수 있습니다. 처음부터 세계에서 시작한다고, 세계와 통용할 수 있는 것이 아님을, 나를 버리고 먼저 세계를 취했을 때에는 함께 나눌 내가 없게 되는 것이 이해가 됩니다. 해외에서도 마찬가지로 자신의 것으로 시작하고 연구한다면 굳이 그들이 우리 것을 배워야 할 이유가 있는지 하는 짧은 생각이 들었지만, 전달이 곧 새로운 창조가 된다면, 남을 통해 내 안의 것을 새롭게 발견하고 그것을 나의 이웃이 이해할 수 있는 언어로 표현한다면, 그것이 서로가 하나로 어우러지고 확장되는 방식이 되겠구나 하는 앎이 명료합니다. 지혜의 나눔, 감사합니다.

조동일: 주체인 나를 밀어내고 무엇을 안다고 하는 것은 억설이거나 기만입니다. 억설은 쉽게 바로잡을 수 있으나, 기만은 힘들게 싸워 물리쳐야 합니다.

* * * * * *


## 2-11 유럽중심주의 넘어서기

외국에 가서 발표한 논문에서, 한국·동아시아·세계문학사의 중세문학을 비교하고, 아시아와 아프리카의 구비서사시를 함께 논의하자고 하고, 세계문학사 시대구분의 새로운 이론을 제시한 것은 공통된 목표가 있다. 세계문학사 이해의 유럽중심주의를 타파하자는 것이다. 이를 위해 필요한 논의를 여러 저작에서 넓고 깊게 전개한 것을 조금씩 내보였다.

유럽중심주의(eurocentricism)는 유럽문명권이 세계사의 중심이고 가치 평가의 척도여서 다른 어느 문명권보다 우월하다는 주장이다. 유럽문명권 열강이 세계를 침략하고 지배하는 제국주의를 합리화하기 위해 만들어낸 억지가 아직 남아 있으면서 많은 폐해를 자아낸다. 이것은 유럽문명권이 우월한 증거가 아니고 그 반대이다. 제국주의가 무너진 것을 시인하지 않고 역사의 진행을 멈추려고 하는 시대착오의 발상이다. 차등론의 낡은 편견으로 세계사의 균형 발전을 저해하면서 인류를 불행하게 한다.

지금의 사태는 로마제국이 멸망하고 유럽이 대혼란에 빠진 것과 흡사하다. 그때 아우구스티누스가 무너진 제국에 미련을 가지지 말고, 하느님의 나라가 가까워온 것을 알아야 한다고 해서 큰 충격을 주고, 새로운 시대인 중세가 시작되도록 한 것을 기억할 필요가 있다. 이제 유럽중심주의를 버려야 한다. 차등론을 부정하고 대등론을 받아들여야 한다. 이런 깨우침을 받아들이면, 제국주의의 시대인 근대를 넘어서서 새로운 시대로 들어설 수 있다.

아우구스티누스가 로마제국의 가장 변방에서 시대 전환의 시발점이 되는 소리를 들려주었다. 이런 일은 다시 일어나고 질적 변화를 수반한다. 우리 한국은 제국주의 유럽이 주도하는 근대문명을 아주 멀리서 가까스로 받아들였다. 일본의 식민지통치를 받으면서 일본을 통해 유럽 공부를 하니 열등생이 아닐 수 없었다. 일본이 脫亞入歐(탈아입구)를 한다면서 아시아를 폄하하고 유럽을 존숭하는 것을 뒤따르면서 의식이 혼미해졌다.

이런 상태에 있는 한국에서 유럽중심주의를 청산하고 다음 시대로 나아가자는 주장을 선도하고 있다. 내가 적극적으로 나서서 부지런히 하는 일이다. 위에서 든 논문이나 저작이 그 증거이다. 이것만 해도 이상한데, 이해하기 더 어려운 사태가 벌어졌다.

코로나바이러스에 적절하게 대응하기 위해 최선을 힘쓰는 것이 높이 평가된다. 최상의 모범을 보여 따르지 않을 수 없다고, 유럽문명권 최선진국이라고 하는 곳들에서 일제히 말한다. 세계 전체가 일제히 겪어야 하는 시대 전환의 방향을 한국이 제시하리라고 기대한다. 여기서 말을 멈추고 생각을 가다듬어야 한다. 위에서 든 두 가지 일은 함께 논의할 만한 공통점이 있는가? 일이 지금 진행되고 있는 바와 같이 된 이유는 무엇인가? 앞으로 어떻게 될 것이며, 되는 일이 더 잘 되게 하려면 무엇을 어떻게 해야 하는가? 문제를 정리하고 적절한 해답을 찾아야 한다.

위에서 든 두 가지 일은 함께 논의할 만한 공통점이 있다. 뒤떨어졌다고 여기던 곳이 앞서 나가 후진이 선진이 되는 역전이 공통점이어서 함께 논의할 수 있다. 후진이 선진이 되고 선진이 후진이 되는 것이 생극론의 이치이다. 변방이 중심이 되고 중심이 변방이 되는 것도 같은 이치이다. 이런 일이 작게도 크게도, 개인의 업적으로도 집단의 성취로도 나타난다.

일이 지금 진행되고 있는 바와 같이 된 이유는 무엇인가? 민족문화의 창조주권이 발현되는 결과이다. 민족문화의 저력을 동아시아문명을 받아들여 넓고 깊게 재창조한 유산이 남다른 창조주권으로 발현되어 세계사를 바꾸어 놓는 데 기여한다.

앞으로 어떻게 될 것이며, 되는 일이 더 잘 되게 하려면 무엇을 어떻게 해야 하는가? 시대전환이 이루어지는 것은 당연하지만, 지금까지 무엇이 잘못되었는지 구체적으로 밝히고 어떤 대안을 제시해야 하는지 분명하게 해야 한다.

⁂ 댓글과 답글

임재해: 선진이 후진이 되고 후진이 선진이 된다는 생극론이 코로나바이러스의 사례를 두고 보면 딱 맞아떨어진다. 그런데 코로나바이러스의 성공적 대응이 '민족문화의 창조주권이 발현된 결과'라는 사실은 더 구체적인 논증이 필요하다.

조동일: 지금 시작해 멀리까지 나아간다. 지켜보지 말고 함께 뛰기 바란다. 많은 동지가 필요하다.

이일수: 세계 역사의 흐름에 대한 생극론의 관점을 적극 받아들인다. 다만 아래 임재해 선생님의 말처럼 더 구체적인 논증이 있어야 한다는 생각이 든다. 큰 밑그림에 동의하고 세부는 이제 마련해 나가야 하리라.

조동일: 관중은 무엇이든지 요구할 수 있으나, 선수는 하나라도 실행해야 한다.

박영미: 로마제국이 멸망한 것과 유럽이 지금 대혼란에 빠진 것이 흡사하다는 말씀이 재미있습니다. 제국주의 시대가 혼란에 빠진 상황을 타개하고 새로운 시대 창조에 우리가 앞서려면, 민족문화의 저력을 동아시

아문명을 받아들여 넓고 깊게 재창조해 적극 발현해야 한다. 이런 진단이 강의 그대로라고 생각합니다.

조동일: 쓰신 글을 조금 다듬어 강의 내용을 더 분명하게 하는 것은 쉽습니다. 말한 대로 실행하는 것은 쉽지 않습니다.

이강혁: 현시대를 보자. 모두 자신들이 제국이 되고자 이익만을 계산하고 있다. 전쟁을 자신들의 정치에 이용하려고만 하고, 가진 자들이 줄어들고 있다. 한국이 선진이 되기 위해서는 이익보다 대등과 화합을 목표로 나아가 한다. 위기의 순간에서 한국인들이 힘을 뭉쳐 위기를 극복했다. 이제는 한국인들끼리가 아닌 세계인들과 함께 뭉쳐야 선진이 되고 이끌 수 있을 것이다.

조동일: 그렇다. 한국은 차등론의 선진국과는 아주 다른, 대등론의 선진국이 되어야 한다.

● ● ● ● ●

## 2-12 무엇이 문제인가?

유럽중심주의는 유럽이 아닌 다른 여러 문명은 애초에 잘못되어 뒤떨어졌으므로 유럽을 배우고 따라야 한다는 주장이다. (가) 다른 문명이 애초에 잘못되었다는 증거는 역사·철학·문학관에서 찾았다. (나) 뒤떨어졌으므로 따르고 배워야 할 것은 정치·경제·군사력부터 들었다. (가)의 내역이 다음의 세 가지 명제로 요약될 수 있는 것을 먼저 말해, 이해하는 데 어려움이 없도록 한다.

(1) 인류의 역사는 아시아에서 먼저 시작되었으나 유럽에서만 제대로 발전했으며, 아프리카에는 역사라고 할 것이 없다. 유럽에서 고대나 중세의

전형적인 모습을 보여주고, 근대를 만들어 세계 전체에 이식되도록 했다.

(2) "진리에 대한 사랑"을 뜻하는 '필로소피아'(φιλοσοφία)는 고대그리스의 창안물이어서, '철학'이라고 번역되는 '필로소피'(philosophy)가 유럽문명권에만 있고 다른 문명권에는 없다. 유럽철학의 수입과 정착이 세계어디서나 필수적인 과제이다.

(3) 고대그리스의 비극과 서사시가 문학의 전범이어서 유럽문명권은 문학에서도 다른 문명권보다 우월하다. 소설은 유럽 근대의 시민문학이므로, 근대에 이르지 못하고 시민이 성장하지 못한 다른 곳에서는 생겨날 수 없었다.

(나)를 위해 노력해서 격차를 줄이려고 하기만 하면 어리석다. (가)가 과연 타당한지 검토하는 것이 선결과제이다. (나)를 맡아서 한다는 정치·경제·군사력의 지도자들이 (가)의 역사·철학·문학관을 다루는 학자들을 우습게 여기면 더욱 어리석다. 유럽중심주의를 내세우는 쪽이 얼마나 간교한지 알아차리지 못할 만큼 반대하는 쪽이 어리석은 것을 개탄한다.

유럽중심주의를 내세우는 쪽이 얼마나 간교한지 구체적으로 말한다. 영국은 식민지 인도에 보내는 정치·경제·군사 분야의 관원들에게 (가)에 관한 교육을 철저하게 했다. 고대그리스의 뒤를 이어 유럽은 역사·철학·문학에서 다른 어떤 문명보다 앞섰으므로 자부심을 가지고 열등의식에서 벗어나라고 했다. (나)의 정치·경제·군사력만으로 세계를 다스릴 수 없다는 것을 잘 알고 의식훈련부터 했다. 이런 일을 옥스퍼드대학이 주도했다.(Richard Symonds, *Oxford and Empire*, 1992라는 책에서 그 내막을 자백했다.)

일본은 아시아를 떠나 유럽의 일원이 되겠다고 하는 脫亞入歐(탈아입구)를 표방하면서 (가)를 받아들여 자국민을 교육하는 것을 선결과제로 삼았다. 동경제국대학 영문과가 그 사령탑 노릇을 하면서 위세를 떨쳤다. 유럽의 최선진국인 영국을 뒤따라 (나)의 정치·경제·군사력을 키우고 식민지를 개척하고 통치하는 것이 엄청난 영광이라고 여기도록 했다.

인도는 식민지통치에서 해방되고자 하는 투쟁을 하면서 영국이 이식한 (가)의 허위를 논파하는 것을 우선적인 과제로 삼았다. 고대 인도문명은 고대 그리스문명보다 먼저 이루어지고 사고의 수준이 더 높고, 표현 영역이 한층 다채롭다는 사실을 입증했다. 타고르(Tagore)의 시나 라다크리슈난(Radhakrishnan)의 철학이 그 선두에 섰다.

우리 한국은 일본에 대항해 민족해방 투쟁을 하면서 탈아입구론에 적절하게 대응하지 못했다. 문명의 문제를 민족의 문제로 축소하는 실수를 저질렀다. 일본이 유럽을 배우고 따라 광대한 지역을 지배하지만, 우리 선조는 고유문화의 능력으로 더 넓은 곳을 차지하고 다스렸다. 미국과 직거래를 하면 탈아입구에서 일본보다 앞설 수 있다. 이런 착각을 해온 것이 부끄럽다.

독립한 한국은 (가) 역사·철학·문학관의 유럽중심주의는 그대로 두고 (나)의 정치·경제·군사력을 발전시키는 방향으로 나아가 상당한 성공을 거둔 것 같다. 소득이 일본과 대등하고, 코로나바이러스에 대응하는 방법이 뛰어나 여러 선진국이 배우려고 하니 자랑스럽다. 유럽이 선도한 근대문명은 종말에 이르고 있는 것이 아닌가? 한국이 근대를 넘어서서 다음 시대로 나아가는 길을 여는 것 같다.

이런 말을 막연하게 하고 있을 것은 아니다. 어쩌다 보니 세상이 달라졌다고 여기고, 기대하는 바가 저절로 이루어질 수 있다고 생각하지 말아야 한다. 마땅히 해야 할 일을 하는 결단을 내려야 한다. (가) 역사·철학·문학관의 유럽중심주의를 비판하고 넘어서서, 세계적인 범위에서 널리 타당한 대안을 제시하는 것이 구체적인 과제이다.

정치·경제·군사력의 지도자들이 역사·철학·문학관을 다루는 학자들을 우습게 여기면 어리석다. 유럽중심주의를 내세우는 쪽보다 우리는 더욱 슬기로워져야 세계인을 실망시키지 않을 수 있다. 유럽의 전례를 따르고,

세계의 동향을 지켜보다가 대응 방식을 찾는 수준을 크게 뛰어넘는 학문을 해야 한다.

한국이 비약적인 발전을 해서 세계인의 부러움을 사는 것은 알고 보면 우연이 아니다. 유럽중심주의를 바로잡고 민족문화나 동아시아문명의 저력을 살려 세계사의 진로를 개척하려는 노력이 많이 이루어진 덕분이다. 그 성과를 표면화해 상층에 더 많이 남아 있는 무식을 청산해야 한다. 혼신의 힘을 기울여 한 연구를 공유의 재산으로 활용해야 한다.


◉ 댓글과 답글


이일수: 유럽중심주의를 넘어서서 유럽−아시아−아프리카 등이 각기 대등하게 대우받아야 한다는 전제에 공감하면서, 그 양상이 구체적으로 떠오르지는 않습니다. 더욱 분발해야 하겠다는 생각이 듭니다.

조동일: 교육이 잘못되어 유럽중심주의를 씻어내리면 많은 노력이 필요합니다.


임재해: 유럽중심주의와 같은 맥락에 있는 것이 아시아중심주의이거나 아메리카중심주의, 또는 자민족중심주의이다. 유럽중심주의를 극복하는 대안이 동양중심주의이거나 한국중심주의이면 같은 오류에 빠진다. 선후진의 전환도 유럽과 한국의 특정 사건 곧 코로나19의 방역 사실을 근거로 일반화하는 것은 한국중심주의일 수 있다. 선진도 그렇지만 후진 또한 여럿이고 다양하게 존재하는 까닭이다. 따라서 유럽중심주의뿐 아니라 모든 중심주의에서 벗어나는 탈중심주의 시각이 긴요하다.

조동일: 유럽중심주의를 타파하고, 선진과 후진의 역전을 이룩하는 선두 주자는 찬양받아 마땅하다. 아직 동행이 없다는 이유로 주저앉아야 한다고 하지 말아야 한다. 자기중심주의의 오류를 되풀이할 염려가 있다는 이유

로 비난하는 것은 아주 부당하다. 차등 뒤집기는 새로운 차등을 가져오므로 비난을 받아야 한다는 주장은 차등론을 옹호하는 궤변이다. 누구나 도둑이 될 수 있으니, 도둑을 나무라지 말고 피해를 참고 견디어야 한다는 수작과 그리 다르지 않다. 어차피 죽어야 하니 살려고 할 필요가 없다고 주장할 것인가? 모든 중심주의에서 벗어나는 탈중심주의 시각을 갖추어야 한다는 것은 너무 막연한 소리이다. 그것이 대등론이라고 명확하게 말해야 한다. 차등론을 부정하는 대등론의 의의를 알고, 역사가 차등론과 대등론의 투쟁으로 진행되는 실상을 밝혀 논해야 한다. 우리는 대등론 실행의 선두주자로 나서서, 새로운 시대로 나아가는 방향을 찾고 있다.

백두부: 근대 유럽인은 정치·경제·군사력을 빌어 문·사·철의 정신 능력까지 호도한다. 차등 세상을 고착해 패권을 누리고 세계 평화를 위협한다. 자연 파괴를 주도해 지구 생태계를 존망 위기에 빠뜨리는 일을 한 주도세력이다. 인류를 구하기 위해 전 세계적 운동으로 새로운 철학과 실천이 일어나야 한다. 이 일을 앞서서 자임하는 것은 중심주의 표방이 아니다. 동참자를 찾아 깃발을 올리는 간절함이리라! 유튜브 시대에 이제 변방은 없다. 모두가 중심이고 하나다. 나는 무엇을 할 수 있는가?

조동일: 각자 자기 할 일을 찾아 열심히 해야 한다. 남이 하는 일을 바라보고 시비할 겨를이 없다. 관중이 아닌 선수가 더 필요하다.

현금석: 설파는 말한다. "그 성과를 표면화해 상층에 더 많이 남아 있는 무식을 청산해야 한다. 혼신의 힘을 기울여 한 연구를 공유의 재산으로 활용해야 한다." 나는 이 문장에서 설파의 두 마음을 읽는다. 하나는 분노고, 또 하나는 소망이다. 분노는 설파와 동시대를 산 기성학자와 治者(치자)를 향한 것이고, 소망은 미래를 열어갈 신진학자와 자라나는 새싹을 향한 것이다. 이렇게만 말하면 설파는 저 혼자 고고한 자세로 세상

을 호령하고 주관하는 심판자에 머물고 만다. 설파는 또 말한다. "이 책에서 한 말을 누구나 가져갈 수 있게 개방한다. '출처 미상의 말을 나도 한다'고 하기를 바란다. 가져간 것을 보태고 고치고 다듬어 훌륭하게 만든다면, 길을 잃고 헤맬 수 있는 산악인을 정상으로 안내하는 이름 없는 세르파의 즐거움을 마음속으로 누릴 수 있다. 학문의 세르파 노릇을 하길 바라고, 호를 雪坡(설파)라고 한다." 설파가 왜 설파인지, 설파 스스로 조근조근 알려준다. 나는 설파의 이 말을 듣고 용기를 내어 지금 이 글을 쓰고 있다. 설파가 말하는 이 책의 제목은 《대등한 화합》이며, 인용한 문장은 〈이름이 없어야〉라는 글에 나온다.

조동일: 업적 소유권 주장으로 대등한 협력을 막지 말아야 한다. 옳다고 인정되는 주장은 만인의 공유물이어야 한다. 가져가 그냥 쓰지 않고, 자기가 처음 지어냈다고 주장할 때에만 표절이다.

◉ ◉ ◉ ◉ ◉ ◉

## 2-13 허구의 실상

유럽중심주의의 세 가지 명제 가운데 첫째 것을 다시 보자. 인류의 역사는 아시아에서 먼저 시작되었으나 유럽에서만 제대로 발전했으며, 아프리카에는 역사라고 할 것이 없다. 유럽에서 고대나 중세의 전형적인 모습을 보여주고, 근대를 만들어 세계 전체에 이식되도록 했다. 이렇게 말했다.

이 말이 타당한지 검증하기 위해서 세계사를 온통 서술할 수는 없다. 중세에 대한 이해를 바로잡는 것이 효율적인 반론이다. 중세가 어떤 시대였는지 복잡하게 말하면서 이상한 이론을 전개하지 말아야 한다. 중세는 어느 문명권에서나 공동문어의 시대였다. 그 이전은 고대이고, 그 이후 민족구어를 공용어로 사용한 시대가 근대이다. 언어사에서 문학사로 들어

가면 유럽의 우위는 허상임이 쉽사리 드러난다.

아프리카에 역사가 없는 이유는 지능이 낮은 탓이라고 했다. 이 말이 거짓된 것을 분명하게 말해주는 증거는 문학이다. 아프리카인은 구비문학을 풍부하고 다채롭게 창조해 전승한다. 식민지 통치자의 언어를 익혀 놀라운 수준의 시를 짓고, 유럽에서는 죽어가는 소설을 살려내 세계적인 문제작을 산출한다. 마다가스카르 시인 라베아리벨로(Jean-Joseph Rabearivelo)의 불어시, 나이지리아 소설가 아취베(Chinuwa Achebe)의 영어소설을 단적인 본보기로 들 수 있다.

유럽중심주의의 둘째 명제도 다시 보자. "진리에 대한 사랑"을 뜻하는 '필로소피아'(φιλοσοφία)는 고대그리스의 창안물이어서, '철학'이라고 번역되는 '필로소피'(philosophy)가 유럽문명권에만 있고 다른 문명권에는 없다. 유럽철학의 수입과 정착이 세계 어디서나 필수적인 과제이다. 이처럼 철학이라는 말의 유래가 단일하다는 이유를 내세워 유럽철학만 정통이라고 하는 것은 사실판단이 빗나갔다.

철학에 해당하는 말이 여러 문명권에 다 있고, 지칭하는 범위가 다양했다. 산스크리트문명권의 '다르사나'(darsana)는 이치를 따지는 데 그치지 않고, 정신적 통찰력을 얻고 정신을 정화하는 것까지 말했다. 아랍어문명권에는 '필로소피'에 상응하는 이성철학 '팔사파흐'(falsafah)뿐만 아니라, 통찰철학이라고 할 수 있는 '히크마흐'(hikmah)도 있었다. 한문문명권에서 '心學', '玄學', '道學' '理學' 등으로 일컫던 것들도 모두 철학이다.

고대그리스 철학자들이 철학을 발전시킨 것과 대등한 작업을 고대의 인도나 중국에서도 더욱 다채롭게 해서 많은 학파가 분화되었다. 중세 동안에는 신학에 매몰되어 있던 철학을 구출해 "존재하는 모든 것은 신(deus)이다"고 한 스피노자(Spinoza)의 공적을 높이 평가한다. 그보다 한 세기 반 전에 이미 서경덕은 "존재하는 모든 것은 氣(기)이다"라고 하는 일원론을 이룩했다.

스피노자의 신(deus)일원론은 헤겔(Hegel)이 정신(spiritus)일원론으로, 다시 마르크스(Marx)가 물질(materia)일원론으로 바꾸어놓았으나, 기일원론은 근본이 흔들리지 않고 단계적인 발전을 이룩했다. 헤겔이 내세운 정신변증법을 마르크스가 유물변증법으로 고쳐놓은 것이 대단하다고 평가되면서 일세를 풍미하는 영향력을 행사한다. 기일원론은 하나인 기가 둘로 나누어서 相生(상생)하고 相克(상극)하는 관계를 가진다고 한다. 이런 유래를 가진 生克論(생극론)은 변증법이 상극에 치우친 편향성을 시정한다.

변증법에 의거한 상극의 투쟁으로 계급모순을 어느 정도 완화하면서 민족모순을 격화시켜 세계 도처의 수많은 사람이 피를 흘리고 있다. 변증법은 물러나고, 생극론이 나서서 민족모순을 해결하는 방안을 찾지 않을 수 없는 상황이다. 민족모순의 확대판인 문명모순도 생극의 원리에 입각해 진단하고 치유하려고 노력하지 않을 수 없다.

⬤ 댓글과 답글

임재해: 철학이라는 말이 여러 문명권에 두루 있을 뿐만 아니라 그 함의가 다양하다는 사실을 들어서, 유럽철학 유일론을 혁파한 것은 통쾌하다. 특히 산스크리트문명권의 '다르사나'는 정신적 통찰력은 물론 정신을 정화하는 것까지 다루고, 아랍어문명권에는 '히크마흐'라는 통찰철학이 이성철학인 '팔사파흐'와 달리 별도로 존재한다는 사실이 신통하다. 유럽철학을 넘어서는 세계철학이 다양하게 존재한다는 사실만으로도 풍요로운 기운을 얻는다.

조동일: 누구나 알아야 할 사실이 《철학개론》 따위의 책에 전연 등장하지 않는다. 철학자라는 사람들이 상무식꾼이다.

박영미: 유럽문명권의 철학에 대해 스피노자부터 헤겔·마르크스까지

쉽게 풀이해주시니 별것 아닌 것처럼 느껴지기까지 합니다. 아프리카 작가들이 불어와 영어로 문학을 살리는 역할을 해 주목할 필요가 있습니다. 강의를 들으니 구비문학의 유산을 어떻게 활용하느냐가 앞으로의 중점이 될 것 같습니다.

조동일: 쉽게 이해되어야 잘한 강의입니다.

현금석: 스피노자가 조선 땅에 태어나고 서경덕이 유럽에 태어났다면, 두 사람은 서로 같은 생각을 하고 같은 글을 썼을까? 서경덕은 "존재하는 모든 것은 神(신)이다"라고 말하고, 스피노자는 "존재하는 모든 것은 氣(기)이다"라고 말했을까? 스피노자가 유일신, 인격신을 섬기는 종교적 독단에서 벗어나고자 자신의 논리를 개발한 것은 가상한 일이되, 재래의 신을 부정하면서 자신이 주장하는 신에 사로잡힌 것은 안타까운 일이다. 데카르트의 언어와 데카르트의 문제설정을 근원적으로 벗어나지 못한 한계일 것이다. 서경덕은 벗어버려야 할 종교적 독단 자체가 없었기에, 서경덕의 기氣는 서경덕 이전의 기를 부정하지도, 서경덕 자신이 주장하는 기에 사로잡히지도 않았다. 새로운 세계관은 새로운 언어로부터 출발한다. 기라는 언어가, 기라는 세계관이 바로 그것이 아닐까?

조동일: 깊이 생각할 문제를 제기해 감사한다. 연구가 필요해 응답은 보류하고, 한 가지만 말한다. 국문 전용 때문에 氣라는 말을 바로 적지 못해 막대한 지장이 있다.

● ● ● ● ● ●

## 2-14 세계문학사 이해 바로잡아야

유럽중심주의의 명제 가운데 셋째 것을 다시 보자. 고대그리스의 비극과 서사시가 문학의 전범이어서 유럽문명권은 문학에서도 다른 문명권보다 우월하다. 소설은 유럽 근대의 시민문학이므로, 근대에 이르지 못하고 시민이 성장하지 못한 다른 곳에서는 생겨날 수 없었다. 이렇게 말한다.

고대그리스의 비극을 일방적으로 평가한 잘못을 시정하기 위해, 나는 연극미학의 기본원리를 비교해 고찰했다. 고대그리스 비극의 '카타르시스', 중세의 인도 산스크리트연극이 보여주는 '라사'(rasa)와 함께, 중세에서 근대로의 이행기 한국의 민속극에서 좋은 본보기를 찾을 수 있는 '신명풀이'가 세 가지 기본원리이다. 이 셋을 찾아내고, 서로 어떻게 다른지 밝혔다.

카타르시스는 파탄에 이르는 결말을, 라사와 신명풀이는 원만한 결말을 보여준다. 라사는 우호적인 관계의 차질을, 카타르시스와 신명풀이는 적대적인 관계의 승패를 보여준다. 신명풀이는 미완성의 열린 구조를, 카타르시스와 라사는 완성되어 닫힌 구조를 보여준다.

비극이 최고의 연극이라는 주장은 카타르시스 연극에나 해당된다. 연극의 원리는 갈등이라는 것 또한 그렇다. 라사 연극은 우호적인 관계에서 생긴 차질을 시정하고 원만한 결말에 이르러 조화의 원리가 소중하다는 것을 확인한다. 신명풀이 연극은 갈등과 조화를 함께 나타내면서, 갈등이 조화이고 조화가 갈등이라고 한다.

한국에는 구비서사시가 많이 있으며, 구비서사시가 시대에 따라 변천한 과정을 잘 보여준다. 일본의 아이누, 중국 雲南(운남) 지방 여러 민족, 중앙아시아 터키계 여러 민족과 함께 서사시의 세계사를 재인식할 수 있는 논거를 제공하면서, 그 서두와 결말을 잘 보여주는 특징이 있다. 원시서사시를 전승하고 있는 점이 아이누의 경우와 상통한다. 구비서사시를 중세에서 근대로의 이행기문학으로 재창작한 성과를 특히 뚜렷하게 보여주었다.

이런 의의를 가진 판소리는 다면적인 구조와 의미를 지녔다. 노래 부분인 창과 해설 부분인 아니리가 서로 다른 수작을 하고, 유식한 문어체와 상스러운 구어체를 함께 사용하는 점도 주목할 만하다. 어느 작품에서든지 중세적인 윤리관을 그대로 따를 것인가 뒤집어놓을 것인가를 두고 치열한 논란을 전개했다. 그 때문에 하층민의 범위를 넘어서서 널리 환영받고 크게 평가되었으며, 독서물로 정착되고 유통되어 판소리계소설을 이루었다.

소설이 유럽 근대의 시민문학이라고 하는 것은 이중으로 잘못되었다. 소설이 출현한 시기는 근대가 아니고, 중세에서 근대로의 이행기이다. 소설은 시민문학이 아니고, 귀족과 시민, 그리고 남성과 여성이 생극의 관계를 가지고 이룩한 경쟁적 합작품이다. 어느 일방이 독점하려는 시도는 소설을 약화시켰다.

중세에서 근대로의 이행기 동안에는 소설 발전에서 동아시아가 앞서고 유럽이 뒤따랐다. 근대가 되자 인쇄술과 유통방식의 혁신 덕분에 유럽소설이 크게 발달하다가 파탄이 생겼다. 시민이 독점한 소설이 내면의식 위주의 자폐적인 문학이 되어 해체되기에 이르렀으나, 지구 전체의 위기는 아니다. 제1세계의 지배에 대한 제3세계의 반론을 세계사적 문제의식을 가지고 제기하는 쪽에서 새로운 소설을 창작하고 있다.

소설이 참칭하고 전복시킨 동아시아의 傳(전)이나 유럽의 고백록 같은 것이 없어 아프리카소설은 전통이 빈약하다고 할 수 있다. 그러나 중간 시기 종교이념을 규범화한 특정 형태의 기록물 대신에 연원이 더욱 오랜 신화의 보편적인 구전을 오늘날의 문제를 다루는 배경으로 삼는다. 정치적 시련에 시달리고 빈곤이 격심해 비관적이기만 한 상황을 넘어설 수 있는 낙관의 근거를 신화에서 찾아 소설을 새롭게 한다.

◉ 댓글과 답글

이일수: 어느 일방이 근본 원리를 독점한다는 편견을 넘어서 근본 원리의 다양함을 이해하는 일이 필요하다고 인정하지 않을 수 없습니다.

조동일: 그렇습니다. 근본 원리 확인에서 차등론을 청산하고 대등론을 실현해야 합니다.

박영미: 구비서사시를 중세에서 근대로의 이행기문학으로 재창조한 판소리에서 신명풀이의 의의와 다층적 의미를 찾고, 소설이 유럽 근대 시민문학이라고 하는 인식의 이중 잘못을 짚어내니, 소설의 역사가 조금 편하게 다가옵니다. 신화에서 낙관의 근거를 얻는다는 말씀에 아프리카의 힘도 느낍니다.

조동일: 머리로 이해하라고 요구하기만 하지 않고, 마음에 다가가 느낌을 주는 학문을 하려고 합니다. 뜻한 바를 이루고 있다고 확인해주시니 감사합니다.

현금석: 이 강의는 《탈춤의 원리와 신명풀이》에서 시작해 《소설의 사회사 비교론》에까지 이른 작업과 깊은 관련이 있다. 전자는 생극신명풀이설이고, 후자는 생극소설론이다. 둘 다 평생 동안 화두를 들고 진력해 이룩한 과업이다. 《대방광불화엄경》의 요지를 추렸다는 〈화엄일승법계도〉만 읽어서는 화엄 세계의 진면목을 속속들이 알 수 없다. 이와 마찬가지로 한 학자가 일생을 바쳐 이룩한 학문 세계를 요약한 이 강의만 듣고서는 생극신명풀이설과 생극소설론의 전모를 파악할 길이 없다. 浩瀚(호한)한 저서를 남긴 정약용이 두 아들에게 보내는 편지에 이런 말을 남겼다. "〈周

易四箋〉(주역사전)은 내가 하늘의 도움을 얻어 지어낸 문자이다. 결코 사람의 힘으로 통할 수 있거나, 사람의 지혜나 생각으로 이룰 수 있는 바가 아니다 … 〈喪禮四箋〉(상례사전)은 내가 성인을 독실하게 믿어 지어낸 문자이다. 광란의 물결을 돌리고 온갖 내[川]를 막아 洙泗(수사, 孔孟之道)의 참된 근원으로 돌아가게 했다고 여긴다. 후략 이 두 부만 전할 수 있다면 나머지 책들은 폐기해도 좋다." 나는 정약용의 〈상례사전〉은 읽지 못했으나, 〈주역사전〉은 동도들과 만나 원전을 강독한 적이 있다. 그때 읽은 소감을 고백하자면 〈주역사전〉은 그리 대단한 책이 아니다. 《주역》을 象數學(상수학)의 관점에서 수학적으로 고찰했는데, 爻辭(효사) 풀이에 견강부회가 심하다고 느꼈다. 정약용은 자신의 주역 해석이 매우 독창적이라고 여겼으나, 실제로는 재래의 관점을 크게 벗어났다고 하기 어렵다. 반면 설파는 자신이 쓴 두 책을 미완이라 여기며 후속연구를 기다린다고 했으나, 완성도가 높은 독창적인 이론이다. 두고두고 읽어야 할 고전이라고, 나는 굳게 믿고 있다.

조동일: 아직 많이 모자라는 것을 알고 계속 노력한다. 글을 너무 많이 쓰는 것이 무능 탓이니 용서해주기 바란다. 나중에 쓴 것만 우선 읽어달라고 부탁한다.

● ● ● ● ●

## 2-15 고향으로

나는 불문학을 하다가 국문학으로 전공을 바꾸었으며, 나고 자란 곳인 경상북도 동북부 지방의 구비문학, 민요와 설화의 조사연구를 하면서 학문에 입문했다. 그때 얻은 성과를 확대해 고전문학으로, 한국문학으로, 동아시아문학으로, 세계문학으로 나아갔다가, 처음으로 되돌아와 지방화시대의 학문을 해야 한다고 역설하고 있다.

"공부한다고 고향을 떠났는데, 공부란 다름이 아니라 고향에 돌아오기 위한 멀고 험한 시련이라는 것을 알았다."〈민요의 고향에서 만난 사람들〉이라는 글에서 한 말이다. 이것이 무슨 말인가? 당시의 상황을 소개하고 설명을 보태기로 한다.

내 고향은 경상북도 영양군 일월면 주실이다. 주실에서 영양읍으로, 영양읍에서 대구로, 대구에서 서울로 나아가 1958년에 대학 진학을 할 때 불문과를 택하고 독서여행을 통해 멀리까지 갔다. 위의 글 한 대목을 더 든다. "샤를르 보들래르가 즐겨 노래한 프랑스의 음산한 가을 풍경이 마음의 고향이라도 되는 듯한 착각에 사로잡히기도 했다." 이런 착각이 시대 변화를 겪으면서 무너졌다. 1960년에 4.19를 겪고 환상에서 현실로 되돌아왔다.

우리는 누구이며, 어디로 가야 하는가? 이런 의문이 절실하게 제기되었다. 기성세대는 기대할 수 없어 스스로 답을 찾아야 한다고 여겼다. 탈출에서 자성으로 방향을 바꾸어 탐구의 주체가 되어야 했다. 대학이니 학문이니 하는 것이 떠나기 위한 길이 아니고 돌아오기 위한 길이라는 것을 깨닫는 진통을 겪었다.

상징주의에서 초현실주의까지 나아간 불문학 공부에 깊은 회의를 느끼고 정반대의 전환을 하는 결단을 내렸다. 그래서 이렇게 외쳤다. 초현실주의와는 극과 극의 거리가 있는 우리 민요가 진정한 문학이다. 책을 던져버리고 민요를 찾아 현장으로 가자. 이해의 단절에서 벗어나 깊은 소통으로 나아가는 큰길을 찾자. 민요를 전승하고 있는 시골 할아버지·할머니들을 스승으로 모시고 문학이 무엇인지 다시 배우자.

이렇게 작심하고 아직 불문과 대학원에 적을 두고 있던 1963년 여름에 뜻한 바를 실행하려고 몇몇 동지와 함께 길을 떠났다. 그해 겨울에는 고향 마을로 갔다. 동네 명창을 찾아 모내기 노래를 청해 들으니 "새야

새야 북궁새야, 니 어디서 자고 왔노? /수양청청 버들가지 이리 흔들 자고 왔다."라고 하는 사설이 있었다. "니 어디서 자고 왔노?"는 나를 두고 하는 말 같았다.

1964년에 국문과에 편입했다. 국문과 대학원에서 구비문학을 전공해 1968년에 석사학위를 취득하자 바로 대구 계명대학의 전임강사가 되었다. 그리 멀지 않은 고향을 드나들면서 구비문학 조사연구를 본격적으로 시작해 내 학문의 기초를 닦고 동력을 얻었다. 구비문학은 무엇이며 어떤 의의가 있는지 조사연구를 오래 하면서 생각한 바를 정리해 말해보자.

구비문학은 "공부란 다름이 아니라 고향에 돌아오기 위한 멀고 험한 시련"이라는 것을 알도록 한다. 불필요한 방황을 종식시키도록 하는 자각의 원천이다. 구비문학의 조사연구는 번뇌나 망상을 척결하는 입산수도이다. 입산수도를 해서 얻은 깨달음에 따라, 전도된 가치를 바로잡는 학문 혁명을 일으키도록 한다.

구비문학은 오염되지 않은 모국어의 소중한 가치를 알게 한다. 학습문법 이전 본원문법으로 이루어진 언어예술의 진면목을 보여준다. 구비문학은 남들이 하는 말을 번역해 받아들이는 것을 능사로 삼지 말고, 마음속 깊은 곳에서 들려오는 소리에 귀를 기울이게 한다. 수입학을 청산하고 창조학을 이룩하도록 하는 가르침이다.

구비문학은 문학이라는 언어예술이 생활이나 사회에서 생동하는 실상을 보여준다. 문학을 따로 떼어내 논란하는 것이 허망하다고 일깨운다. 구비문학은 기층민중의 창조주권이 위대한 것을 입증한다. 지체나 학식에 따라 사람을 평가하는 차등론이 허망한 줄 알고 대등론으로 대안을 삼도록 한다.

● 댓글과 답글

임재해: 〈민요의 고향에서 만난 사람들〉은 여러 차례 읽고 또 주실에서 앞소리꾼으로부터 민요조사를 하며 겪은 이야기도 거듭 들었지만, "'니 어디서 자고 왔노'는 나를 두고 하는 말 같았다"는 대목은 새로운 충격을 준다.

조동일: 그것이 나를 부르는 고향의 소리였다.

이일수: 조동일 선생님의 공부 역정이 곧 문학·역사·철학의 공부 순서라고 할 수 있겠습니다. 먼발치에서 따라가는 일이 쉽지 않습니다.

조동일: 따라가려고 하지 말고, 자기 길을 찾아가면 됩니다.

현금석: 설파는 1960년에 4.19를 직접 겪으면서 세계관이 바뀌었는데, 나는 1980년 5.18을 구전으로 접하면서 의식이 깨어났다. 1985년 2.12 총선 때 급조된 야당 후보한테 의식적으로 표를 던진 것이 그 출발이다. 사람은 누구나 태어난 지역, 타고난 환경의 지배를 받으며 살다가, 어떤 계기를 만나 크게 변하거나 도약한다. 설파가 범인과 다른 하나는 단순히 정치적 견해의 변화에 머물지 않고 학문적 세계관이 근본적으로 변했다는 점에 있다. 朱熹(주희)가 말한 豁然貫通(활연관통), 知訥(지눌)이 말한 頓悟漸修(돈오점수)가 이에 해당할지 모른다. 오늘 설파 강의는 돈오에 바탕을 둔 학문이라야 진정한 학문이고, 위대한 학문이며, 학문다운 학문임을 설파하고 있다. 설파가 큰 학문을 이룩하고 내가 작은 교육에 머물고만 까닭이 뭘까. 설파는 弱冠(약관)의 나이에 돈오했고, 나는 그렇지 못한 것에서 차이가 벌어진 것이 아닐까 하고, 나는 생각한다.

조동일: 누구나 자기 마음을 스스로 깨달으면 된다. 남의 마음은 내 마음이 아니고, 남의 깨달음은 他山之石(타산지석)일 따름이다.

이강혁: 구비문학을 위하여 수고하신 길을 보니 저에게 큰 힘이 되었습니다. 그리고 고향으로 돌아오는 멀고 험한 길이라는 문장을 곱씹으며 생각하였습니다. 돌아옴이 있기 위해서는 떠남이 있어야 한다는 사실을, 떠남을 준비하는 과정에서 길을 안내받는 기분이었습니다. 감사합니다.

조동일: 떠남과 돌아옴이 적절한 관계를 가져야 많은 것을 얻습니다.

● ● ● ● ●


## 2-16 현지조사의 경과

석사과정에서 구비문학을 공부하면서 제주도에 특히 자료가 풍부한 것을 부러워했다. 제주대학에 유학해 제주의 구비문학 자료를 조사하고 연구할까 하다가 생각을 바꾸었다. 내 고장 경북이 제주도 다음가는 구비문학의 보고이다. 제주도 것은 제주 사람에게 맡기고 나는 내 것을 다루는 것이 마땅하다.

경북에서 구비문학 조사를 하면 거리가 가깝고, 접근하기 쉽고, 말을 잘 알아들을 수 있다. 고향에 돌아가는 감격을 누릴 수 있다. 계획을 잘 세우면 탁월한 성과를 얻는다. 조사할 종목을 정하고 조사 지역을 결정하는 것이 가장 중요한 계획이다. 모두 세 차례 한 작업이 다음과 같다. 하나하나 설명하기로 한다.

서사민요 조사를 첫 번째 과제로 삼았다. 서사민요는 이야기가 있는 민요이며, 길쌈하면서 부르는 것이 예사이다. 막연하게 알고 있던 것을 현지조사에서 분명하게 하고 많은 자료를 발견했다. 조사 시기는 1969년 7-8월, 1970년 1-2월이고, 조사 장소는 영양·청송·영천군, 북쪽에서 남쪽으로 뻗어 있는 길이 약 80킬로미터, 폭 약 20킬로미터의 계곡이었다. 길쌈을 많이 하던 마을 10개를 찾아 서사민요를 채록했다. 14개 유형을 반복해 조사해 170편의 자료를 얻었다.

이에 대해서 장르론, 유형론, 문체론, 전승론의 고찰을 했다. 얻은 결과를 《서사민요연구》(1970)로 출간했다. 앞은 연구편이고 뒤는 자료편이다. 이것이 나의 첫 저서이다. 계명대학에 출판부가 생겨 처음 낸 책이기도 하다. 그 뒤에 이미 다룬 비극적 서사민요와는 다른 자료에 관해 논의한 〈희극적 서사민요 연구〉를 추가해 증보판을 냈다.

다음에는 인물전설을 찾아서 떠났다. 1977년 8월 경상북도 영덕군 영해면 5개 마을에 가서 대상과 방법이 먼저와는 다른 조사를 했다. 영해면 소재지 일대에는 가까운 거리 안에 과거에 민촌·아전촌·반촌이었던 곳이 있고, 민촌의 생업은 농업·어업·상업이다. 마을마다 집회 장소 노릇을 하는 사랑방 이야기판을 찾아다녔다. 그 고장 역사적 인물이거나 그 고장 사람들이 잘 알고 있는 인물에 관한 전설을 이야기판에 따라서, 이야기하는 사람마다 어떻게 다르게 말하고, 어떤 논란을 벌이는지 조사했다. 목표로 하는 현지연구를 할 수 있는 최적의 장소를 찾아 하고 쉽게 성과를 올렸다.

선택된 인물은 김부대왕, 박세통, 우탁, 나옹, 박경보, 남사고, 지체 높은 분들, 신유한, 방학중, 신돌석이다. 신라시대부터 최근까지의 인물이 망라되었다. 신라의 마지막 인물 경순왕을 김부대왕이라고 하면서 아주 잘 아는 사람으로 취급했다. 박세통에서 나옹까지는 고려 시대 인물이다. 박세통은 관원이고, 우탁은 유학자이며, 나옹은 승려이다. 조선시대 인물인 박경보는 효자이고, 남사고는 도사이고, 신유한은 시인이다. 지체 높은 분들이라고 한 곳에서 여러 양반을 함께 다루었다. 근래의 인물인 방학중은 건달이고, 신돌석은 의병장이다.

여러 성격의 인물이 망라되었다. 시대와 인물에 관한 다양한 논의를 갖추고 이야기하는 사람들의 가치관 논란을 전개했다. 인물 하나하나에 대한 논란을 자료를 들면서 고찰하고, 총론을 뒤에 붙였다. 총론을 구조적 이해, 사회적 이해, 역사적 이해로 구성해, 《인물전설의 의미와 기능》(1979)을 출간했다.

세번째 조사에서는 더욱 집약적인 작업을 했다. 대상을 특수화하고 문제 제기를 더욱 분명하게 했다. 1979년 2월에 경상북도 월성군(현재는 경주시) 현곡면 가정리, 동학을 창건한 崔濟愚(최제우)의 마을로 갔다. 그곳에서 최제우와 그 주변 사람들에 관해 이야기하는 전설을 집중적으로 조사해, 동학이 성립된 내막을 구비문학론의 관점에서 해명하려고 했다.

최제우 이야기는 아버지 崔鋈(최옥), 친척 崔琳(최림)에 관한 전승과 연결되어 대조적인 성격을 지녔다. 글공부를 해서 과거에 거듭 낙방하기만 한 최옥, 도술을 익혔어도 쓸 데가 없는 최림의 실패를 뒤집고, 최제우는 득도해 동학을 창건하는 비약을 이룩했다. 그것이 필연적인 선택임을 밝혀내려고 했다.

현지조사 성과를 문헌자료와 견주어 살피고, 자연발생적인 설화와 교단에서 공식화한 것과의 차이를 문제 삼으면서 알려진 사실의 이면에 접근했다. 왜 동학을 창건했으며 동학이 어떤 의의를 가지는가 하는 의문에, 교단에서 교리화해서 고정시키기 전의 생동하는 전승이 더욱 설득력 있게 응답해주는 것을 확인했다. 《동학 성립과 이야기》(1981)라는 이름의 단행본으로 내놓았다.

● 댓글과 답글

이복규: 각자 잘할 수 있는 대상부터 연구하기.
조동일: 이미 알고 있는 것을 넘어서서 도 닦기.

이일수: 《동학 성립과 이야기》를 읽으면서 기독교 성서 또한 하나의 이야기의 성격을 지님을 깨달을 수 있었습니다.

조동일: 교리로 굳어지기 전의 생생한 이야기를 만나는 감격을 가까이서 누릴 수 있습니다.

박영미: 구비문학 조사에서는 조사할 종목과 조사지역을 결정하는 것이 중요한 계획이다. 도서관이나 책을 찾아다녔지만 현지조사를 어떻게 하는지 늘 궁금했는데, 이번 강의에서 선생님과 함께 조사에 나선 듯한 기분이 든다.
조동일: 노련한 어부는 헛수고를 하지 않는다.

임재해: 《서사민요연구》는 계명대학출판부가 간행한 첫 책이라고 했다. 풍문으로 듣기에 이 책은 계명대출판부에서 낸 책 가운데 제일 먼저 절판될 정도로 잘 팔렸다고 한다. 게다가 유일하게 증보판까지 출판한 저서다. 어느 대학 도서관장을 역임한 박아무개 교수는 자기 대학 도서관에서 우연히 대학출판부 간행 도서를 살피다가, 조동일 교수를 처음 발견했다고 한다. 처음 발견했다는 것은 계명대학을 비롯해 영남대학, 한국학대학원, 서울대학 등 가장 많은 대학출판부에서 학술연구서를 발간한 한국 유일의 저자라는 사실을 처음 알게 되었다는 말이다. 조동일은 여러 대학에서 두루 교수로 근무했을 뿐 아니라, 근무하는 대학출판부마다 학술저서를 간행한 사실이 매우 놀라웠다고 했다.
조동일: 머무르는 곳에 애착을 가지고 정열을 쏟으면서, 때가 되면 떠나가는 것이 향상의 길이라고, 지나놓고 보니 말할 수 있다.

• • • • • ▪

## 2-17 율격론

노래 또는 율문이나 시가는 韻律(운율)을 갖춘 것이 산문과 다르다. 韻(운, rhyme)은 같은 소리가 되풀이되는 것이다. 律(율, meter)은 짜임새가 비슷한 말의 토막이 이어지는 것이다. 둘 가운데 율은 필수이고, 운은 선택이다. 한국 시가는 운은 선택하지 않고, 필수인 율만 갖추고 있다. 율은 율격이라고 하는 것이 예사이다.

한국시가의 율격이 어떤 원리에서 어떻게 이루어졌는지 밝히려는 노력이 계속되었어도, 수긍할 만한 결과를 얻지 못했다. 결과만 살피고 원인은 보지 않기 때문이다. 최초로 등장한 향가 율격의 변모로 시조를 비롯한 여러 시가의 율격이 생겨났다고 하는 가공의 족보로 문학사를 이해하는 시기가 오래 계속되었다.

향가의 율격은 어떻게 해서 생겼는가? 민요의 율격도 향가 율격의 변모인가? 이렇게 물으면 가공의 족보가 허위임이 바로 드러난다. 노동하는 동작에서 민요의 율격이 생겨났으며, 민요의 율격을 이용해서 향가의 율격을 만들고, 시조의 율격을 다시 만들었다. 이것이 너무나도 명백한 사실인데, 민요의 율격에 대한 이해 결핍 때문에 인정되지 않았다.

서사민요 현지조사에서 너무나도 명백한 사실을 마치 천고의 의문을 푸는 듯이 밝혀냈다. 농민 여성의 서사민요는 율격의 원리를 확인할 수 있는 최상의 자료이다. 농민 남성의 서정민요보다 길게 이어져 율격이 생성하고 변이하는 양면을 소상하게 파악할 수 있게 한다. 무당 서사시인 서사무가나 광대 서사시인 판소리만큼 장황하고 복잡하지는 않아, 율격 분석이 용이하다.

서사민요에서 확인한 율격의 원리를 아주 간략하게 말해보자. 율격을 이루는 최소단위는 '음절'이다. 음절 2에서 6까지가 '토막'을 이룬다. 4가

중위수이고, 최빈수이다. 평균수는 3과 5 사이이다. 토막은 둘씩 또는 셋씩 결합해 '줄'을 이루는 것이 예사이다.

이런 율격 가운데 어느 것을 선택하고 정비해 향가, 속악가사, 경기체가, 시조, 가사 등의 시가 갈래가 이루어졌다. 기존의 시가에 불만을 가진 새로운 문학담당층이 민요의 율격 가운데 다른 것을 선택해 시가 갈래를 다시 만들어온 것이 문학사의 전개 과정이다. 그 내역을 《한국문학통사》(1982-89, 2005)에서 자세하게 서술했다.

향가에서 민요의 율격을 선택해 정비하기 시작할 때 한시가 상당한 자극이 되었다. 동아시아 다른 여러 나라에서도 한시를 보고 대등한 수준의 민족어시를 이룩하고자 했다. 한시 한 줄과 민족어 시 한 줄이 대등하게 하는 것이 바람직하다고 여겼다. 한시처럼 단음절 단어가 연속되고 소리가 높고 낮은 성조를 갖춘 언어를 사용하는 경우에는 이렇게 할 수 있었다. 그 결과 월남에서 國音詩(국음시)를, 중국 운남지방의 白族(백족)은 白文詩(백문시)라는 것을 만들어냈다.

한국어나 일본어는 한 단어가 여러 음절로 이루어지고, 성조를 갖추지 않아 사정이 달랐다. 한시 한 줄과 민족어 시 한 줄이 음절 수 또는 정보량에서 대등한 것 가운데 하나를 택해야 했다. 일본의 和歌(화가, 와카)는 앞의 것을 택해 한시의 5언과 7언을 결합한 것 같은 57577의 율격을 만들어냈다. 한국의 鄕歌(향가)는 뒤의 것을 택해 민요의 율격을 받아들여 정비했다. 상층과 하층의 이질성이 더 큰가, 동질성이 더 큰가에 따라 이런 차이점이 생겼다고 할 수 있다.

서사민요에서 시작한 율격론 탐구는 동아시아를 넘어서서 세계로 뻗어났다. 율격 형성의 원리가 다른 것을 광범위하게 비교하고, 공동문어시의 충격을 받고 민족어시의 시의 율격을 갖추는 방식이 같은 것도 다각도로 고찰했다. 그 결과가 《세계문학사의 전개》(2002)에 있다.

＊ ＊ ＊ ＊ ＊ ＊

● 댓글과 답글

이일수: 공동문어시와 민족어시의 관련 양상이 중국 소수민족, 월남, 일본, 한국에서 각기 어떻게 나타났는지 명료하게 밝히고 있습니다.

조동일: 비교고찰이 좋은 방법이고, 필수 과제입니다.


임재해: 민요의 율격을 변주해서 갈래별 율격이 만들어졌다는 한국시가의 율격론이, 기존의 운율론에서 착상한 것이 아니라 민요가 노래되는 현장에서 포착되었다는 사실이 신통합니다.

조동일: 너무나도 당연하다.


Donghyun Lee: 또 하나의 놀라운 頓悟(돈오)를 담고 있는 방송이네요. 《대학지성》이라는 매체에서 조교수님은 3가지 돈오를 거론하셨더군요. 문학의 큰 갈래가 敎述(교술)을 추가해 넷임을 밝혔다.(30세 때의 〈가사의 장르 규정〉) 문학 갈래가 자아와 세계의 관계에 따라 구분된다는 이론을 제시하고, 소설은 자아와 세계가 상호우위에 입각해 대결한다고 했다.(35세 때의 〈자아와 세계의 소설적 대결에 관한 시론〉) 생극生克의 이론을 이어받아 역사를 이해하고 문학사를 쓰는 원리로 삼자고 했다.(55세 때의 〈생극론의 역사철학 정립을 위한 기본 구상〉) 한국시가의 율격이 민요에서 비롯되었다는 돈오도 빠트려서는 안 될 것 같습니다. 현재 유튜브에서 진행되고 있는 대등론, 창조주권론은 그 이후의 돈오, 가장 근년의 돈오로 짐작됩니다. 그야말로 거장이 성큼성큼 걷는 발자취가 아닐 수 없습니다. 저에게도 살아오면서 남모를 몇 개의 돈오가 있었던 것 같은데, 그것을 어떻게 '창조주권'으로 발현해 갈무리할 것인지 생각하게 됩니다.

조동일: 돈오를 마음 놓고 있다가 놓치지 말아야 하는 것만이 아니다. 점수를 하지 않아 돈오가 사라지게 하지 말고, 대장간에서 쇠를 달구듯이

달구어 좋은 물건을 만들어야 한다.

⬤ ⬤ ⬤ ⬤ ⬤

## 2-18 서사구조

이야기 전개의 앞뒤 관계가 서사구조를 이룬다. 서사민요에서 볼 수 있는 단순하고 명확한 서사구조가 인물전설에서는 복잡하게 얽히면서 사회문제에 대한 토론이 나타나는 것을 확인했다. 지체가 상이한 몇몇 마을에서 그 고장 여러 인물을 두고 논란을 열띠게 벌이는 이야기판이, 세계 도처에서 일어나는 분쟁에 각기 참여해 서로 다투는 세계문학의 실상을 집약해 보여준다고 여겼다. 놀라운 발견이 동력을 제공해 말썽 많은 갈래 소설을 휘어잡는 이론을 이룩하겠다고 작정하고, 소설의 사회사를 세계적인 범위에서 비교해 고찰했다.

서사민요는 '고난', '해결의 시도', '좌절', '해결'이 이어져 나오는 단락 구조를 가지고 있다. 어려운 조건을 무릅쓰고 사람답게 살아가려고 하는 의지를 나타낸다. 인물전설은 '고난', '해결의 시도', '좌절', '해결의 시도', '좌절'로 이루어진 것이 예사이다. '좌절' 다음에 '해결의 시도'가 한 번 더 있고, 결말은 '좌절'이다. 고난이나 좌절이 더 커서 극복하지 못하고 패배한다.

차이점에 대해서 두 가지 이해가 가능하다. 서사민요는 자아의 민담적 가능성을 보여주고, 인물전설은 전설 일반의 특징인 세계의 횡포에 의한 자아의 패배를 나타낸다. 서사민요는 개인의 삶을 다루지만, 인물전설에서는 역사적이고 사회적인 갈등을 문제 삼는다. 이러한 사실을 근거로 서사문학의 여러 모습에 대한 포괄적인 이론을 마련할 수 있다.

인물전설에서 발견한 중요한 사실은 '구조의 층위'이다. '해결의 시도'

를 거쳐 '좌절'에 이르는 주역이 누구인지 하나로 정해져 있지 않다. 처음 생각한 것과 다른 하위의 층위가 있고, 다시 살피면 그 하위의 층위가 있다.

신유한의 경우를 들어보면 세 층위가 나타난다. 층위 1은 서자로 태어나 과거에 급제한 신유한이 아까운 인물이라는 것이다. 층위 2는 신유한은 서자로 태어났으므로 적자인 일가친척보다 뛰어날 수 있었다는 것이다. 층위 3은 신유한보다 더 천하게 태어났으므로 더 뛰어난 인물이 얼마든지 있을 수 있다는 것이다. 신유한을 어느 층위에서 이해하는가는 이야기를 하고 듣는 사람이 선택할 수 있는 권리이다. 하층일수록 아래의 층위를 선호한다. 그 때문에 개인 사이에 또는 집단 사이에 논란이 일어난다. 구조가 고정되어 있지 않고 상황에 따라 달라져, 현장론적 구조분석이 필요하다.

서사문학의 공통된 특징은 자아와 세계의 대결을 가치관의 논란을 갖추어 전개하는 것이다. 전설은 자아에 대한 세계의 우위가 전제되고, 소설에서는 자아와 세계가 상호우위의 관계를 가진다. 전설에서는 이야기를 하고 듣는 사람들이 벌이는 논란을 소설은 작품에서 구현한다. 인물전설을 이야기하고 듣는 사람들이 가지는 관계에 대한 현장론적 구조분석이 소설론에서는 작품이 창작과 소비의 양면과 연관되어 있는 양상에 관한 문학사회학적 고찰로 확대되어야 한다. 인물전설을 조사·연구하면서 작은 범위에서 분명하게 얻은 경험과 성과를 한 시대나 사회에 대한 포괄적인 이해에 전용해 소설 이론을 마련할 수 있었다.

《소설의 사회사 비교론》(2001)을 보자. 인접한 다섯 마을에서 그 고장의 인물전설을 어떻게 이야기하는지 조사해 밝힌 성과를 최대한 확대해 세계 일주를 했다. 한국, 아시아 다른 나라, 유럽, 아랍, 아프리카, 라틴아메리카 등지에서 소설의 문제작을 광범위하게 찾았다. 고찰의 시각을 다양하게 잡아 소설의 전모를 입체적으로 파악하고자 했다.

인물전설 조사연구에서는 민촌·아전촌·반촌, 농업·어업·상업을 하는 민촌들끼리의 논란이 문제가 되었는데, 소설사에서는 고찰의 단위를 최대한 확대해 동아시아·유럽·제3세계의 대결을 파악해야 한다. 동아시아소설이 앞서다가 유럽소설이 추격하고, 제3세계소설이 선두에 나서는 과정을 거쳐 선진이 후진이 되고 후진이 선진이 되었다. 이것이 생극론 전개의 당연한 과정이다.

소설은 생극론을 구현하면서 등장했다. 그런데 중간에 상생과 상극이 서로 어긋나는 사고가 생겼다. 상극만의 소설, 상극과는 이질적인 상생을 갖춘 소설이 나타난 것은 그리 심한 일탈이 아니다. 유럽에서 상극을 피해 나가고자 하는 '작가소설', 상극을 내면심리 속에서만 추구하는 '내면심리소설', 상극을 무효로 만드는 '신소설'이 차례로 등장해 소설의 생극구조를 해체해 소설을 망치는 것이 문제이다. 그 위기를 해결하는 대안은 '생극소설'을 되살리는 것이다.

제3세계에서 널리 시도하고 있는 생극소설 창조의 과업을 아프리카에서 특히 모범이 되게 수행해 아프리카소설이 세계사의 희망이게 한다. 세계의 경제사나 정치사에서는 아프리카가 희망일 수 없고 절망의 이유가 된다. 그러나 절망의 이면에는 희망이 있고, 절망이 바로 희망이다. 아프리카의 절망적 상황에서 인류가 희망을 가지게 하는 위대한 소설이 자란다.

가장 처참하게 절망해야 할 곳에서 가장 희망에 찬 소설이 이룩되는 것이 당연한 이치이다. 유럽문명권 제1세계는 경제적인 번영과 정치적인 발전을 자랑하고 있어 소설이 망쳐진 것과 정반대의 상황이 그렇게 나타나고 있다. 인류 역사는 극적인 대조를 거치면서 예상하지 못할 반전을 거듭해왔다.

● 댓글과 답글

이일수: 제3세계 아프리카 소설을 읽지 않을 수 없다는 생각이 들었습니다.

조동일: 당연히 읽어야 합니다.

임재해: 아프리카인의 경제적 빈곤과 소설의 가능성, 그리고 유럽인의 경제적 풍요와 소설의 절망이 생극론으로 나타난 것은 우연이 아니라 필연이라면, 작가의 경제적 빈부와 소설 창작의 흥망도 같은 논리로 해명할 수 있지 않을까 궁금하게 생각된다.

조동일: "생극론으로 나타난 것은"은 "생극론의 관점에서 이해하면"이어야 한다. "작가의 경제적 빈부와 소설 창작의 흥망"은 많은 변수가 있으나 대체로 말하면 그렇다. 빈곤 체험이 부유한 환경보다 소설 창작에 더 유리하다는 명제는 그 반대의 명제보다 타당성이 더 크다.

현금석: 요즘 듣는 강의는 조동일의 평생 저서를 담고 있다. "하나 속에 전체가 들어 있고 전체 속에 하나가 들어 있듯이"(一中一切多中一 一卽一切多卽一), 강의 한 편 한 편마다 설파의 전체 학문 역정이 녹아있다. 책만 읽어서는 감지할 수 없는 세계가 눈앞에 환히 드러난다. 강의의 위대함이요, 조동일문화대학의 존재 이유이다. 《소설의 사회사 비교론》은 《인물 전설의 의미와 기능》에서 시작되었다고 한다. 경북 영해 지방을 발로 뛰어다니며 탐구한 바탕이 있어서 세계를 무대로 한 소설론을 이룩한 것이다. 나처럼 설파의 후기 저작부터 읽는 사람은 한 발짝 한 발짝 뚜벅뚜벅 걸어온 설파의 발걸음을 짐작도 못 한다. 어제부터 읽기 시작한 《인물전설의 의미와 기능》 너무도 재밌다. 지방 방언을 알아듣지 못해도 얘기를 나누는 광경만큼은 눈에 선하다.

조동일: 가까이서 쉽게 한 득도가 멀리까지 가면 어려운 논설이 될 수 있다. 어려운 논설을 더 어렵게 풀이하는 호사가가 있으면, 공연한 수고를 해서 세상 사람들의 이목을 현란하게 하는 잘못을 자책하지 않을 수 없게 된다. 初心(초심)을 알아주는 善知識(선지식)을 만나 오해의 지옥에서 벗어나기를 간절하게 바란다.

이강혁: 아프리카의 다양한 전설이 미국의 할리우드에서 오락으로 소비되고 있다. 이러한 부분은 아쉽지만 다양한 아프리카의 문화적 요소가 미국에서 재즈, 요리, 스포츠, 춤 등으로 변화하였다. 이것을 두 대륙의 문화적 생극으로 보아야 할지 아니면 문화 침략으로 보아야 할지 의문이 든다.

조동일: 좋은 관찰이다. 침략이 역전되어, 아프리카 주도로 상생이 이루어진다.

● ● ● ● ● ●


## 2-19 문학과 사상

최제우의 득도는 단독으로 이루어지지 않았다. 깊이 소통하고 있던 주위의 민중이 창조주권을 함께 발현해, 공동 작업을 은밀히 진행했다. 최제우의 노래와 주위 민중의 이야기가 문학과 사상이 하나인 총체를 함께 이용하고, 하는 말이 그리 다르지 않은 것이 그 증거이다. 동학이 창건되자 삽시간에 널리 퍼지고 적극적인 환영을 받은 것은 오래 두고 은밀하게 진행되던 더욱 광범위한 공동 작업이 일시에 표면화했기 때문이다. 창조주권을 공동으로 발현하는 거대한 흐름에 나도 쓸려 들어가, 문학과 사상이 하나였다가 갈라진 내력을 세계적인 범위에서 고찰했다.

최제우의 득도를 두고 현지에서 하는 이야기가, 최제우가 지은 노래에서 말하고자 한 내용이나 사용한 표현 방식과 다르지 않다. 말하고자 하는 내용이 사상이라고 하면서 분리되어 나가지 않고, 표현 방식은 문학이라는 이름을 내걸고 딴 집 살림을 차리지 않았다. 사상이 문학이고 문학이 사상이므로 혁신을 이룩하고 감동을 줄 수 있었다. 바로 이것이 득도의 실상이고 비결이라고 할 수 있다.

　　최제우가 지은 노래와 현지에서 하는 이야기가 합치되는 것은 득도가 공동 작업이었음을 말해준다. 최제우가 홀로 깨어나 잠든 민중을 깨운 것은 아니고, 양쪽 창조주권의 합작으로 득도가 싹트고 뿌리를 내렸음을 입증한다. 최제우는 광범위한 민중의 소망을 받아들여 득도의 원천으로 삼고, 민중은 최제우가 전하는 말에 깊이 공감하면서 그 의의를 확인하고 확대했다.

　　인류 역사를 널리 살피면, 이와 같은 경우가 이따금 있었다. 득도를 해서 새로운 소식을 전할 때에는 사상이 문학이고 문학이 사상이었다가, 사상이 교리로 고착되면서 문학을 배격했다. 문학이 자유를 누려 사상이 고착되지 못하게 방해하지 않게 막아야 했기 때문이었다. 사제자라는 특권층이 나타나 고착된 교리를 해석하는 독점적인 권한을 행사하면서, 합작의 권한을 잃고 순종의 의무만 지니게 된 일반 신도 위에서 군림했다.

　　동학도 종교로 자리 잡고 천도교라고 이름을 고치고 교세가 확장되면서 같은 양상의 변질을 거쳤다. 정도가 심해지지 않고, 뿌리까지 흔들린 것은 아니다. 최제우가 득도한 그 마을 사람들은 불행이 시작되기 이전의 행복을 알려준다. 현지조사에서 얻은, 이처럼 놀라운 자료를 다른 종교에서는 찾을 수 없을 것이다.

　　이런 사실을 두고 두 가지 해석을 할 수 있다. 동학은 어떤 종교와도 판이한 각별한 의의가 있다고 하는 것은 적절하지 않다. 다른 여러 종교에서는 행복한 출발이 시간이 많이 경과한 탓에 모두 망각되었다고 보는 것이 앞서 나가는 견해이다. 최제우는 보편적인 의의를  가진 종교를 가까운 시기에 마지막으로 창건해, 지금은 잃어버린 인류 역사의 비밀을 엿볼 수 있게 하는 공적이 있다고 평가하는 것이 마땅하다.

주동자와 찬동자의 창조주권 합작으로 득도를 이룩해 고매한 사상과 자유로운 문학이 둘이 아니고 하나이던 낙원을 상실하고, 인류문명사는 파행의 길로 들어섰다. 잘났다는 쪽이 주도하는 사상사가 누구나 참여하는 문학사 위에서 군림하게 되었다. 사상사는 종교사와 철학사로 분화되고 특수화되어 위세를 더 키웠다. 사제자는 신비한 종교를, 철학자는 난해한 철학을 딛고 우뚝하게 서서 저 아래의 만백성은 죄 많고 멍청하다고 얕보았다.

종교사를 건드리면 말썽이 더 많을 것 같아, 나는 철학사와 문학사의 관계를 문제로 삼고 용감하게 나섰다. 이 둘의 관계를 세계적인 범위에서 고찰하는 대장정을 하면서 인류의 불행을 진단하고 치유 가능성을 찾고자 했다. 그 결과를 《철학사와 문학사 둘인가 하나인가》(2000)에서 보고했다.

철학과 문학은 가까워지다가 멀어지고 멀어지다가 가까워지는 과정을 되풀이했다. 한문문명권·산스크리트문명권·아랍어문명권·라틴어문명권의 경우를 모두 들어 고찰하니 그 양상이 그리 다르지 않았다. 철학이 문학을 이용하는 시기가 있었다. 철학의 아성을 무너뜨리려는 문학의 시도도 있었다. 불행이 파국에 이르지는 않았다.

그러다가 근대 유럽에서 이변이 일어났다. 철학이 독자적인 영역과 방법의 아성을 구축한다면서 들어앉아 문학과 아주 멀어졌다. 철학은 오직 이성의 학문이고, 이성은 다른 정신활동에서 분리되어 독점적 의의를 가진다고 하면서 결별을 선언한 것만이 아니다. 이성에 대한 점검에서 더 나아가지 않는 자폐증에 사로잡혔다. 이런 병폐가 유럽중심주의의 바람을 타고 세계 전역으로 전염되고 있다.

인류는 이 거대한 시련을 이겨낼 수 있다. 지나치면 반전이 있는 것이 천지만물의 이치이다. 이제 이성에서 통찰로 나아가고, 철학과 문학을 함께 해야 한다. 철학이라는 것이 따로 없어 사람이 살고 활동하는 모든 행위가 철학일 수 있게 해야 한다. 새로운 창조의 원천을 여러 문명권에서 고루 가져와서 인류의 지혜를 하나로 합쳐야 한다.

● 댓글과 답글

윤동재: 다시금 문학과 철학을 아울러 새로운 대명천지를 개척해야 한다는 말씀에 깊이 공감합니다.

조동일: 그 일을 더 잘하는 문학이 먼저 분발해야 합니다.

이복규: 분화를 미덕으로 삼는 근대. 근대의 한계를 극복하기 위해 필요한 대안. 문학과 사상이 하나인 동학의 깨우침.

조동일: 선명한 요약입니다.

박영미: 최제우의 득도는 민중과의 합작품, 문학과 철학이 하나이게 하고. 사람이 하는 모든 행동이 철학이게 한다. 철학이 따로 존재하는 것이 아니다. 강의 감사합니다.

조동일: 이해와 공감에 더욱 감사합니다.

임재해: 사상이 문학이고 문학이 사상이었다가, 사상이 교리로 고착되면서 문학을 배격한 사실을 들어, 본디 하나였던 인문학문이 분열되어 본질을 상실하게 된 원인을 밝히고, 문학과 철학을 아우르는 통찰의 인문학문을 민중과 합작해 이룩해야 하는 전망을 선명하게 제시하는 데까지 이르렀다.

조동일: 두서없이 늘어놓은 이야기를 한 문장으로 선명하게 휘어잡는

데까지 이른 탁견을 높이 평가한다.

이강혁: 미약한 지식이지만 기독교 종교사와 문학사의 관계를 고찰하고자 한다. 기독교의 성서는 구약과 신약으로 이루어진다. 그리고 구약은 율법서, 성문서, 예언서로 이루어져 있다. 이 가운데 문학의 장르가 강하게 나타나는 것은 성문서이며 그중에서도 시편은 노래를 위한 운율과 연주된 악기, 악보도 포함되어 있다. 또한 구약뿐만 아니라 신약을 보면 예수가 민중들을 향하는 말한 비유와 이야기들로 가득 차 있다. 본래 성서를 보면 많은 역사와 역사에 대한 반응을 문학으로 표현하는 백성들의 모습으로 구성되어 있다. 하지만 교회가 만들어지며 법과 제도, 전통이 강조되기 시작하였다. 특히 아우구스티누스는 구원을 법칙화하여 신학의 영역을 확장하였다. 신학은 종교개혁을 지나며 철학과 분리되었다. 그리고 이성은 종교의 영역을 신비 안에 가두었다. 하지만 토마스 쿤의 과학혁명구조의 저서에 따르면 과학자들 역시 종교와 동일한 계층의 과오를 범한다. 즉 현재의 학문들은 모두 창조주권이 아닌 정치와 이익주권의 구조를 가진다. 그렇기에 문학의 힘으로 학문들을 복귀시키고 창조주권을 다시 세워야 한다.

조동일: 좋은 착상이다. 밑면을 더 넓히고, 꼭짓점을 더 높이기 바란다. 먼저 이슬람과, 다음에는 불교와도 비교해 고찰하면 큰 학문을 이룰 것이다.

◉ ◉ ◉ ◉ ◉ ◉

## 2-20 새로운 학문

지금까지의 논의를 총괄하면서 더욱 진전시키고자 한다. 이제 우리는 유럽중심주의를 추종하는 수입학에서 벗어나, 주체적인 능력을 발휘해서 세계의 문제를 해결하는 창조학으로 나아가야 한다. 유럽에서 주도한 근대학문은 사명을 다한 것을 분명하게 알고, 근대를 넘어서서 다음 시대로 나아가는 학문을 이룩해야 한다.

이 일을 위해 유럽이 아닌 다른 문명권에서 일제히 분발해 후진이 선진이고 선진이 후진임을 입증해야 한다. 유럽문명권이 중심부로 등장해도 동아시아는 주변부로 밀려나지는 않은 중간부여서 판세를 뒤집는 데 앞설 수 있다. 동아시아문명의 판도 안에서 중심부인 중국이나 주변부인 일본보다 중간부인 한국이 더 많은 능력을 지니고 있으며, 수행해야 할 사명이 한층 더 크다.

중심부 중국은 공동문명 형성을 선도하고, 주변부 일본은 민족문화를 일찍 발전시켜 각기 장점이 있다. 중간부 한국은 공동문명과 민족문화를 대등하게 갖추고 하나가 되게 융합해 창조력을 확대하고 역동적으로 향상했다. 중심부의 자아도취나 주변부의 일탈행위 때문에 와해의 위기에 이른 동아시아를 다시 결속시켜 위기에 처한 인류를 구하는 공동의 노력을 하자고 일깨우는 임무를 맡는다.

중세 때의 우열이 역전되어 중심부를 차지한 기독교문명권과 주변부로 밀려난 이슬람문명권의 싸움이 격화되어 피를 흘려, 온 세계를 불안하게 하고 인류를 불행하게 한다. 싸움을 말리고 화해를 권유하기 위해 누가 나서야 하는가? 힌두교문명권은 화해의 사상을 갖추고 있으나 주변부로 밀려나고, 또한 이슬람문명권과 싸우는 당사자로 말려든 지 오래되어 중재자의 자격을 상실한 것이 안타깝다.

중간부인 동아시아가 중차대한 임무를 맡아야 한다. 동아시아의 유교는 기독교·이슬람·힌두교와 대등한 문명권의 종교이면서, 종교적 독단이 가장 적은 합리적인 철학이고, 문학과의 동행을 계속해 왔다. 기독교와 이슬람의 극단적 투쟁을 완화하고 중재할 수 있다고 해야 한다. 해결의 방안을 제시하는 것을 가능하게 하고, 임무로 삼아야 한다.

유럽의 자랑인 변증법은 상극의 투쟁으로 계급모순을 해결하려고 해서 어느 정도 완화한 공적은 있다. 그 때문에 민족모순을 더욱 격화시키고, 문명모순을 심각하게 만들었다. 민족모순이나 문명모순은 상극의 투쟁이 아닌 상생의 화합으로 해결해야 하므로, 변증법을 물리치고 생극론이 나서야 한다. 학문의 역사에서 대전환이 일어나야 한다.

동아시아 전통철학에 연원을 둔 생극론은 상생이 상극이고 상극이 상생이라고 하는 생극을 인식과 실천의 원리로 삼는다. 나는 생극론을 이어받아 문학사를 이해하고, 역사철학을 정립하고, 현실의 당면한 문제를 해결하는 방안을 제시하기 위해 노력해왔다. 민족모순이나 문명모순을 해결하는 벅찬 과업을 두고서도 원론 수준의 논의를 한다.

확실한 진전이 있으면 많은 동참자가 나서서 힘을 보태야 한다. 여러 학문에서 축적한 창조주권을 발현하는 공동작업을 해야 한다. 이론과 실천이 둘이 아니라는 원칙을 확인하는 데 그치지 않고, 실행을 해야 한다. 최상의 지혜를 모아 실현 가능한 설계도를 작성하고, 시공 단계에서는 세계적인 협동을 해야 한다.

그때까지 기다리지 않고 내가 할 수 있는 일을 계속해서 한다. 생극론이 만능은 아니며 변용과 확장이 필요하므로 후속 작업을 해야 한다. 사람들 사이의 관계에서는 생극론이 대등론이므로, 대등론을 정립하는 데 힘쓴다. 차등론을 평등론으로 대치하려고 헛된 노력을 하지 말고, 차등론을 대등론으로 뒤집는 것이 마땅하다고 밝혀 논한다.

대등론의 타당성을 입증하는 다각적인 노력을 하면서 철학보다 문학을 더욱 긴요한 논거로 삼는다. 대등론을 정립한 성과를 다각도로 활용하면서 유럽문명권에서 근대에 만든 문화 구분이나 학문 분과의 장벽을 과감하게 철폐한다. 생극론에서는 말하지 않던 대등사회나 대등의식을 인류가 공유해야 할 새로운 지표로 제시한다.

대등론은 사람들이 각기 상이한 처지에서 지니고 있는 다양한 능력을 발현하도록 하는 원리이다. 각기 지닌 다양한 능력을 각자의 창조주권이라고 일컫고, 이에 관한 논의를 전개하는 작업을 지금 하고 있다. 이 작업에서 대등론이 크게 보완된다.

여기서 더 나아가는 공사를 감당하는 것은 역부족이다. 많은 동참자가 힘을 보태, 막힌 것을 뚫고 좁은 것을 넓힐 수 있기를 간절하게 바란다. 세계사의 전환이 시작되는 것을 확인하고, 모두 힘을 합쳐 전환의 수레바퀴를 힘차게 돌려야 한다.

● 댓글과 답글

박영미: 동아시아 유교문명권의 사명을 자각하자. 여러 학문에서 축적한 창조주권 발현해, 공동작업으로 대등사회로 나아가자. 세계사 전환의 수레바퀴를 함께 힘차게 돌릴 동지들이여 모여라. 이렇게 외치는 뜨거운 마음이 느껴집니다.

조동일: 말보다 마음이, 마음보다 행동이 더 뜨겁습니다.

현금석: 성향이 다를수록 잘 어울리고, 성향이 같을수록 다툼이 잦다. 남녀궁합도 체질이 반대일 때 잘 살고, 체질이 같을 때 싸움이 자주 일어난다. N극과 N극이 서로 밀어내고 N극과 S극이 서로 끌어당기는 것과 같은 이치이다. 기독교와 이슬람이 서로 밀어내는 것은 뿌리가 같은 종교이기 때문이다. 유교는 기독교나 이슬람과 아주 달라, 기독교와 이슬람 사이의 중재자 구실을 할 수 있는 1차 자격은 갖추었다. 다만 중재자 노릇을 제대로 하려면 균형 잡힌 시각과 지식을 가져야 하는데, 기독교에 관한 정보는 넘치나 이슬람에 대한 지식이 너무도 빈곤하다. 그래서 조동일문화대학에서 이슬람학 강의를 한다고 한다. 21세기 인류사 최대 주제 중의 하나가 종교 간의 화해다. 그 가운데 기독교와 이슬람의 화해는 절

대적 과제다. 이 과업의 성취 여부에 세계평화가 달려 있다. 설파의 시도에 박수와 응원을 보낸다.

조동일: 논의가 어떻게 전개되고 있는지 크게 보고 선명하게 알려주었다. 멀리 보고 깊이 생각하는 것이 있어야 나날이 하는 일이 헛되지 않을 수 있다는 다짐 다시 하게 한다. 박수와 응원이 큰 힘이 된다. 고맙다는 말을 여러 번 하고 싶다.


백두부: 중세 동아시아문명권의 중원지역, 근대 세계사의 유럽세력들이 보여준 말기 병폐 현상을, 중세는 홍대용·박지원·최한기가 기철학을 완성하여 진단하고, 근대는 조동일이 창조주권론, 생극론, 대등론 등의 학설을 앞세워 극복하자고 기치를 세웠다. 누구나 들 수 있는 깃발을 내가 먼저 든 것은 중심주의 다원화 선언이며, 이것은 홍대용의 전례를 세계화한 것이다. 현재는 '유럽문명권'이 지고 '동아시아문명권'이 떠오르고 있다. 이것은 생극론의 원리에 따른 것이다. 유럽과 동아시아에서 다양한 이론 학설 사상 철학들이 피고 지지만, 유럽의 변증법과 동아시아의 생극론은 대표성이 인정된다. 대표들끼리의 통합과 넘어서기를 이야기해야 이론 창조와 현실 개조가 분명해진다.

근대의 세계사는 유럽문명권이 중심부이고, 동아시아문명권은 중간부이며, 다른 문명권들은 주변부로 밀려나 있다. 중세 동아시아문명권의 중심부는 중국, 중간부는 한국과 월남, 주변부는 일본이었다. 중세와 근대를 통틀어 한국은 중간부의 중간부이다. 중간부의 특징은 華夷(화이)의 특성을 공유하고 시야가 넓은 것이다. 한국은 이런 장점을 증폭해 근대 극복의 다음 시대를 거시적으로 열어가는 선두주자로 나선다. 대등한 창조주권을 발현해 어디 있는 누구든지 할 수 있고 해야 할 일을 내가 먼저 한다고 자국중심주의, 자기이론중심주의, 자가당착이라고 나무라도 되는가?

조동일: 강의가 너절해 생긴 혼란과 오해를 잘 정리해주었다. 결론이라

고 할 수 있는 말을 해주었다. 깊이 감사한다.


Brberdle Ryu: 그전에 〈학문은 왜, 어떻게〉 강의를 들었고, 한참 만에 창조주권론 2부 20강을 한꺼번에 다 들었습니다. 제 짧은 식견으로도, 조동일문화대학에서 추구하는 일관된 논지, 한국 학문의 자립가능성과 새로운 동력에 대해 많은 동감을 합니다. 10분씩 쪼개진 것은 집중력 저하를 방지하고자 한 의도적 배려였음을 이제서야 알아챘고, 중간에 멈춤모드로 한 채 PPT 넘기는 식으로 눈으로만 읽기도 합니다. 학문형성의 배경이 되었던 '지역구비서사 문학연구'로부터 발단이 된 학문하기의 방법론을 진솔하게 제시해주시고, 말레이시아의 사례를 들어주시면서 -아무리 영어사 교육비를 많이 들인다 해도-, 한국사회의 영어공용론의 부당성에 대해 뼈때리는 진단을 해주셔서 잘 배웠습니다.

조동일: 관심, 열의, 이해, 논평 등으로 크게 도와주는 동지를 만나 아주 기쁩니다.

⦁ ⦁ ⦁ ⦁ ⦁

# 제3장

나타냄

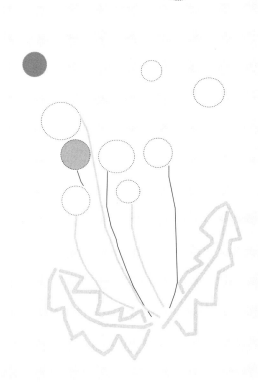

## 3-1 예술의 창조주권

창조주권을 자유롭게 발현할 수 있는 영역은 정치도 학문도 아니고 예술이다. 정치에서는 정치인과 일반인이 구별된다. 일반인은 정치인을 선택하는 투표를 할 때에나 창조주권을 최소한만 발현한다. 학문에서는 학자와 일반인이 구별된다. 특별히 선발되어 전문적인 훈련을 받은 학자가 일반인은 이해하기 어려운 연구 활동을 한다. 정치에서도 학문에서도 차등이 영속한다.

예술에서도 예술가와 일반인이 구별되니 정치나 학문과 다를 바 없는 것은 아니다. 예술가로 선발되고 공인되는 과정을 거치지 않은 일반인도 예술활동을 얼마든지 할 수 있다. 노래 부르고 그림 그리고 글을 짓는 것을 일상생활의 연장으로 삼을 수 있다. 이런 것이 규제나 조롱의 대상이 되지 않는다. 예술가가 낮추어보는 것이 문제이지만, 아마추어의 특권이 보장되어 있다.

이것은 일반인이 정치활동을 하려고 하면 동지를 모아 군중을 형성해야 하고, 법률에서 정한 바를 어기지 않는가 하는 의심을 받고서도, 이룬 바가 미미한 것과 아주 다르다. 정치에는 아마추어의 특권이 없다. 일반인이 무슨 획기적인 연구를 했다면서 발표하는 일도 이따금 있으나 외면당하거나 조롱의 대상이 된다. 학문에도 아마추어의 특권이 없다.

예술에는 아마추어 특권이 있는 것이 사실은 문제이다. 이에 대한 역사적인 고찰을 하면 무엇이 문제인지 드러난다. 예전에는 예술가와 아마추어가 구분되지 않았다. 일정한 훈련을 거치거나 자격을 획득하는 절차를 거치지 않고, 누구나 스스로 예술활동을 하면서 자기의 창조주권을 자유롭게 발현했다. 근대화가 진행되면서 예술가가 따로 있는 것으로 인정되고 특권을 지니게 되었다. 민주화를 역행하는 사태가 벌어졌다.

전문예술인이 특권을 지니게 된 것은, 근대의 주역으로 성장한 시민이 자기네 생업을 보호하는 독점적 권리를 주장한 결과의 하나이다. 숙련된 기술이 필요한 전문직은 면허가 있어야 할 수 있게 제도화해서 상품의 품질을 보장하고자 하는 조처가 예술에까지 미쳤다. 유럽에서 먼저 나타난 이런 변화가 세계 전역으로 파급되고 있다.

전문가가 따로 있어 상품의 품질을 보장하는 것이 나쁘다고 할 수는 없으나, 품질 평가의 기준이 문제이다. 품질 평가의 기준을 전문가가 독점해 일반인은 생산에 참가할 의욕을 잃고 창조주권을 잠재우지 않을 수 없게 하는 커다란 불행이다. 이것은 인권유린의 가장 심각한 사태이고, 사회를 메마르게 하고 삶을 황폐하게 한다.

전문가의 예술품은 스스로의 과대평가가 통용되어 온갖 특권을 다 누리면서 고가에 팔린다. 아마추어는 평가는 기대하지 않고 창조주권을 발현하는 것만으로 만족한다. 이 둘 사이에 질적 차이가 없거나 반대일 수 있다. 민주화가 더 진행되면서 이런 차등이 극도에 이른다. 이런 어처구니없는 사태를 그냥 두고 볼 수 없고, 격분해 규탄하지 않을 수 없다.

민주사회를 이룩하고 복지사회를 만들기까지 해서 인류는 할 일을 다 해 역사가 종말에 이르렀다고 하는 것은 거짓말이다. 이론적인 시비는 접어두고 사실을 직시하자. 코로나바이러스가 세계를 휩쓸자 민주사회도 복지사회도 마각을 드러냈다. 민주사회의 최선진 시민이라고 자부하는 이들은 자기의 권리나 이익을 확보하기 위해 사재기를 일삼는다. 세금을 엄청나게 거두어 간 복지사회 정부는 질병 유행을 방치해 면역이 저절로 생기게 하는 것이 최상의 대책이라고 했다.

질병 퇴치를 누구나 자기 일로 여기고 갖가지 능력을 대등하게 발현해 자진해 협동하는 곳에서만 사태 수습이 진전되고 있다. 민주나 복지가 모자라 시민의식이 미흡하다는 곳에서 세계가 나아갈 새로운 방향을 제시한다. 이런 사회는 대등사회이고 이런 의식은 대등의식이라고 하는 것이 마땅하다. 대등사회의 대등의식이 인류의 희망으로 등장한다.

근대는 역사의 종말이 아니다. 다음 시대로 나아가 근대의 폐해를 시정해야 한다. 다음 시대는 대등사회여야 하고, 대등의식으로 화합을 이루고 협동을 해야 한다. 대등사회의 대등의식을 살리려면 창조주권 발현이 아무 제약 없이 활성화되어야 한다. 이렇게 하려면 누구나 예술창작을 하는 즐거움을 제한없이 누리도록 해야 한다.

◦ 댓글과 답글

윤동재: 정치나 학문은 누구나 할 수 없으나, 예술은 누구나 대등하게 창조주권을 누릴 수 있다고 하시니 다시금 용기를 얻습니다.
조동일: 누구나 예술을 할 수 있어, 예술은 위대합니다.

이일수: 대등사회의 대등의식이 발현되는 곳이 비단 예술뿐이겠나요? 정치와 학문에서도 아마추어에게 몫이 있겠지요. 아마추어는 정치가와 학자의 특권을 폄훼하지 않지요. 아울러 스스로 특권을 바라지 않지요.
조동일: 아마추어를 구분하는 차등론의 폐해가 적어, 예술은 학문이나 정치보다 더 소중하다는 말입니다. "우리 마을 모내기노래가 으뜸가는 예술이다"라고 하는 것과 같은 말을 학문이나 정치를 두고서는 하기 어려워 애석합니다.

임재해: 문화주권은 자기가 필요한 문화를 스스로 생산하고 수용하는 권리를 누구나 기본권으로 누리는 것이다. 민주화의 진전에 따라 정치적 주권은 상당한 수준으로 누리게 되었지만, 문화주권은 오히려 박탈되고

있다. 누구나 자기 문화를 스스로 생산하고 전승하며 향유하는 주체로 살아왔는데, 산업사회에서는 타자가 생산하고 공급하는 문화를 구입해서 소비하는 객체로 밀려나 버린 까닭이다. 다수 민중은 문화생산자가 아니라 문화소비자로 전락하면서, 인간의 기본권인 문화생산주권을 알게 모르게 박탈당해 버린 것이다. 시장경제 체제에 따라 문화전문가 또는 문화권력자들이 문화 생산과 유통을 독점하게 된 상황이다. 따라서 경쟁력 있는 문화상품 생산자들만 문화 매체를 장악하고 문화시장을 석권함으로써, 다수 민중의 문화생산주권을 무력화시키는 동시에 기본적인 문화창조력 자체를 상실하게 만드는 모순에 이르렀다. 정치주권을 민주적으로 행사할 수 없는 체제에서도 문화주권을 자유롭게 발휘할 수 있다면, 민중은 인간다운 삶을 누릴 수 있다. 그러므로 정치주권보다 인간의 문화주권이 더 중요한 기본권이지만, 아무도 문화주권의 상실에 대해서는 문제 제기를 하지 않는 것이 더 치명적 모순이다.

조동일: 문화주권론을 창조주권론에 포함시켜 고찰하면서, 문화주권론의 한계를 극복하고자 한다. 민주화와 함께 산업화가 진행되면서 문화주권은 박탈되고 위축되었다는 말은 타당하다. 이렇게 말하고 말면, 문화주권의 회복과 소생이 어떻게 가능한가 하는 문제는 제기되지 않고 해결될 수 없다. 창조주권은 문화주권보다 더 깊은 층위의 본원적 능력이다. 정치나 산업이 문화주권을 침해해도 창조주권은 살아 있으며, 문화, 산업, 정치 등의 표층을 바로잡는 작업을 일상적으로 수행한다. 문화주권론을 걱정하다가 비관론에 사로잡히지 말고, 창조주권론에서 희망을 찾는 것이 바람직하다.

● ● ● ● ●

## 3-2 민요의 고향

내 고향은 경북 영양군 주곡리 주실이다. 영양군은 오지 가운데 오지이다. 공장이라고 할 것은 없고, 물이 흘러 나가기만 하고 흘러 들어오지는 않아, 오염되지 않은 청정 지역이다. 밤하늘의 별이 예전처럼 빛나고 있어, 2015년에 아시아 최초로, 세계에서 여섯 번째로 '국제 밤하늘 보호 공원'으로 지정되었다.

우리 마을의 지체 높은 남자들은 한문을 공부하고 한시를 지었다. 여성들은 가사를 짓고 읽는 것을 취미로 삼았다. 이름난 현대시인도 있다. 그런 것들이 낮에 행세하는 다른 한편에서, 민요는 밤하늘의 별처럼 빛난다. 지체가 낮다는 사람들이 민요를 독자적인 예술 영역으로 삼고 알뜰하게 가꾸어왔다. 여자들은 길쌈을 하면서 이야기가 있는 민요를 길게 부른다. 모내기노래는 남녀가 한 줄씩 주고받으면서 부른다. 남자들이 "방실방실 해바라기 해를 안고 돌아서네"라고 하면, 여자들이 받아서 "어제 밤에 우리 님은 나를 안고 돌아서네"라고 한다. 이런 것을 교환창이라고 한다. 모내기를 하면서 교환창의 사랑 노래를 불러, 심은 모가 잘 자라게 하는 오랜 전통이 다른 데는 없어졌는데 우리 마을에서는 이어졌다.

남자들만 위세 당당하게 부르는 민요는 장례요이다. 사람이 죽으면 상여소리를 부르면서 시신을 운반하고, 시신을 매장하고는 덜구소리를 부르며 무덤을 다지는 것은 하층 남성으로 구성된 전문집단의 소관이다. 상여소리나 덜구소리는 선후창으로 부른다. 한 사람이 길게 이어지는 앞소리를 하면, 다른 사람들은 단순한 여음을 되풀이하는 뒷소리를 한다.

앞소리꾼은 상여를 메지 않고 행렬 맨 앞에서 가면서 요령을 흔들며 긴 사설을 갖춘 앞소리를 한다. 상여를 메고 가는 상두꾼들은 여음을 되풀이하면서 뒷소리를 한다. 주고받는 소리가 모두 힘을 내게 하고 지루하지 않게 하는 노동요이면서, 고인을 무덤으로 모셔가는 장례요이다.

뒷소리의 여음은 언제나 같고, 앞소리의 사설은 기본적으로 같으면서 경우에 따라 다르다. 죽어서 떠나가는 것은 누구나 같아, 하던 소리를 다시 한다. 죽음을 길게 서러워할 것은 아니라고 한다. 사람은 누구나 죽는다. 저승길이 멀다 해도 대문 앞이 저승이다. 적막강산에 누워 있는 것이 외롭다고 하기만 할 것은 아니라고 한다. 죽음은 받아들이면 문제가 될 것이 없다. 내세의 구원을 희구할 것은 아니다. 이런 말이 당연하다고 인정되어 시비가 일어나지 않는다.

그러면서 죽은 사람이 누구이며 남은 사람이 누구인가는 다 달라 하는 말이 일정하지 않다. 죽은 사람이 하고 싶은 말, 죽은 사람이 남은 사람에게 남기고 싶은 말, 남아 있는 사람이 죽은 사람에게 전하고 싶은 말을 구체적인 형편에 맞게 한다. 남아 있는 사람 누구누구를 불러내 고인이 특별히 전하고 싶은 말을 하기도 한다. 손을 잡으면서 이별을 한탄하기도 한다. 상여소리, 덜구소리를 한 대목씩 들어보자.

너호너호 에이점차너호 나는 간다 나는 간다.
너를 두고 나는 간다.
너후너후 에이넘차너후.
대궐 같은 저 집을랑 누굴 맽기고 간다 말고.
에이에이 너무넘차후.
너후너후 에이넘차너후.

역려 같은 이 세상에
어허리 달개여
초로 같은 이 인생이
어허리 달개여

노던 친구 하직하고,
어허리 달개여
북망산천 들어갈제
어허리 달개여

상여소리에서는 말하는 사람이 달라진다. 죽은 사람이 스스로 하는 말이고 자문자답이다. 떠나기 싫은데 떠난다고 자기만의 사정을 들어 말하기도 한다. 죽은 사람이 남은 사람에게 하는 말이다. 남은 가족이 누군가에 따라 말은 달라진다. 남은 사람이 죽은 사람에게 하는 말이다. 죽은 사람을 누가 다시 만나고 싶어 하는가에 따라 사설이 바뀐다. 앞소리꾼이 이 세 가지 말을 다 하면서 죽은 사람과 산 사람, 죽음과 삶을 연결시킨다.

덜구소리를 부를 때에는 앞소리꾼이 적극적으로 나서서 장례 참가자들을 죽음에서 삶으로 이끈다. 죽은 사람이 하려는 말을 대신 전해, 무덤에 묻혔으니 외롭고 쓸쓸하지만 주위에 있는 모든 자연물이 보호해준다고 여기고 위안을 얻는다고 한다. 재미있는 말을 이어나가면서 관심을 삶으로 돌린다. 덜구소리를 마칠 때는 덜구를 높이 치어들고, "청룡 황룡이 구비를 치네"라고 한다. 죽음은 행방을 감추고, 삶의 약동의 예찬이 절정으로 올라간다.

앞소리꾼은 마을의 사제자이기도 하다. 최하층의 사제자가 밑에서 보듬으니 빠지는 사람도 예외자도 없다. 이것은 향교의 전교도, 사원의 승려도, 교회의 목사도, 부르면 오는 무당도 할 수 없는 일이다. 그런 개별적인 종교의 사제자는 자기 단골만 챙기고, 앞소리꾼 사제자는 친소 관계를 가리지 않고 모든 사람을 돌본다.

● 댓글과 답글

이복규: 말하듯 하는 강의에 민요 구연까지. 한결 편안하고 정겨우며 귀에 잘 들어옵니다. 상여노래 감상 제대로 했습니다.

조동일: 모자라는 흉내를 조금 내보았을 따름입니다.

박영미: "앞소리꾼은 상여소리에서 죽은 사람과 산 사람, 죽음과 삶을 연결시키고, 덜구소리에서는 삶의 약동을 예찬한다. 이렇게 해서 최하층의 사제자가 모든 사람을 돌본다." 이 말을 듣고 아주 어릴 적에 시골에서 상여소리를 들은 아득한 기억을 되살립니다. 일본에 살던 동네에서 모내기노래를 여럿이 함께 부르는 것을 본 적이 있어, "노동하는 동작에서 민요의 율격이 생겨났다"는 것을 이해하기 쉽습니다. 일본의 모내기노래는 같은 말·음·동작의 무한한 반복뿐인데, 한국의 모내기노래는 남녀가 주고받는 사랑 노래이기도 하니 재미있습니다.

조동일: 민요를 부르고, 듣고, 듣지도 못한 사람은 이해의 정도가 판이합니다. 일본의 모내기노래를 들은 무척 소중한 체험을 살려, 한국 것과의 비교 고찰을 하면 좋겠습니다.

● ● ● ● ●


3-3 음악의 변질과 소생

우리 마을 사람들이 동작·음악·문학이 분화되지 않은 총체 상태의 노동요를 부르는 것은 인류문명의 공통된 유산이다. 세계 어디서나 이렇게 하는 시대가 오래 지속되었다. 총체에서 음악을 분리시키는 작업을 그리 멀지 않은 시기에 유럽에서 시작하고 다른 곳들이 뒤따랐다.

오선지 악보는 놀라운 작용을 해서, 이런 변화를 일으켰다. 음악이 총체 상태에서 벗어나 따로 분리되게 했다. 먼저 작곡을 하고 나중에 연주를 하도록 해서, 두 단계의 음악이 시차를 두고 나누어지도록 했다. 이것은 대단한 발전이지만, 나무라야 할 것도 있다. 작곡을 먼저 하고 나중에 연주를 하게 되자 음악이 날로 정교하고 복잡하게 되었다. 사람의 능력을 어느 한 가지만 선택해 극한까지 짜내도록 하는 잔인한 사태가 벌어졌다.

특별한 훈련을 받지 않은 일반인은 자기의 창조주권을 억누르고 청중으로 만족하지 않을 수 없게 되었다. 대면하지 못하는 작곡자를, 연주를 듣고 감탄하면서 더욱 존경하는 이중의 차등 관계가 생겨났다. 비싼 대가를 지불하고 음악회에 가서 숨을 죽이고 듣고 있다가 연주가 끝나면 관례대로 일제히 박수를 치는 통과의례에 빠지지 않고 참여한다. 누구나 동작·음악·문학 총체의 당당한 주역일 때와는 너무나도 달라졌다. 발전이라고 하는 타락이 극도에 이르렀다.

이런 음악이 유럽에서 생겨나 세계로 퍼져 나간 것을 다음에 다른 둘과 병칭하기 위해 '歐流(구류)'라고 하는 것이 적합하다. '구류'에 대한 반발로 '黑流(흑류)'가 일어나고, '韓流(한류)'가 뒤따르고 있다. '구류'는 유럽 음악의 물결이다. '흑류'는 아프리카에 연원을 둔 흑인 음악의 물결이다. '한류'는 지금 세계로 퍼져나가고 있는 한국 음악의 물결이다.

'흑류'는 '구류'가 갈라놓은 작곡과 연주를 합치고 동작·음악·문학이 다시 하나가 되게 하려고 하지만, 단조로운 반복에 의거하고 대중음악의 영역에 머무르는 이중의 한계가 있다. '한류'는 음악이 동작이고 문학이게 하려고 적극적으로 시도하면서 신명풀이의 진폭을 넓혀 더 큰 충격을 주어도, '구류'가 고급의 예술음악으로 군림하고 있는 것은 어떻게 하지 못한다.

'구류'는 '한류'의 연원이 되는 우리 전통음악에 깊숙이 침투해 뿌리를 상하게 하고 있다. 동작·음악·문학이 총체를 이루고 있는 것은 예술적 가

치가 모자란다고 여기게 한다. 노동의 형태가 달라지면서 노동요가 없어
지는 것은 어쩔 수 없다고 하자. 무대에 이미 진출한 선소리 산타령의 신
명나는 공연을 보기 어렵게 된 것은 외침의 여파라고 하지 않을 수 없다.

여러 악기 연주자들이 한 자리에서 즉흥곡을 각자 창작하는 시나위는
시대착오로 취급된다. 작곡이면서 연주인 가야금 산조를 그대로 이어받지
못하고, 오선지 악보로 작곡한 가야금 곡을 많은 연습을 하고 연주하는
것이 예사롭게 되었다. 판소리는 국악이라고 하면서 음악만 전수하고 사
설 창작 능력은 버려 불구자 신세이다.

'한류' 공연이 사설과 악곡을 즉석에서 자유자재로 창작해 한 단계 비
약을 할 수 있는 가능성이 뿌리에서 사라지고 있다. '한류'를 선도한 가
수 서태지가 내 홈페이지에 찾아와, 대중가요와 판소리를 접맥하려면 어
떻게 해야 하는지 물은 적이 있다. 이에 대해, 판소리 명창이 청중과 호
흡을 같이 하면서 사설을 얼마든지 개작하고 창작하는 것을 재현해야 한
다고 대답했다.

판소리 명창 박동진은 〈춘향가〉 어사출도 장면을, 청중이 누구이며 어
떤 관심을 보이는가에 따라 아주 딴판으로 불러 모두 독립된 작품이게
했다. 판소리를 국악이라고 하면서 이런 능력을 잃어버렸다. 이제 희망이
없다고 하지는 말자. '한류'가 판박이에 들어가 생동감을 잃지 않도록 하
는 특단의 대책이 필요하다. 판소리도 대중가요도 죽었다가 되살아나야
한다. 판소리와 대중가요를 합쳐 그 어느 것도 아닌 새로운 노래를 만들
어내는 것이 바람직하다.

'구류' 연주에서 두각을 나타내는 인재들이 있어 자랑스럽다고 할 것인
가? 작곡은 하지 못하고 남들의 곡을 연주하니, 연주도 아주 빼어난 경
지에 이르기는 어렵다. 작곡 이상의 작곡을 하려면, 음악의 창조주권을
최대한 살려야 한다. '구류'의 관습을 '한류'의 방식으로 뒤집어 새로운
음악을 창조하는 데까지 나아가야 한다. 동작·음악·문학의 총체를 되살리

는 것을 궁극적인 목표로 삼아야 한다. 길이 멀어도 방향은 분명하다.

◎ 댓글과 답글

윤동재: 길은 멀어도 방향이 분명하면 목적지에 다다를 수 있습니다.
방향이 분명하니 좋은 결과가 여기저기 속속 나오리라 믿습니다. 동작,
음악, 문학의 총체를 살릴 수 있도록 하는 노력이 필요하다는 말씀을 남
의 것으로 하지 않고 제 것으로 하겠습니다.

조동일: 가만 앉아서 참견이나 하지 않고, 스스로 실행하는 일꾼이나
선수로 나섭시다.

임재해: 서구 대중가요를 받아들여 재구성한 한국 대중가요가 한류를
낳았다. 나는 이것을 달빛한류라고 한다. 진정한 한류는 민요와 판소리,
풍물 등 민속악을 이은 햇빛한류여야 한다. 최근에 이날치의 "'범 내려
온다'가 햇빛한류 구실을 하고 있어서 반갑다.

조동일: 달빛한류와 햇빛한류를 구분하는 것은 탁월한 견해이다. 본격
적으로 발전시키기 바란다.

● ● ● ● ●

3-4 음치와 명창

나는 음치다. 음치로 낙인찍힌 경력이 아주 오래된다. 초등학교 1학년
때 '도레미파솔라시도'로 음악 시험을 치렀다. 아주 당당하게 '도레미파솔
라시도' 여덟 자를 외치니 선생님의 얼굴이 아주 이지러졌다. 그 사건을
오래 기억하다가 선생님의 얼굴이 이지러진 이유를 깨닫고 남몰래 얼굴

이 붉어졌다. 음 높이를 내라는 시험을 글자를 외는 시험으로 오해하고 여덟 자를 같은 높이로 말한 것이다.

음치인 것을 부끄러워하면서 중고등학교 음악시간을 불안에 시달리면서 힘겹게 보내야 했다. 응당 0점이어야 할 음악 점수를, 딱한 처지를 동정해 낙제점 이상으로 준 선생님이 고맙고 미웠다. 고등학교를 졸업하자 음악 시간이 없어 살 것 같았는데, 사람들이 모이기만 하면 노래를 부르자고 하니 죽을 지경이었다. 음악 선생님처럼 자비를 베풀려고 하지 않고, 음치를 철저하게 색출해 적극 선도하는 극단의 친절을 베푸는 벗들에게 포위되어, 숨지도 도망치지도 못했다.

불문학을 하다가 국문학으로 전공을 바꾸어 민요 조사를 하겠다고 나선 것은 음치로서는 너무나 건방진 일이었다. 민요가 소중하다고 하는, 분에 넘치는 생각을 하면서 곡조는 들어 넘기기로 하고 사설을 채록해 연구 대상으로 하겠다고 작심하고 녹음기를 메고 감히 민요를 부르는 분들을 찾아 나섰다. 수많은 조사 경험 가운데 특기할 것 둘을 든다.

경북 봉화 어느 마을 할아버지가 민요에 통달했다는 말을 듣고 물어물어 어렵게 찾아갔다. 할아버지 민요가 그렇고 그래 실망하고 물러나기가 서운해 곁에 있는 할머니에게도 소리를 하나 해달라고 청했다. 할머니는 잠시 주저하더니, 놀라운 세계를 간직하고 있는 비밀을 알려주었다. 할아버지가 먼저 놀라 "어, 이녁도 소리를 하네"라고 했다. 자부심이 가득해 할머니는 무시하고 있다가 뜻밖의 사태에 크게 놀랐다.

"정선 밤아 귀리 감재는 숭풍년을 몰래도, 요 내야 품안에는 임 숭년만 드네." 이런 말로 시작되는 할머니의 노래가 처절한 듯 절실한 듯 흥겨운 듯 마음을 깊이 흔드는 물결이 되어 방안에서 흘러 넘쳐 먼 하늘까지 뻗어나갔다. "아, 이것이 진정한 민요구나. 이제야 만났구나"라고 하는 감탄이 절로 나왔다.

그 할머니는 성함을 어렵게 물으니 김대연이라고 했다. 당시 62세였다.

김대연 할머니의 그 노래를 사설을 받아 적느라고 여러 번 틀었다. 그 뒤에는 내 마음속에서 녹음기가 돌아가면서 소리를 냈다. 그 소리를 나도 모르게 따라 부르게 되었다. 거듭거듭 따라 부르니 그것이 내 노래가 되었다. 내가 마음속으로 계속 부른다.

또 한 번 놀라운 일이 있었다. 경북 영천 북쪽 산골의 어느 마을에서 손인술(당시 68세)이라고 하는 분이 부르는 어사용을 들었다. 어사용은 산에 가서 나무를 하면서 신세타령을 하는 소리이고, 경북까지 뻗어난 태백산맥 일대에서 흔히 들을 수 있다. 손인술 할아버지가 부르는 어사용은 출중했다. 群鷄一鶴(군계일학)이라는 오랜 문구를 다시 쓰지 않을 수 없다. 절박하기 이를 데 없는 소리가 까마귀 떼 우짖는 듯하더니 학이 날아오르듯이 퍼져나가 산꼭대기까지 가득 덮었다.

구야구야 까마구야 지리산 갈가마구야
작년에 난 묵은 까마구야 올게 한 햇까마구야
한짝 다리 뿔거진 찜빠리 까마구야 두짝 다리 다 뿔거진 앉은뱅이 까마구야
한짝 눈깔이 까진 애꾸눈 까마구야 두짝 눈깔이 까진 봉사 까마구야
니 새끼 껌다고 한탄 말아래이
니 껌은 줄은 온 조선이 다 알건마는
이내 속에 태산 겉은 울홰병 든 줄은 기 누구가 알아줄꼬

이 소리가 지금도 내 마음속에서 울린다. 노래를 하라면 서슴지 않고 나서서 이 노래를 내놓는다. 중국 심양에서 만난 북한의 민요학자들에게도 자랑거리로 삼았다. 교육방송에서 내가 학문을 해온 일생을 취재해 녹화를 할 때도 한 가락 뽑았다. 최근에는 민요학회 뒷풀이의 민요 연구자 명창 경연에서 좌중을 압도했다고 감히 말한다.

학교에서 짜임새가 판이한 외래 음악을 배우면, 타고난 능력이 빛나갈 수 있다. 취학의 기회가 없었던 불운이 크나큰 행운인 분들이라야, 본원의 창조주권을 온전하게 살려 진정한 민요를 재창조할 수 있다. 나는 이런 위대한 스승들을 뒤늦게나마 만나는 千載一遇(천재일우)의 행운을 얻어, 무지의 장막을 걷어내고 잠들어 있던 명창이 깨어나게 할 수 있었다.

나는 음치가 아니다. 음치 노릇을 하면서 죽어지낸 것은 노래를 잘못 만난 불운 탓이다. 나는 부끄러운 음치가 아닌 자랑스러운 명창이다. 나는 명창이다.

● 댓글과 답글

이복규: 감동입니다. 절실함이 예술의 핵심.
조동일: 머리로 헤아리지 말고, 마음을 바쳐야 합니다.

박영미: 본원의 창조주권 발현은 누구나 명창이고 화가이게 합니다.
조동일: 그렇습니다. 그림을 배우지 않은 아이가 그림을 가장 잘 그립니다.

만주벌판: 민요는 30년이나 50년 후 끝나지 않을까요? 계속 이어질까요?
조동일: 민요가 없어지는 것은, 해수면 상승 이상의 참상입니다. 노력해서 막아야 합니다.

윤동재: 무엇이 제대로 된 노래인지를 바로 알 때 음치가 명창이 되듯이, 무엇이 제대로 된 시인 줄 알면 누구나 시인일 수 있다는 생각이 듭니다. 제대로 된 노래를 바로 아는 일도 필요하지만, 제대로 된 시를 바로 아는 일도 필요한 것 같습니다. 남의 장단 따라 하다 스스로 명창인 줄

모르고 음치인 줄로만 알고, 기죽어 지내는 일은 더 이상 없어야겠다. 나는 명창이고, 나는 시인이다, 이렇게 세상에 외치고 싶다! 설파 선생님의 창조주권 강의를 듣고 나니 힘이 솟는다. 나는 명창이다! 나는 시인이다!

조동일: 남의 노래를 따라 부르려고 하니 음치이고 내 노래를 알아내 부르려고 하니 명창이라는 말이 시인에게도 타당합니다.

· · · · · ·


## 3-5 미술의 혼미

미술은 동굴 벽화에서 처음 나타났다. 구석기 시대 원시인들이 동물의 모습을 그림이기도 하고 조각이기도 하게 나타내, 사냥감이 되는 동물이 모여들기를 바라고, 동물과 일체를 이루는 주술적인 힘을 가지고자 했다. 그 흔적이 세계 도처에 남아 있다.

그러다가 동물미술이 인물미술로 바뀌었다. 시대가 달라져 사람 모습의 신령을 섬기는 종교가 성립되고, 권력을 가지고 통치하는 제왕이 등장했기 때문이다. 그때 입체 조각과 평면 그림이 구분되었다. 멀리 두고 섬기는 신령은 조각으로, 가까이서 모시는 제왕은 그림으로 나타내 섬기는 것을 관례로 삼았다.

신령을 섬기는 사제자, 제왕의 위세를 나누어 가진 유력자, 여러 가지 이유에서 특별히 잘났다고 하는 예외자, 이런 사람들의 모습까지 지천으로 등장해 인물화의 품격이 낮아졌다. 대가를 지불할 능력이 있으면 누구든지 자기 얼굴을 그려달라고 하게 되었다. 잘난 것과는 거리가 먼 예사 사람들의 모습을 손쉽게 그린 그림이 넘쳐난다. 여인의 나체화가 유행해 인물화의 통화팽창 같은 것이 더욱 확대되었다.

인물화를 보조하는 그림도 몇 가지 있다. 그림 세계 최초의 주역이던 동물이 애완동물로 변신해 귀여운 모습을 그림에서 보여준다. 사람이 생활하면서 필요로 하는 기물을 그린 정물화도 있다. 花鳥畵(화조화)라고 하는 것에는 갖가지 식물이 등장한다. 가까이서 볼 수 있는 것을 무엇이든지 그려, 인물화만 보다가 짜증이 나지 않게 하려고 했다.

인물화의 배경을 이루는 자연물을 확대해 그린 그림이 풍경화이다. 인물은 작게, 자연물은 크게 그려 풍경화는 인물화와 아주 다른 것 같으나, 그렇지 않다. 생활 영역에 들어와 있는 자연물을 그리는 데 치중하고, 거리 풍경을 특히 선호했다. 원근법을 사용해 화가는 자기 자리에 머물러 있는 것을 분명하게 했다. 자연의 모습을 아무리 거대하게 그려도 시점이 고정되어 있어 그 속으로 들어갈 수 없었다.

산수화는 풍경화와 다르다. 산수화는 산수자연에 다가가 그린다. 원근법에 구애되지 않고 시점을 이동하면서, 멀리까지 오르내릴 수 있다. 인물화는 실제 사람과 닮아야 하듯이 풍경화도 어느 곳의 어떤 풍경인지 알게 그려야 하는데, 산수화는 그렇지 않다. 특정 산수를 묘사하지 않고, 보고 느끼고 생각한 대로 그린다.

풍경화는 풍경의 색깔을 있는 그대로 옮기려고 하지만, 산수화는 먹으로만 그려도 된다. 풍경화는 그린 장소를 제목으로 하고, 산수화에는 산수와 만난 흥취를 畵題(화제)로 나타내 붓글씨로 적어 넣는 것이 예사이다. 풍경화는 그림이기만 하고, 산수화는 詩書畵(시서화)가 하나임을 알린다. 인물화의 독주를 산수화가 제어하고, 풍경화는 둘 사이의 중간물이다.

인물화, 풍경화, 산수화 등의 어느 것도 아닌 추상화도 있다. 추상화는 전연 별개의 그림이 아니며, 인물화를 변형한 것도, 풍경화를 해체한 것도 있다. 그런 근거가 없는 추상화는 소통의 단절로 관심을 끌려고 하다가 차질을 빚어낸다. 산수화는 대상을 변형시켜 이용하면서 마음을 나타내 그 자체로 추상화의 특성도 지니고 있으므로, 추상화를 그린다고 별나게 나설 필요가 없다.

이런 변화의 과정을 거치면서 미술에서 창조주권을 발현하는 방식이 달라져왔다. 동물 암각화를 제작해 사냥이 더 잘되게 하려고 할 때는 집단 구성원의 창조주권을 한데 모았다. 신령이나 제왕의 모습을 나타내면서 창조주권이 특별해 기량이 뛰어나다는 匠人(장인)이 등장해 미술을 지배하고 일반인의 접근을 막았다.

무자격자로 취급된 일반인은 미술 활동을 그만두지 못하고 마을이나 집을 돌보는 수준에서 창조주권을 가까스로 살려나갔다. 장승을 세우고 제사 지내고, 탈을 만들어 쓰고 춤을 추는 민속미술을 이어나갔다. 마음에 들게 집을 만들어 꾸미고, 옷을 예쁘게 짓고 장식하는 생활미술도 알뜰하게 가꾸었다. 어린아이들은 그림을 아무렇게나 그리는 자유를 계속 지켜왔다.

미술을 지배하면서 기량을 뽐내는 장인이 인물화를 다양하게 그리다가 풍경화를 보태고 추상화를 제작하는 데까지 줄곧 특별하다는 창조주권을 자랑했다. 아마추어는 넘볼 수 없는 우월한 위치에서 名利(명리)를 누리다가, 한 번 타격을 받았다. 동아시아에서 산수화는 모름지기 文人畵(문인화)여야 한다면서, 미술인이 아닌 文人(문인)이 미술을 생업으로 하는 장인의 기량을 무색하게 하는 격조 높은 작품 세계를 보여주었다.

이런 변화가 대세를 바꾸지 못하고 물러났다. 유럽문명이 세계를 휩쓸면서 산수화와 다른 풍경화에서도 미술 장인의 능력을 보여주는 것이 세계적인 풍조가 되었다. 인물화보다는 쉽고 재미있다고 여기는 풍경화를 화가의 지도를 받고 시키는 대로 그리는 아마추어가 날로 늘어나고 있다. 평등을 이룩하려고 하다가 차등이 확대된다.


※ 댓글과 답글


윤동재: 감사합니다. 그리고 싶은 대로 그리고 능력껏 그리는 창조주권의 발현, 남에게만 권할 일이 아니네. 나도 그림 그려봐야겠다.

조동일: 남을 따르지 않고 자기 자신을 스승으로 삼으면, 그림을 어린 아이처럼 잘 그릴 수 있다.

임재해: 미술사의 전개가 대상에 따라, 그린 주체에 따라, 형상화 방식에 따라 일목요연하게 집약되어 있어서, 통찰력을 일깨워 주기에 충분하다.

조동일: 통찰은 머리로 지식을 얻으려고 하면 사라지고, 온몸을 실행에 내맡기면 살아나는 별난 능력이다.

●　●　●　●　●

## 3-6 잃어버린 유산

인물화가 커다란 비중을 가지고 성행하면 폐단을 자아낸다. (가) 다른 그림을 위축시키고, 문명의 다양성을 훼손한다. (나) 전문적인 기능을 수련한 匠人(장인)이라야 그림을 그릴 수 있도록 하고, 누구나 그림을 그릴 수 있는 길을 막는다. (다) 권능 있는 사람, 잘난 사람, 별난 사람에게만 관심을 가지도록 하고, 사람은 대등하고 평등하다고 생각하기 어렵게 한다. (라) 사람 자신에게만 관심을 가지는 자폐증에 사로잡혀, 다른 존재와의 소통을 단절하고, 자연을 망각하게 한다.

폐해 시정이 (나)에서 시작되었다. 畵工(화공)이라고 하던 미술 장인이 아닌, 글을 하는 文人(문인)이 그림을 그린다고 나섰다. 그 선구자인 중국 당나라 문인 王維(왕유)는 시를 지으면서 그림도 그려, "시에 그림이 있고"(詩中有畵), "그림에 시가 있다"(畵中有詩)고 평가되는 작품을 남겼다. 왕유를 본받아 그리는 문인화가 宋代(송대) 이후 중국에서 이어져 나왔다.

화공은 인물화를 잘 그려 주문자에게 제공하고 대가를 받는 것을 임무로 삼지만, 문인은 그런 임무가 없어 자기 좋은 대로 스스로 즐기려고 그림을 그렸다. 산수자연의 모습을 있는 그대로 재현할 수 있는 능력을 기르려고 하지 않고, 솜씨가 서투른 것을 오히려 자랑했다. 古拙(고졸)을 높은 품격으로 삼고, 天眞(천진)이 드러나게 한다고 했다.

인물화가 (다) 권능 있는 사람, 잘난 사람, 별난 사람에게만 관심을 가지도록 하고, 사람은 대등하고 평등하다고 생각하기 어렵게 하는 것은 차등론 옹호이다. 차등론에서 벗어나 대등론을 이룩하려면 어떻게 해야 하는가? 사람이 아닌 산수를 그리는 것이 정답이다. 인물화가 빚어내는 폐해를 산수화로 씻어내면 된다. 산수는 높고 낮고 멀고 가까운 것이 차등이 아닌 대등이다. 누구나 부담 없이 다가가 차등 때문에 겪는 번민에서 벗어나 대등을 확인하는 즐거움을 누릴 수 있다.

권능 있는 사람, 잘난 사람, 별난 사람이 아닌 권위 없는 사람, 못난 사람, 범속한 사람을 그리는 것도 차등론을 시정하는 방법일 수 있다. 유럽에서 많이 쓰는 이 방법은 인물화가 커다란 비중을 가지고 성행하는 것을 연장시키고, 더 나은 대책이 있는 것을 알지 못하게 한다. 그려놓은 사람은 무언가 특별하다고 하는 생각을 없애지 못해 차등론 청산이 미흡하다. 동아시아에서는 범속한 사람들이 산수와 더불어 살아가는 모습을 그려 인물화의 차등에서 산수화의 대등으로 나아가는 길을 보여주었다.

특권을 누리는 호화로운 삶을 은근히 나무라려고, 산수와 더불어 살아가는 것이 초탈의 경지라고 알리는 그림도 적지 않다. 어부와 나무꾼이 함께 길을 가면서 깊이 소통하는 모습을 보여주는 漁樵問答圖(어초문답도)는 그 극단까지 나아가, 아주 초탈한 신선들의 모습을 그린 群仙圖(군선도)와 상통한다. 초탈이라는 것이 또 하나의 차등을 빚어내지 않게 하려면, 江山無盡圖(강산무진도)를 그리는 것이 적절한 방법이다.

(라)에서 인물화는 사람이 자기 자신에게만 관심을 가지는 자폐증에 사로잡혀, 다른 존재와의 소통이 단절되고, 자연을 망각하게 한다고 했다. 이런 폐단을 시정하려면 강산이나 산수를 그려 무한이 유한이고 유한이

무한임을 말해주어야 한다. 강과 산이 무한하다고만 하면 발상이 범속해진다. 그 어느 한 대목만 충격을 줄 수 있게 그려 무한이 유한이고 유한이 무한임을 절실하게 깨닫게 하는 것이 마땅하다.

이를 위해 힘쓴 많은 문인화가 가운데 鄭敾(정선)이 특히 높은 경지에 이르렀다. 정선이 남긴 그림을 보라. 기이한 산세가 겹겹이 뻗어나고 폭포가 만 가닥 쏟아지는 깊은 골짜기에 들어간 몇몇 탐방객이 역동적인 기운을 마음껏 누린다. 천지만물의 조화가 일신에 모여드니 무한이 유한이고, 발상은 어디까지든지 뻗어날 수 있어 유한이 무한이다.

  ● 댓글과 답글

이소영: 예술이 무엇인지에 대해서 다시 생각해 보았습니다.
조동일: 예술은 다른 생각이 같은 느낌이게 합니다.

현금석: 멀게만 생각한 그림이 제 속에서 꿈틀거립니다. 그림이 단순한 구경거리가 아니라 우리 삶의 현실이고 기쁨이라는 사실을 깨달았습니다. 예술은 종교가 아닌 종교이며, 종교를 넘어서는 종교입니다.
조동일: 그림은 누구나 창조주권을 대등하게 지니고 대등하게 발현하는 것을 서로 확인하는 즐거움을 줍니다.

만주벌판: 감사합니다. 탐색의 가치를 보게 됩니다.
조동일: 대상과 하나가 되는 것이 탐색의 가치입니다.

● ● ● ● ●

## 3-7 인상파 이후의 일탈

19세기 말 불국에서 등장한 인상파는 미술사에서 획기적인 기여를 했다고 평가된다. 인물화의 배경으로 처리되어 뒤편에서 시커먼 모습이나 보여주던 풍경을 전면으로 끌어냈다. 인물화와 풍경화를 함께 그리다가 풍경화를 그림의 주역이게 했다.

그전에도 풍경화가 없었던 것은 아니지만 어둡게 그리는 것이 예사이다. 해질녘의 어두컴컴한 광경을 멀리서 바라보았다. 인상파는 풍경을 가까이 다가가 밝게 그렸다. 햇빛이 비치어 빛나는 모습을 야외에 나가 직접 보고 그리는 것이 최상의 창작이라고 여겼다. 모네(Monet)는 이 작업을 국내외 여러 곳에서 해서 다채로운 작품 세계를 보여준다.

동아시아의 산수화에 다가갔다. 모네의 만년 작품에는 산수화와 흡사한 것들이 있다. 그러나 아름다움을 찾아다닐 따름이고 정신적 깊이를 갖추려고 하는 것은 아니다. 눈이 밖으로 나가 있기만 하고, 내면으로 돌아오지는 않는다. 그린 장소를 그림 제목으로 하는 관습을 잇거나 하고, 畵題(화제)를 써넣어 문학과 미술이 만나게 하지는 않는다. 이런 한계를 알면 인상파를 높이 평가할 수 없다.

모네는 보고 즐길 수 있는 그림을 제공했으나, 세잔느(Cézanne)는 그림을 실험으로 도전으로 삼았다. 어디서 무엇을 그렸는가 하는 것에는 관심을 가지지 말라고 했다. 산이든, 나무든, 집이든, 물건이든, 사람이든 모두 모나거나 둥근, 크거나 작은, 길거나 짧은 형체로 그렸다. 의미를 제거하고 느낌도 배제하고, 그림이란 화가의 실험일 따름이라고 했다.

피카소(Picasso)가 이것을 보고 반색을 하고 입체파의 실험을 더욱 과감하게 해서 그림을 뒤틀었다. 일탈행위가 더 심해지도록 하는 장난을 일삼았다. 대단한 그림이라고 여기고 보는 관중을 우롱했다. 야수파는 자연을 그리려고 했다. 형체나 색채를 과장해 산이나 바다, 나무나 집을 잊지 말고 바라보라고 했다. 야수파를 제치고 입체파가 대세를 장악해, 초현실주의나 추상 미술로 나아가는 길을 열었다.

남불 앙티브(Antibes)에 피카소 미술관이 있다. 지중해의 절경이 내려다 보이는 古城(고성)에서 그린 그림을 전시하고 있다고 해서, 허위단심 찾아가보고 크게 실망했다. 피카소는 그 좋은 데 가서도 화풍을 바꾸지 않았다. 더러운 뒷골목 낡은 지하 창고에서 그리면 어울릴 그림이나 그려 절경을 모독했다.

별별 이상한 주의가 다 나와 춤을 추면서 미술을 醜術(추술)로 만드는 경쟁을 더 큰 판으로 벌이고 있다. 온 세계가 휩쓸려 정신을 못 차리고 있다. 중국 북경에 가서 옛적의 산수화를 보려고 하면 전시하는 곳이 없다. 추술 경쟁에 지지 않겠다고 공산당이 지도하는 중화인민공화국 정부가 나서서 커다란 미술관을 짓고 또 짓는다.

행동미술이니 설치미술이니 하는 것들이 유행해 미술과 장난, 진실과 허위의 구분이 없어졌다. 이런 지경에 이른 현대미술이 민주주의 구현으로 획기적인 의의를 가진다는 헛소리가 유행하고 있다. 인류는 제정신이 아니다. 심각하기 이를 데 없는 전대미문의 역병에 걸려 인류문명은 파멸의 위기를 맞이하고 있다.

무슨 바이러스가 창궐할 때에는 모두 들고 일어나 막는다고 야단하면서, 이것인 질병인 줄은 모르고 있다. 미술을 이해하는 것을 불가능하게 만들어 놓고 미술을 모르면 말을 하지 말라고 한다. 이처럼 완벽한 독재가 어디 있겠는가? 보호망이 철저하니 항거를 포기할 것인가?

아니다. 누군가 나서야 하므로 내가 먼저 나선다. 나는 그림을 그리면서 창조주권을 발현한다. 미술에 대해 고찰하는 것을 학문 활동의 한 과제로 삼는다. 미술이 어떻게 망쳐져 인류가 위기에 이르렀는지 진단해야 하는 의사이다. 질병 치료법을 내놓고 실제로 치료를 해야 한다.

치료는 많은 절차가 필요해서 당장 하기 어렵다. 사태가 얼마나 심각한지 알리고 우선 정신을 차리도록 하는 것은 서둘러 해야 할 일이다. 이를 위해 다음 강의에서 끔찍한 사례를 든다.

◎ 댓글과 답글

만주벌판: 감사합니다. 미술까지 배워나갑니다.
조동일: 미술을 먼저 알아야, 속고 살지 않습니다.

이복규: 아름다움을 떠나면, 더 이상 미술이 아니겠군요.
조동일: 아름다움 파괴로 말썽을 일으켜 뜨려고 하는 책동에 말려들지 맙시다.

임재해: 미술이 아니라 추술이라는 자리매김, 과감하면서도 도전적인 비평이고, 충격적으로 받아들여야 할 성찰입니다.
조동일: 모르면 불평은 그만두고 존경이나 하라는 횡포를 척결하는 준엄한 심판입니다.

박영미: 인상파는 풍경 가까이 다가가 직접 보고 밝게 그리거나 하고, 산수와 하나가 되는 정신적 깊이를 갖출 수는 없었다. 畵題(화제)를 지어 문학과 미술이 만나게 하는 쪽과 까마득하게 멀어졌다. 모네가 만년에 산수화에 다가가다가 만 것도 그 때문이다. 강의 덕분에, 이런 생각을 할 수 있게 되어 기쁩니다.
조동일: 양쪽 그림을 다 보면, 누구나 할 수 있는 생각입니다.

· · · · · ·

## 3-8 망가진 모습

미술관 근처 나지막한 언덕바지에 앞이 형편없이 망가진 자동차가 한 대 있었다. 웅성거리는 인파를 헤치고 들어가 발견한 사실이다. 누가 운전을 잘못해 사고가 난 것 같았다. 얼마나 다쳤는지 염려되었다. 어쩔 수 없어 자리를 뜨려고 하다가 엉뚱한 생각을 했다.

앞이 형편없이 망가진 자동차가 미술관 전시실 좋은 장소에 당당하게 자리 잡고 있으면 대단한 작품이라고 할 수 있다. 기발한 착상으로 놀랄 만큼 참신한 작품을 제작했다는 찬사를 작가가 받을 수 있다. 큰 상의 수상자가 될 수 있다. 작품을 고가로 팔 수 있다. 소문을 듣고 몰려드는 관람객들은 감당하기 어려운 충격을 받고, 이해 부족을 자책할 수 있다.

미술작품인 것과 아닌 것의 차이는 무엇인가? 물건 자체로는 차이가 없다. 미술관에 있으면 미술작품이고, 바깥에 방치되어 있으면 미술작품이 아니다. 작가가 만들었으면 미술작품이고, 작가가 만들지 않았으면 미술작품이 아니다. 미술작품인 것과 아닌 것을 구별하는 다른 기준은 없다.

이게 말이 되는가? 이래도 되는가? 모두들 누르고 있는 분노를 나는 터뜨린다. 이것은 말이 되지 않는다. 이래서는 안 된다. 미술 창작을 한다는 작가가 면책 특권을 가지고 망가진 자동차 같은 것을 대단한 작품이라고 내놓는 사기행각을 벌인다. 세상을 마음껏 우롱하면서 금전을 갈취한다. 이런 줄 모르고, 국가가 우대해 막대한 세금으로 거창한 미술관을 지어 모신다.

미술은 각자의 창조주권을 자유롭게 발현할 수 있게 하는 것이 존재 의의이다. 어린아이가 그리고 싶은 그림을 그리고 싶은 대로 천진난만하게 그리는 자유를, 나이 들어서까지 누리고 싶은 소망을 누구나 가지고 있다. 철이 들었다는 이유로, 함부로 굴지 말고 규범을 따라야 한다면서,

하라는 일이나 성실하게 하라고 일러주면서, 천진난만한 그림을 다시 그리지 못하게 한다. 모든 사람의 소망을 미술가라는 무리가 깡그리 훔쳐가 행세하고, 돈을 버는 상품을 만든다.

미술가 가운데도 행세하지 못하는 무명씨, 굶어 죽을 지경인 가난뱅이가 얼마든지 있어 싸잡아 욕하는 것은 천만 부당하다. 이런 분들의 원한까지 가로맡아, 소수의 사기꾼이 잘못을 맡아 놓고 저지르는 것을 나무란다. 뛰어나게 잘 그린 것과는 거리가 먼 작품을 가지고, 사기술이 개재해 순수성이 파괴된 것은 숨기고, 세상을 속이고 이득을 취하는 무리를 규탄한다.

사기꾼에도 등급이 있으므로, 최상위자의 행각만 살펴보자. 탐욕스러운 화랑 주인과 한통속이 되어, 국물을 나누어 먹을까 하는 평론가들이 찬사를 바치게 한다. 뛰어난 처세술로 공공기관이나 국가를 움직여 거대한 미술관에 당당하게 입성해 좋은 자리를 차지한다. 그림값이 오르면 부동산 투기에서 볼 수 있는 사태가 벌어진다. 값이 오른다는 단 하나의 이유로 돈이 몰린다.

어느 부동산만 값이 올라 다른 부동산 소유자들이 직접적인 피해를 보는 것은 아니지만, 미술품은 그렇지 않다. 미술품 구입에 쓸 수 있는 돈이 한쪽에 몰려 대다수의 미술가는 굶어 죽을 지경이다. 미술을 보고 즐기려는 사람들이 우롱당하는 배신에서 벗어나지 못한다. 특별한 무엇으로 오인된 미술이 예사 사람은 창조주권을 발현할 생각도 하지 못하게 틀어막는다.

민주화가 잘 이루어지고 인권이 최대한 보장된다고 하는 시대에 이처럼 끔찍한 범죄가 활개를 치고 있다. 어느 나라만이 아니고 온 세계가 같은 운명이다. 범죄를 척결하고 운명을 돌려놓는 특단의 대책이 필요하다. 누구나 미술작품을 제작하고 전시할 수 있는 여건을 마련하는 것을 국가 시책으로 해야 한다. 미술가가 되어 살아가고자 하는 사람들의 최저

생계비를 지원해야 한다. 공공미술관에서 그 지방 미술가들의 작품을 구입하고, 미술품 투기는 부동산 투기와 같이 다루어야 한다.

모든 사람이 자기 삶을 가꾸기 위해 일상적으로 하는 미술활동을 최대한 평가해야 한다. 이것이 특단의 대책 가운데 가장 중요하고 결정적인 의의를 가진다. 창조주권을 대등하게 발현해야 대등사회일 수 있다. 이렇게 하는 데 미술이 가장 큰 기여를 아주 손쉽게 한다. 근대를 넘어선 다음 시대에는 모든 사람이 미술가여야 한다.

### ● 댓글과 답글

윤동재: 망가진 자동차를 갖다 놓고 미술품이라고 우겨도 그런가 하고, 변기를 거꾸로 세워 놓고 미술품이라고 우겨도 그런가 하는, 용기 없음과 무식함을 스스로 개탄하면서, 근대를 넘어선 다음 시대에는 참된 문화복지가 실현될 수 있도록 제 작은 힘도 보태고자 합니다. 좋은 말씀 감사드리고 용기를 내어 떨쳐 일어서겠습니다.

조동일: 세상을 바로잡는 문화의병이 일어나야 합니다.

이복규: 대등의 시대가 왜 와야 하는지 반증하는 사례들이군요.

조동일: 분개하는 마음이 있으면, 사기를 당하고 있지 말고 일어서야 합니다.

백두부: 공간에서 빛으로 살기 때문에 사람은 누구나 미술가, 말을 하고 움직이기 때문에 사람은 누구나 가수요 춤꾼, 지혜롭게 자기 삶을 가꿔야 하므로 사람은 누구나 학자, 선생님 강의로 창조주권 발현이 새로운 시대의 화두로 날개짓을 합니다.

조동일: 새로운 세상을 이룩하기 위해 누구나 나서야 합니다.

임재해: "미술품 투기는 부동산 투기와 같이 다루어야 한다." 가장 쉬운 논리로 가장 심각한 난제를 해결하는 명쾌한 지침을 제시했다. "다음 시대에는 모든 사람이 미술가여야 한다." 창조주권론을 가장 단순한 문장으로 가장 설득력 있게 설명했다. 미술가로 거듭나고 싶다.

조동일: 창조주권의 대등한 발현이 미술에서 가장 분명하게 이루어지도록 해야 한다. 이것을 방해하는 사기, 궤변, 음모, 술책 따위를 모두 제거해야 한다.

현금석: 이 강의는 지금까지 별의별 장난으로 세상을 속이고 자기 자신을 기만해온 미술가와 미술 관계자들을 매섭게 질타하고 있다. 허나 설파의 분노는 사납지 않고 잔잔하며 매몰차지 않고 따뜻하다. 왜인가? 천하 만민의 창조주권 발현을 고무하고 새로운 시대를 열고자 하는 공심의 발로이기 때문이다. 이 강의는 사람이면 누구든 삶의 즐거움을 맘껏 누리고 모두 함께 아름다운 세상을 이루고자 하는 염원과 소망을 담고 있는 예술 선언이다. 인간의 구원은 기존 종교에만 맡길 수 없다. 설파의 예술 선언은 예술창조교라는 새로운 종교의 출현을 알리는 통찰이요, 복음이라고, 나는 생각한다.

조동일: 예술은 사제자에 의거하지도 않고, 피안으로 가지도 않고, 누구나 자신을 지금 당장 구원할 수 있는 종교 아닌 종교라고 할 수 있다.

박영미: 배우 유아인의 집이 공개되어 부엌 뒤에 변기 그림이 있길래 어? 라는 생각이 들었습니다. 부동산 투기와 미술품 투기를 같은 것으로 생각하고, 한쪽으로 몰리는 돈을 다른 미술가들에게 생계지원으로 돌려야 한다는 말씀에 수긍이 갑니다. 미술품을 투기로 사는 사람들은 미술을 보는 눈이 없는 것 같습니다.

조동일: 말썽이 일어나 값이 오를 물건이 투기의 대상이 되어, 교환가

치가 사용가치와 엄청난 차이가 있습니다.

● ● ● ● ● ●


### 3-9 어디까지 가는가?

문학에서도 무슨 말인지 모르는 것을, 음악에서도 소음에 가까운 것을 내놓고 새로운 유행 사조를 만들겠다고 떠들어댄 것을 기억한다. 떠드는 소리가 줄어들더니, 이런 것들이 슬그머니 자취를 감추었다. 읽을 만한 문학 작품, 들을 만한 연주회가 되살아났다.

미술은 그렇지 않다. 미술이 망가지게 하는 가짜 미술이 무슨 말인지 모를 문학, 소음에 가까운 음악과 함께 한 패거리가 되어 출현하고서, 동행자들의 후퇴를 따르지 않고 홀로 앞으로 나간다. 볼만한 미술로 되돌아가지 않고 더욱 극성스럽게 나대, 망가지는 정도가 더 심해진다. 이것이 무슨 까닭인가?

문학과 음악은 다수가 먹여 살린다. 책을 사보는 독자, 음악회에 가고 음반을 사는 애호가가 좋아하는 창작을 해야 한다. 미술은 관람객이 내는 돈은 무시해도 될 정도이고, 작품 덩어리를 사가는 특정인에게 의존한다. 특정인이 작품을 선택하는 기준이 사용가치에서 교환가치로 바뀌면서 망가진 미술이 더 망가진다. 그 내력을 알고자 하면 자세한 진단이 필요하다.

처음에는 미술을 망치는 장난이 장외에서 더러 있었다. 변기를 갖다 놓고 작품이라고 하는 것 같은 파렴치한 짓이 자행되어 말썽을 일으키나 했다. 좋아서 보고 즐기는 사용가치는 없는 것이 말썽을 일으켜 관심의 대상이 되면, 사용가치와 정반대인 교환가치가 생겨나고 커진다. 사용가치가 － 로 극대화하는 것만큼 교환가치가 ＋로 극대화하는, 자본주의 시장경제의 미술이 나타난다.

관심의 대상으로 등장한 물건을 사용가치의 가격으로 구입해 교환가치를 차지하는 것은 엄청난 이익을 얻는 투자이다. 시장경제의 미술을 정확하게 꿰뚫어 보고 약삭빠른 계산이 이런 수준인 구매자 덕분에 미술시장에 들어선 가짜 미술이, 진짜를 몰아낼 지경이다. 값이 오른다는 이유만으로 사겠다는 사람들이 몰려드는 투기가 여기서도 나타난다.

나라를 다스리는 정치인은 민심의 동향을 주목하면서 적절하게 개입해 인기를 끌고자 한다. 투기가 사회문제로 부각되면 두고 보지 않고 나선다. 시선이 집중되는 곳에 들어서서 관심을 나누어 가지고 더 만들어내는 것이 인기를 키우는 비결이다. 어떤 투기인가에 따라 이렇게 하는 방법을 다르게 하는 것이 더 큰 비결이다.

부동산 투기를 진정시켜 많은 사람이 손해를 보지 않게 하는 것은 평가할 만한 개입이지만, 인기를 조금만 키운다. 미술품 투기에서는 대처 방법을 정반대로 하는 것이 인기를 크게 키우는 비결임을 노련한 정치인은 잘 알고 있다. 투기꾼들보다 더 많은 돈을 국가 예산에서 지출해 가짜 미술품을 사들이는 파격적인 결단을 내리고, 거대한 미술관을 지어 제왕처럼 모시면 온 세상이 크게 놀란다.

미국은 미술이 미술이던 시절에는 뒤로 물러나 있다가, 시대가 달라지자 때는 왔다고 앞으로 나섰다. 미술이 아닌 미술, 망가진 미술, 가짜 미술을 제왕처럼 모시는 미술관을 만드는 데 앞장서서 위세를 자랑한다. 국정을 담당하는 정치인이 자랑스럽게 하는 사업에 재벌들이 끼어들었다. 재산을 사회에 환원한다고 나서는 재벌들이 있어, 가짜 미술을 투기가 아닌 공익사업을 한다면서 대량으로 구입하고, 엄청난 미술관을 만들어 전시해 감탄을 자아낸다. 감탄이 칭송으로 바뀌어, 정치인이 생색을 내는 것을 다소 무색하게 한다.

온 세계의 많은 나라가 그 뒤를 따르려고 망가진 미술을 우상으로 섬기는 풍조를 수입하고 있으나, 많이 모자란다. 정부는 역부족이고, 재벌이

드세지 않아 어쩔 수 없다. 중국은 다르다. 미국과의 패권 경쟁을 화끈하게 하는 중국 정부는 특단의 대책을 확고하게 세웠다. 여러모로 유리한 조건이 있어 미국을 무색하게 할 수 있다.

재벌이 끼어들지 않아 통수권이 분명하다. 세금으로 거둔 돈이 아닌 국가가 스스로 번 돈을 쓰니 국민에게 물어볼 필요가 없다. 국내의 인기가 아닌 대외적인 과시를 목적으로 한다. 미국보다 더 크고 많은 미술관을 세우고, 질은 나쁠수록 좋은 가짜 미술품을 마구 제작해 가득 채워 넣으라고 인력이 넘치는 것만큼 생산력이 왕성해야 하는 미술인들에게 요구한다. 그런 줄 미처 모르고 있던 나는 인류문명의 소중한 유산인 산수화를 보려고 중국에 갔다가, 아무리 찾아도 전시하는 곳이 없어 하늘이 무너진 것 같은 충격을 받았다.

미국과 중국의 패권 경쟁이 지나쳐 누가 인류문명을 더 망치는가 하는 것으로 치닫고 있다. 강대국은 만인의 가해자이고, 패권주의는 불행의 원인임을 뼈저리게 확인하도록 한다. 가해나 불행에서 벗어나, 누구나 창조주권을 자유롭게 발현하는 행복을 함께 누리는 것이 어떻게 하면 가능한가? 절통하게 부르짖지 않을 수 없다. 다음 시대의 대등사회는 달라지리라고 기대하고 희망을 가지자.

본연의 창조주권을 그대로 두고 발현하면 누구나 최상의 그림을 그릴 수 있다. 어린아이들이 그리는 그림은 모두 명화여서 이 점을 분명하게 입증한다. 미술이 무엇인지 알지 못하고 일상생활에서 창조주권을 발현하는 예사 사람들이 얼마든지 있었다. 집을 짓고 꾸미며, 베를 짜서 의복을 만들며, 생활 용구를 장만하는 것이 모두 미술일 수 있었다. 이런 창조물이 오늘날에 가까운 시기에 올수록 줄어들었지만 아주 없어지지는 않았다. 세상이 밑바닥까지 잘못될 수는 없다.

역병을 피하면 될 것은 아니고 맞서서 퇴치해야 한다. 내가 지닌 미술 창조주권을 최대한 발현해 즐거움을 누리면서 세상을 바로잡는 데 기여하고자 한다. 미술의 창조주권을 일제히 살리자. 이 깃발을 들고 일어난다. 의병의 투쟁을 전개하면서 동지를 널리 모은다.

※ 댓글과 답글

이복규: 가짜 미술 청산 의병 모집. 지원합니다.
조동일: 의병이 아주 많아야 세상이 달라집니다.

박영미: 좋아서 보고 즐기는 사용가치가 마이너스로 극대화하면, 팔아서 돈을 버는 교환가치가 플러스로 극대화하는 것이 자본주의 시장경제의 미술이다. 이런 비정상을 바로잡으려면 누구나 본연의 창조주권을 그대로 발현해 자기 나름대로 최상의 그림을 그려야 한다는 말에 깊이 공감합니다.
조동일: 교환가치가 최상위의 그림에는 없는 진실성을 자기 그림은 지니고 있는 것을 자랑으로 삼아야 합니다.

현금석: 방탄소년단이 각종 음악상을 휩쓸고 세계 각국 젊은이한테 폭발적인 인기를 끌어도, 봉준호가 국제 유수 영화상을 받고 흥행 대박을 터뜨려도, 세계사의 진로를 개척하는 것은 아니다. 세계사의 진로 개척은 화려한 외양이나 과도한 인기와는 오히려 거리가 멀다. 숨겨진 것보다 잘 보이는 것은 없고, 미세한 것보다 잘 드러나는 것은 없다.(莫見乎隱, 莫顯乎微) 지금 이 순간, 세계사의 혁명이 소리 없이 꾸준히 진행 중이다. 그곳이 어딘가? 설파 작업실이다.
조동일: 그 작업을 혼자 하지 않는다. 여기저기서 자기 일을 하면서 드러나기도 하고 드러나지 않기도 하는 동지가 날로 늘어나 큰 힘이 된다.

● ● ● ● ● ●

## 3-10 내 그림

나는 내 나름대로 그림을 그려 화집을 둘 냈다. 어떤 그림인지 화집 머리말에서 말했다. 《山山水水》(산산수수)라 한 화집 머리말의 일부를 먼저 든다. 다음에는 둘째 화집 《老巨樹展》(노거수전)을 위해 써둔 말을 든다.

예술의 본질은 소통이다. 예술에서 하는 소통은 특정의 용건에서 벗어나고 이해관계를 넘어선다. 의식의 깊은 층위에까지 이르는 절실한 소통을 널리 확산해 즐거움을 누리도록 하니 예술이 소중하다. 그러면서 소통하는 방식은 예술 갈래에 따라 다르다. 미술은 언어의 장벽을 넘어서서 시각적인 조형물을 만들어낸다. 시간은 배제하고 공간만 사용한다.

미술에서는 그리는 대상끼리의 소통, 그리는 대상과 그리는 사람의 소통, 그려놓은 작품과 보는 사람의 소통, 그린 사람과 보는 사람의 소통, 보는 사람들끼리의 소통이 시차를 두지 않고 한꺼번에 이루어진다. 이처럼 다면적인 소통에 즉시 동참하는 감격을 누리도록 한다. 언어의 장벽이나 문화의 차이를 넘어서서 소통을 함께 경험할 수 있게 한다.

그런데 오늘날의 미술 창작은 세계 어디서든지 소통에 차질이 생긴 것들이 많아 실망스럽고, 경향이 혼미해 어떻게 하면 잘한다고 말하기 어렵다. 비전문가 창작은 장외의 특권이 있어 유행을 따르지 않는 자유를 누리면서 전환에 앞설 수 있다. 편벽되고 기이한 것들을 조작해 시선을 끌려고 하지 않고 소통을 정상화하는 큰길을 열고자 한다.

미술이 자연을 무시하고, 자연과 결별한 것이 가장 큰 잘못이다. 자연 파괴가 개발이고 발전이라는 낡은 사고방식에서 벗어나, 자연을 존중하고 자연과의 소통을 회복해야 오늘날 인류가 겪고 있는 갖가지 불행을 치유할 수 있다. 자연을 그리는 대상으로 삼기만 하면 소통이 이루어지는 것은 아니다. 자연의 경치가 흥취이고 이치임을 그림을 그려 나타내는 오랜 전통을 되살려야 한다. 흥취를 함께 누리고, 공통된 이치를 체현하는 경지에까지 이르러야 한다.

이렇게 설정한 목표를 내 나름대로 달성하려고 오래 누적된 갖가지 관습을 과감하게 깨는 그림을 그린다. 먹과 과슈 물감을 함께 사용해, 수묵화와 채색화, 동양화와 서양화의 구분을 넘어선다. 관념산수화와 진경산수화가 하나이게 한다. 고인의 그림을 오늘날 방식으로 다시 그리기도 한다. 수채화처럼 보이기도 하고 유화 같기도 한 중간물을 내놓는다. 그림과 글, 미술과 문학의 소통을 위한 지혜를 이어받으려고 畫題(화제)를 한문 四字成語(사자성어)로 써서 天下同文(천하동문)의 여러 나라 많은 벗에게 보이고자 한다.

사자성어 3백 개 가운데 "山山水水"(산산수수)를 골라내 책 이름으로 삼는다. 이 말은 여러 겹의 뜻을 지닌다. 산과 물을 많이 그려 山山水水이다. 산수화를 이어받아 山山水水이다. 산은 산이고 물은 물이어서 山山水水이다. 산과 산, 물과 물, 산과 물, 물과 산의 生克(생극) 관계가 山山水水이다.

나무는 자연이면서 생명이다. 하늘·산·물과 어울리는 자연이면서, 조충·짐승·사람과 그리 다르지 않은 생명이다. 자연과 생명이 둘이면서 하나임을 말해주는 접합점이 나무이다. 나무를 그리면 자연이 생명이고 생명이 자연임을 확인할 수 있다. 존재의 핵심, 이치의 궁극에 이른다.

나무는 모두 같으면서 종류마다 개체마다, 개체의 부분마다 각기 다르다. 一卽多(일즉다)이면서 多卽一(다즉일)이어서, 조화로운 변화를 아름다움으로 삼는 조형감각의 극치를 보여준다. 계절에 따라, 연륜과 함께 모습을 바꾸어, 공간과 시간의 맞물림을 깨닫게 한다. 森羅萬象(삼라만상)을 다 보지 않고도 알 수 있게 하는 曼陀羅(만다라)가 나무이다.

나무는 생명이어서 生老病死(생노병사)를 겪는다. 삶이 괴로움임을 알려주고, 괴로움이 즐거움임을 말해준다. 삶의 즐거움만 추구하다가 좌절하는 사람들에게, 老病死(노병사)에 대처하는 지혜를 가르쳐준다. 나무를 스승으로 삼고 가까이 다가가 오래 공부하면 깨달음을 얻을 수 있다. 釋迦(석가)가 보리수 아래에서 득도해 보리수의 가르침을 전한 전례를 우리도 따를 수 있다.

나무는 죽음이 가까울수록 더욱 위대해진다. 우람한 모습을 자랑하는 老巨樹(노거수)가 나무 가운데 으뜸이다. 젊음이나 뽐내다 마는 조충·짐승·사람이 병들고 죽으면 악취가 나지만, 고목은 오랜 세월과 함께 속이 파이고 겉이 갈라지고 가지가 꺾인 모습을 격조 높은 아름다움으로 삼고, 썩으면서도 기이한 향기를 낸다. 존재의 핵심, 이치의 궁극을 깨달아 지혜로 삼기 때문이다.

여기서 미술사를 바꾸어놓는 시발점을 탐색한다. 나무를 사람 그림의 흐릿한 배경으로나 삼고 멀리 밀어내는 화풍이 일세를 풍미하는 잘못을 제어하고자 한다. 사람 그림이라야 그림이라는 편견을 나무 그림으로 시정해, 잃어버린 자연을 되찾고 원초적인 생명에 동참하는 길을 발견한다. 사람이 어떻게 살아야 하는지, 마음을 비우고 나무에게 묻는 그림을 그린다.

老巨樹의 지혜를 본받을 수 있는 방법을 찾는다. 아무도 없고 새 한 마리도 날지 않아 안팎이 열려 있는 그림을 누구나 내 고향이라고 여기고 쉽게 들어갈 수 있게 한다. 나무 가까이 다가가 나무와 하나가 되면, 宿世(숙세)의 소망인 大悟覺醒(대오각성)이 어떤 경지인지 짐작은 할 수 있으리라.

● 댓글과 답글

윤동재: 예술의 본질은 소통, 그 소통에 동참하는 감격을 저도 누리고 싶습니다. 나무에게 물으면 나무가 지혜를 일깨워주고, 그림에게 물으면

그림이 지혜를 일깨워주는데, 아직 묻지 않았던 게 잘못이네요. 시차와 문화의 차이, 언어 장벽을 모두 넘어서서 그림을 통해 소통을 경험할 수 있도록 길을 열어주셔서 감사드립니다.

조동일: 예술의 소통에 동참하는 감격을 누리면, 소통을 확대하고 새롭게 해서 보답해야 합니다. 소통하는 매체는 취향이나 능력에 따라 바꾸어도 되지만, 감격의 폭과 깊이는 줄이지 말아야 합니다.


현금석: 코로나 유행으로 집안에 머무는 시간이 많아졌습니다. 비행기 타고 해외 나들이를 하지 않아도, 조동일문화대학에 들어오면 힘이 솟고 흥이 납니다. 선생님의 쾌활한 기운을 접하면 몸이 뜨끈뜨근해지고 의욕이 솟구치니, 이것을 신명풀이라 할 수 있겠지요. 노거수에만 향기가 있는 것은 아닙니다. 노거수 그림에도, 노거수 발문에도 향기가 있습니다. 그리고 조동일문화대학에도 향기가 넘칩니다.

조동일: 수명을 다하고 쓰러져 누워 썩어가면서도 향기를 전해주는 노거수의 높은 경지를, 존경하기만 하고 따르지는 못합니다.


임재해: 《산산수수》에서 산과 물을 말하더니, 《노거수전》에서는 나무를 말했다. 나무를 사람과 견주어 말하면서 사람보다 우월한 점을 설득력 있게 포착했다. 특히 나무는 "삼라만상을 다 보지 않고도 알 수 있게 하는 만다라"라고 한 대목이 압권이다. 사람은 죽어서 악취를 내지만 나무는 죽어서도 향기를 낸다는 사실은 평범한 현상인데도, 나무의 생명을 재인식하게 하는 충격을 준다.

조동일: 사람이 우월하다는 착각을 거창한 말로 부추기는 사이비 철학을 물리쳐야 한다. 이런 마귀의 꼬임에 빠져 무식꾼으로 전락한 불운을 타개하려면, 나무를 스승으로 삼고 공부를 처음부터 다시 해야 한다.

## 3-11 누가 이인인가?

세상의 이치를 깊이 알고 닥쳐올 재앙을 막을 수 있는 사람을 異人(이인)이라고 한다. 구전되는 이인 이야기는 이인이 얼마나 대단한지 말해준다고 하면서 이인을 대단하게 여기지 않는 민중의 지혜를 조금 드러내 알려준다. 창조주권의 상하 등급이 역전되는 비밀을 엿볼 수 있게 한다.

李之菡(이지함)은 이름난 이인이다. 움막에서 살고 있어, 호를 土亭(토정)이라고 했다. 무위도식하는 삼촌이 있어, 돌아다니며 운수를 보아주고 밥술이나 얻어먹게 하려고 비결 책을 하나 만들어 주었다. 그것이 《土亭祕訣》(토정비결)이다. 너무 적중해 탈이어서 몇 군데 틀리게 고쳐 놓았다고 한다.

토정이 살펴보고, 당진 어디쯤 바다가 밀려와 물에 잠길 것 같다고 했다. 그래도 주민들은 별로 믿지 않았다. 토정은 날짜와 시간을 기다리면서 물가에서 하루 묵었다. 소금장사 한 사람이 나타나 한방에서 투숙을 하게 되었다. 토정은 시간이 곧 될 것을 예상하고 문을 열었다 닫았다 해가며 들락날락 노심초사했다. 소금장사가 아랫목에서 노상 쿨쿨 자는 것을 보고, "당신 일어나서 피신 준비를 해야지, 잠만 자면 어떻게 하느냐?"라고 했다. 그러니까 소금장사는 "아직 시간이 멀었어."라고 했다.

얼마 있다가 소금장사가 일어나 말했다. "아, 이제 시간이 됐으니 피신해야겠다." 소금장사가 소금 짐을 지고 산에 올라가는 것을 보고 토정도 따라갔다. 소금장사는 그 중간 자리에 가다가 "여기면 된다" 하고 작대기로 선을 그었다. 물이 거기까지만 들어왔다고 한다. 삽교천을 막은 그곳이 전부 육지였는데, 그때 물이 들어왔다. 지금은 삽교천 제방을 막아 육지가 되었다.

토정이 아산 원님으로 있을 때 읍내 뒷산에 아전을 데리고 순찰을 나갔다. 순찰을 다니다가 금덩어리가 있는 것을 알아보고 아전에게 말했다. 그러자 아전은 욕심이 생겼다. 토정은 늘 지네 생즙을 먹고, 생밤으로 해독을 했다. 그 아전이 그 금에 욕심이 나서, 미루나무를 깎아 생률처럼 만든 것을 올렸다. 해독할 수 있는 시간이 지나 토정이 죽고 말았다.

이런 이야기는 여러 층위의 의미를 지닌다. 유식 위에 무식이 있다고 하는 데다 더 보태, 존귀하고 미천하고, 유명이고 무명인 차별도 전복시켰다. 무엇이든 다 안다고 자부하는 토정이 자기보다 더 아는 소금장사를 만나보고도 반성하지 않고 화를 당한 것을 보고 교훈을 찾게 한다.

《토정비결》을 조금 고친 것은 세상을 두려워할 줄 아는 처신이어서 다행이다. 지네 즙을 먹고, 금덩어리를 알아보고 하는 것은 지나친 짓이어서 죽음을 자초했다. 자기가 죽게 되는 것을 모르는 이인은 이인이 아니다. 과신과 허명을 경계해야 한다고 준엄하게 일러준다.

그 소금장사가 토정 수준을 크게 넘어서는 진정한 이인이다. 이름도 행적도 감추고 사는 미천한 사람들 가운데 진정한 이인이 있다. 어떤 평가도 기대하지 않고, 자기를 알아주지 않는 것을 조금도 불만으로 여기지 않고 밑바닥의 삶에 충실한 것이 마땅한 자세이고 방법이다. 입산수도를 한 것 이상으로 좋은 계기에, 신이한 스승을 만나 천서天書를 받았다고 하는 것보다 더 큰 비약을 이룩한다. 남몰래 도를 닦는 진정한 이인은 소금장사 같은 일을 하며 만백성의 한 사람으로 살아가면서 크게 기여할 수 있는 날을 기다린다.

바다가 어느 시각에 어디까지 밀고 들어오는지 알려준 것은 작은 기여이다. 큰 기여는 어떤 것인가? 이야기를 전하는 사람이 말한다. 바로 그 소금장사를 栗谷(율곡) 李珥(이이)가 만나보고 나라에 천거한 적이 있다고 한다. 임진왜란이 닥쳤을 때 그 소금장사를 등용해 관군의 지휘를 맡겼더라면, 전란이 며칠 안에 끝날 수 있었다고 하면서 못내 안타까워한다.

상상이 지나친가? 상상이 지나친 것은 기대가 너무 크기 때문이다. 민중의 창조주권은 제약이나 제한을 용납하지 않는다.

● 댓글과 답글

박영미: 사람은 누구나 소금장수와 같은 지혜, 창조주권을 지니고 있다. 이인은 따로 있는 것이 아니다. 진정한 이인은 소금장수처럼 알아주기를 바라지 않고 밑바닥 삶에 충실하면서 큰 비약을 이룰 수 있다. 이런 이야기는 재미있고, 맛없으며 역한 지네 생즙을 먹으며 생밤으로 해독하는 것은 과한 일입니다.

조동일: 아래로 자연스럽게 미끄러져 내려가면 올라갈 탄력이 생깁니다. 위로 기이한 방법을 사용해 무리하게 오르면 추락하고 맙니다.

윤동재: 이지함이 훌륭한 줄 알고 있다가, 더 훌륭한 소금장사가 있다는 것을 알았습니다. 소금장사를 하면 누구나 훌륭해지는가? 누구에게나 지혜가 있다는데, 그 지혜를 스스로 알지 못하고 남들도 알지 못하고 넘어가고 있으니, 참!

조동일: 자기가 부자인 줄 몰라 구걸하러 다닙니다.

임재해: 토정과 소금장수를 견주어, 지체가 미천하고 본색을 드러내지 않을수록 더욱 탁월한 이인이라는 이야기인데, 세상의 가치 기준을 전복하는 충격을 준다.

조동일: 번드레한 겉에 속아 지내다가, 알찬 속을 알아보고 받는 충격이다. 우열 역전은 당연한 이치인 것까지 알아내면 충격의 차원이 높아진다.

● ● ● ● ● ●

## 3-12 편지 글의 감동

옛적 사람들은 편지를 쓰는 것을 소중한 일로 삼았다. 우편제도가 없어 인편에 전해야 하는 편지를 정성들여 쓰면서 깊은 마음을 담았다. 편지글이 평생 자랑스럽게 여기는 대단한 작품이다. 편지로 문학 창조주권을 온전하게 발현했다. 전화로 안부를 주고받고, 인터넷의 이메일로 간단한 용건을 전하는 오늘날 사람들은 무엇을 잃었는지 모른다.

편지를 쓰는 모든 사람이 작가이고, 편지는 어느 것이나 작품이다. 쓴것을 베껴놓고 보냈다. 남자들이 쓴 한문 편지는 모아두었다가 문집에 수록했다. 여자들이 국문으로 쓴 편지는 소중하게 간직했다가 무덤에 넣어달라고 했다. 받은 편지도 함께 넣어달라고 해서 소통의 전모를 저승까지 가져갔다. 무덤을 이장하다가 썩지 않고 남아 있는 편지 다발이 이승으로 되돌아와, 시간의 경과를 넘어서서 놀라운 소식을 전한다. 그 주인인 여성은 성만 있어 남편 이름으로 신원을 확인해야 하지만, 편지가 얼마나 위대한 문학인지 만천하에 알려, 오늘날 행세한다는 작가들이 무식이 지나치지 않다면 무색하지 않을 수 없게 한다.

蔡無易(채무이, 1537-1594)의 아내 順天金氏(순천김씨)의 무덤에서 발견된 편지다발은 백여 쪽이나 된다. 채무이는 생원시를 거쳐 6품 관직에 나아간 사람이다. 순천김씨는 채무이의 후처가 되었다가 임진왜란 전에 40대쯤 병사했다. 순천김씨가 받은 편지와 간직하고 있던 편지를 무덤에 넣었다. 연대는 가장 오랜 것이 1569년(선조 2)이다.

편지를 써 보낸 사람은 남편, 친정의 어머니와 아버지이다. 장모가 사위에게 보낸 편지는 간직하고 있던 것이다. 남편이 아내가 읽으라고 쓴 편지는 "하게" 형의 다정한 말투를 사용했다. 노경의 어머니가 앓고 있는 딸에게 써서 보낸 사연이 특히 애절하다. 가족끼리의 정다운 말을 주고받은 언어 사용 양상을 다각도로 파악할 수 있는 자료이다.

安敏學(안민학, 1542-1601)은 유학에 힘쓰고 천거를 받아 벼슬길에 나아갔던 사람이며, 한문학의 작가로도 다소 알려져 있다. 그런데 1576년(선조 9)에 부인 곽씨가 세상을 떠나자 국문으로 제문을 지어 입관할 때 넣었던 것이 발견되었다. 어려운 시절에 부인이 자기에게 시집을 와서 시어머니를 모시고 고생을 하며 지내던 일을 회고하고, 부부의 정을 마음껏 펴지 못한 것을 한탄하면서, 죽어 이별을 하게 된 서러움을 하소연하는 사연이 절실하다. 남자의 글이지만 부녀자들의 문체를 따랐으리라고 생각된다.

경상북도 고령군 현풍에서 郭澍(곽주, 1569-1617)의 처 晋州河氏(진주하씨)의 무덤을 이장할 때 발견된 언간은 149통이나 된다. 1602년(선조 35)에 곽주가 장모에게 써보낸 편지에서 시작해서, 1646년(인조 24)에 넷째 아들 亨昌(형창)이 어머니 하씨에게 보낸 편지에 이르기까지 40여 년 동안 그 집안에서 오고간 편지를 고스란히 간직하고 있다가 무덤에 넣었다. 발신자와 수신자의 관계가 다양하고, 편지 종류가 문안지, 平信(평신), 사돈지, 慰狀(위장), 賀狀(하장) 등으로 다양하게 갖추어져 언간 연구의 좋은 자료가 된다.

곽주가 1612년(광해군 4)에 장모에게 보낸 문안지를 하나 보자. 심부름 시킬 종이 없어 편지를 보내지 못한 사연을 말하고, 자식들이 갔으니 언문을 가르쳐달라고 하기도 하고, 자기도 모심기하고 타작하면 가서 뵙겠다고 했다. 장모와 사위가 아주 가깝게 지낸 것을 확인할 수 있으며, 편지하고, 아이들에게 글 가르치고, 농사짓고 하는 생활방식이 드러난다.

경북 안동의 옛 무덤에서는 더욱 놀라운 것이 발견되었다. 李應泰(이응태, 1556-1586)가 세상을 떠났을 때 아내가 써서 남편의 무덤에 넣은 것을 근래 이장을 하다가 찾아내게 되었다. 남편에 대한 그리움을 말하는 듯이 나타낸 사랑의 편지여서 놀랍다.

"자내 샹해 날드려 닐오디 둘히 머리 셰도록 사다가 흠씌 죽쟈 ᄒ시더니 엇디ㅎ야 나를 두고 자내 먼져 가신ㄴ"(자내 늘 내게 이르기를 둘이 머리 희도록 살다가 함께 죽자 하시더니, 나를 두고 자내 먼저 가시는)고 하면서 탄식하고, 평소에 "늠도 우리 ㄱ티 서로 어엿쎄 녀겨 ᄉ랑ᄒ리는고"(남도 우리 같이 서로 어여삐 여겨 사랑하려는가)라고 한 것을 잊을 수 없다고 했다. "자내"는 "자네"이다. 아내가 남편을 그렇게 불러 부부가 평등한 관계를 가졌다. "사랑"이라는 말을 오늘날과 같은 뜻으로 썼다.

안동에 가면 대로변 좋은 곳에, 이 편지를 쓴 여성을 아이 이름을 따라 '원이엄마'라고 하고 동상을 세워놓았다. 편지도 전문을 볼 수 있게 새겨 놓았다. 근처에 기념 공원도 만들어놓았다. 러시아에서 푸슈킨(Pushkin) 동상을 세워놓고 숭앙하는 것과 대등한 의의를 가진다.

◉ 댓글과 답글

이복규: 한글 제문은 기도문이라고만 생각했는데, 선생님 강의 들으니 편지이기도 하군요.

조동일: 기도문보다 편지의 성격이, 한문 제문에서보다 한글 제문에서 더욱 두드러집니다. 문어와 구어가 다르기 때문입니다.

박영미: 편지를 일본에서는 和歌(와카)가 들어있어, 한국에서는 절절한 마음을 담아 문학이라고 하네요.

조동일: 서정에 치중하는 문학관과 교술도 소중하게 여기는 문학관의 차이를 엿볼 수 있네요.

임재해: 문학에서 소외되었던 편지글을 비로소 문학의 반열에 올려놓으면서, 누구든지 문학 창작주권을 발현한 긴요한 사례로 삼았다. 편지를 써서 보내기 전에 복사본을 반드시 남겨 놓아서 받은 편지는 물론 보낸 편지까지 모두 모아두었을 뿐 아니라, 모은 편지를 무덤에 함께 묻어서

저승까지 소통의 사연을 가져갈 수 있도록 한 것은 요즘 사람들이 상상조차 하기 어려운 소통문화이자 문학문화라 할 수 있다. 편지가 사연을 담은 인정의 소식이라면, 이 강의는 창조적 소통문화를 담은 놀라운 창조론의 소식이다.

조동일: 소중한 전통을 잃고 창조주권을 위축시킨 오늘날 사람들은 부끄러워해야 한다. 부끄러움을 모르면 가망이 없다.

● ● ● ● ● ●

### 3-13 규방가사의 교훈

규방가사는 어머니가 가져오신 우리 집안의 보물이다. 어머니는 경북 영주군 문수면 권선리 고랑골에서 생장하고, 아버지와 혼인해 영양군 일월면 주곡리 주실로 오셨다. 규방가사를 탐독했으며, 〈漢陽歌〉(한양가) 베낀 것을 소중하게 간직했다.

〈한양가〉 또는 〈한양오백년가〉는 경북 군위 사람인 것만 가까스로 알려진 司空橓(사공수)가 1913년에 지은 것으로 확인된다. 조선왕조 창건에서 나라가 망하기까지의 경과를 통렬한 심정으로 되돌아보면서 자세한 내용을 갖추어 장편을 이루었다. 집을 떠나 유랑하는 신세가 되어 외로이 과세를 할 때 이 노래를 지었다고 하고, 조선왕조에 대한 기대와 실망을 함께 나타냈다. 아들은 학교에서 일본 역사만 배워 정신이 혼미해질 위험에 노출되어 있을 때, 집에 남아 언문이나 익히는 딸은 이 작품을 교과서로 삼아 국사 공부를 착실하게 할 수 있었다.

어머니의 그 가사는 혼자 베끼지 않고, 천 명을 목표로 하고 많은 사람에게 부탁해 필적을 추가한 것이다. 그래야 복을 많이 받는다는 믿음이 있었다고 하셨다. 복은 나누어야 커진다고 한 것인가? 식민지 통치를 받던 어두운 시기에 조국의 역사를 망각하지 않도록 하는 교본인 그 가사를 누구나 소중하게 여기자고 한 것인가?

어머니가 〈한양가〉를 가끔 꺼내 보고 감회에 젖고, 낭랑한 음성으로 낭송하기도 한 것이 기억의 깊은 층위에 자리 잡고 있다. 어머니는 좋아하는 가사가 많았다. 그 가운데 특기할 만한 것이 〈시골 색시 설운 사정〉이다. 〈시골 색시 설운 타령〉이라고도 하는 이 작품이 어떤 작품인지 어머니에게서 들어 알고 있었다. 국문학자가 되어 한국문학사를 쓰면서 이 작품을 열심히 읽고, 내력을 힘 자라는 대로 캐고, 적극적으로 평가를 했다.

영덕에서 태어나 그 고장의 다른 마을로 출가한 英陽南氏(영양남씨)가 지은 것은 알아냈으나, 작자 이름은 밝히지 못했다. 버림받은 구여성의 처절한 심정을 하소연한 가사여서, 널리 공감을 얻어 경북 북부 지방 일대에서 애독되는 동안에 제목마저 일정하지 않게 되었다.

네 계절의 변화에 따라 작품을 구성하고, 세상일과 자기 마음이 계속 어긋나는 고독감을 절실하게 묘사한 솜씨가 뛰어나 꼭 같은 처지가 아닌 독자라도 깊이 공감할 만한 걸작이다. 남편을 다시 만날 것을 기다리며 긴긴 봄날 그리움을 달랬는데, 여름방학에 집으로 돌아와서 말 한 마디 붙여볼 겨를을 주지 않고 잠만 자더니, 이튿날 느닷없이 이혼을 하겠다고 선언했다.

몇 대목을 들어보자. "춘풍도리 꽃 필 때와 추우음풍 잎 질 때에 눈물로 벗을 삼아" 아픈 가슴 삭여온 것은 몇 해만 더 기다려 남편이 학교를 졸업하면 따뜻한 가정을 이루리라는 기대 때문이었다. 그런데 "내 가슴이 그리던 꿈이" 아침 풀의 이슬이 되고, "뜻 아니게 오월비상"을 품게 되었다고 했다. "나도 어려 남과 같이 학교 가서 배웠으면 이런 변고 없을 것을 후회한들 쓸 곳 있나" 하며 가을을 지나노라니 서러움만 깊다고 했다.

겨울이 되자 죽음밖에 길이 없다면서 결단을 내리려 하다가, "앵두 같은 젖꼭지를 아기 한번 못 물리고 청춘에 죽자 하니 그것도 또한 못할 일"이라고 했다. 친정어머니보다 먼저 떠날 수도 없다고 했다. 이러지도 못하고 저러지도 못한 상태에서 님을 다시 생각하는 마음을 다음과 같이 술회했다.

죽기도 어려워라, 살기도 괴로워라.
사세는 양난이라 이 일을 어찌 하노?
황천도 무심하다. 반짝이는 작은 별아,
나의 일을 멀리멀리 우리 님께 말하여라.
님도 역시 사람이라 눈물 있는 님이시고,
피 있는 님이시니, 한 목숨은 못 죽일 듯
내 가슴을 살피시면 님 가슴도 아플지라.

시대 변화가 구여성에게 희생을 강요했다. 조혼한 남편이 도시로 나가 신학문을 공부하면서 여러 해를 보내다가 신여성에게 매혹되어, 구여성인 아내에게 이혼 선언을 하는 일이 흔히 있었다. 시부모는 이혼을 인정하지 않아, 남편 없는 구여성이 떠나가지도 못하고 시댁에 머물러 며느리의 도리는 다하면서 갖은 고난을 겪고 눈물로 세월을 보내야 했다.

그래서 벌어진 기막힌 사태를 신문학 작품은 전연 다루지 않았다. 신문학은 새로운 문학이어서 신여성 이야기만 산뜻하게 하면 되고, 구여성 따위는 무시하는 것이 당연하다고 여겼다. 구여성은 자기 문학인 가사 작품을 스스로 지었다. 어떤 작가도 하지 않고, 할 수 없는 말을 피해받은 당사자가 스스로 해서 깊은 감동을 주는 명작을 남겼다. 신학문을 한다는 이유로 아내를 버린 남편은 상상조차 할 수도 없는 위업을 달성했다.

※ 댓글과 답글

골드킹: 선생님 안녕하세요. 책에서만 뵙다 이렇게 유튜브에서 뵙게 돼서 반갑습니다. 저는 국립한글박물관에 근무하고 있습니다. 규방가사 전시를 준비 중입니다. 어머님과 규방가사에 대한 말씀을 더 듣고 싶습니다.
조동일: 좋은 일 기꺼이 돕겠습니다.

임재해: 진정한 문학은 자기 삶에서 분리된 선험적 상상력의 산물이자 머리로 쓰는 작품이 아니라, 자기가 겪고 있는 절실한 삶을 담아내는 경험적 창조력의 형상이자 가슴으로 쓰는 작품이라 할 수 있다.
조동일: 그렇다. 절실한 삶에서 절실한 작품이 나온다. 머리를 아무리 잘 써도 어림없다.

이일수: 이것이 문학의 감동입니다. 가사 〈한양가〉를 다시 보게 되고, 〈시골 색시 설운 사정〉이 세계문학의 뚜렷한 모범임을 알게 됩니다. 다시금 사람의 '도리'가 어떠해야 하는지 깊이 생각하게 합니다. 〈시골 색시 설운 사정〉을 어디서 얻어 읽을 수 있는지 알고 싶습니다.
조동일: 《한국문학통사》 4에서 안내를 받을 수 있습니다.

이복규: 신여성인들 이런 작품 남길 수 있었을까요?
조동일: 남의 삶을 말하기 어려울 뿐만 아니라, 신문학이 구여성 이야기를 하면 위신이 손상된다고 여겼습니다.

박영미: 남자아이들이 학교에서 일본사를 배워 혼동이 올 때, 여자들은 〈한양가〉로 민족의 역사를 배워 장차 아이들이 정신적 혼란을 겪지 않고 자랄 수 있었습니다. 〈시골 색시 설운 사정〉을 짓고 읽은 경북의 구여성

대단합니다.

조동일: 그렇습니다. 〈한양가〉를 베끼고, 〈시골 색시 설운 사정〉을 애독한 어머니가 나를 국문학자가 되게 이끌어주셨습니다.

부기: 이복규·정재윤, 《한글제문》(책:봄, 2024)을 보고, 더 할 말이 있다. 문필가가 아닌 예사 사람들이, 힘들여 학습한 격식을 따라야 하는 한문제문이 아닌 누구나 쓰고 싶은 대로 쓸 수 있는 한글제문에서 창조주권 발현의 좋은 본보기를 보여준다. 이승과 저승을 소통하는 저마다의 갖가지 사연을 아주 절실하고 곡진하게 나타내 깊은 감동을 준다. 세계문학의 정상이 아래에 널리 퍼져 있다고 알려준다.

● ● ● ● ●


## 3-14 길을 찾아야

내라 내라 하니 내라 하니 뉘런고?
내 내면 낸 줄을 내 모르랴?
내라서 낸 줄 모르니 낸동 만동 하여라.

누가 지었는지 모르는 고시조에 이런 것이 있다. "내"라는 말이 열 번이나 등장하는 것이 별나고, 앞뒤 연결이 순조롭지 않아 무슨 말인지 알기 어렵다. 정신을 차리고 다시 읽고 의문의 범위를 좁혀보자.

"나는 누구인가?" 알고 싶은 것을 출발점으로 삼지 않았던가? "나는 나인가?"라고 말을 바꾸었다가, "내가 나인가?"라고 다시 묻고, "내가 내이다"라고 하는 데 이른 것이 아닌가? 왜 이렇게 했는지 말하지 않았으므로 추리를 해보지 않을 수 없다.

"나는 누구인가?"라고 물은 것은 자기가 누구인지 생각하지도 않고 살아가는 자아망각이 마땅하지 않았기 때문이었을 것이다. 자아망각에서 벗어나, 자기가 누군지 알고 살아가는 자아각성을 이룩하라고 한 말이라고 하겠다. 바라는 바가 순조롭게 이루어지지 않아 "내가 내이다"라고 하는 동어반복에 이른 것으로 보인다.

"내"를 거듭 사용하면서 자아를 지나치게 내세우는 것은 자아망각이 심각한 지경에 이른 증세이다. 외부의 가해가 원인이라고 할 수 있으나, 자해를 대폭 추가해 증세를 악화시켰다. 통상적인 차등론을 그대로 인정해 열등의식에 빠지고, 동어반복의 구호가 어떤 논리보다도 더 큰 설득력을 가진다고 하는 선전술에 의지한다.

오늘날의 학문이나 예술은 대부분 이런 것들이다. 자아에 관한 논의를 무슨 말인지 알기 어렵게 늘어놓고 대단한 경지에 이른 듯이 으스댄다. 자아망각이 심해져 창조주권이 바닥 난 것을 난해한 궤변으로 분식해 숨긴다.

청산이 높다 한들 부운을 어찌 매며
난석이 쌓였은들 유수를 막을쏘냐
이 몸이 걸인 되어 부니 그를 즐겨 하노라

이것도 지은이를 모르는 고시조이다. 짜임새가 분명해 차근차근 뜯어볼 수 있다, "-ㄴ들"이라는 말을 되풀이했다. "-ㄴ들"은 앞말과 뒷말을 예사롭지 않게 연결시킨다. 앞말이 사실임을 내키지 않더라도 인정하기로 하고, 그러면 어떻다고 말해야 하는지 뒷말에서 재론한다.

사실임을 앞말에서 인정한 것이 "청산이 높다", "난석이 쌓였다"이다. "청산은" 푸른 산이다. "亂石"은 "함부로 쌓은 돌"이다. 높고 낮으며, 항구적이고 임시적인 차이가 있어도, 둘 다 압도적인 위엄이 있어 함부로 범접할 수 없다. 외부의 위협을 이런 것들로 나타냈다.

앞말에서 인정한 것을 두고 그러면 어떻게 해야 하는지 재론한 뒷말이 "부운을 어찌 매며", "유수를 막을쏘냐"이다. 재론이 수긍이 아니고 반론이다. 압도적인 위엄이 있어 함부로 범접할 수 없는 자연물을 두고 무어라고 의견을 개진할 여지가 없다고 앞에서 한 말의 허점을 지적하고 타당성을 부인했다. 자기는 걸인이 되어 떠다니는 자유를 누리겠다고 했다.

주요 단어를 한자로 적고 앞뒤를 견주어보자. 앞의 말은 "靑山〉浮雲"이라고 할 수 있다. "푸른 산"이 "뜬구름"보다 우람하고 품격이 높다. 뒤의 말은 "亂石〈流水"라고 할 수 있다. "어지럽게 쌓인 돌"은 위태롭고, "흐르는 물"은 당당하다. "乞人"은 누구와 비교한 말인가? "傭人〈乞人"이어서 머슴보다는 걸인이 낫다는 말인가? "主人〈乞人"이어서 걸인이 주인보다도 낫다는 말인가? 이 의문을 독자가 풀게 한다.

"부니"는 "피리를 부니"인데, "피리를"을 생략했다. 동어반복을 일삼는 과장법과는 정반대의 생략법을 사용해 말을 줄였다. 이것도 독자가 알아내도록 했다. 머슴은 물론 주인의 자리를 박차고 걸인이 되어 떠나가 피리를 불면서 다닌다. 어디 구애되지 않은 자유를 누리면서 창조주권을 최대한 발현한다. 이렇게 하는 신명풀이에 독자도 모두 동행하자고, 들어가는 길을 살짝 열어 놓았다.

서두의 "靑山"에서 결말의 "乞人"으로 나아가면서 기존의 통념을 모두 뒤집고, 높은 것은 낮고 낮은 것이 높으며, 존귀는 미천이고 미천이 존귀이며, 행운은 불운이고 불운이 행운이라고 했다. 이것은 생극론 또는 대등론의 철학이다. 획기적인 각성을 해서 얻은 철학을 누구나 이해할 수 있는 적절한 예증을 들어 아주 실감나게 나타냈다. 학문이나 예술이 길을 잃지 말고 찾으라고, 이렇게 하라고 일러준다.

● 댓글과 답글

염성도: 아침 산책을 하면서 강의를 처음 들었습니다. 오늘 생각이 많은 날을 보내게 될 것입니다.

조동일: 생각을 깊이 하면 즐거움이 늘어납니다.

박영미: 지은이를 모르는 두 고시조를 비교해 설명하면서, 철학이 문학에 어떻게 나타나는지 알기 쉽고 재미있게 말했습니다.

조동일: 철학이 알기 쉽고 재미있다고 고시조 둘이 말한 것을 나는 대강 전달하기만 했습니다.

임재해: "내라 내라 하니 내라 하니 뉘런고?" 하는 시조는 '나는 누구인가?' 하는 자문을 함으로써 '너는 누구인가?' 하고 묻는다. 우리가 '나'라고 알고 있는 것은 셋이다. 하나는 자기 몸이며, 둘은 자기 마음과 생각이고, 셋은 자기의 사회적 지위이다. 알고 보면, 이 모든 것은 자기가 가진 것이고 본디 자기는 아니다. 자기가 가진 것은 자기 재산만 아니다. 자기의 지위도 자기가 아니라 가진 것이며, 자기 생각이나 마음도 자기가 아니라 자기가 품고 있는 것이다. 자기라고 생각하는 자기 몸도 외부로부터 영양을 섭취하여 만든 것이다. 자기가 가진 것이나, 품은 것, 만든 것은 자기가 아니다. 자기와 더불어 있는 것일 뿐이다. '참나'라고 하는 진정한 자기는 이 모두를 내려놓아야 있다. 자기 가진 것, 자기에게 붙어 있는 것, 자기가 아닌 것을 모두 내려놓아야 진정한 나를 발견할 수 있다. 자기와 자기 아닌 것을 분리해서 오로지 자기를 알아차리는 일은 참 어렵다. 오랜 명상을 해야 비로소 가능하다. 자기가 자기를 가장 잘 알 것 같지만, 사실은 자기도 자기를 알지 못한다. 자기 몸이나, 자기 생각, 자기 지위를 자기라고 여기는 것은 모두 착각이다. 그러므로 자기라서 자

기인 줄 모르는 것을 "내라서 낸 줄 모른다" 하는 것이며, 낸 줄을 모르니 "낸동 만동" 하는 것이다.

조동일: 자기가 아닌 것은 다 제거하고, 진정한 자기를 찾고자 했는가? 그것은 입산수도에 매진하는 도승의 서원이다. 불가에서는 전연 돌보지 않는 시조에서 할 말이 아니다. 자기를 잃고 살아가는 자아망각에서 벗어나, 자기가 누군지 알고 살아가는 자아각성을 희구했는가? 이것은 현실생활에서 시달리는 범인의 각오이다. 무명씨라고 하는 시조 작가가 작심하고 한 말이다. 어느 쪽인지 잘 살펴야 한다. 가능한 해석 가운데 상황에 맞는 것을 선택해, 모호한 의미를 분명하게 하는 것이 타당한 연구이다.

● ● ● ● ●

### 3-15 고금의 시조

산촌에 밤이 드니
먼 데 개 짖어 온다.
시비를 열고 보니,
하늘이 차고 달이로다.
저 개야
공산에 잠든 달을 보고
짖어 무삼 하리오.

눈 위에 달이 밝다.
가는 대로 가고 싶다.
이 길로 가고 가면,

어데까지 가지는고?

먼 말에

개 컹컹 짖고

밤은 도로 깊어져.


위의 것은 千錦(천금)의 고시조, 아래 것은 曺雲(조운)의 현대시조이다. 비교·평가가 공평하게 이루어지도록, 가장 뛰어나다고 할 수 있는 본보기를 든다. 양쪽이 다 "밤"·"달"·"개"·"마을"은 분명하게 말하고, "차다"〔寒〕와 "눈"〔雪〕은 의미가 상통해 근접된 비교를 할 수 있다. 두 작품을 '천금'과 '조운'이라고 일컫고, 무엇이 다른지 말해보자.

(가) 글자 수가 다르다. '천금'은 3434/3454/3843이다. 한 토막을 이루는 글자 수가 달라진다. '조운'은 3444/3444/3543이다. 한 토막을 이루는 글자 수가 고정되어 있다. 자유시처럼 줄 바꾸기를 다채롭게 해서 글자 수가 고정되어 있지 않은 듯이 보이는 것은 공연한 수고이다.

(나) 움직이는 것이 다르다. '천금'에서는 몸은 가만 있고 마음이 움직인다. 마음이 움직여 깊이를 갖춘 서정시이다. '조운'에서는 몸이 움직이니 마음이 따라 움직인다. 몸이 움직여 있었던 사실을 말해 일기의 한 토막 같고, 묘사하는 것을 장기로 삼는다.

(다) 의식의 지속과 변화가 다르다. '천금'에서는 의식의 지속보다 변화가 두드러진다. "산촌에..."에서는 모호하던 의식이 "시비를 열고..."에서는 분명해지고, "저 개야..."에서는 다른 차원으로 비약한다. 작품이 완결된다. '조운'에서는 의식의 변화보다 지속이 두드러진다. "눈 위에..."에서 이미 얻은 의식이 같은 수준으로 지속되다가 조금 움츠러들기나 한다. 더 분명해지는 변화가 없고, 비약하는 것과는 더욱 거리가 멀다. 완결되지 않고 계속 이어지는 말을 해서, 한 작품이 아닌 한 聯(연) 같다.

(라) "달"에 대한 생각이 다르다. '천금'에서는 "달"이 "산촌에..."에서

는 주기적으로 뜨는 천체여서 관심을 가질 필요가 없는 것이었다가, "시비를 열고..."에서는 공감을 나누는 상대역으로 부각되고, "저 개야..."에서는 버릴 것을 버리고 마음을 비워 존재하지 않는 것 같은 존재로 바뀐다. 철학이 있어 찾아내도록 한다. '조운'에서는 "달"이 밤길을 비추어주어 멀리까지 가고 싶게 하는 구실이나 하고 만다. 철학이라고 할 것이 없다.

(가)에서 (라)까지가 우연히 나타난 작품 차원의 차이가 아니다. 고시조와 현대시조가 어떻게 다른지 말해준다. 현대시조는 고시조의 가장 중요한 유산을 왜곡해 망친다고 말할 수 있는 증거이다. 무엇을 망쳤는지 정리해서 말해본다.

(가) 토막을 이루는 글자 수가 가변적일 수 있는 자유를 무시하고, 고정된 틀을 옹졸하게 만들었다. (나) 마음이 움직여 서정적인 깊이를 갖추려고 하지 않고, 무슨 말이든지 글자 수에 맞추어 하면 된다고 여긴다. (다) 의식이 발전하다가 비약을 거쳐 작품이 완결되는 원리를 이어받지 못하고, 나타난 사실의 묘사를 장기로 삼아 긴 시의 한 聯 같은 것을 써낸다. (라) 철학을 상실한 말장난이다.

천금은 조선시대의 여성이며, 신분이 미천한 기녀였다. 기녀의 직분을 수행하려고 시조를 노래하고 짓기도 하다가, 이 작품을 하나 남겼다. 조운은 일제강점기의 남성이다. 최고 지식인이고 민족을 근심하는 지사였으며, 시조를 버리지 않고 현대시조를 짓는 데 헌신해 많은 작품을 쓰고 현대시조의 전범을 이룩했다는 평가를 얻었다. 작자의 위상과 작품의 가치가 반대인 것이 놀라워, 그 이유를 생각하지 않을 수 없다.

그 이유는 두 사람 개인에 관한 고찰을 더 해서 알아낼 수 있는 것이 아니고, 시대 변화에서 찾아야 한다. 문화주권을 잃은 것이 화근이다. 일본을 거쳐 서양에서 들어온 근대시에 부적절하게 대응한 탓에 현대시조를 망치게 되었다. 한편으로는, 자유시가 유행하는 데 반감을 가지고 글자 수가 고정된 남들의 정형시를 부러워하면서 본뜨다가 (가)·(나)로 움츠러들었다. 다른 한편으로는, 근대시가 감각적인 언사로 묘사를 일삼는 것이 참신하다고 여기고 따르다가 (다)·(라)에 이르렀다. 서로 상반된 잘못이 겹쳐 현대시조는 깊이 병들었다.

이런 사태를 그냥 두고 볼 수 없다. 병을 정확하게 진단하고 철저하게 치료해야 한다. 어느 의사가 이 임무를 맡아 나설 것인가? 현대문학만 공부한 비평가는 무어가 무언지 몰라, 의사가 아니고 환자이다. 고시조를 열심히 공부하면 의사가 될 수 있는 것은 아니다. 우리 전통예술의 원리를 넓고도 깊게 탐구해 깨달은 바가 있어야 오늘날 어떤 병이 유행하는지 진단하고 치료할 능력이 있다.

※ 댓글과 답글

이복규: 사회적 위상과 작품의 가치는 별개.
조동일: 별개만이 아니고 반대이기도 하다.

박영미: 기녀 천금의 시조와 조운의 현대시조 비교론 재미있습니다. 민족어문학이 일찍 발전한 일본에는 기녀 천금과 같은 작가가 없어, 우리 전통예술의 원리는 넓고 깊은 것 같습니다.
조동일: 일본에도 기녀문학이 있는지, 한국 것과 얼마나 같고 다른지 알고 싶습니다. 비교연구를 기대합니다.

● ● ● ● ●

## 3-16 춘향을 잡으러 가니

서울 남촌 호박골에 사는 변학도라는 위인은 명문거족의 후예라고 자처하고 돈푼이나 있다고 알려졌다. 오입속이 넉넉한 것으로 이름이 난 것 외에는 별 볼일 없이 빈둥거리고 지내다가, 남원부사 자리를 꿰찼다. 그 내막은 아무도 모르지만, 빽이 아니면 돈이, 아니면 두 놈이 합작을 해서 요술을 부렸으리라고 여기는 것이 당연하다.

지금 춘향가 한 대목을 말하는 것 같은데, 어느 대본을 따르는가? 이 것이 질문이라고 꺼내는 이가 당연히 있을 것으로 생각되어 분명하게 대답한다. 나는 대본에 있는 대로 소리를 하는 또랑광대가 아니다. 내 소리를 내가 지어내서 하는 명창의 재주를 춘향이 이야기를 휘어잡으면서 알려준다. 춘향가를 백 번 들어 훤히 꿰고 있다고 자부하는 좌상객님들께서도 오늘 눈을 새로 뜨실 것이외다.

변학도는 이름나고 물 좋은 고을이 여럿 있으나 남원을 골라잡았다. 그 고을 기생 춘향이 빼어난 미색이라는 소문을 들어 알고 있었기 때문이다. 모시러 온 관원들에게 조금도 지체하지 말고 길을 재촉하라고 엄명했다. 부임하자마자 다른 일은 젖혀놓고, 기생점고부터 서둘러 하라고 야단을 쳤다. 기생을 하나씩 장황하게 소개하면서 시간을 끌자, 화를 버럭 내면서 빨리빨리 진행하라고 벼락 치듯 고함질렀다. 그 장면을 길게 늘어놓으면 좌상님들도 변학도처럼 참지 못하고 역정을 내실 터이니, 건너뛰고 그 뒤에 어떻게 되었는지 말한다.

이게 무슨 해괴한 일인고? 기생 점고를 다 해도 춘향이 없다. 기생 업무 담당관에게 어찌 된 일인가 따져 물으니, 춘향이 기생이 아니라고 한다. 어허, 괴이하구나. 엄청난 부정이 있었구나. 어떤 놈이 빼주었나? 전임자가 수상하다. 이 부정을 낱낱이 밝혀 결단코 바로잡으리라. 나는 정의를 실현하는 사명을 지니고 이 고을에 왔노라.

춘향이라는 년이 도타하지 않고 남원에 있기는 있나? 예, 그러하옵니다. 지금 당장 가서 그 년을 잡아오너라. 추상같은 명령을 내리자, 범보다 더 억센 군사들이 용보다 더 날래게 온 고을에 바람을 일으키면서 내

닫는다. 가련한 춘향이는 이제 죽었구나. 남원 고을 백성들은 이렇게 탄식하지도 못하고 숨을 죽이면서 바라보아야 했다. 한나절이 다 지나 되돌아온 군사들이 한다는 말이, 춘향이 아파서 잡아오지 못했다는 것이다. 뼈도 못 추릴 말을 서슴지 않고 하다니.

무슨 연고로 춘향을 잡아오지 못했는가? 이에 대해 내 말로 대답하기 전에, 다른 사람은 무어라고 했는지 밝힐 필요가 있다. 내가 너무 앞서 나간다는 말을 듣지 않고자 하기 때문이다.

임권택이라는 감독이 만든 영화에서는, 춘향을 잡으러 간 군사들을 춘향 어미 월매가 은밀한 곳으로 데려가 엽전 꾸러미를 쥐어주는 장면을 살짝 보여주었다. 돈이 마음을 움직였다고 했다. 더 할 말이 없게 합리적인 해명을 했다 하겠으나, 너무나도 범속한 처리여서 김이 새고, 춘향가가 대단한 작품이라고 하는 소문이 지나치지 않은지 생각하게 된다.

춘향가를 글로 적어놓은 것 가운데 가장 돋보이는 남원고사에서는 아주 다른 말을 했다. 춘향이 섬섬옥수로 잡으려간 군사들의 손을 잡고, 무슨 바람이 불어서 왔나, 내가 꿈에도 그리던 님이 이제야 왔네. 이렇게 말하면서 다정하게 구니, 진실인가 의심하면서도, 뼛골이 다 녹아 온몸이 흐물흐물하게 되었다. 임권택의 영화에서는 월매가 나서서 해결을 가로맡았지만, 남원고사는 춘향이 자기에게 닥쳐온 위기에 기민하게 대처하는 탁월한 능력을 보여주었다.

춘향은 미색이어서 외모나 자랑하고 머리는 텅 비었다고 지레짐작하는 것이, 변학도가 좋은 본보기를 보여주는 사회 일각의 편견이다. 임권택은 이에 가담해 춘향이 속빈 미색임을 보여주는 영화를 만들었다. 관객이 변학도와 다름없는 관점에서 춘향은 미색이라고 여기고 구경하려고 모여들게 해서, 명성을 얻고 돈을 벌었다. 이것은 춘향에 대한 명예훼손을 넘어서서, 민족문화의 진수를 말살하는 범죄행위이다.

기생의 딸로 태어났으니 기생으로 살아가야 하는가? 이몽룡이 춘향이 미색인 것을 알아본 바로 그날 밤에 찾아와 동침을 요구할 때, 춘향은 이런 생각을 심각하게 하고 기생이어야 하는 신세를 극복하는 탁월한 노력을 하자고 다짐했다. 이몽룡을 받아들여 하자는 대로 하면서 정성으로 감싸고 사랑으로 감복시켜 일시의 난봉꾼을 영원한 배필로 바꾸어놓았다. 이몽룡과 벌인 첫 싸움을 상생으로 해결한 덕분에 열녀로 칭송되는 고지를 확보하고, 변학도를 물리쳐야 하는 그 다음의 싸움은 상극으로 작전을 바꾸어 이겨낼 수 있었다.

자기는 높은 자리에 앉아 있으면서, 신분 차별을 철폐하자는 주장을 점잖게 편 분들이 더러 있었다. 모멸을 견디지 못해 들고 일어나 싸우다가 희생된 천민도 적지 않았다. 오늘날 학문을 한다는 분들이 이런 내력을 찾아 정리하면서 대단한 일을 한다고 하면서 목에 힘을 준다. 신분 차별을 하는 근거인 차등론이 건재하고, 대등론으로 나아가는 학문은 하지 않는다. 소중한 유산의 진가를 알아보지 못하고 겉도니, 전환이 이루어지지 않는다.

신분의 차별을 시정하려고 생극론을 체득하고 실천한 춘향의 노력과 각성이 얼마나 소중한지, 춘향 연구를 생업으로 삼는 사람들도 모르고 딴소리나 한다. 춘향이 미색이라면서 엿보는 것이 들키지 않도록 열녀라고 칭송하는 데 가담해 체면을 세우기나 한다. 춘향에 관심을 가진다고 나무랄 수 없으나, 변학도와 얼마나 다른지 묻지 않을 수 없다.

● 댓글과 답글

이복규: 고전으로 콘텐츠 제작하는 사람들이 봐야 할 것입니다.
조동일: 고전을 대강 알고 함부로 이용하는 잘못을 되풀이하지 말아야 합니다.

임재해: 〈춘향전〉에 관한 글을 쓰지 않은 것이 천만다행이다. 자칫하면 춘향의 미색에만 관심을 두는 변학도 수준에 머물거나, 신분차별 극복 운운하는 차등론을 되풀이할 뻔했다. 기생 춘향과 기생 아닌 춘향의 갈등을 넘어서, 이몽룡과 상생하는 춘향과, 변학도와 상극하는 춘향의 생극론적 삶의 실천을 포착했다. 생극론을 실천한 춘향과 대등하게 가는 춘향전 연구자가 되려면, 생극론 철학을 제대로 터득하고 생극론의 논리로 작품을 해석할 수 있어야 한다.

조동일: 생극론이니 대등론이니 하는 것을 알지 않아도 된다. 마음이 비뚤어져 작품을 비뚤어지게 보면서 큰소리를 치지 않으면, 춘향이 잘 이끌어준다.

박영미: 기생의 딸로 태어났으니 기생으로 살아가야 하는가? 춘향은 이몽룡이 찾아왔을 때 이런 생각을 심각하게 하고, 기생이어야 하는 신세를 면하고자 탁월한 노력을 해서 일시의 난봉꾼을 영원한 배필로 바꾸어 놓았다. 변학도와의 대결에서는 작전을 바꾸었다. 〈춘향가〉를 듣고 열광하던 하층 무지렁이는 다 알던 이런 사실을 오늘날 유식하다고 자부하는 분들은 모두 모르고, 변학도의 자리에 높이 앉아 춘향을 바라보고 미색이라고만 여긴다. 이에 관해 판소리하듯이 알려주니 알기 쉽고 재미있습니다.

조동일: 유식이 무식이고, 무식이 유식입니다.

윤동재: 강의를 들으면서 스스로 물어본다. 나는 춘향의 상생에 관심을 두었는가? 나는 춘향의 미색에만 관심을 두고 더욱이 춘향을 백치미인이라 여기지 않았던가? 요만큼이라도 생각해 보게 된 것은 선생님의 강의 덕분이다.

조동일: 눈이 있어도, 떠야 보인다.

● ● ● ● ● ●

## 3-17 신판 수궁가 〈똥바다〉

김지하가 쓴 〈糞氏物語〉(분씨물어)라는 글을 임진택이 판소리로 공연한 〈똥바다〉라는 것이 창작판소리의 걸작이라고 널리 알려져 있다. 인터넷에 올라 있어 다시 들을 수 있다. 글도 따로 올려 열어볼 수 있는데, 따오지는 못하게 막아놓았다. 필요한 구절을 베끼면서 거론하기 번거로워, 대강 말하고자 한다.

일본에 성은 糞氏(분씨)이고 이름은 구태여 말할 필요 없는 고약한 녀석이 있어 괴이한 행적을 벌였다는 이야기이다. 조선을 온통 똥바다를 만들겠다고 작정하고 건너와, 서울 광화문 광장 세종대왕 동상 앞에서 야단스럽게 똥을 누고 일어나다가 옆에 있는 새똥을 밟고 넘어져 죽었다고 했다. 이 줄거리에 온갖 입심을 다 동원해 별별 이상한 사설을 푸지게 늘어놓은 것을 들다가는, 내 말을 할 지면도 시간도 없게 될 터이니 이만 줄인다.

나는 그 작품이 명작이라고 칭송하려고 입을 연 것이 아니고, 준열하게 나무라려고 한다. 그 녀석이 새똥을 밟고 죽었다고 하면서 새를 공연히 구설수에 올린 것은 동물학대가 아닌가? 그 녀석이 제 똥을 밟았다고 해야 한다. 어떻게 해서 온 조선을 똥바다로 만든다는 말인가? 똥을 자꾸 싸면 된다는 것은 그 녀석의 착각이라기보다 광대의 실수이다. 부적을 붙였다고 해야 썩 어울린다. 여기까지는 하찮은 수작을 목을 풀려고 내놓은 허두가이다.

이제 목이 풀렸으니, 잔 트집은 그만 잡고 큰 잘못을 꾸짖자. 김지하가 쓴 것을 임진택이 소리를 해서 들려준 것은 판소리에 대한 배신이고 모독이다. 판소리는 광대가 자기가 지은 소리를 청중과 합작해 거듭 다시 짓는 대등창작을 생명으로 한다. 신작 판소리를 한다면서 판소리를 죽이는 것을 용서할 수 없다. 신작은 하지 말아야 한다는 것은 아니다. 늘 하던 판소리를 대등창작을 함께 해온 청중 앞에서 다시 하면서 새 소리를 집어넣어 고금이 같으면서 다르고 다르면서 같은 묘미를 보여주어야 한다.

말은 잘한다마는 그렇게 할 수 있나? 자기는 하지 못하는 일을 남들에게 시키고 잘 난 체하지 말아라. 이게 갑질이 아니고 무엇인가? 대등창작 운운하면서 차등을 자랑하는 것이 아닌가? 이렇게 따지고 나서면, 어떻게 해야 하는지 내가 시범을 보인다고 구태여 말하지 않을 수 없다. 아차, 그러고 보니 야단이 났다. 시범에 홀리면 큰일이니, 단단히 일러둔다. 시범을 따라 하면 너도나도 다 망한다. 시범을 헌신짝 같이 버리고 더 기발한 소리를 해야 하고, 할 때마다 더 잘해야 한다. 그래도 또랑광대 무리가 흉내를 낼까 염려해, 말을 대강 엉터리로, 재미없다고 핀잔을 들을 만하게 한다. 분기탱천해 누구나 자기 소리를 하도록 하는 작전을 쓴다.

나는 오늘 별별 이상한 신판 수궁가를 한 자락 하리라. 고금 어느 때인가 일본천황이 전신에 병이 들었느니라. 천하만사를 꿰뚫어본다는 도사를 불러 물어보니 말한다. 폐하의 병환은 판소리 〈수궁가〉에서 동해용왕이 걸렸다고 한 것과 흡사하나이다. 동해용왕이 온갖 어족을 마구 먹어치워 병이 들었듯이, 폐하는 너무 많은 보물을 조선에서 앗아 오면서 피를 흘리게 한 탓에 동병상련의 처지가 되었나이다.

그러면 어떻게 해야 하는가? 동해용왕은 토끼의 간이 치료제라는 말을 잘못 듣고, 별주부를 보내 토끼를 유인해오다가 망했나이다. 동해용왕의 신하는 모두 멍청이였나 봅니다. 소신은 세상에 무엇을 안다는 녀석들이 모두 입을 다물고 눈만 둥그러질, 만고의 비방을 아뢰겠나이다. 별주부보다 월등하게 유능한 신하를 조선에 보내 한양 삼각산 산신에게 자죄하고 용서를 빌면 모든 병이 쾌차할 것이옵니다.

짐을 위해 조선에 갈, 별주부보다 더 유능한 신하는 어디 있는 누구인가? 이렇게 물으니 한 신하가 휘젓고 나서는데, 성은 糞氏이고, 몰골은 마귀인 녀석이다. 조선 사람들이 겁나게 해서 일을 망치려는 것이 아닌가? 성은 좋은 것으로 갈아 달고, 얼굴에는 미소를 머금은 가면을 쓰고 나다니는 것이 어제오늘의 일이 아니오니 안심하소서.

어떤 경로를 거쳤는지는 알 수 없으나, 조선 한양에 턱 당도해 경복궁 너머로 삼각산을 바라보고 넋을 잃었다. 너무나도 수려하고 서기가 서린 것이 미칠 지경으로 부러워, 좁은 속이 더 좁아지다가 숨을 쉬기도 어렵게 되었다. 맡은 사명을 팽개치고 가면을 벗어던지고, 糞氏의 본색을 드러냈다. 온 조선이 똥바다가 되게 하라는 주문을 써서 세종대왕 동상에다 붙이고, 그 앞에서 똥을 겁나게 누어 시동을 걸었다. 아주 기뻐 조심성 없이 일어나다가 자기 똥에 미끄러져 세상을 떠나고 말았다.

나의 별주부는 왜 돌아오지 않고 소식이 없는가 하고 탄식하다가 병이 더 심해져 그 천황은 죽고, 아들이 뒤를 이었다. 새 천황은 전조에 있던 불미스러운 일을 없던 것으로 만들어 아무도 알 수 없게 하라고, 역사서에 올리지 않아 후대의 사가도 찾아낼 수 없게 하라고 엄명했다. 그런데 이것이 무슨 고약한 일인가? 아비가 앓던 병이 되살아나 전신을 엄습한다.

과거의 사실은 조작해도, 현재의 비밀은 새어나가는 것을 막기 어려워 야단이 났다. 양심을 속이지 말라는 교수의 무리가 앞장서서 작당을 하고 국내외의 기자들을 잔뜩 불러놓고 떠들어댄다. 조선에 사죄하라고, 진심으로 사죄하라고. 아무 반응이 없자 같은 말을 되풀이하니, 말을 전하는 광대도 난처하고 가련하다.

그 소리를 두고 딴소리를 할 수 없어 따분하고 미안하다. 사죄할 것을 사죄하고 두 나라가 사이좋게 지낸다는 소리를 하면 광대도 얼마나 신이 나겠는가? 다음에는 더 좋은 소리를 할 수 있기를 간절하게 바라면서, 오늘은 이만 물러난다.

● 댓글과 답글

박영미: 〈똥바다〉는 일본을 비하하고, 신판은 일본과 한국이 같기도 하고 다르기도 하다는 것을 보여줍니다. 〈똥바다〉는 대단하다고 감탄하게 하고, 신판을 보니 저도 창작판소리를 써볼까 하는 생각이 저절로 듭니다.

조동일: 〈수궁가〉 이야기가 일본에서 재현된다고 말해, 거리를 좁히고 친근감을 가지게 합니다. 이야기를 하는 사람과 듣는 사람의 거리를 좁혀, 누구나 창작을 하고 싶게 합니다.

윤동재: 김지하가 쓴 것보다 선생님이 새로 쓰신 것이 더 재미있습니다. 판소리의 재미는 득음 너름새에도 있지만 가장 중요한 것은 사설치레에서 온다는 것을 알게 되었습니다. 그 사설치레를 스스로 할 줄 아는 광대가 진짜 광대라는 것을 알게 되었습니다.

조동일: 흉내를 대강 엉터리로 내는 작전을 써서, 분발하는 광대가 있기를 기대합니다.

임재해: "김지하가 쓴 것을 임진택이 소리로 들려준 것은 판소리에 대한 배신"이라고 한 것처럼, 이 강의에서 새로 지어 제시된 사설도 광대로서 자기가 지은 사설을 청중과 합작해 거듭 지어나가지 않는 한 판소리를 배신하는 결과에 이른다. 강의에서 지적한 것처럼 진정한 판소리 창작이 되려면 스스로 판소리 광대가 되어서 청중 앞에서 새로운 사설의 소리를 불러야 한다. 제대로 시범을 보이려면 판소리의 생명력을 주장한 선생님께서 직접 소리광대로 나설 수밖에 없다.

조동일: 나의 배신을 크게 나무라고, 어설픈 글을 휴지로 만들기를 기대한다. 생판 신작을 지어내 청중을 교육하려고 하지 말고, 〈수궁가〉 같은 하던 소리를 청중과 함께 개작하는 작업을 실제로 하면 나를 소리 높

여 꾸짖을 자격까지 있다.

● ● ● ● ●

### 3-18 춤 대목의 계승

탈춤은 앞놀이·탈놀이·뒷놀이로 이루어져 있다. 앞놀이는 놀이패가 마을을 돌아다니면서 놀이가 시작된다고 예고할 때 마을 사람들이 환영하면서 함께 어울리는 서두의 행사이다. 뒷놀이는 탈놀이 공연이 끝난 다음에 놀이패와 구경꾼이 한 무리가 되어 춤추고 노는 마무리 절차이다. 앞놀이와 뒷놀이는 누구나 함께 즐기는 대동놀이인 점이 탈놀이와 다르다.

탈춤은 공동의 신명풀이를 그 자체로 범박하게 하기도 하고, 탈놀이에서 정교하게 다듬어 하기도 한다. 탈놀이는 놀이패끼리 밀고 당기는 방식으로 진행되며, 대사 대목과 춤 대목으로 이루어져 있다. 대사 대목에서는 말을 주고받으면서 서로 다투던 놀이패가 춤 대목에서는 언제 그랬느냐는 듯이 함께 춤을 추면서 즐거워한다. 대사 대목 사이에 춤 대목이 있는 것이 탈춤 특유의 구성 방식이다.

크게 보면, 대사 대목은 상극을, 춤 대목은 상생을 보여주어, 탈춤은 상극이 상생이고 상생이 상극인 생극의 연극이게 한다. 세밀하게 살피면, 춤 대목은 두 가지 부차적인 기능을 수행한다. 대사 부분들을 분리시켜 서로 어떻게 연결되는지 알 필요가 없게 한다. 대사 부분의 상극을 잊고 등장인물 모두 상생의 즐거움을 누리게 한다. 앞의 것은 차단 효과, 뒤의 것은 갈등 소멸 효과라고 하자.

춤 대목이 전후를 차단해, 대사 부분들이 어떻게 연결되는지 설명할 필요가 없다. 무슨 일로 양반들이 말뚝이와 함께 나타났는가, 왜 말뚝이는 양반 욕을 하게 되었는가, 어째서 말뚝이는 양반을 모시지 않고 제멋

대로 돌아다녔는가 하는 등에 대해서는 조금도 관심을 가지지 않고, 이미 절정에 이른 양반과 말뚝이의 싸움을 보여줄 수 있다.

서사적인 연결을 하느라고 전개가 느슨해질 수 있는 가능성을 차단하고 극적 갈등을 온전하게 한다. 대사 대목의 갈등이 짧은 시간 고조되다가 춤 대목으로 넘어가, 어물쩍 해결되지 못하게 한다. 춤 대목에서 대사 대목으로 다시 넘어가면서, 소멸된 것 같았던 갈등이 갑자기 격화되어 나타나 크나큰 충격을 준다.

대사 대목과 춤 대목이 교체되면서, 외형과 실상이 다른 반어를 빚어 낸다. 양반은 말뚝이의 공격을 막지 못해 패배하면서 그런 줄 모르고 말뚝이와 함께 즐겁게 춤을 춘다. 갈등이 소멸되었다고 여기는 것은 외형이고, 갈등이 격화되어 양반이 패배하기에 이른 것이 관중도 다 잘 알고 있는 실상이다. 양반은 착각하고 있어 패배를 만회할 길이 없다.

말뚝이가 이겨서 승리의 춤을 추는 데 양반이 동참한다고 나무랄 것은 아니다. 가해자가 멍청해져서 과거의 관습을 본의 아니게나마 버리는 것은 환영할 일이다. 양반이 다시 태어날 수 있게 하고 받아들여야 한다. 갈등에서 벗어나 즐거운 마음으로 누구든지 함께 춤을 추고자 하는 이상이나 희망이 탈춤 전후의 대동놀이에서뿐만 아니라 그 중간의 탈놀이에서도 이루어져야 한다.

탈춤을 이어받아 신명풀이 생극영화를 만드는 작업의 요체는 춤 대목을 살리는 것이다. 이런 시도를 이창동 감독의 영화 〈오아시스〉에서 했다. 사지가 마비되어 고통스럽게 살아가는 장애인이 이따금 정상인이 되어 몇 번 기쁨에 겨운 춤을 춘다. 벽걸이에 있는 인도 여자, 아이, 코끼리도 나와 함께 춤을 춘다. 청계고가도로에서 차가 꽉 막혀 있을 때 그런 일이 일어난다. 사람들 사이의 관계가 갈가리 찢겨져 현실의 고통이 극도에 이르면 반전이 일어나 상극이 상생일 수 있어 모두 함께 즐거워 할 수 있다고 했다.

조창열이 감독한 영화 〈어게인〉에서도 춤 대목 계승이 확인된다. 주인 공은 영화가 잘되지 않아 속이 상하고, 가족들은 콩나물국밥 장사를 힘들게 하는 것이 안타깝다. 이런 안팎의 암울한 상황을 일거에 타개하는 비약이 이따금 이루어진다. 등장인물 모두 한데 어울려 노래하고 춤추면서 삶의 즐거움을 발산한다. 이것 또한 상극이 상생이고, 여럿이 하나일 수 있는 것을 보여준다.

이런 작품으로 '신명풀이' 영화가 어떤 것인지 구체적으로 보여주는 것은 민족의 창조주권 발현 이상의 보편적인 의의를 가진다. 상극이 극단을 보여주는 '카타르시스' 영화가 황야의 무법자가 되어 세계정복에 나서고 있다. '신명풀이' 영화는, 이런 위기를 '라사' 영화와 함께 제어한다. '라사' 영화가 상생에 치우친 편향성을 바로잡기도 한다.

좋은 시도를 하고 있으나 미흡한 점도 있다. 〈오아시스〉는 지나치게 단조롭고, 〈어게인〉은 너무 평탄하다. 탈춤의 춤 대목이 개입해 대사 대목을 앞뒤로 분리시켜 갈등이 어물쩍 해결되지 못하게 하고, 가해자가 승리했다고 착각하는 것을 역전의 계기로 삼는 전례를 이어받고 넘어서는 수준의 창조력을 보여주어야 한다.

● 댓글과 답글

윤동재: 탈놀이는 대사 대목과 춤 대목으로 이루어져 있다. 춤 대목에서는 함께 춤을 추면서 즐거워한다. 대사 대목 사이 사이에 춤 대목이 있는 것이 탈춤 특유의 구성 방식이다. 대사 대목은 상극을, 춤 대목은 상생을 보여준다. 춤 대목과 대사 대목의 교체가 작품을 생동감 있게 한다. 춤 대목을 살리는 것이 새로운 영화를 만드는 작업의 요체이다. 이창동 감독의 〈오아시스〉와 조창열 감독의 〈어게인〉은 탈춤의 춤 대목을 살리고자 애쓴 영화이다. 그러나 두 작품은 단조롭고 평탄하다는 점을 지적

할 수 있다. 탈춤의 춤 대목을 제대로 살리는 영화를 만들자. 신명풀이 영화가 어떤 것인지 더욱 구체적으로 보여주도록 하자. 저는 영화를 보면서 춤 대목에서 같이 춤을 추는 일 말고는 할 수 있는 일이 없지만 춤 대목의 전통을 제대로 계승한 작품이 나오기를 간절히 바란다. 좋은 강의 감사합니다. 늘 깨칠 수 있게 해 주시니 더욱 감사합니다.

조동일: 지루하게 이어진 말을 감칠맛 나게 간추려주어 감사합니다.

박영미: 무라카미 하루키 작가 개인의 발언은 대부분 상생인데, 무라카미 하루키의 작품을 원작으로 하는 영화들은 왜 상극이고 카타르시스인지 생각하게 하는 강의입니다.

조동일: 구체적인 고찰을 기대합니다.

◈ ◈ ◈ ◈ ◈

## 3-19 히피와 탈춤

화려한 경력을 자랑하는 저명한 물리학자가 엄숙한 어조로 진행하는 뜻밖의 강연을 들었다. 미국에서는 히피들이 쏟아낸 기발한 착상이 도화선이 되어 4차 산업혁명이 일어난다고 했다. 히피는 찢어진 옷으로 몸을 가까스로 가리고 마리화나를 피우면서, 가망 없는 노숙자처럼 몰려다니는 젊은이들이다. 이 말을 듣고 놀라, "히피가 없으면 안 되니, 열심히 배우고 따라야 하겠구나." 이렇게 외칠 것인가?

일본의 탈춤 '노오'(能)는 움직임이 거의 없는 것을 자랑으로 삼는다. 이에 관해 심오한 연구를 하는 최고의 전문가가 한국에 와서 한국의 탈춤을 보고, 동작이 너무나도 활달해 감당하기 어려운 충격을 받았다고 하는 말을 직접 들었다. 탈꾼과 구경꾼이 함께 어울려 춤추면서 즐거움을 나누는 것이 더욱 놀랍다는 말은 미처 하지 않았다.

일제가 금지한 이래로 오래 중단되었던 탈춤 공연을 다시 할 때, 구경꾼들이 전에 하던 대로 덩실덩실 춤을 추면서 앞으로 나아갔다. 경비하는 순경이 난동이라고 여기고 주저앉히느라고 진땀을 빼던 광경이 오래 기억된다. 자칭 우국지사가 한둘이 아니어서 훈계하는 말을 자주 듣는다. "일본인은 조용한데 한국인이 시끄러운 것은, 민족성이 나쁘거나 민도가 낮은 탓이니 깊이 반성해야 한다."

일본의 전통의상 '키모노'(着物)는 그런대로 화려했다. 그대로 두면 강성대국이 되는 데 지장이 있다고 여긴 그 나라 군국주의 정부가, 국민을 군인처럼 훈련시키려고 학생에게 교복을 입히기로 했다. 脫亞入歐(탈아입구)의 정신에 맞게 교복도 수입하는 것이 당연했다. 가서 찾아보니 수입할 만한 교복이 없어, 군복을 가져왔다. 남학생들에게는 육군 군복을, 여학생들에게는 해군 군복을 입히자, 일본제국이 열강의 선두에 설 것 같았다.

광복을 이룩했으니 새 출발을 하자고 함께 다짐하면서, 교복은 일제의 잔재 청산에 포함시키지 않고 신주처럼 모시는 교육자들이 적지 않다. 일제가 자랑스럽게 실시한 아주 엄격한 사범교육을 철저하게 받아 학생을 혹독하게 다루는 교장이 교복의 바지 주머니를 없애, 추워도 손을 넣지 못하게 한 것으로 명성을 떨쳤다. 일본에서 초등학생들에게 겨울에도 짧은 바지를 입혀 독종을 양성하는 것보다 한 수 더 뜨는 조처는 하지 않아 유감이라고 할 것인가?

초등학교 교사가 내게 물었다. "장난을 치면서 수업을 방해하는 학생을 어떻게 해야 하는가?" 난감할 것 같은 질문에 쉽게 대답했다. 장난은 창조주권의 기발한 발현이다. 장난을 치지 못하게 엄하게 꾸짖고, 창조력을 기르는 교육을 주어진 진도에 따라 진행하는 것은 자가당착이다. 목중 무리의 놀림을 받는 노장이 되어주면 선생 노릇을 잘한다고 할 수 있다.

히피 노릇을 하는 것과 탈춤 공연은 무엇이 같고 다른가? 공인된 질서를 무너뜨리는 파격적이고 기발한 행동을 하는 것은 같다. 그러면서 히피는 부정을 일삼고, 탈춤은 혁신을 한다. 히피의 무리는 개개인이 평등을 산발적으로 추구하고, 탈춤에서는 신명풀이를 함께 하면서 대등을 다진다. 히피 짓은 진원지에서 퍼져 나가는 유행이고, 탈춤의 신명풀이는 인류 공통의 창조주권을 발현하고 진작시키는 본보기이다.

히피가 4차 산업혁명의 도화선을 마련했다고 하니, 탈춤은 타오르는 불길이 인류를 태우지 않고 따뜻하게 감싸도록 해야 한다. 불길이 인류를 태운다고 하는 것은 놀라운 기술 혁신이 돈에 대한 욕구를 더욱 자극해, 창조와 수용의 차등, 부유와 빈곤의 차등을 획기적으로 키운다는 말이다. 불길이 인류를 따뜻하게 한다는 것은 이런 차등을 철폐하고 대등을 이룩해 누구나 창조에 동참하고 혜택을 누린다는 말이다.

히피는 미국이 강대국 노릇을 하는 것이 창피하다고 여겨 저주하고 방해했다. 뜻한 바와 결과는 정반대가 되어, 기여가 배신이다. 미국이 4차 산업혁명의 선도자로 나서서 새로운 패권을 장악하도록 했다. 무력시위를 직접 않고서도, 제조업 쇠퇴 때문에 주저앉지도 않고, 세계제패를 더욱 확고하게 하는 전에 없던 기발한 방법을 제공한다.

코로나바이러스 역병이 세계 전역으로 확대되자, 세계제패의 패권이 허망하다는 것이 드러났다. 미국이 감염자나 사망자에서 으뜸인 것을 막는데 4차 산업혁명의 역량이 아무 소용이 없는 줄 알게 되었다. 돈을 많고 힘이 세면 질병이 물러나는 것은 아니다. 덩치가 엄청난 인간의 좁은 소견을, 작고 작아 보이지 않는 바이러스가 마음껏 비웃는 꼴이 되었다.

한국이 이 역병에 슬기롭게 대처하는 것을 이상하게 여기고 무슨 이유인지 알고 싶어 한다. 이에 대해 별별 소리를 다 하는데, 나는 분명하게 말한다. 공동의 신명풀이로 다져온 대등의식이 그 비결이다. 사재기를 일삼고 항거를 하거나 폭동을 일으키면서, 자기의 평등을 최대한 확보하려고 하지 않는 것을 보아라. 아무리 모자라는 사람이라도 공동체를 위해 남들과 대등한 기여를 하고자 하니 놀랍지 않은가? 신명풀이를 함께 하면서 다져온 대등의식이 위기를 맞이해 생생하게 살아난다.

히피는 전연 할 수 없는 대역사를 하고 있으니, 그쪽을 부러워하지 말아야 한다. 일본 방식으로 국민을 훈련하고 규제하면 역효과만 나는 것도 분명하게 알아야 한다. 4차 산업혁명이 지상의 목표인 시대는 가고 있어, 새로운 역사를 창조하러 시작해야 한다. 이렇게 하는 데 우리가 앞서라고, 이유는 잘 모르면서 온 세계가 기대하고 있다.

잘사는 것은 산업 덕분이라고 한다면, 이제 5차 산업혁명을 시작할 때이다. 5차 산업은 산업이 아닌 산업이어야 한다. 차등을 확대하지 않고 대등을 이룩하는 더욱 놀라운 혁명이어야 한다. 이에 관해 투철한 자각을 하고, 할 일을 해야 한다. 공동의 목표를 정하고, 중지를 모으자.

⦿ 댓글과 답글

윤동재: 저도 차등을 확대하지 않고 대등을 이룩하는 혁명의 대열에 동참하겠습니다. 그 길이 인류가 살아날 길이라고 말씀하시니 아무런 망설임 없이 동참하겠습니다.

조동일: 뜻한 바를 실행하려면, 스스로 깨닫는 바 있어, 특별히 할 일을 발견해야 합니다.

박영미: 초등학교 때 운동장에서 겨울 조례를 하는데, 교장 선생님이 일본으로 연수를 다녀와서는 일본은 대단하다며 칭찬하다가 초등학생들도 겨울에 짧은 반바지를 입혀 강하게 키우는 것에 감동했다며, "너희들은 이 정도 추위도 못견디냐"고 하던 말이 생각납니다. 일제 사범교육을 받은 분이셨어요. 매서운 추위에 반바지를 입고 자란 일본인들이 성인이 되어 극심한 수족냉증을 국민병으로 앓고, 부자들은 온돌을 넣고 평범한 사

람들은 온돌을 부러워하는 걸 모르시는 분이었어요. 일본인들이 수족냉증으로 얼마나 힘들어하는지 알면 그런 소리를 못했겠지요.

조동일: 일본을 따라야 한다는 훈계는, 심하게 말하면 동반자살 권유인 경우가 많습니다. 우리는 우리의 길을 찾아 일본이 하지 못하는 좋은 일을 해야 합니다. 그래야 세계를 위해 크게 기여하는 즐거움을 누립니다. 창조주권론을 전개하고 실행하는 것이 그 가운데 하나입니다.

현금석: 새로운 미래가 과거에 담겨 있다는 말의 참뜻을 오늘 강의에서 비로소 깨달았습니다. 지금까지 탈춤을 탈춤으로만 바라본 저의 좁은 생각을 깨쳤습니다. 지나간 구닥다리 탈춤과 다가올 최첨단 5차 산업혁명을 결합하는 발상과 통찰에 탄복하고 경복합니다.

조동일: 선후 역전이 역사 전개의 원리임을 깨닫고, 후진이 선진이게 하는 일을 찾아 실행하는 지혜가 있어야 합니다.

⬛ ⬛ ⬛ ⬛ ⬛ ⬛

## 3-20 소설, 영화, 다음 것

소설이 인기를 누리다가, 영화가 나타나 더 큰 성공을 거두었다. 정권교체가 끝난 것은 아니다. 이제 다음 것이 등장할 때가 되었다.

영화 다음 것은 무엇인가? 아직 분명하지 않다. 다음 것이 저절로 생겨나리라고 여기지 말고, 만들어야 한다. 무엇을 어떻게 만들어야 하는지 알려면, 예술의 역사를 눈을 크게 뜨고 살필 필요가 있다. 소설의 위세를 영화가 누른 이유를 알면, 영화의 지배를 종식시키는 다음 것의 정체를 밝히는 데 크게 도움이 된다.

소설은 남녀의 만나고 헤어지는 사랑 이야기를 흥미 거리로 삼고 지어

낸 독서물이다. 여성을 열성적인 독자로 끌어들인 것이 성공의 비결이다. 독서는 남성의 전유물이 아님을 입증해 대등을 관철시키고, 사랑 이야기 즐기기에서는 여성이 남성보다 앞서는 차등을 입증하게 해서, 출판업이 잘 되고 작가가 생계를 유지할 수 있게 했다.

소설 읽기는 실감이 부족하고, 각자 하는 고독한 행위이고, 시간이 많이 필요하며 지루한 결함이 있어, 영화가 나타나자 더 큰 성공을 거두었다. 영화는 사랑에다 피투성이 싸움을 보탠 사건을 보고 듣게 해서 실감이 대단하다. 남녀가 나란히 앉아 많은 사람과 함께 구경해, 겹겹으로 대등을 확대한다. 밀폐된 공간 어둠속에서 단시간에 경이를 맛보는 선민이 되어 바깥세상과의 차등을 확인하게 한다.

영화는 너무나도 잘 나가 무덤을 스스로 판다. 피투성이 싸움을 점점 심하게 해서 자극의 강도를 높인다. 소설 출판과는 비교가 되지 않을 정도로 장사가 잘되어, 자본의 횡포가 심해진다. 대자본이 투자를 늘려 경쟁을 물리칠 뿐만 아니라, 유통을 장악하는 만행을 저지르기까지 저지른다. 그 때문에 스스로 무너질 수 있다. 지금처럼 역병이 유행하면 많은 관객을 모을 수 없어 자멸하지 않을 수 없는 것이 치명적인 약점으로 나타났다.

공룡은 너무 비대해 멸종한 것을 생각하게 한다. 공룡이 멸종할 때 아주 작은 포유류는 살아남아 다음 시대의 주역이 되었다. 포유류라도 덩치를 너무 키운 실수를 한 것은 멸종하고, 작은 것은 장애가 적고 적응을 잘한다. 호랑이는 사라지고, 고양이는 날로 번성하는 것을 보고 깊이 깨달아야 한다.

영화를 대신해 등장하고, 영화가 멸종해도 살아남을 다음 구경거리는 무엇인가? 나는 '유튜브 아트'(youtub art)라고 생각한다. 이 말은 '비디오 아트'(video art)와 비교된다. '비디오 아트'라는 것이 나타나 미술을 혁신하고, 영화가 경쟁할 만한 영상물이 아닌가 하는 기대를 낳기까지 했는데, 지금은 한물갔다. 예술에 관한 기존관념을 깬 것을 공적으로 하고, 설 자리를 잃었다. '비디오'가 퇴물이 되었다. 미술관을 지저분하게 만든다는 비난을 듣는다. 돈벌이가 되지 않아 가망이 없다.

'유튜브 아트'는, 화려하게 등장해 이목을 집중시키고 있는 새로운 매체 유튜브에서 보여주고 들려주는 예술이다. 기본 원리를 말하면, 잡다한 것들을 모아들여 여럿이 하나이고 하나가 여럿이게 하며, 상극이 상생이고 상생이 상극이게 하는 것이다. 잡다한 영역이나 상극의 범위는 얼마든지 확대할 수 있다. 여럿이 하나이고, 상극이 상생이게 하는 중심에서 인류의 창조주권을 대등하게 발현하는 새로운 철학을 제시하는 것이 마땅하다.

예술이라고 하지만 예술이 아닌 것도 받아들인다. 공연이기도 하고 강연이기도 하다. 문학·미술·음악을 섞고, 정지된 화면과 동영상을 함께 사용하고, 다큐멘터리 같기도 하고 극영화 같기도 하다. 기존 작품의 패러디가 좋은 효과를 낸다. 기존의 개념을 모두 떠난 종합적인 창조물을 파격적으로 만들어 관심을 끌고 충격을 주어야 한다.

재능과 취향이 서로 다른 몇 사람이 대등창작을 하는 것이 마땅하다. 감독의 임무를 교대로 맡는 것이 좋은 방법이다. 시청자들은 책을 사는 것 정도의 수고나 투자를 하지도 않고, 집에 들어앉아 편안히 혼자서도 둘이서도 보고 즐기는 이점을 누리기만 하지 않는다. 댓글을 써서 간섭하면서 대등창작에 참여할 수 있다.

출판을 하는 것보다도 더 적은 자본으로 제작과 보급을 함께 한다. 제작비가 적게 들고 제작자나 판매자가 따로 없어 소설을 쓰거나 영화를 만드는 것보다 수익을 얻는 것이 더 손쉽다. 광고 시장이 다른 매체들은 버리고 유튜브로 대이동을 하고 있어, 유튜브의 관례에 따라 광고수입을 얻는 것이 어렵지 않다. 돈을 내고 보게 하는 방법을 따로 마련할 수도 있다.

소설은 동서양에서 각기 마련하고 흥망성쇠의 교체를 보여주었다. 중세에서 근대로의 이행기에는 동아시아소설이 앞서다가 근대에는 유럽소설이 선두에 나섰으며, 오늘날에는 제3세계 특히 아프리카 소설에서 새로운 생명을 불어넣는다. 지구는 돌고 소설사도 회전한다.

영화는 유럽문명권의 새로운 선두주자 미국이 자기네 취향대로 만든 것이 황야의 무법자처럼 나타나 지구를 평평하게 한다. 이에 맞서서 자기 영화를 지키려고 하는 각국의 노력이 눈물겹다. 승패를 결정하는 것이 자본의 힘이어서, 차등을 더욱 확대하고 대등을 부정한다. 인류 역사상 가장 큰 참상이 벌어진다.

지나치면 망하는 이치가 역병 유행 때문에 나타나, 필연이 우연을 통해 실현된다. 다음 시대는 선진이 후진이 되고 후진이 선진이 되는 전환을 통해 나타나는 것이 당연하지만, 이런 사실을 알고 필요한 노력을 해야 시대 변화를 실제로 이룩한다. 인류 공통의 창조주권을  발현하는 데 앞서려면 깊은 깨달음과 높은 통찰력이 필요하다.

이 모든 조건을 우리가 갖추고 새로운 시대의 '유튜브 예술'을 만드는 데 앞장서자. 낡은 시대의 소설, 거대자본에 휘둘리는 영화를 비집고 들어가 한 자리를 차지하려고 분투한 노력, 쓰라린 좌절이 무용하지 않고 크게 쓰인다. 실패한 사람만 성공할 수 있다. 실패자들 몇이 거대한 혁명을 모의하고 실행하자.

이렇게 말해도 '유투브 예술'이 무엇인지 불분명하다고 할 수 있다. 말을 더하면 분명해지는 것은 아니다. 좋은 본보기를 누구든지 만들 수 있고, 많이 만들면 더 좋다. 새로운 예술이 세계를 바꾸어놓을 것을 기대하고 과감한 실험을 하자.

◉ 댓글과 답글

윤동재: '유튜브 예술'이라는 새로운 예술이 세상을 바꾸어놓을 수 있도록 누구라도 과감한 실험을 하자는 말씀에 깊이 공감하고 동참하겠습니다.
조동일: 기발한 착상과 슬기로운 시도가 필요합니다.

이소영: 소설의 종말. 슬프고 아쉽지만, 이 변화의 시기에 살면서 가슴 설레는 경험을 하게 될 것 같기도 합니다.
조동일: 고정된 것은 없고, 모두 변합니다. 변화를 알아차리고 바람직하게 진행하도록 하는 데 기여하면, 즐겁고 보람 있게 삽니다.

박영미: '유튜브 예술' 창작에 어떤 보탬이 될 수 있을까 생각하면서, 실패자만 성공할 수 있다고 하니 잘할 수 있을 것 같습니다.
조동일: 실패가 성공이게 하는 창조주권을 신뢰하면, 자신감이 생기고 어려움이 없어집니다.

현금석: 말씀은 들으면 들을수록 가슴에 더 파고든다. 한마디 한마디가 절절하고 애틋해 듣는 사람을 격동시킨다. 언어의 깊이와 넓이가 한문 경전을 훨씬 뛰어넘는다. 공자의 어록인 〈논어〉는 너무 평범해 무미건조하고, 맹자의 어록인 〈맹자〉는 지나치게 자기주장이 강해 포용이 부족하다. 허나 창조주권론 강의는 세상을 내다보는 비범함이 번뜩이며 널리 인간세를 감싸안으니, 춘추전국의 論孟(논맹)은 조족지혈이다. 한국어를 철학이자 예술의 언어로 끌어올린 공적만으로도 이 땅의 역사에 영원히 남을 것이다.
조동일: 그렇게 칭송하면 차등론의 해독을 빚어내 피해를 끼친다. 〈논

어〉, 〈맹자〉와 여기서 하는 말이, 시골 그저 그런 할머니·할아버지들의 옛이야기와 함께, 각기 제소리를 하면서 그 나름대로 도움이 되는 바 있어 대등하다. 어느 것이 마음을 더 움직이는가는 듣는 사람에 따라 다르다. 듣는 사람을 잘 만나면, 그 사람의 창조주권 덕분에 흔해 빠진 잡초가 신효한 약초로 변한다. 이 말로 창조주권론을 마무리해도 되겠다.

# 제4장

고침

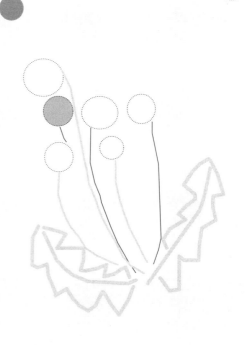

## 4-1 왜 '고침'인가?

근대를 넘어선 다음 시대는 누구나 창조주권을 발현하는 대등사회여야 한다. 문화창조의 주권을 대등하게 발현해 혜택을 공유하면서 행복을 누리는 문화복지사회를 만들어야 한다고 하면, 목표가 더욱 분명해진다. 이런 사회의 본보기를, 창조주권의 침해를 덜 받은 우리가 보여주어 세계를 위해 봉사하기를 멀리서도 기대하고 있다. 지금까지의 논의에서 이것이 필연임을 어느 정도 입증했다. 이런 결론에서 새로운 논의가 시작된다.

필연으로 인정되면 가만두어도 잘되는 것은 아니다. 필연이 실현되지 못하게 하는 장애가 있으면, 진행이 느리고 방향이 빗나갈 수 있다. 필연을 실현하는 기회를 상실할 수도 있다. 제3부까지의 작업으로 필연을 입증한 데 만족할 수 없고, 장애를 찾아 제거하는 논의를 해야 하므로 이제 제4부가 필요하다.

제1부 제1-11강에서 정치주권 행사에 기대를 하지 말고 창조주권을 스스로 발현하는 데 힘써야 하다고 한 말은 계속 유효하지만, 정치를 방관할 수는 없다. 정치를 방관하면, 창조주권을 발현해 대등사회를 이룩하는 데 큰 장애가 되는 것을 막을 수 없다. 정치의 장애를 제거하는 방안을 마련하고 실행하는 것이 창조주권의 임무이다. 이 작업을 '고침'이라고 일컫기로 한다. '고침'은 개혁이라는 말이다. 정치가 주도하지 않고, 오히려 정치를 대상으로 하는 개혁을 해야 한다고 말한다.

창조주권을 발현해 대등사회를 만드는 정치가 이루어지기를 간절하게 바라지만, 이것이 가능한지는 의문이다. 정치는 차등을 본질적 특성으로 하고 있어 대등을 실현하기 어렵지 않은가 한다. 민주정치도 정치이고,

선거로 선출한 지도자도 정치인이다. 창조주권을 발현해 대등사회를 만드는 정치를 한다고 하는 것과 상통하는 말은 쉽게 해도 실상은 그렇지 않다. 창조주권과는 상극인 이념으로 대등사회와는 판이한 사회를 만드는 정치를 하는 것이 예사이다.

새로운 시대를 낡은 정치가 주도해 이룩할 수는 없다. 정치가 근본적으로 달라져야 한다고 하면 논란만 많아지고 진척은 더디므로, 정치가 변화를 막는 저해 작용은 하지 않아야 한다고 우선 말한다. 정치는 소극적이어야 한다. 국정담당자는 겸손해야 한다. 국민이 정치주권을 행사해 자기를 선출해준 것이 고맙다고 하는 수준을 넘어서서, 국민 각자의 창조주권이 발현해 나라가 잘 돌아가는 것을 더욱 깊이 감사하게 여겨야 한다.

정치지도자가 뛰어난 식견을 가지고 무지몽매한 국민을 깨우치고 이끌어 위대한 역사의 창조자가 된다는 말이 과거도 거짓이었는지 시비하는 것은 보류해 두기로 하고, 지금은 전혀 타당하지 않다는 것은 분명하게 말한다. 이제부터의 정치지도자는 지위가 능력을 보장해준다는 착각을 버리고, 자세를 낮추어야 한다. 창조주권을 탁월하게 발현하는 분들을 알아보고 스승으로 받들어야 한다. 거기 끼어들어 숟가락을 얹으려고 하지 말고, 자기가 잘해서 좋은 결과가 나타났다고 말하고 싶은 유혹을 뿌리쳐야 한다.

정치는 창조의 주역이 아니고, 창조를 도와주는 조역 노릇을 하는 것이 최상의 기여임을 알아야 한다. 조역 노릇을 앞에 나서서 적극적으로 하다가 뜻한 바와는 반대로 장애나 만들지 말고, 장애라고 말하는 것이 있으면 제대로 알아듣고 성실하게 제거해야 한다. 이것이 조역 노릇을 가장 잘하는 방법이다. 정책이나 제도를 바람직하게 만드는 것은 정치가 스스로 할 수 없고 중지를 모아야 가능하다.

지난 시기 국정담당자들은 장애를 만들기나 하고 고칠 것을 고치지 않았다. 이런 비난이나 늘어놓는 것은, 맡은 일을 지금 하려고 하니 시간이 절대적으로 부족하므로 퇴임 후에 여유를 가지고 하겠다고 하는 것만큼이나 무책임한 궤변이다. 지금 당장 하루 일을 제대로 해야 백년 뒤가 편안하다.

　● 댓글과 답글

이복규: 중지 모아 시스템 고치기. 정보화 선진국인 우리는 가능하겠지요. 겸손한 자세 가지면.
조동일: 분산된 관심을 모으기 어렵군요. 제3부까지는 쉬운 논의가 여기서는 어려워지네요. 실행을 논의와 함께, 여럿이 너나 구분 없이 함께 해야 하니까.

만주벌판: 감사합니다. 경직된 사고방식 버리고 인식 넓게 하니.
조동일: 그 말을 어디서나 해서, 동행자가 아주 많아지도록 합시다.

박영미: 옆 나라 일본을 보니, 국민이 정치에 무관심하므로 수상이 일을 함부로 해서 망조가 듭니다. 정치에 무관심하면 안 된다는 말씀에 공감합니다.
조동일: 관심을 정치에 편중시키고, 다른 여러 일은 대단치 않다고 여겨 방치하는 것도 우려할 사태입니다.

현금석: 정치가 할 일을 제대로 안 하면서 과도한 힘을 행사하는 관행을 고치려면, 정치를 주역이 아닌 조역이게 해야 합니다. 국민이 각자 생업에 매진하면서 창조주권을 적극 발현해 현실을 바로잡는 주역으로 우뚝 서야 한다는 말에 적극 공감합니다.
조동일: 생업에 매진하는 것과 현실을 바로잡는 것을 하나로 해야 주

역일 수 있습니다. 이렇게 하려고 각자 노력하면서, 정치의 부당한 방해를 힘을 합쳐 제거해야 합니다.

● ● ● ● ●


## 4-2 알아듣는 능력

과거 어느 대통령 시절에 학술원 회원 일동이 청와대에 초청되어 가서 대통령과 오찬을 함께 했다. 여러 개 놓은 둥근 탁자에 회원 여럿과 수석비서 한 사람이 둘러앉았다. 대통령이 말을 들으려고 오라고 한 것이 아닌가 여겼는데, 말을 많이 했다. 옆에 있는 수석비서에게 대통령이 "말 듣기를 좋아합니까, 말하기를 좋아합니까?" 하고 물었더니, "말하기를 좋아하지요"라고 했다. 연구교수 제도를 비롯한 몇 가지 건의를 수석비서를 통해 했는데, 아무 소식이 없었다.

국정 수행에 필요한 능력이 충분해, 말을 들을 필요는 없고 말을 하기만 하면 되는 국정 책임자는 인류역사에 전에도 없고 앞으로도 없다. 국정 수행은 고차원한 식견과 많은 지식이 필요해. 귀를 열고 계속 들어야 한다. 누구에게서 어떤 문제에 관한 해결책을 들어야 하는지 아는 것이 최상의 능력이다. 말을 듣지 않고 하기만 하는 것도 잘못이지만, 들어도 도움이 되지 않는 말을 마음에 든다는 이유에서 들으면서 국정을 운영하면 더 큰 낭패가 생긴다.

그 대통령 시절에 대통령 직속 미래기획위원회라는 것이, 그 산하에 창의적 연구를 위한 소위원회인가 하는 것이 있었다. 그 소위원회에서 불러, 때는 왔다고 생각하면서 창의적 연구에 관한 소신을 쏟아놓았다. 다음에 어떻게 되었는지 알 수 없었고, 활동보고서 같은 것이 나오지 않았다. 대통령이 하고 싶어 하는 말을 사람들을 모아놓고 전달하려고 하려다가 차질이 생긴 것이 아닌가 하고 생각했다.

다음 대통령은 인문학진흥위원회인가 하는 것을 만들라고 한 것으로 보도되었다. 그 위원회 위원들이 청와대에 불려가 대통령이 하는 말을 경청하고 왔다고 한다. 인문학진흥위원들에게 훈계조의 연설을 하는 대통령은 위대하다. 국민이 마땅히 존경해야 한다. 이렇게 알려지도록 한 것 같다.

그뿐이 아니었다. 국권상실기 우국지사 어조로 "역사를 잃은 민족은 장래가 없다"는 등의 훈계를 하고, 온 국민이 감격하면서 받들도록 했다. 잃은 역사를 되찾으려면 국사 교과서를 국정으로 해야 한다고 하다가 반발을 사서 자리에서 물러나지 않을 수 없게 되는 단초를 만들었다.

대통령이 위에서 말한 것 같은 잘못을 저지르지 않으면 중간은 간다. 중간은 가니 다행이라고 안도의 한숨을 내쉬고 말 것은 아니다. 중간이 최고이게 하는 것으로 만족하지 않으려면, 들을 말을 들어야 한다. 지금 결정적인 시기에 이르렀으므로, 귀를 크게 열고 들어야 할 말을 더욱 열심히 들어야 한다.

선진국을 따르면서 원망하는 시대는 끝나고 있어, 세계사의 대전환이 요망된다. 우리가 앞장서서 미래를 개척해야 한다고 나라 안팎에서 일제히 하는 말이 헛되게 하지 않으려면, 들어야 할 말이 무엇인지 알고 들어야 한다. 세계 선도국가의 청사진을 만든다고 한다. 측근이 속삭이는 말이나 들으려고 하지 말고, 여기서 하는 말을 들어야 한다. 칭송이 아닌 예지가 필요한 것을 알아야 한다.

미래를 창조하는 예지의 철학을 정립해, 널리 알리기 위해 방송을 한다. 무력한 국민은 듣고, 유력한 국민은 듣지 않고, 국정 책임자는 어디서 무슨 소리가 나는 줄 알지 못해도, 여기서 하는 말은 죽지 않는다. 마음을 넓고도 깊게 움직여 세상이 달라지게 하리라고 확신한다. 때가 늦지 않기를 바라고 군말을 한다.

● 댓글과 답글

박영미: 미래를 창조하는 예지의 철학을 정립하고 마음을 넓고도 깊게 움직이면 세상이 달라지게 하리하고 확신한다고 한 말이 마음을 울립니다.
조동일: 그런 희망과 노력으로 충만한 삶을, 함께 이룩합시다.

만주벌판: 감사합니다. 알아듣는 능력이 소중한 것을 새삼스럽게 깨달았습니다.
조동일: 알아듣기만 하지 않고 할 일을 알아서 하는 능력을 함께 기르면서, 서로 감사합시다.

이복규: "귀 있는 자 들을지어다"라고 성경에서도 말했지요.
조동일: 듣기만 하지 않고 알아들어야 하고, 알아듣기만 하지 않고 실행해야 합니다.

● ● ● ● ●


## 4-3 선출직의 임무

제1부 '삶' 제1-11강 정치주권과 창조주권에서 한 말을 다시 든다. "거대 양당이 자기 쪽 동지라는 이유로 자격 미달의 후보를 대거 공천하면 어떻게 해볼 수가 없다. 편향성의 좌우가 아닌 수준의 상하를 가리는, 진정으로 중요한 선택을 하는 것이 원천적으로 불가능하다. 정치인의 수준 향상은 국민에 비해 너무 더디다. 정치인으로 나서면 너무 바빠 제대로 된 책은 한 권도 읽지 못하니 그럴 수밖에 없다."

정당이 먼저 정신을 차려야 한다. 다음 선거에는 여러 분야의 식견 높은 전문가들을 공천해서 국회가 놀고먹지 않고 정부를 이끌도록 해야 한다. 비례대표는 전문성을 갖추어야 한다고 빈말만 하지 말고, 반드시 실행해야 한다. 각 당 비례대표 후보의 전문성을 평가하는 단체가 있고, 그 결과를 공표해 투표에 참고하도록 하는 것이 바람직하다. 이렇게 되면 비례대표 수를 늘려야 한다는 주장이 타당성을 가진다. 지역구 선거에서 열세인 정당이 비례대표 전문성 평가에서 앞설 수 있어야 한다.

지금 선출된 국회의원은 대부분 자격 미달이어서 기대할 것이 없다는 말은 하지 않는다. 들을 줄 안다면 없던 자격이 생기기 때문이다. 국회의원은 각종 청문회를 만들어 식견을 모을 권한과 의무가 있다. 청문회를 열어 누구를 나무라는 말만 다투어 토해내지 말고, 조용한 자세로 그냥 듣는 聽(청)도 하고 알아듣는 聞(문)도 하는 데까지 나아가야 한다. 청문회를 개최해 알아들은 것을 실행하는 능력을 유권자가 의원을 평가할 때 가장 중요시해야 한다. 이렇게 되면 국회의원의 수준이 향상된다.

몇 해 전에 국회에서 하는 모임에 초청되어 가서 고전에 관한 강연을 했다. 강연회가 청문회인 듯이 여기고 힘주어 말했다. 고전은 모셔두고 존숭할 것이 아니고 읽어서 활용해야 가치가 살아난다. 민족고전을 현대화해서 널리 보급하는 일을 북쪽에서는 하고 남쪽은 하지 못한 것을 국회의원이라면 알아야 한다. 정부의 무지를 두고 보지 말고《한국고전100선》같은 것을 대학연구소에 부탁해 만들어 교육에서 적극 활용하는 사업을 입안해 추진하는 것이 마땅하다고 했다. 제안이 채택되어 입안이 이루어졌다는 말은 듣지 못했으나, 내가 할 일은 했다.

교육이나 문화 문제에 청문회를 필요로 하는 것이 적지 않게 있다. 대학입시를 어떻게 해야 하는가? 어떻게 하면 영화가 고루 정상적으로 발전하는가? 이런 문제는 국정책임자가 일방적으로 관여하고 결정할 것이 아니다. 중지를 모아야 한다. 중지를 모으는 것이 이해 당사자들끼리의 타협을 의미하지 않는다. 외국의 선례를 살피면서 세계적인 동향을 알고 우리가 택해야 하는 최상의 방안을 도출하기 위해 동원 가능한 역량을 최대한 동원해야 한다.

지방의회 의원들에 관해서도 같은 말을 할 수 있다. 지방자치단체마다 많은 연구를 하고 지혜를 모아 해결해야 할 과제가 산적해 있다. 지방의회 의원들도 들을 수 있는 능력을 가지고 청문회를 개최해 중지를 모아야 한다. 이권 다툼이나 하라고 의원을 뽑는 것은 아니다. 작은 특권이라도 누려보겠다고 의원이 되지는 말아야 한다. 할 일을 해야 한다.

일을 하려면 할 수 있는 능력이 있어야 한다. 무능한 줄 아는 것이 대단한 능력이다. 무능한 줄 알면 들어야 할 말을 듣고 능력을 키울 수 있다. 중지를 모아 창조주권을 함께 발현하기로 하면 얼마든지 유능해질 수 있다.

● 댓글과 답글

백두부: 듣는 자세를 갖추고 무지를 자각하는 것이 자신의 숨은 능력인 줄 알고, 깨어나는 정치지망생들이 많이 나오고 있으니 희망이 있습니다.

조동일: 지망에 그치지 않을까 염려합니다. 정치를 바꾸어놓을 힘을 가지려면, 창조주권을 대등하게 발현하는 넓고 깊은 유대가 필요합니다.

현금석: 국회의원이나 지방의회의원 후보자 가운데 이 강의를 듣고 실행에 옮긴 사람들이 100% 당선되기를 소망한다. 선거혁명의 요체가 이 강의에 온축되어 있다. 이 강의를 듣고 실천하는 사람들이 힘을 모아야 우리나라의 미래가 열린다.

조동일: 그렇다. 그런 후보자가 많이 있고 모두 당선되도록 하려면, 이 강의에 동의하는 유권자들이 바다처럼 넘실거리는 유대를 가지고 온당한 선택을 일제히 해야 한다. 모든 관중이 심판이 되어 파행을 거듭하는 경

기를 바로잡아야 한다. 정치가 차등의 속성을 줄이고 대등에 다가오도록 하는 엄청난 압력을 행사해야 한다.

● ● ● ● ●

## 4-4 관료주의와의 싸움

국립국어연구원에서 《표준국어대사전》을 아주 미흡한 상태로 가까스로 내놓고 나서 수정이나 증보는 할 수 없게 되었다. 기관 이름이 국립국어연구원에서 국립국어원으로 바뀌면서 일반직이 자리를 다 차지하고 국어사전을 만드는 전문직은 거의 다 없었다. 국어사전을 부끄럽지 않게 만들어 나라의 체면을 세워야 한다는 염원이 처참하게 유린되고 있다.

한글박물관이라는 것은 처음부터 이상하게 만들었다. 준비 과정에서는 전문학자들의 자문을 받는 것 같더니 막상 문을 여니 일반직을 위한 어린이 놀이터이다. 원무과만 비대하고 진료과는 없다시피 한 병원을 만드는 것 같은 짓을 다시 했다. 학계의 연구는 물론 국민의 의식 수준까지 아주 낮추어 보고, 한글 사용의 역사를 너무나도 간략하게 심하게 왜곡된 시각으로 전시해 놓았다.

한글을 창제하고도 돌보지 않다가 성경이 번역되고 비로소 널리 사용하게 되었다고 알리는 자료를 열거해 놓았다. 유럽의 경우를 기독교적 편향성을 가지고 무리하게 적용해 민족문화 인식을 교란했다. 한글박물관을 만들고 한글을 이용해 나라 망신을 초래했다. 그냥 돌아올 수 없어 관장에게 전하라고 편지를 써서, 성경 번역 이전에 한글 소설이 엄청나게 많이 창작되고 애독된 사실을 알려야 한다고 충고했다. 회신도 반응도 없었다. 내세울 만한 직함이 없는 변변찮은 위인이 와서 이상한 트집을 잡는다고 여긴 것 같다.

국립국악원도 일반직이 장악했다. 국악인은 비정규직 하인으로나 이용된다. 국립국악원의 존재 이유가 일반직의 안식처를 더 만드는 것으로 변질되었다. 문화 예산을 늘려 새로운 사업을 하는 것이 모두 일반직 공무원의 복지 증진에 데 쓰인다. 국민을 위한 복지를 자기네 복지로 바꾸어놓는 기술자들의 교묘한 술책을 막지 못해 피해가 나날이 확대된다.

일반직은 법률을 기본 과목으로 하는 공무원 시험에 합격한 공무원이다. 맡고 있는 분야의 전문지식이 없어 무엇을 나서서 하지는 못하고 앉아서 방해하는 것을 능사로 삼는다. 법률은 규제를 담당하고 창조를 제약한다. 법조인이 다스리는 나라는 헌병이 지휘하는 군대와 같아 다스림을 받는 사람들을 두렵게 하는 힘이 전투력과는 무관하다. 이 때문에 나라의 기능이 마비될 정도인 사태가 하위직까지 퍼져나가고 있다.

일반적인 공무원이 관료라는 집단을 이루어 막강한 힘을 행사하는 것이 세계적인 추세이다. 민주주의도 사회주의도 없고 오직 관료주의만 있다고 하는 판국이다. 이런 관료주의가 대한민국에서 특히 드센 것을 위에서 든 몇 사례가 분명하게 말해준다. 그 정도가 상상을 초월한다.

코로나 바이러스 역병을 퇴치하는 일은 관료주의의 폐해에서 벗어나 전문가가 담당한 것이 기적 같다. 역병에 관한 업무는 생기는 것이 적고 생색이 나지 않는다고 여기고, 관료가 넘보지 않고, 정권 실세의 측근도 탐내지 않았기 때문이다. 자격과 능력을 제대로 갖춘 전문가가 일을 맡아 무엇을 어떻게 해야 하는지 알고, 세계가 부러워하는 위업을 달성했다.

이것을 보고 많은 것을 깨달아야 한다. 생기는 것이 많고 생색이 나는 분야라도 전문가가 맡도록 해야 나라가 살아난다. 질병 퇴치보다 나라 살리기가 더 큰 일이다. 관료주의와 얼마나 잘 싸우는가 하는 것이 국정 수행 평가에서 으뜸가는 사항이 되어야 한다.

정권 실세의 측근이 관료와 싸우는 일을 급한 대로 맡아 나서면 사태가 더욱 악화된다. 오랜 기간에 걸쳐 전문가를 양성하고 등용하는 것 이외의 다른 방법은 없다. 어떤 전문직이 얼마나 필요한지 연구하고 준비하는 데 노력을 바쳐야 한다.

◈ 댓글과 답글

임재해: 한글박물관의 전시 내용이 엉터리인 것을 알아차리고 분개한다. 한글이 성경 번역 이후에 널리 보급되었다고 전시한 것은 용납할 수 없는 오류이다. 이에 대해 한글학자라는 사람들이 침묵하고 있다는 것은 납득할 수 없다. 누구든지 한글박물관을 뜯어고치는 일에 즉각 나서야 한다.

조동일: 구태의연한 한글학자는 줄어들고 참신한 연구를 한다는 국어학자가 학계를 장악해도 달라지지 않는 작태가 있다. 문학과 어학이 별개라고 여겨, 엄청나게 많은 국문소설은 자료로 삼지 않고 극소수의 언해본만 가지고 국어사를 연구한다. 음운이나 형태소 변화에 관한 미시적인 고찰이나 하고, 어문생활 전반의 이해는 소관사로 삼지 않는다. 유럽 각국에서 성경 번역으로 자국어 글쓰기가 정착되었다고 하는 말을 우리도 따라야 한다고, 유럽 추종 기독교도들이 하는 주장을 문제로 삼지도 않고 방치한다. 유럽 각국의 성경은 자국인이 번역해 글말을 가다듬고, 우리 성경은 외국인이 번역해 입말까지 해친 차이점에도 관심을 가지지 않는다. 학자들은 자료 제공 이상의 관여를 하지 않아, 일반직 공무원이 한글박물관을 쉽게 장악하고, 유럽 추종 기독교도들의 주장이 타당하다고 공인한다. 한국은 아주 훌륭한 한글을 만들어내고도, 민도가 낮아 오랫동안 문화후진국의 처지에서 벗어나지 못하다가 외래의 해택을 받고 깨어났다고 선전하는 데 국가의 예산과 인력을 아낌없이 사용한다. 학계의 직무유기와 정부의 무능이 야합해, 민족의 얼굴에 먹칠을 한다. 누구나 의병으로 나서서 싸워야 한다.

현금석: 검찰개혁, 사법개혁, 언론개혁 등은 자주 듣는 말인데, 관료개혁에 대해서는 말하는 사람도 거의 없고 관심을 가진 사람도 별로 없는 것 같다. 굴뚝에서 솟는 연기는 볼 수 있어도 늘상 숨 쉬는 공기는 보지 못하듯, 개별 집단의 행태는 눈에 쉽게 띄어도 포괄적이고 전반적인 제도나 조직은 쉽사리 드러나지 않기 때문이 아닐까? 오늘 강의는 학문이 어디까지 나아갈 수 있는가, 학자가 어떤 자세와 인식을 갖춰야 하는가를 분명히 일러준다. 선생의 글은 비록 짧고 간략하나, 길고 잡다한 내용이 담긴 〈목민심서〉의 식견을 뛰어넘는다. 〈목민심서〉는 지방관의 바른 자세를 역설하는 데 머무르나, 이 본강의는 국가경영의 대체를 제시하고 있기 때문이다.

조동일: 검찰·사법·언론은 여야의 다툼에 개입하므로 개혁의 대상이 된다. 자기 쪽을 향한 칼날은 무디어 손으로 쥐고 흔들 수 있고, 상대방을 향한 칼날은 서슬이 푸르러 두려움을 주기를 바라고, 같은 말을 하면서 서로 비난한다. 관료는 주인의 손을 다치게 하지 않는 충직한 하인이므로 장악하면 그만이므로, 개혁을 하겠다고 다툴 필요가 없다고 여긴다. 검찰·사법·언론뿐만 아니라 관료도 저질의 정치에 이용당하지 않는 슬기로움을 갖추고, 자기 할 일을 정당하게 하는 창조주권을 발현해야 한다.

● ● ● ● ● ●


## 4-5 전문직

코로나바이러스 역병 퇴치에서 의료전문직의 위력이 분명하게 확인되었다. 일반직이 그 자리를 차고앉아 무엇이든지 하지 못하게 했더라면 어떻게 되었을까, 생각하면 아찔하다. 다른 자리도 일반직이 빼앗지 말아야 한다. 비전문가를 장관으로 임명해 물을 흐리기 시작하는 어리석은 짓부터 그만두어야 한다.

4 '고침' 서두에서 말했다. 이제 근대를 넘어서 새로운 사회를 만드는 과업을 우리가 선도해야 한다고 했다. 문화 창조의 주권을 대등하게 발현해 혜택을 공유하면서 행복을 누리는 문화복지 사회를 만드는 데 힘써야 한다고 했다. 이 일을 무엇이든지 하지 못하게 하고, 하는 일은 없는 일반직이 감당할 수 있을까? 무자격자 일반직을 몰아내고, 자격이 있는 전문직을 맞아들여야 가능하다.

국립국어원, 한글박물관, 국립국악원 등의 실정을 들어 말했듯이, 문화부는 비전문 일반직의 횡포가 특히 심한 부서이다. 교육부가 그 다음쯤 간다. 문화를 모르고, 교육을 그릇치고 학문을 방해하면서 문화복지사회를 만들 수는 없다. 관군이 방해만 하고 있는데, 의병이 일어나 도와줄 수 없다.

분명하게 말한다. 대통령은 탁월한 식견을 가지고 널리 존경을 받는 전문인을 문화부장관이나 교육부장관으로 모셔야 한다. 장관이 재량권을 가지고 필요한 일을 능력껏 할 수 있는 전문직 인재를 모아야 한다. 문화부에는 전통문화전문직, 공연예술전문직, 국제문화교류전문직 같은 것들이 당장 필요하다. 종교화합전문직은 생각하기 어려우나 반드시 있어야 한다. 교육부는 교육뿐만 아니라 연구도 관장하고 있어, 분야별교육전문직도 있고, 연구행정전문직도 있어야 한다.

분야별교육전문직이나 연구행정전문직은 생소해 이해하기 어려우므로 외국의 선례를 든다. 불국에는 교육부에 14개 분야의 교육을 관장하는 장학관이 있어, 자기 분야의 교육을 어떻게 할 것인지 입안하고 점검한다. 문학 교육 장학관이 문학사는 무엇이며 어떻게 교육할 것인지 논의한 책이 그 방면의 명저이다. 이에 관해 《문학사는 어디로》에서 고찰했다. 교육부와는 별도로 연구부가 있으며, 연구기획, 연구행정, 연구법률 등의 전문가가 맡아 운영한다. 이에 관해 《창조하는 학문의 길》에서 고찰했다.

문화부나 교육부에 필요한 전문직은 공모를 해서 채용하면 되는 것이 아니다. 대학에서 양성을 해야 하고, 시험을 실시해서 자격을 공인해야 한다. 이를 위해 대학교육이 달라져야 한다. 현재의 학과나 학문의 구분을 넘어서서 필요한 공부를 널리 다각적으로 하고, 자기 계발에 힘쓸 수 있어야 한다. 배우는 것이 연구이게 해야 한다. 공무원 시험을 분야와 방법에서 다양화하고, 창조주권을 독자적으로 발현하는 능력과 성과를 높이 평가해야 한다.

이런 개혁을 대통령이 주도하고, 국회에서 호응해서 해야 한다. 능력을 이미 지니고 있는 정도만큼만 하지 말고, 말을 잘 알아듣고 능력을 키우면서 해야 한다. 외국의 선례를 잘 알아야 하지만, 최상의 것을 이식하면 되는 것은 아니다. 더 나은 길을 찾아 미래 창조를 선도하는 사명을 수행해야 한다. 학문을 잘해서 얻는 역량을 최대한 활용해야 한다.

● 댓글과 답글

이복규: 당연한 사실을 모르고 있었네요.
조동일: 잠을 깨려면 밖을 내다보아야 합니다.

백두부: 이 강의를 들으니 나라가 바로 서려면 할 일이 많고 인재가 많이 필요합니다. 인재가 너무 부족해, 교육에 종사하는 사람뿐만 아니라 학부모들도 모두 일어서서 새로운 길에 동참해야 하겠습니다.
조동일: 누구나 커다란 책임의식을 가지고, 자기 일을 더 잘해야 합니다. 남들이 잘못한다고 나무라는 것을 일삼지는 말아야 합니다.

현금석: 대통령이 각계원로를 만나 조언을 듣는 행사가 텔레비전 뉴스에 나올 때가 있다. 그런 행사가 얼마나 자주 있는지, 각계원로들이 자기

식견을 제대로 전달하는지, 대통령이 그때 들은 조언을 국정운영에 어떻게 반영하는지는 알 길이 없다. 나 같은 시민들은 그냥 그런 모임이 있다는 걸 뉴스로만 전해 들을 뿐이다. 이번 강의는 국가백년대계를 수립하는 방책을 아주 쉬운 한국어로 제시하고 있어, 한국말을 하는 사람은 누구나 알아듣고 깊이 공감하지 않을 수 없다. 나는 단언한다. "대통령·문화부장관·교육부장관이 이 강의를 들으면 우리나라의 진로가 바뀐다. "대통령·문화부장관·교육부장관이 이 강의를 듣고 실천하면 세계사를 선도하는 인물이 된다." 나는 기도한다. "이 강의가 빛의 속도로 대통령·문화부장관·교육부장관 귀에 들어가기를."

조동일: 알아듣는 능력이 없으면, 무슨 말을 하든 모두 馬耳東風(마이동풍)이다. 알아듣지 못하는 일을 잘하라고 하는 것은 緣木求魚(연목구어)이다. 망쳐지는 사태가 잘되고 있다고 하는 것은 指鹿爲馬(지록위마)이다. 정신이 몽롱한 위정자가 깨어 있는 국민을 나무라는 것은 賊反荷杖(적반하장)이다. 이런 사태가 겹치고 겹쳤어도 절망하지 말자. 유능하고 부지런한 청소부가 되어 하나하나 쓸어내자. 겉이 상했어도, 속은 생생한 것을 온몸으로 입증하자.

● ● ● ● ●

## 4-6 지방자치단체

지방자치단체는 자기 지방을 빛내려고 한다. 유명한 곳인 줄 알고, 많은 사람이 찾아오도록 한다. 시장이나 군수가 불만을 품고 임명되어 와서 영전을 기대하고 중앙 정계를 기웃거릴 때보다는 많이 나아졌다. 아직은 지방자치단체장 가운데 상당수가 뇌물을 먹은 죄로 감옥에 간다. 이 단계를 빨리 통과해 세상이 좋아지기를 염원하면서, 너무나도 거슬리는 짓을 고발한다.

지방자치단체가 괴이한 짓을 다투어 한다. 경치가 반반한 언덕바지나 골짜기가 있으면, 녹지든 경작지든 가르지 않고 수용해 중기로 갈아엎는다. 콘크리트 구조물을 몇 개 엉성하게 만들어놓고 생태공원이라고 한다. 생태를 파괴하고 생태공원을 만들었다고 자랑한다. 발전하고 있는 도시처럼 보이려고 하는가? 투기꾼이 드나들어 땅값이 오르기를 바라는가? 이권을 탐내고 한 짓이라는 의심을 떨치기 어렵다.

그런 생태공원이라는 곳에 더 괴이한 곳도 보인다. 야외 조작 전시장이라는 것을 만들어놓고, 국적이 다채롭고 이름이 낯선 작가들의 작품이라는 팻말이 붙은 기괴한 철물 덩어리를 잔뜩 세워 시선을 차단하고 공간을 점령하고 있다. 즐겁게 바라볼 것은 하나도 없고, 당혹감을 느끼면서 불쾌해지게 한다. 미술에 대한 기존 관념을 깨고, 추한 것이 아름답다고 받아들이라는 말인가? 외국 작가의 첨단 미술을 모른다고 한탄하지 말고 바라보며 존경하라고 가르치려는 것인가? 엄청난 대가를 지불했을 터이니 화가 치밀어 오른다. 구전을 많이 먹었으리라고 생각하지 않을 수 없다.

한국은 세계의 변방이고, 자기 고장은 한국의 변방이라는 생각을 버려야 한다. 지구는 둥글어 중심이라고 자부하는 곳이 중심이다. 아주 멀리 가면 출발점으로 복귀한다. 주민이 누구나 창조주권을 다각도로 대등하게 발현해 행복을 누리도록 하는 모범을 보이는 것이 지방자치단체의 소임이다. 이런 소임을 소문을 내지 않고 달성하면서 내실을 소중하게 여겨야 한다. 의욕 과잉으로, 자기 과시를 목적으로 엉뚱한 짓을 하지 말아야 한다. 자연을 파괴하고 인공 구조물을 야단스럽게 만들어놓는 짓을 가장 경계해야 한다.

전에는 토목 공사를 적게 하는 것이 善治(선치)라고 했다. 주민을 賦役(부역)으로 동원해 피해를 끼치는 것을 삼가기 때문이다. 근래에는 토목 공사를 많이 하면 선치라고 한다. 경기를 진작하고 일자리를 만드는 것이 훌륭하다고 하면서, 그 이면에 이권을 개재하고 있다. 이제는 토목 공사를 적게 하는 것이 선치라고 해서 예전으로 돌아가야 한다. 그 이유는 전과 다르다.

주민을 부역으로 동원하는 제도는 없어져 염려할 것이 없다고 할 것은 아니다. 이권이 개재할 여지가 없도록 하는 것은 작은 이유이다. 가장 큰 이유는 자연을 훼손하지 않아야 하는 것이다. 자연은 자연 그대로 두어야 자연이다. 자연을 보호한다면서 훼손하고, 생태공원을 만들어 생태를 파괴하는 것을 일일이 시비해 막기 어렵다.

이유는 달라졌지만, 토목 공사를 적게 하는 것이 선치라고 한 옛 사람의 지혜를 되살리는, 사고방식의 대전환이 있어야 한다. 크고 야단스러운 것을 많이 만들어야 발전이다. 땅값이나 집값이 많이 올라야 살기 좋은 곳이 된다. 이런 허위의식도 함께 타파하는 운동이 일어나야 한다.

　● 댓글과 답글

백두부: 개발이냐 보존이냐 하는 것이 이권 다툼과 이어져, 사람들 마음이 여러 갈래입니다. 깊은 성찰을 일깨워 줍니다.

조동일: 잘 보존된 생태 환경이 어떤 개발보다 더 큰 가치를 가진다는 사실을 깊은 성찰로 삼아야 합니다.

만주벌판: 감사합니다. 학문과 사회의 관계를 배우고자 합니다. 대면해 직접 배울 수 있기를 기대합니다.

조동일: 배움으로 앎을 대신할 수는 없습니다. 스스로 크게 깨달아 아는 데 필요한 작은 자극을 배움에서 얻으면 다행입니다. 대면해 직접 배워 더 많을 것을 얻고자 하면, 반론을 적극적으로 제기해야 합니다.

이복규: 지차제장들이 꼭 들었으면 좋겠습니다.

조동일: 유권자들이 먼저 읽고 지차제장을 선출하는 기준으로 삼는 것이 더욱 바람직합니다.

● ● ● ● ●


## 4-7 교육 바로잡기

국사교과서를 국정으로 해야 한다는 정책이 발표되어 논의가 분분할 때, 나는 《국사교과서 논란 넘어서기》라는 책을 써서 문제를 근본적으로 검토했다. 역사는 사실이다. 사실을 가르쳐주면 역사교육에서 할 일은 다 한다. 이렇게 단언해도 되는가? 이렇게 묻고 대답했다.

사실은 인식해야 확인되는데, 인식 방법이 항상 문제이다. 사실은 무한한데 거론할 수 있는 것은 얼마 되지 않아 또한 선별에 문제가 있다. 일 방적으로 인식하고 선별한 사실을 제시하고 절대적이니 시비하지 말라고 하는 것은 전체주의의 횡포이다. 사실 인식의 방법을 선별 기준과 관련시켜 말하는 것이 역사 이해의 온당한 방향이고 역사교육의 과제이다. 인식 방법과 선별 기준에는 가치관이 개입된다. 사실을 인식하고 선별하면서 가치관을 문제 삼는 것이 공부의 내용이고 목표이기도 하다.

현실 문제를 인식하고 해결하는 훈련을 하는 것이 교육이다. 이런 훈련은 현실을 직접 상대하지 않고 역사를 다루면서 하는 것이 마땅하다. 역사에서 제기된 문제는 오늘날 현실에서 직접 체험하는 것들보다 오히려 더욱 심각했다. 수많은 사람의 생사와 관련된 시련이 적지 않았다. 그런데 오늘날 우리는 한 걸음 물러나 자초지종을 다 알고 재검토한다. 이에 관한 논란을 학생들과 함께 하는 것이 최상의 교육이다.

역사에 관한 논란으로 키운 능력이 학문을 연구하고, 과학을 발전시키고, 국정을 수행하고, 기업을 경영하는 등의 모든 영역에서 절대적으로 필요하다. 이런 교육은 하지 않으려고 하고, 올바른 역사의식을 가르치겠다고 한다. 가르쳐주는 대로 따르라고 하면서, 오늘날의 정치적 조작에서 필요한 주장을 역사의 이름을 도용해 분식하고 합리화하려고 한다. 武勇(무용) 사관으로 애국주의를 고취하면 역사교육에서 할 일을 다 한다고 하면서 국민을 우매하게 만들어 다스리기 좋게 하고자 한다.

역사 공부는 문제 발견에서 시작된다. 학생들이 스스로 문제를 발견하고, 자료를 찾아 공부해 자기 견해를 발표하고 토론하는 것이 마땅하다. 여러 학생이 각기 다른 주장을 펴서 상극을 확대해야 상생이 커진다. 학생들이 발견해야 하는 문제를 미리 말하는 것은 월권이지만, 예시가 필요해 몇 가지를 든다.

檀君(단군)의 나라를 箕子(기자)가 망쳤는가, 발전시켰는가?

위치가 한쪽에 치우치고, 터전이 협소하고, 발전이 뒤떨어지고, 가야보다도 열세였던 신라가 삼국 통일의 능력을 어떻게 해서 얻었는가?

삼국 통일과 후삼국 통일은 어떻게 다른가?

고려의 무신란은 역사를 파괴했는가, 쇄신했는가?

鄭夢周(정몽주)와 鄭道傳(정도전)의 차이를 어떻게 이해하고 평가해야 하는가?

임진왜란에 참전하고 중국과 일본은 왕조가 교체되었는데, 본바닥의 조선왕조는 지속된 이유와 결과가 무엇인가?

洪景來亂(홍경래란)이 성공했다고 가정하면 나라가 어떻게 되었겠는가?

이보다 더 좋은 문제를 학생들이 스스로 제기하고 토론하는 것이 최상의 교육이다. 교사는 사회자 노릇을 하면서 이따금 토론에 참여할 수 있다. 결론을 내릴 권한은 없다. 결론은 학생들 소관이다. 제2-1강 얇은 스스로 얻는다고 한 데서, 하는 것 없이 하는 무위교육이 최상의 교육이라고 했다. 무위교육은 방관하기만 하면 되는 소극적인 교육이 아니다. 학생들이 스스로 문제를 제기하고 토론하도록 도와주는 적극적인 교육이다.

● 댓글과 답글

만주벌판: 감사합니다. 건강 유의하셔서, 좋은 강의 계속 부탁드립니다.
조동일: 시간을 내주셔서 계속 듣고, 좋은 댓글 더 써주시기를 부탁드립니다. 감사합니다. 시간을 내서 들어주니 말이 더욱 알차게 되고, 댓글 덕분에 글이 빛납니다.

백두부: 무위교육은 적극적인 토론을 이끌어내는 교육이군요.
조동일: 적극적인 토론이 저절로 이루어지도록 하는 것 이외의 다른 아무 일도 하지 않아야 무위교육을 한다고 할 수 있습니다. 구름은 크기를 재서 평가하지 않으니 마음 놓고 커지고, 바람은 방향을 지정해주지 않으니 어디든지 돌아다닙니다. 사람의 마음은 구름보다 커야 하고, 바람을 넘어서는 자유를 누려야 합니다.

● ● ● ● ●


4-8 교과서를 없애자

국사교과서를 국정으로 하려고 하는 정권이 바로 그것이 붕궤의 시발점이 되어 무너지고 등장한 다음 정권은 국사교과서를 검인정으로 하는 종래의 제도를 유지하겠다고 했다. 그 때문에 논란은 잠잠해졌으나 문제가 해결된 것은 아니다.

현실 문제를 인식하고 해결하는 훈련을 하는 것이 교육이다. 이렇게 설정하는 목표를 국사교과서를 검인정으로 하면 달성할 수 있는 것은 아니다. 검인정교과서는 국정교과서를 다원화한 것에 지나지 않는다. 다원화로 현실 문제에 대한 논란이 이루어지는 것은 아니다. 검인정 교과서 가운데 어느 하나를 채택해 수업을 하면 학생들이 문제를 발견하고 토론할 수 없게 하는 것이 국사교과서와 그리 다르지 않다.

교과서를 없애는 것이 적극적인 대책이다. 교과서를 없애다니 무슨 해괴한 소리인가 하고 나무라는 말을 들을 수 있으므로, 안심시키기 위해 외국의 선례를 든다. 불국에서는 불문학사를 고등학교의 교과목으로 하고, 교과서는 없이 여러 책을 읽고 비교하면서 학생과 교사가 논란을 벌이는 공부를 한다. 이런 수업을 어떻게 할 것인가 하는 것이 고민거리이므로 교사들이 모여 대책을 강구하고 방법을 찾은 책이 여럿 있다. 이런 내용을 길게 소개할 겨를이 없으므로 《문학사는 어디로》에서 고찰한 것을 참고하기 바란다.

불국에서 하는 대로 하자는 것은 아니다. 더 나은 방법을 찾고자 한다. 학습 내용과 관련되었다고 인정된 책을 여럿 읽고 공부를 하는 데서 더 나아가 학생들이 어떤 자료라도 구해 읽고 토론할 문제와 필요한 지식을 찾게 하는 것이 좋다. 무슨 자료라도 읽으면 공부를 망친다고 우려할 수 있으므로, 범위를 정하는 대책이 필요하다.

하나는 적극적인 대책이다. 제3강에서 국회에서 강연하면서 제안했다고 한 것을 다시 말한다. 《한국고전 100선》 같은 책을 대학 연구소에 의뢰해 복수로 만들어내고 국사 교과서를 대신하는 참고서적으로 한다. 다 읽어야 한다면 부작용이 생긴다. 읽고 싶은 것을 읽고 공부하라고 하면 된다.

또 하나는 소극적인 대책이다. 출판되어 판매되는 서적 가운데 국사 공부의 참고서가 될 만한 것을 어떤 절차를 거쳐 선정하고 책에다 표시한다. 선정하는 책은 많을수록 좋다. 해롭지 않은 것은 다 좋다고 한다.

선정된 책은 학교도서관이나 공공도서관 어느 곳에도 다 비치한다. 이렇게 하면 양서 출판이 활발하고 풍성해진다.

지금까지 말한 것은 교과 교육과 독서 교육을 구분하지 않고 합치자는 것이다. 교과의 영역을 구분하지 않고 통합하는 작업도 함께 해야 한다. 국사를 한국문학사나 한국철학사와 함께 공부할 수 있다. 《한국고전 100 선》을 이런 경우에 이용한다. 국사를 동아시아사나 세계사와 관련시켜 이해할 수도 있다. 국사를 사회학이나 경제학과 나란히 공부할 수도 있다. 이 밖의 다른 조합도 얼마든지 가능하다. 공부의 영역이나 범위를 학생이 스스로 정하도록 한다.

이런 교육을 점차 다른 분야까지 확대하는 것이 바람직하다. 조사하고 체험하는 교육도 해야 한다. 교육의 방법을 계속 새롭게 하고, 이렇게 하는 데 학생들이 자발적으로, 적극적으로 참여하도록 한다. 무엇이든지 창조주권을 발현해 만들어나가는 것이 가장 큰 교육이다. 이렇게 하면 사교육이 끼어들지 못하고, 교육이 정상화된다.

● 댓글과 답글

백두부: 넓은 데서 마음껏 뛰노는 것은 쉬운 방법인데, 채택하기 난감한 까닭은 인식부족이 아닌가 생각하며 안타까운 마음입니다.

조동일: 어느 수학자가 말했습니다. 뛰어난 수학자가 되려면, 수학 경연대회 출전에 필요한 공부에 몰두하지 말고 산천에서 뛰노는 것이 더 좋다고. 徐敬德(서경덕)은 서당에 다니지 못하고 나물을 뜯으러 다니다가, 자연의 변화를 보고 스스로 큰 공부를 했습니다.

만주벌판: 감사합니다. 흐릿한 느낌을 정확하게 알게 합니다.

조동일: 정확하게 아는 것은 들어서가 아니고 깨달아서이므로, 스스로

감사해야 합니다.

이복규: 지식은 인터넷에서 거의 다 검색할 수 있으니, 새로운 교과서 만들어야 합니다. 말씀하신 고전백선 등의 독서 자료도 디지털화해 언제 어디서나 읽게 해야 합시다.

조동일: 인터넷에 올라 있는 좋은 책을 여러 사람이 각기 선택해 읽고는, 주고받는 토론을 글로 새로운 책을 써서 인터넷에 올리는 교육을 하는 것이 바람직합니다. 이런 작업이 연쇄적으로 이루어지면, 교육과 문화의 발전이 함께 촉진됩니다.

쎈야:《조선일보》에 나온 기사를 읽고 문화대학을 하시는 것을 알았어요. 구독하고 열심히 공부하고 있습니다. 유럽에 살면서 현지인들에게 한국어 수업을 진행하고 있는데, 언어뿐 아니라 한국문학까지도 전달될 수 있게 저 스스로 공부도 많이 하고 고민도 많이 해봐야 할 것 같아요. 유익한 영상 감사드리고, 건강하세요!

조동일: 멀리서 보내주신 소식 반가워하면서, 거리가 없어진 것을 실감합니다. 자주 들러 서로 도움이 되는 이야기 많이 하기를 기대합니다.

　　　　　● ● ● ● ●

4-9 대학입시

문제를 찾아서 토론하는 교육, 조사하고 체험하는 교육을 하면서 대학입시는 구태의연한 방식으로 치르면 모든 노력이 헛되다. 학생들이 학교교육을 외면하고 대학입시 경쟁에서 유리한 위치를 차지하려고 사교육에 매달리게 된다.

구태의연한 대학입시를 철폐해야 교육이 정상화된다. 수학능력시험을 없애는 것이 가장 큰 과제이다. 대안이 무엇인가 하고 성급하게 물을 것을 예상하고, 심층면접 구술고사라는 대답을 제시하고, 둘을 비교해 고찰한다.

수학능력시험    심층면접

------>I                    I------>

수학능력시험에서는 도달점을 정해놓고 도달점에 얼마나 가까이 갔는지 측정한다. 고등학교에서 공부한 내용 가운데 가장 요긴한 것을 간추려 도달점으로 한다. 도달점이 너무 멀면 성적이 나빠질 수 있으니, 가까이 당겨놓고 완전하게 도달한 만점자가 나오기를 기대한다. 도달점을 뛰어넘을 수는 없으니 만점 이상의 점수는 없다. 만점자가 늘어나 모든 응시자가 만점을 받는 것이 최대의 목표이다.

심층면접에서는 도달점이 아닌 출발점을 정해놓는다. 고등학교에서 공부한 기본 수준을 출발점으로 하고, 각자의 창조주권이 발현해 거기서 얼마나 더 나아갈 수 있는가 알아본다. 한계는 무한하다. 출제를 하고 질문을 하는 교수가 생각한 것이 한계가 아니다. 그것을 넘어서서 얼마든지 더 나아갈 수 있다.

나는 어떻게 했는지 예를 들어 말한다. 문제를 여럿 만들어 놓고 응시자가 뽑아 대답하게 했다. 문제 하나를 든다. "2와 둘은 어떻게 다른가?" 이 질문을 받고 대부분 당황했다. 전연 예상하지 못해 대답할 말을 준비한 것이 없고 생각해 내야 하기 때문이다. 이 질문에 대한 대답은 미리 예상할 수 없을 만큼 다양하다. 채점의 기준을 정해놓을 수도 없다. 이렇게 말하면 너무 막연해 몇 가지 예시를 한다.

(가) 2는 세계 공용의 숫자이고, 둘은 한국어 단어이다.

(나) 2는 누구에게든지 항상 꼭 같고, 둘은 사람에 따라서 경우에 따라서 다르다.

(다) 2는 항상 2이지만, 둘은 둘이면서 하나일 수 있다.

이런 대답은 단계적인 차이가 있다. (가)는 이미 드러나 있는 사실을 지적해서 말한 데 그쳤다. (나)는 일상성을 깨뜨리고 새로운 사고의 단서를 찾아내는 발상의 전환이 무엇인가 보여주고 있다. (다)는 새로운 발견의 가능성을 찾았다.

좋은 대답이 얼마든지 더 있다. 그것이 무엇인지 나로서는 알지 못하니 말할 수 없다. 용기를 가지고 달려나가는 사람이 무한하게 열려 있는 새로운 탐구의 주역이 된다. 대학입시에서 이런 학생을 선발하면 교수도 함께 발전한다.

⊛ 댓글과 답글

이복규: 2와 둘의 차이? 낙방할 뻔했네요.

조동일: 쓸데없는 준비로 창조주권 발현을 봉쇄하지 않았으면, 좋은 대답이 술술 나옵니다. 고정관념을 버리면, 창조의 물꼬가 터집니다.

만주벌판: 감사합니다. 혁신의 폭을 생각해봅니다.

조동일: 공연히 다른 생각을 하다가 만주벌판처럼 활짝 열려 있는 혁신의 폭을 부당하게 줄이지 않았으면, 스스로 감사해야 합니다. 열어야 하는데 닫고, 늘여야 하는데 줄이는 교육의 피해자가 되지 않으려면 비상한 예지와 결단이 필요합니다.

⊛ ⊛ ⊛ ⊛ ⊛

## 4-10 대학교육

앞의 강의에서 말했다. 국사를 한국문학사나 한국철학사와 함께 공부할 수 있다. 국사를 동아시아사나 세계사와 관련시켜 이해할 수도 있다. 국사를 사회학이나 경제학과 나란히 공부할 수도 있다. 이렇게 하면 어떤 선생이 수업을 할 수 있는가 하는 항변이 제기될 수 있다.

고등학교 교육을 고치려면 입시 방법만 바꾸지 말고, 대학교육을 고쳐야 한다. 먼저 제도 개혁의 개요를 제시한다. 대학의 학사과정은 학과 구분을 없애고 무엇이든지 공부할 수 있는 곳으로 한다. 전공은 대학원에서 한다. 사범대학 같은 직업대학은 학사과정을 없애고 대학원 과정만 둔다. 대학원의 석사과정은 전문 직업의 자격을 필요로 하는 분야에만 둔다. 학문을 하는 분야는 석박사통합과정만 둔다.

대학 학사과정 공부는 어떻게 하는가? 학과나 전공 구분 없이 하고 싶은 공부를 하되, 필수 사항을 하나, 권장 사항도 하나 둔다. 어느 학문 분야 취득 학점이 전체 학점의 3분의 1 이내여야 하는 것은 필수이다. 외국어를 영어나 한문을 포함해서 3종 이상 공부해야 하는 것은 권장 사항이다. 장차 석박사통합과정에 입학해서 박사학위를 취득하려고 하면 3종 이상 외국어 고급 시험에 학사과정을 마치기 전에 통과해야 한다.

학과나 전공 구분 없이 하고 싶은 공부를 하도록 하는 것은 이중의 의의가 있다. 광범위한 기초를 닦고, 대학원에서 전공할 분야를 널리 탐색하고자 하는 것은 소극적인 의의이다. 학문 세분화의 폐단에서 벗어나 변화하는 세계에 능동적으로 대처해, 창조주권을 새롭게 발현하는 것은 적극적인 의의이다. 분석을 능사로 삼는 근대가 가고 통합을 지향하는 다음 시대가 시작되려고 하면, 교육도 달라져야 한다.

교수가 개설하는 강의는 지금까지의 개론에서 벗어나 참신한 문제 제기로 이루어져야 한다. 《학문론》에서 커다란 의문이라고 한 것들을 본보기 삼아 든다.

시간과 공간은 시작과 끝이 있는가? 지구의 종말이 다가오는가? 사람은 다른 생물보다 우월한가? 생태 환경의 가치는 무엇인가?

문명의 충돌은 해결할 수 있는가? 상이한 종교가 공존할 수 있는가? 민족은 경계가 무너지다가 소멸되는가? 인류의 언어는 단일화되는가?

소통과 화합을 이루는 길은 무엇인가? 풍요와 행복의 관계는 무엇인가? 빈곤의 악순환을 멈출 수 있는가? 우연과 필연은 따로 노는가?

상극과 상생은 어떤 관계인가? 선진과 후진은 어떻게 교체되는가? 다음 시대는 어떤 시대인가?

이런 문제를 온통 다 다룰 수는 없다. 어느 한 부분에 대해 교수가 새롭게 연구를 하면서 강의한다. 강의 후반부에는 학생들이 문제를 좁혀서 가다듬고 탐구해 얻은 바를 발표하고 토론한다. 필요한 경우에는 현지조사를 병행한다.

학생들과 함께 구비문학 현지조사를 하는 것을 구상한다. 학교교육을 조금만 받은 할아버지나 할머니들이 우리말의 본원문법을 완벽하게 실현하면서, 문학과 예술이 분화되어 있지 않은, 근원적인 창조주권 발현의 본보기를 보여주는 것을 감격스럽게 인지한다. 후진이라고 여기던 것이 선진이어서, 선진이라고 자부하던 지식이 후진인 것을 확인한다.

이렇게 하는 것이 최상의 교육이다. 구비문학 현지조사를 잘하면서 경쟁과 협동의 관계를 체험해 공부하도록 하는 것을 1-12 〈소통·협동·봉사〉에서 말했다. 구비문학 현지조사가 나의 공부에서 어떤 의의를 가지는지 2-15 〈민요에서 찾은 희망〉에서 말했다.

● 댓글과 답글

이복규: 후천 맞이 준비군요.

조동일: 그렇습니다. 선천에서 후천으로 가면서 선후가 역전됩니다. 탁월한 통찰과 단호한 결단이 있어야 합니다.

만주벌판: 감사합니다. 고루 인식합니다.

조동일: 만주벌판처럼 넓은 마음 고루 돌아보는 것이 마땅한 인식입니다.

백두부: 외국어 삼종 공부의 출발은 초등학교 한문과 영어에서부터 하고, 거기다가 학문이나 직업에서 필요한 다른 말을 보태는 것이 좋겠습니다.

조동일: 한문이나 영어도 필수가 아닌 선택이어야 합니다. 많은 선택의 기회를 일찍부터 보장해야 합니다.

## 4-11 박사의 수준

대학에서 배출하는 박사의 수준은 그 나라의 수준을 평가하는 척도이다. 이제 일본은 내려가고 한국이 올라간다고 하는데, 박사를 놓고 보면 의문이다. 대한민국학술원 회원 가운데 일본박사가 여러 분이다. 분야가 어느 한쪽에 치우치지 않았다. 대한민국학술원과 상응하는 일본학사원 회원 가운데 한국박사가 여럿 있을 날이 언제 올 것인가?

이렇게만 생각하면 편협하다. 학술원 회원 가운데 일본박사가 여럿인 것만 말하지 말고 미국박사는 무수히 많은 것도 말해야 한다. 대학도 다르지 않다. 어느 대학이든지 같다. 미국박사가 많으면 교수진을 잘 갖추었다고 한다. 국내박사는 있으나 마나 하다고 여기고, 외국박사라야 알아주고 교수 자격을 제대로 갖추었다고 하는 나라는 후진국이다.

대학 교수진 구성에서는 선진국을 따르면서 원망하는 시대는 끝나고 있다는 말이 타당하지 않고, 세계사의 대전환이 요망된다고 하기 어렵다. 우리가 앞장서서 미래를 개척해야 한다고 나라 안팎에서 일제히 하는 말이 대학에서는 들리지 않는다. 대학은 빼놓고 나라가 발전할 수는 없다.

대학은 이런 형편인데, 코로나 바이러스 역병 퇴치에서 모범을 보여 다른 어느 나라보다 앞서나가는가? 삼성전자가 물건을 잘 만들어 파는 것까지 보태 말해보자. 몇 가지 기술이 뛰어나면 최선진국인가? 아니다. 나라를 평가하는 기준은 박사의 질이다. 박사가 최상의 인력이고, 두뇌에 해당하는 기능을 하기 때문이다.

아무 대학에서나, 누구나 지도를 하니 박사의 수준이 낮다고 여기고 박사학위를 줄 수 있는 대학을 평가가 높은 대학으로 제한하자는 주장이 있으나 부당하다. 희소한 것을 박사의 가치로 삼을 수는 없다. 국내박사가 희소해지면, 외국박사 수입이 더욱 확대된다.

평가가 높은 대학이 교수진이 잘 구성된 것은 아니다. 장래성이 보이던 사람이라도 자리를 잘 잡으면 나태해지고 쓸데없는 권위가 생겨 학문과는 멀어지는 것을 흔히 본다. 박사논문을 지도하면서 사람됨에 대한 일방적인 판단을 앞세워 논문을 잘 쓰는 학생은 나무라고, 못 쓰는 학생은 칭찬하는 것이 예사이다.

"아무 대학에서나"보다 "누구나" 박사논문을 지도하는 것이 더 잘못되었다. 박사논문을 지도할 자격을 갖춘 교수를 검증하는 것이 마땅한 대책이다. 이를 위해 독일에서 모형을 만든 교수자격 취득(Habilitation) 제도 채택을 제안한다. 유럽 각국은 물론 일본이나 중국까지도 하고 있는 일을 이제 따르는 것을 부끄럽게 여기지 말고, 더 잘하는 방법을 강구해야 한다.

우리 제도를 구상한다. 박사 지도 자격을 얻어야 정교수이게 한다. 그 자격을 얻으려면 연작 논문이나 단행본으로 이루어진 수준 높은 연구업적을 제출해 심사를 받아야 한다. 교수 자격을 얻지 못해 부교수까지 승진하는 데 그치더라도 잘 가르치면 정년까지 봉직할 수 있게 한다. 부교수도 석사 논문은 지도할 수 있다.

교수는 학생을 스스로 선발해 지도한다. 학과 안팎 또는 다른 대학의 어느 교수가 하는 어떤 강의를 수강하도록 할지 학생의 요구를 받아들여 결정한다. 재학 기간이나 취득 학점 수도 융통성을 가지고 조절한다. 교수와 학생은 충분한 기간 동안 깊고도 철저한 토론을 한다. 토론에서 학생이 이겨 논문을 완성해 제출하면 공람에 회부해 많은 사람의 검토를 받는다. 학생이 선생과 토론해서 이겼는지, 공개해서 하는 심사에서 판정한다.

교수는 상당한 액수의 장학금을 지급하는 권한을 가진다. 학생이 외국 대학에 가서 필요한 공부를 하고, 자료를 수집하게 하도록 할 수도 있다. 외국에서 박사학위를 취득하는 것보다 외국에서 얼마쯤 공부하고 돌아와 국내에서 박사논문을 완성하는 것이 더 좋은 방법일 수 있게, 교수가 각별한 노력을 해야 하는 의무를 지닌다.

박사학위에는 지도교수 성명을 명시한다. 누가 지도했는가 하는 것이 박사의 질을 보장하는 증거이다. 어떤 박사논문을 지도했는가 하는 것이 교수를 평가하는 척도이다. 교수 이력에 지도한 박사의 성명을 명시한다. 어느 대학에서 배출한 박사인가 하는 것은 무의미하게 되어, 학벌 차등이 없어진다.


● 댓글과 답글


만주벌판: 감사합니다. 앎의 참된 진리를 익혀갑니다.

조동일: 앎, 참, 진리, 이 모두가 자세를 낮추고 감사하는 마음을 갖추

면 차츰 익어갑니다.

이복규: 그 제도가 정착하면, 구색 맞추기 위해 들어가는 심사위원은 저절로 사라지겠군요.

조동일: 지도교수뿐만 아니라 심사위원도 학위논문에 대해 계속 책임을 져야 합니다.

박용: 소리가 낮아 듣기 어려웠다가 이제 잘 들립니다.

조동일: 소리는 들으면 되고, 말은 알아들어야 합니다.

● ● ● ● ●


## 4-12 연구교수

강의와 연구는 밀접한 관련이 있지만 함께 하기 어렵다. 강의는 되풀이해서 하는 훈련이고 연구는 앞으로 나아가야 한다. 전국의 모든 교수에게 강의도 잘하고 연구도 잘해 해마다 몇 편씩 논문을 내라고 하는 것은 무리이다. 써내는 논문이 함량 미달이거나 가짜이지 않을 수 없다. 이렇게 하는 나라는 세계 어디에도 더 없다.

강의교수와는 별도로 연구교수가 있어 강의 없이 연구에 전념하도록 거의 모든 나라에서 배려하고 있다. 과학원 제도를 소련에서 정착시킨 것을 중국, 대만, 월남, 북한 등지에서 따르고 있다. 독일은 연구소 단위로, 불국은 개개인이 하고 싶은 연구를 하도록 한다. 일본에는 대학 안팎의 연구소에 연구교수가 있다. 연구교수가 한국에는 없어 연구의 수준이 높지 못하다. 수입학에 머무르고 창조학을 하지 못하는, 추종자 학문이나 하고 선도자 학문은 하지 못하는 것이 이 때문이라고 할 수 있다. 이제라도 늦지 않았으니 우리에게 적합한 좋은 제도를 만들어 앞질러 나가는 길을 찾아야 한다.

연구교수 후보가 연구교수가 되어 강의교수의 지휘를 받도록 하는 일이 더러 있는데, 아주 잘못되었다. 연구의 업적과 능력이 탁월한 교수가 희망하면 다음에 말할 학술총괄원의 심사를 거쳐 연구교수가 되어야 한다. 선발된 연구교수는 학과를 떠나 소속 대학의 어느 연구소에 자리를 잡거나 연구소를 창설한다. 연구교수는 자기가 판단해 임의로 초빙한 동료교수 약간 명과 연구단을 만들어 함께 연구하고 함께 평가받는다. 연구교수의 인건비는 공사립을 막론하고 국가에서 부담한다. 연구교수는 강의교수가 하기 어려운 연구를 해서 학문 발전을 가속화하고, 교육이나 문화의 수준을 획기적으로 발전시킨다. 국가를 재건하고 세계사를 쇄신하는 지침을 제공하기까지 한다.

연구단 구성원은 3인으로 하는 것이 적절하다. 독일인이 선호하는 연구소 단위의 공동연구, 불국인의 기호에 맞는 개인연구의 중간 형태를 택해, 3인이 서로 자극을 주고 조언과 비판을 하면서 함께 연구하는 것이 한국인의 심성에 가장 적합한 제도이다. 집단이 크면 능률이 떨어지고, 개개인이 따로따로 연구하면 잘하고 있는지 알기 어렵다. 3인이 공동운명체가 되어 같이 연구하게 하는 것이 최상의 방법이다. 개개인을 평가하지 않고 3인의 업적을 함께 평가하면 서로 최대한 도우면서 노력을 몇 갑절하고 능률을 극대화할 수 있다. 연구교수는 사전에 연구계획을 제출하지 않고, 하고 싶은 연구를 자유롭게 한다. 어떤 연구를 할 것인가? 몇 가지 예시를 한다.

(가) 획기적인 이론을 만들어 학문의 역사를 바꾸는 연구: 선도자의 연구, 패러다임(paradigm) 교체, 창조학 등으로 일컬어지는 것이 어떻게 이루어지는지 밝히고, 필요한 작업을 실제로 할 수 있다.

(나) 학문 분야의 구분을 넘어서서 협동하는 연구: 인문·사회·자연학

문; 문학·사학·철학; 한국·중국·일본문학, 이와 같은 여러 차원에서 다양한 공동의 관심사를 연구할 수 있다.

(다) 작업량이 아주 많아 하기 어려운 연구: 세부 사항까지 갖춘 철학사, 문학사, 사회사 같은 것을 쓸 수 있다. 아직까지 이루어지지 못한 한국철학사를 명실상부하게 쓰려면 이 방법을 사용해야 한다. 한국철학의 어느 측면을 각기 전공해 상보적인 관계를 가진 3인이 여러 해 동안 공동작업을 해서 한 사람이 쓴 것 같은 한국철학사를 내놓는 것이 바람직하다.

(라) 장기간 현지에 체재하면서 해야 하는 연구: 중국의 어느 소수민족에 대한 현지연구를 언어·문학·문화 전공자가 장기간 현지에서 함께 체재하면서 하는 것과 같은 작업을 세계 어디 가서든지 다양하게 할 수 있다.

연구단 구성원 3인의 업적에 대한 평가를, 5년마다 받도록 하는 것이 좋다. 개인별 평가는 하지 않고 총괄평가만 한다. 이 평가는 학술총괄원에서 한다. 상위의 평가를 받으면, 연구단을 확대할 수 있다. 중위의 평가를 받으면, 연구단이 그대로 유지된다. 하위의 평가를 받으면 연구단이 해체된다.

연구교수는 연구가 필수이고 강의는 선택이다. 진행하고 있는 연구와 관련된 강의를 하나 임의로 개설할 수 있게 한다. 박사논문 지도 자격을 얻고, 박사논문을 지도할 수 있다. 연구가 훌륭하면 훌륭한 박사를 배출할 수 있다. 훌륭한 박사가 훌륭한 연구교수가 될 수 있다.

◎ 댓글과 답글

이복규: 그 제도를 어서 전면적으로 시행해야 합니다.

조동일: 성과를 확인해가면서 시행을 점차 확대해야 합니다. 제도가 마련되어도 할 수 있는 일을 찾아, 작은 것부터 실행하려고 노력합시다.

만주벌판: 감사합니다. 앎의 참된 진리를 찾아가고 배웁니다.

조동일: 자기 자신에게 감사하고, 스스로 배우는 것이 더 좋습니다. 만주벌판에 인위적으로 바람이 불게 할 수는 없습니다.

● ● ● ● ●


### 4-13 학술총괄원

학문 활동을 총괄하는 기관을 학술총괄원이라고 하자. 이런 것이 거의 모든 나라에 다 있는데 한국에는 없다. 과학기술자문회의, 과학기술연구회, 경제인문사회연구회, 한국연구재단 등이 각기 설치되고 서로 무관하게 활동하고 있어 혼선을 빚어낸다. 총괄은 그 어디서도 하지 못한 채 방치되어 있다.

학술총괄원이 있어야 일상적인 연구행정에 매몰되지 않고 장기적인 연구정책을 세우고 집행할 수 있다. 학술총괄기구는 세계 각국에 다양한 형태로 있고, 각기 그 나름대로의 특색과 장단점을 보여준다. 이에 관한 비교고찰을 《학문의 정책과 제도》에서 했다. 각국의 전례를 참고해 우리는 우리에게 적합한 기관을 만들어 앞서 나가는 길을 찾아야 한다. 이에 관한 입안을 《통일의 시대가 오는가》에서 한 것을 간추려 옮긴다.

우리가 만들 학술총괄원은 어떤 것이어야 하는가? 정부의 부서가 아닌 독립체여야 하고, 준정부기관인 것이 적합하다. 여럿으로 나누어져 있지 않은 단일기구여야 하고, 협의체가 아닌 상설기구여야 한다. 학술의 모든 영역을 관장해야 한다. 최고 수준의 학자들을 구성원으로 하고, 학술 연구를 기획하고 관리하는 최상의 능력을 발휘해야 한다. 다음과 같은 사항에 대한 정책을 입안하고, 실행한다.

(가) 학술 전반에 관한 점검, 평가, 진로 개척

(나) 연구비 예산 및 배분의 적정성, 사용의 효율적 방안

(다) 연구 분야의 재조정, 중점 육성 분야 선정 및 지원

(라) 학술의 장래와 관련된 대학 개편

(마) 국립 연구기관의 평가와 감독, 관계 및 구조조정, 신설 및 폐지

(바) 연구교수 선발 및 평가

(사) 학술의 국제교류

(아) 학술 연구 정보 수집 제공


　학술총괄원은 대한민국학술원과 밀접한 관련을 가지고 전문성과 수월성을 확보한다. 학술총괄원장을 대한민국학술원 회원들이 회원 가운데 선출한다. 학술총괄원장은 학술연구원 운영위원을 대한민국학술원 회원 가운데서 임명한다. 원장이 운영위원들과 협의해 전문적인 능력을 갖춘 실무진을 구성한다. 학술총괄원은 정부에서 제공하는 예산으로 운영한다. 입안한 정책을 국무총리에게 제출해 승인을 받는다. 입안한 정책 가운데 스스로 집행할 수 없는 것은 정부에서 실행하도록 한다.

　연구비 예산 및 배분의 적정성, 사용의 효율적 방안에 관한 임무를 충실하게 이행하기 위해 한국연구재단을 산하기관으로 하고, 연구비 지급을 감독한다. 연구비가 늘었어도 운영을 잘못해 역효과를 내기까지 하는 잘못을 바로잡는다. 연구비를 전도금으로 지급하고, 연구계획이 아닌 결과를 평가해 정산의 타당성을 검증하는 방향으로 나아가도록 한다.


　⦿ 댓글과 답글


이복규: 실무적인 학술원이라 하겠군요.

조동일: 실무가 늘어나도 잘하려면, 특별한 각오와 노력이 필요합니다.

만주벌판: 감사합니다. 지금 시대 나아갈 길, 휴머니즘도 생각해봅니다.

조동일: 휴머니즘은 나아길 길이 아니고, 청산의 대상이라고 생각합니다. 인간을 옹호하지 말고, 다른 생명에 대한 횡포, 자연을 파괴하는 죄과를 나무라고 시정해야 합니다. 인간은 우월하다는 차등론을 버리고, 만생대등론을 대안으로 삼는 것이 창조주권의 진정한 발현입니다.

농담을 하나 하니 용서해주기 바랍니다. 요즈음 개를 사람보다 더 위하는 개중심주의가 유행합니다. 사람이 으뜸이라고 하는 인간중심주의 또는 휴머니즘이 개중심주의보다는 낫습니다. 내친김에 말을 더 합니다. 사람은 난방을 할 줄 알지만 개는 눈 속에서도 잘 수 있어, 서로 대등합니다. 개를 방에서 재우고 옷을 입히기까지 해서 사람과 대등하지 못하게 하면서, 개를 사랑한다고 합니다. 너무 큰 맹견과 아주 작은 애견이 딴 종인 듯이 갈라놓은 것까지 사랑인가요? 자연의 이치인 대등을 인위적으로 조작해 차등을 키우는 잘못을 깊이 사죄해야 합니다.

● ● ● ● ●

## 4-14 공개강의

이제부터는 학교교육만 교육이라고 하지 말고, 평생교육을 더욱 중요시해야 한다. 누구나 평생교육을 위한 공개강의를 들으면서 하고 싶은 공부를 할 수 있게 해야 문화복지국가를 이룩할 수 있다. 문화복지국가는 문화 향유의 차등을 없애는 데서 더 나아가, 누구나 창조주권을 나날이 새롭게 발현하는 즐거움을 누려 행복하게 한다.

실질적인 혜택이 무엇인지 말해보자. 형편이 되지 않아 진학을 하지 못했거나 입시에 실패했어도 어렵지 않게 재기할 수 있다. 학벌 자랑이 무의미해져 입시경쟁이 완화된다. 악덕 사학이나 마음에 들지 않는 교육의 횡포에서 벗어날 수 있다. 노동시간이 줄어들어 남는 시간을 아주 효과적으로 이용할 수 있다. 인생 이모작 이상을 쉽게 할 수 있다. 수명이 길어져도 무료하지 않고 알차게 살아갈 수 있다.

새로운 교육을 기존의 교육부에 맡길 수 없다. 설계와 시공을 참신하게 하는 별도의 기구가 있어야 하고 평생교육원이라고 하고, 현재의 평생교육평가원을 흡수한다. 평생교육원을 학술총괄기구 산하에 두어 일반직의 침투를 막고, 새로운 강의를 최고 수준으로 개설할 수 있는 능력을 갖추도록 한다. 책임자는 탁월한 학자여야 하고, 실무자는 교육 전문직이어야 한다. 이 기구에서 당장 해야 할 일을 예시하면 다음과 같다.

전국 모든 공개강의를 온 라인과 오프 라인 양쪽의 것 모두 일제히 조사해 연결망을 만든다. 방송통신대학의 강의, 대학이나 공공기관에서 하는 각종 문화강좌, 사설단체나 개인이 하는 공개강의, 개인이 유튜브에서 하는 강의를 모두 포함한다. 인터넷에 올라 있는 이 연결망을 이용해 모든 공개강의를 점검하고, 필요한 것을 찾아낼 수 있게 한다.

공개강의의 수준을 향상하고 내용을 충실하게 하기 위해 새로운 강의를 개설한다. 불국의 콜레즈 드 프랑스(Collège de France)에서 하듯이, 석학으로 평가되는 교수가 새롭게 하고 있는 연구를 공개하고, 관련된 연구에 종사하는 학자들과 토론한다. 강의를 하는 교수는 우선 학술원 회원 가운데 지원자로 하고, 정년퇴임을 갓 한 석학을 초빙한다.

공개강의를 점검하고 평가하고, 우수한 것은 학사급, 석사급, 박사급이라고 지정한다. 학점은행 제도를 채택해, 해당 등급의 강의를 수강하고 취득한 학점을 모아 학위를 받을 수 있도록 한다. 위에서 말한 새로운 강의는 당연히 박사급이다. 개인이 유튜브에서 하는 강의에도 박사급이 있을 수 있다. 이 제도로 대학원 교육의 내실을 보충한다.

좋은 강의를 선정해 재정 지원을 한다. 학위 취득에 이용할 수 있는 강의는 이에 당연히 포함시키고, 그렇지 않은 것들이라도 평가를 얻으면 지원한다. 이를 위해 많은 예산을 확보하는 것이 좋다. 공개강좌 수강자에게는 어떤 부담도 주지 않고 혜택만 베풀어 물질적인 면에서도 복지이게 한다.

지금까지의 복지는 물질의 결핍을 보완해주는 것이었다. 물질의 결핍을 보완하면 행복해지는 것은 아니다. 물질보다 정신의 결핍이 더 심각한 문제이다. 지금까지 말한 평생교육을 위한 공개강의는, 정신의 결핍을 느끼지 않고 창조주권을 대등하게 발현해 행복을 누리는 데 크게 도움이 된다.

● 댓글과 답글

이복규: 정신의 결핍을 충족시켜 주는 문화복지, 이를 위한 평생교육원 제도, 좋은 강의 지원, 모두 정보화시대에 필요하고 가능한 제도입니다.

조동일: 총론을 위해 몇 가지 본보기를 들었을 따름이고, 각론 구상은 앞으로의 과제입니다.

현금석: 이 강의는 예수가 말하는 천국이 하늘에 있지 않고 우리가 살고 있는 이 땅이며, 석가가 말하는 해탈이 피안에 있지 않고 우리가 살아가는 순간순간이라고 일러준다. 평생교육론을 말하는 것이 여태까지 인류가 실험한 좌파우파의 교육실험을 뛰어넘는 교육론이자 사회론이며, 종교론이자 국가론이다. 나는 이 강의를 들으며 눈이 번쩍 떠지는 경험을 했다.

조동일; 학교교육을 국가가 전적으로 부담해 실시하는 데서는 뒤떨어진 후진의 처지를, 평생교육의 혜택을 누구나 무료로 평생 누릴 수 있게 하는 선진의 제도를 마련해 일거에 역전시키자는 제안이다. 이것은 경비는 적게 들고 효과는 월등한 장점만 있지 않다. 누구나 지니고 있는 창조주권을 차원 높게 발현하는 것이 대등임을 분명하게 한다.

● ● ● ● ●

4-15 도서관

2005년 《문화일보》에 게재한 글에서 말했다. 10월 28일 오랜 떠돌이 시대를 접고 마침내 용산에서 제자리를 잡고 개관한 국립중앙박물관은 세계 최고 수준이다. 이 놀라운 구조물이 많은 것을 말해준다. 우리가 무엇을 이룩하고 살아왔는지 국내외에 알려 깊은 자부심을 가지게 하고 널리 관심을 일깨운다. 정치나 경제만 소중하게 여기지 말고 문화 창조에 더욱 힘써야 한다고 가르친다.

문화대국이 우리의 미래임을 명시하기 위해 반드시 필요한 과업을 과감하게 추진했다. 규모나 예산에서 무리를 했다고 나무랄 것은 아니다. 관계자들의 용단을 치하한다. 나라 일이 하나도 제대로 되지 않는다고 개탄하는 비관주의를 떨쳐버리자.

그러나 박물관만 훌륭하면 문화대국이 되는 것은 아니다. 박물관과 도서관이 함께 있어야 한다. 둘은 외형과 내실의 관계를 가진다. 우리 문화의 수준이나 가치를 박물관은 밖으로 나타내는 데 더 많은 기여를 하고, 도서관은 안에서 이룩하도록 하는 장소로서 한층 소중하다.

국립박물관은 이제 세계 최고 수준이지만, 국립도서관은 부끄럽게도 세계 최하 수준이다. 국립도서관을 다시 만들어 불균형이 한층 심해졌다. 이대로 둔다면 문화대국을 향해 나아가자는 것이 거짓말이다. 문화 기형국의 본보기를 보여주어 웃음거리가 될 따름이다.

도서관은 대학도서관을 강화하면 된다고 책임을 전가하지 말아야 한다. 대학은 형편이 어려워 도서관을 제대로 키우지 못한다. 고가의 외서를 중복해 사느라고 불필요한 출혈을 한다. 제대로 된 나라는 국립도서관을 크게 만들고 충실한 내용을 갖추어 학문 연구를 보장하고 필요한 정보를 널리 제공한다.

불국이나 영국에 가서 거대한 박물관을 잠시 둘러보는 관광객이 많아, 국립박물관을 다시 만들어야 한다는 여론 형성에 기여했다. 국립도서관이 또 하나 불국의 자랑인 줄은 반드시 알아야 할 사람들마저 모른다. 보물 창고인 구관은 그대로 두고, 미테랑 대통령이 자기 이름을 붙여 만든 신관에 벌써 도서 1천만 권, 정기간행물 35만 종을 갖추었다. 세계 각국에서 나오는 중요한 책을 다 모은다. 내 저서가 여럿 있는 것을 확인하고 놀랐다.

불국과 영국은 박물관과 도서관을 두고 오랫동안 경쟁해왔다. 영국에는 대영박물관과 대영도서관이 양립하고 있다. 대영도서관은 어떤 곳인가? 자기네 홈페이지에서 알리고 있는 사실을 몇 가지 옮겨보자. 소장 자료가 도합 1억 5천만 종이고, 매년 3백만 종씩 늘어난다. 서가의 길이가 625킬로이고, 매년 12킬로씩 늘어난다. 신관은 20세기 영국의 최대 건물이다.

이제 우리 국립박물관은 루브르박물관이나 영국박물관과 거의 동급이다. 국립도서관도 대등한 수준으로 만들어야 하는 절대적인 과제가 제기되었다. 국립도서관은 신축해서 이전했지만, 국립도서관은 불국이나 영국의 경우처럼 구관은 그대로 두고 신관을 다시 만들어야 한다. 신관에다 전 세계의 새로운 도서와 정기간행물을 모으는 것이 이미 공인된 정석이다.

국립도서관을 다시 만들 돈은 없다는 억지소리를 하지 말아야 한다. 외형만 소중하게 여기고 내실에는 관심을 가지지 않는 풍조 탓에 오판을 할까 염려된다. 위신을 생각해서 용단을 내리자는 것은 아니다. 도서관은 박물관보다 한층 더 직접적인 기능을 가지고 나라의 사활을 좌우한다.

시대가 바뀌어 제대로 된 도서관의 필요성이 더 커졌다. 세계화시대가 요구하는 학문을 하고 정보를 얻으려면 지구 전체의 움직임을 소상하게 알아야 한다. 가까이 있는 두 나라 중국과 일본에서 출간되는 자료마저도 제대로 갖춘 도서관이 없어 장님 노릇을 하면서 무식을 용기로 삼는 어리석은 짓은 이제 그만두어야 한다.

덧붙이는 말을 한다. 국립도서관만 잘 만들고 많은 책을 갖추면 되는 것은 아니다. 도서관은 많고 많아야 한다. 고장마다 마을마다 도서관이 있어야 한다. 장소만 다르고 장서는 거의 같은 도서관만 많은 것은 풍요 속의 빈곤이다. 전문도서관이나 특수도서관이 필요한 대로 있어야 한다.

양극단의 본보기를 들어본다. 외국학술잡지 도서관에 모든 나라의 것을 구비해야 한다. 만화도서관에 거의 모든 만화가 있어야 한다. 취향이나 수준이 각기 다른 사람들이 저마다의 창조주권을 발현하는 데 참고가 되는 자료를 다각도로 구비하는 것도 문화복지국가를 만드는 기초공사의 하나이다.

● 댓글과 답글

이복규: 세계 각국의 책을 다 볼 수 있는 도서관. 생각만 해도 행복합니다.
조동일: 그래야 하는 때가 되었습니다.

만주벌판: 감사합니다. 사회가 밝아지고 미래가 새롭게 됨을 인식을 합니다.
조동일: 그렇게 되어야 합니다.

현금석: "내 말은 알기가 아주 쉽고 실천하기도 매우 쉽다. 허나 세상엔 내가 하는 말을 알아듣는 자도 없고 행동으로 옮기는 자도 없다."(吾言甚易知 甚易行 天下莫能知 莫能行.) 세상을 쥐락펴락하는 당대의 권력자들을 향해, 노자가 신랄하게 꾸짖는 말이다. 이 강의에서 하는 말은 노자가 하는 말보다 더 간단하고 실행하기도 훨씬 쉽다. 중앙정부는 국립도서관을 새로 만들어 세계 최고 수준의 장서를 갖추고, 지방정부는 각 시도

의 특성에 맞춰 전문도서관을 다양하게 세웠으면 한다. 내가 사는 인천시 연수구엔 연수구립공공도서관이 7개(어린이도서관 2개 포함)나 있는데, 장서도 빈약하고 특색도 없다. 우리나라의 세계적인 기업이나 억만장자들도 미술품이나 골동품 수집에만 몰두하지 말고, 제대로 된 도서관 건립에 관심을 가졌으면 좋겠다. 미국의 철강왕 카네기가 미국 전역에 세운 도서관이 미국의 토대가 되었다는 사실을 상기시키고자 한다.

조동일: 책을 볼 뜻도 겨를도 없는 무자격자들이 국정을 농단한 비참한 결과가 도서관에 나타나 있다는 험한 말을 하면 충격을 줄 수 있을까?

●　●　●　●　●


## 4-16 문화복지

중국은 정치대국이고, 일본은 경제대국이라면, 우리는 문화대국이어야 한다는 말을 해왔다. 문화대국은 문화의 위세가 남다른 나라가 아니고, 문화의 혜택을 크게 누리는 나라여야 한다. 이런 줄 알고 문화정책의 지표를 바로잡아야 한다. 문화산업을 육성해 남들보다 앞서려고 하지 말고, 문화복지를 실현해 누구나 행복해지도록 해야 한다.

한류韓流 공연물이 세계 도처에서 환영을 받고 있는 것을 자랑할 만하다. 이것은 그 방면의 전문인들이 스스로 힘써서 한 일인데, 국가가 문화산업 육성에 힘쓴 성과라면서 생색을 내고 더 잘하도록 밀어주겠다고 하면, 찬물을 끼얹고 만다. 이권을 노리는 무리가 모여들고, 일반직 공무원의 갑질이 시작된다.

대중문화는 수출하고 고급문화는 수입하는 불균형이 심각한 문제임을 알아차리고, 해결책을 찾는 것이 당사자들이 알아서 할 수 있는 일은 아니다. 능력을 제대로 갖춘 정부가 고도의 지혜를 발휘해 감당해야 할 과제이다. 누구나 창조주권을 발현해 자기 나름대로의 창조물을 만들고 즐기도록 하는 것이 문제해결의 궁극적인 방안이고, 문화 발전의 기본방향이다. 이렇게 하는 것이 문화복지이다. 문화산업을 육성해 이익을 얻으려고 하지 말고, 누구나 혜택을 누리는 문화복지를 실현하는 방향으로 대전환을 해야 한다. 문화복지 창조물은 대중문화이면서 고급문화이다. 대중이 이룩한 대중문화이고, 순수한 마음으로 진지하게 창조한 고급문화이다. 대중이 이룩한 고급문화 공연물을 안에서 즐기고 밖으로도 내보내, 널리 기여하는 수준을 높이는 것이 마땅하다. 고급문화 자립이 바람직하게 이루어지면, 일방적인 수입은 없어지고 수출입이 균형을 이룬다.

문화복지를 실현하기 위해 국가에서 해야 할 일 가운데 특히 중요한 것이 '문화복지인' 제도를 두는 것이다. 자유롭게 활동하면서 자기 생각대로 문화복지를 실현하면서 살아가는 사람을 문화복지인이라고 하자. 문화복지인이 많이 있고 크게 활약할 수 있어야, 지금까지와는 다른 나라를 만들고 다음 시대를 바람직하게 이룩할 수 있다.

다음 시대는 창조주권을 누구나 대등하게 발현하는 대등사회라고 했다. 일상생활, 생업, 사회활동 등의 모든 영역에서 창조주권이 대등하게 발현되어 '삶'·'앎'·'나타냄'이 온통 달라지게 된다고 했다. 셋 가운데 특히 '앎'과 '나타냄'에서, 소득과 연결되지 않는 봉사활동을 하면서 대등한 문화 형성에 적극 기여하는 사람들이 문화복지인이다.

자유활동가의 생계를 공공의 예산으로 지원하는 것은 전례가 없는 일이라고 여기고 반대할 수 있다. 이에 대한 해명이 필요해 말을 덧붙인다. 전례가 없다고 생각되는 것은 널리 알려지지 않았기 때문이다. 불국 국립과학연구센터(CNRS)에 소속되어 교수급의 봉급을 받는 몇 만 명 연구원은 출근할 곳이 없는 자유활동가이며, 집을 일터로 삼고 원하는 연구를 한다. 그 덕분에 불국은 학문의 나라이고, 인문학의 발전을 주도한다.

우리의 문화복지인은 '앎' 영역에서 연구하는 학자만이 아니고, '나타냄' 영역에서 창작하는 예술가까지 포함한다. 양쪽이 포개지는 것은 바람직하다. 공공 예산으로 지급하는 보수를 받으면서 자유롭게 활동하도록 하되, 한 가지 조건을 둔다. 거주하고 활동하는 곳이 전국에 고루 분포되어야 하고, 창조의 성과를 지역사회에 우선적으로 알려야 한다.

궁벽하고 낙후한 지방에서 무엇을 더 할 수 있는가 하고 반문할 수 있어, 할 수 있고 해야 하는 것을 몇 가지 든다. 지금 문화해설사가 하고 있는 작업을 심화하고 확대해, 향토역사를 본격적으로 연구하고 널리 알리는 논문을 쓴다. 향토음식을 조사하고 연구하고 계승한다. 식물의 생태도 조사하고 연구해, 어떤 것을 재배해 어떻게 이용해야 할 것인지 찾아낸다. 민요와 설화를 수집해 구비문학 연구를 쇄신하고, 새로운 창작의 원천으로 삼는다. 향토의 산천을 그림으로 그리고, 노래로 나타낸다.

학문을 연구하고 출판하는, 예술을 창작하고 발표하는 작업이 지금은 인터넷을 이용해 온 라인에서도 이루어지며, 그 비중이 더 커지고 있다. 학문이나 예술을 서울이나 대도시에서 해야 할 이유가 없어진다. 대학의 교수가 아닌 자유활동가가 유튜브를 이용해 하는 강의가 박사급 가운데서도 최상으로 평가되고 학문의 역사를 바꾸어놓을 수 있다. 놀라운 영상 창작물을 어디서도 만들어 인터넷에다 발표할 수 있다.

자유활동가는 고독을 즐기려고 하지 말고 한 마을, 같은 고장에 사는 사람들과 가까이 지내면서 무엇을 하는지 알리고 함께 즐거워해야 한다. 강의나 창작을 평가하는 기관이 있어, 높은 평가를 얻으면 통상적인 보수에다 특별 상여금을 대폭 추가해 지급해야 한다. 문화복지인이 평가를 얻고 판매를 개척하기 위해 서울을 드나드는 일은 전연 없도록 해야 한다.

● 댓글과 답글

만주벌판: 감사합니다. 문화와 창조주권론.

조동일: 감사에 감사합니다. 서로 감사할 일에서 창조주권의 대등한 발현이 이루어집니다. 감사를 하지 않고 받기만 하려고 하면, 차등론으로 기울어지는 탓에 창조주권이 쭈그러집니다.

이복규: 널리 알려야 하겠습니다.

조동일: 그렇습니다. 말로 알리는 것보다 실행으로 알리는 것이 더 좋은 알림입니다. 더 좋은 알림은 채근하지 않아도 저절로 커집니다.

● ● ● ● ● ●


## 4-17 미술관과 공연장

미술관과 공연장이 문화복지인의 일터여야 한다. 일반 주민이 문화복지인과 만나고 행복을 함께 누리는 장소여야 한다. 많이 만들고, 적극적으로 이용해야 한다. 전국의 모든 시·군·구에 한 곳 이상의 미술관과 공연장이 있어야 한다.

미술관은 으리으리하게 지어야 한다고 생각하지 말아야 한다. 허름하게 보여 위화감을 느끼지 않고 쉽게 들를 수 있는 곳이 좋다. 진학 인구가 줄어 비어 있는 학교를 이용하는 것이 좋다. 대단한 것을 보여준다면서 발길이 멀어지게 하지 말고, 주민과의 거리를 좁히는 작품을 전시해야 한다.

외국에서 이름난 문제작을 모셔와 자랑거리로 삼으려고 하는 허영심을 버려야 한다. 말썽을 일으켜 튀려고 하는 작가들의 설치미술을 놀랄 만하게 늘어놓으면 미술관의 명성이 높아진다고 착각하지 말아야 한다. 온 세계를 휩쓰는 괴이한 유행사조를 멀리하고, 미술관이 누구나 마음을 편안하고 따뜻하게 해주는 안방이게 해야 한다.

가까이 있는 사람들이 문화복지 혜택을 누린다고 여기는 작품이 좋은 작품이다. 자기 고장 향토작가가 자연을 함께 즐기고 생활도 함께 해온 체험을 나타낸 그림을 상설전에서도 신작전에서도 보여주어, 미술관을 찾아 일상생활을 재발견하도록 해야 한다. 일반인들이 취미 삼아 그린 그림을 전시할 장소도 넉넉하게 제공해야 한다. 주민과의 밀착도로 미술관을 평가해 지원 액수를 정해야 한다.

공연장도 이와 같다. 전국의 모든 시·군·구에 한 곳 이상 있어야 한다. 음악, 무용, 연극, 영화 공연장을 두루 갖추고 다양하게 활용해야 한다. 화려하게 지은 거대극장에서 오페라를 할 수 없는 곳은 뒤떨어진다고 여기고 부끄럽게 생각하지 말아야 한다. 가까이 살고 있는 문화복지인들이 작은 규모의 음악, 무용, 연극 등을 새롭게 창작하는 공연에 온 동네 많은 사람이 참여하는 것이 가장 앞선 방식이다. 공연도 주민과의 밀착도를 평가해 지원 액수를 정해야 한다.

주민과 밀착되어 예술 창작을 공동으로 하는 방식으로 문화복지의 수준을 높이는 것은 세계예술사를 바꾸어놓는 의의를 가진다. 창작과 향유가 분리되고, 창작이 상품으로 거래되어 향유자에게 이르는 근대예술의 시대는 가고, 창작과 향유가 다시 일체를 이루는 다음 시대가 시작된다고, 한국의 궁벽한 작은 고장에서 선언하고 보이는 본보기를 먼 곳에서도 받아들이게 될 것이다. 새로운 형태의 한류가 세계를 휩쓸 것이다. 인터넷이 온 인류를 가족이게 만든 시대여서 궁벽한 곳 작은 고장에서 하는 창작 활동이 즉각 지구 끝까지 알려져 향유자를 모을 수 있다.

영화는 어떻게 해야 하는지 생각해본다. 시·군·구 모든 곳에 공공의 영화관이 있어, 예술영화나 독립영화를 저렴한 입장료를 받고 보여준다. 입장한 인원수에 비례하는 지원금을 공공의 예산으로 영화 제작자에게 지급한다. 우선 이렇게 하는 것이 주민을 위해서나 영화를 위해서나 아주 유익하다. 상업영화가 이익 추구를 지나치게 하는 폐해를 시정하고, 좋은 영화를 육성할 수 있는 좋은 방법이다.

다음 단계에서는 어느 고장에도 문화복지에 종사하는 영화인들이 있게 하여 주민과 함께 영화를 손쉽게 만들도록 하자. 출연자는 대부분 주민으로 한다. 장비나 촬영 비용은 공공의 예산으로 지원한다. 배급은 공공의 영화관을 통해 하고, 인터넷도 이용한다. 이렇게 하면 전에 없던 좋은 영화를 만들어 세계영화사를 바꾸어놓을 수 있다.

● 댓글과 답글

이복규: 은퇴 후 어느 문화센터 운영이사로 봉사하는데, 선생님 말씀 참고해야겠습니다.

조동일: 작은 일도 크게 도움이 되게 할 수 있습니다. 봉사는 취직이 아니므로 뜻을 펴는 것이 일하는 이유여야 합니다.

만주벌판: 감사합니다. 미술관 공연장 허름한 빈 건물 이용. 허영심 차단. 누구나 이용.

조동일: 화물차는 자중은 줄이고 하중을 늘여야 하듯이, 문화시설은 외모를 잘 꾸미려고 하지 말고 내실을 소중하게 여겨야 합니다. 주위에 있는 예사 사람들이 자기도 모르게 감동하도록 하는 엉성한 그림이 최고의 명작임을 알아야 합니다.

● ● ● ● ●

## 4-18 대등종교학

종교란 무엇인가? 알기 어렵고, 말하기는 더 어렵다. 문화부에서 종교를 관장하지만, 너무나도 벅찬 일을 마지못해 하는 것 같다. 정부가 나서

서 종교에 대해 무어라고 할 수는 없다고 한다. 종교는 인민의 아편이라
면서 철권통치로 박멸하려는 시도는 실패했다. 아무 종교도 믿지 않는 비
종교인이 절반이 훨씬 넘고 계속 확대되는 추세이니, 앞으로는 종교가 그
리 문제되지 않을 것이라고 하는 주장도 있다.

이 정도 알고 물러나, 종교 문제는 덮어둘 것은 아니다. 종교가 계속
문제이다. 종교가 무엇인지 알아야 한다. 종교가 무엇인가에 관해, 비종교
인과 종교인이, 각기 다른 쪽의 신자들이 공유할 수 있는 이해가 있어야
한다. 그래야 나라가 지금보다 나아질 수 있고, 다음 시대를 더 잘 만들
수 있다. 지금까지 전개해온 대등론이 이 과제를 피할 수 없어 감히 맡
아 나선다.

종교는 사랑을 말하면서 다툼을 일으키고, 평화를 가져온다고 하면서
전쟁을 부추기는 것이 같다. 자기 종교는 선하며, 사랑을 말하며, 평화를
가져온다고 하고, 다른 종교는 악하며, 다툼을 일으키며, 전쟁을 부추긴다
고 하면서 서로 다툰다. 어떻게 하면 선하며, 사랑을 말하며, 평화를 가
져온다고 하는 면은 남기고, 악하며, 다툼을 일으키며, 전쟁을 부추기는
면은 없앨 수 있는가?

이 과제를 해결하려는 시도가 몇 번 있었다. 18세기 불국의 계몽철학
자 볼테르(Voltaire)는 자기 종교만 옳다고 하는 유신론(théisme), 모든
종교를 다 부인하는 무신론(athéisme)을 둘 다 넘어서서, 모든 종교는 각
기 그 나름대로 타당성이 있다고 하는 이신론(理神論, déisme)을 확립해
야 한다고 했다. 19세기말 인도의 성자 비베카난다(Vivekananda)는 모든
종교는 같은 목표를 향해 다른 길로 가고 있어 근본적으로 하나이므로
다투지 말아야 한다고 했다.

나는 교조를 받들고 제도화된 기성 교단의 종교는 각기 다르게 경직되
어 있지만, 민중의 여망을 받아들여 후대의 성자(聖者, saint)가 다시 유
연하게 만든 종교는 깊이 상통하는 것을, 구전을 정착시킨 성자전(聖者傳,

hagiography)을 비교고찰해 입증했다. 성자의 종교로 교조의 종교를 대치하면 희망이 있다고 했다. 이렇게 하는 것이 실제로 가능하지는 않아 새로운 제안을 한다.

종교의 교리는 신화이다. 신화는 상상의 산물이고, 상징적인 의미를 지닌다. 이 말에 동의하는 것은 그리 어렵지 않다. 이 말에 동의하면 더 나아간다. 신화가 상상의 산물이고 상징적인 의미를 지니는 것은 문학작품과 다르지 않다. 재미가 더 있거나 덜 있는, 감동의 정도가 다른 차이는 당연히 있지만, 문학작품에서 하는 말이 다르다고 심하게 다투지는 않는다. 불만이 있어도, 공존을 인정한다. 종교에서 하는 말도 문학작품처럼 상상이고 상징임을 인정하면, 모든 종교는 각기 그 나름대로의 상상이나 상징으로 사랑을 말하면서 평화를 가져오고자 하는 것이 대등하다는 데 동의할 수 있다. 이렇게 말하는 것이 대등론의 종교관이다.

한국은 다종교 사회이다. 특별한 다종교 사회이다. 부자, 형제, 부부 등 아주 가까운 사람들이 종교가 달라도 다투지 않고 지낸다. 이것은 지금까지 세계 어디에도 없던 희한한 일이다. 그 이유는 대등론의 종교관을 무어라고 말하지 않는 가운데 공유하고 있기 때문이다. 어느 종교 교단도 공식적으로 인정하지 않지만, 이것은 누구도 부인할 수 없는 사실이다. 극단주의 예외자들이 난동을 부려도 대세를 바꿀 수 없다.

잠재적으로 존재하고 작용하는 대등론의 종교관을 조심스럽게 드러내 가다듬고 세상을 더 좋게 하는 방안이라고 천명하자. 주눅이 들어 있고 역부족인 지금까지의 종교학을 대치할 새로운 종교학을 이룩하자. 이것을 대등종교학이라고 일컫기로 한다. 대등종교학을 교과목으로 삼고 학교에서 일제히 가르쳐, 온 국민의 의식 수준을 획기적으로 높이자. 밖으로 널리 알려, 다음 시대로 나아가는 지표로 삼자.

치부술에서 경제학으로 나아가, 근대학문이 시작되었다. 경제학은 계급모순 진단을 맡았다. 각 종교 교리학 상위의 대등종교학을 확고하게 이룩하면, 근대를 넘어서는 다음 시대의 학문을 열 수 있다. 대등종교학은 민족모순 또는 문명모순 해결에 기여할 것으로 기대한다. 이 과업을 우리가 선도해 온 세계를 일깨워야 한다.

● 댓글과 답글

이복규: 대등종교관. 거시담론 주제입니다.

조동일: 모두들 같은 산을 각기 다른 쪽에서 올라가고 있는 것을 알려면, 공중에서 내려다볼 수 있어야 합니다.

만주벌판: 감사합니다. 대등종교학론 깊이 생각해봅니다

조동일: 깊이 생각해야, 작은 시비를 넘어섭니다. 마음을 활짝 열어야, 해가 북쪽에서 뜨느니 남쪽에서 뜨느니 하고 다투지 않게 됩니다.

임흥빈: 종교에 대하여 다시 생각해보는 시간이 되었습니다. 종교가 다양한 우리나라에서 어떻게 살아가야 하는지 제시해주시는 것 같습니다. 감사합니다.

조동일: 종교가 다른 부부나 형제가 상극만 하면서 세상 사람들의 상생을 요구하지는 말아야 합니다. 종교의 상극이 상생일 수 있는 길을 찾고 실행하려고 노력합시다. 우리나라가 힘든 과제를 맡고 있어, 대등종교학을 정립해 인류를 위해 큰 기여를 할 수 있습니다.

● ● ● ● ●

## 4-19 자연을 받들어야

나는 서울 강남에서 경기도 군포 수리산 밑으로 이사했다. 집값 교환가치가 5분의 1로 줄어들고, 수리산을 보태면 사용가치는 그 갑절인 10배 늘어났다. 늘어난 가치가 허공에 떠돌지 않고 건강이 되어 내게 들어온다. 집값이 치솟는 만큼 수명이 단축될 듯이 생각되는 곳에서 벗어난 것이 꿈만 같다.

고향인 경북 영양 일월산 밑으로는 가지 못하고 그리워하기만 한다. 영양이 어떤 곳인지 〈入鄕始祖追慕碑〉(입향시조추모비)에서 "吾鄕英陽 背日月靈山 臨半邊淸水 風光秀麗 人心醇厚 可謂避亂養氣之處也"라고 했다. 번역하면서 풀이한다. 우리 고향 영양은 뒤에 신령스러운 일월산이 솟아 있고, 앞으로는 맑디맑은 반변천이 흐르는 배산임수의 명당이다. 풍광이 수려하고 인심이 순후해, 난리를 피하면서 기백을 기를 만한 곳이라고 할 수 있다.

말을 조금 보탠다. 영양은 철로도 고속도로도 없는 오지이다. 지대가 높아, 물이 흘러나가기만 하고 흘러 들어오지는 않는다. 7만이나 되던 인구가 1만 6천으로 줄어들었다. 순수하고 착실한 분들만 남아 있고, 마음이 들뜬 무리는 모두 떠나왔다고 말할 수 있으며 나도 그 속에 들어 있다. 재정자립도가 전국에서 꼴찌이지만 개발을 서두르지 않고, 산나물과 고추를 특산품으로 한다. 오염된 것과는 아주 거리가 멀어, 밤하늘의 별이 예전처럼 많이도 빛난다. '세계 밤하늘 공원'으로 세계에서 여섯 번째, 아시아에서는 처음 지정되었다. 복잡하고 혼탁한 물결이 세상을 다 망칠 것 같아도, 이처럼 청정한 仙境(선경)이 남아 있어 절망하지 않게 한다.

나는 수리산을 눈으로 보고 일월산을 마음에 품고, 산 그림을 그린다. 산을 숭배하면서 자연에 안겨, 번뇌나 망상을 떨치고 순수한 마음을 되찾으려고 도를 닦는다. 혼탁한 세상에서 질식하지 않고, 정화에 조금이라도 기여하고자 한다. 내 자신이 아직 조금 불순하고, 일월산 아래로 가지 못하고 수리산 근처에 머무르는 만큼이나 모자라는 것을 알고, 정화를 위해 꾸준히 노력한다. 그림을 그리는 것과 글을 쓰는 것이 서로 도와, 글에 산을 그린 그림의 기백이 배이고, 그림이 글에서 전개하는 논의와 상통하는 모습을 나타내게 하려고 한다.

꽃 지고 속잎 나니 시절도 변하거다.
풀 속에 푸른 벌레 나비 되어 나다닌다.
뉘라서 조화를 잡아 천변만화 하는고?

申欽(신흠)이 이런 시조를 지었다. 말뜻을 풀이한다. 꽃 지고 속잎 나니 시절도 변하는구나. 풀 속의 푸른 벌레 나비 되어 나다닌다. 그 어느 누가 造化(조화)를 잡아 千變萬化(천변만화)하는가? 자연은 시간을 헛되게 보내지 않고 계속 새로워지는 모습을 보여주면서, 사람이 소스라쳐 놀라 창조주권을 자각하고 더욱 적극적으로 발현하라고 독려한다.

자연은 의식주의 자원을 제공해주는 자애로운 어머니이기만 하지 않고, 창조주권 발현을 가르쳐주는 위대한 스승이기도 하다. 어머니를 떠나면 살 수 없고, 스승을 잊으면 살아도 사는 보람이 없다. 자연을 보호해야 하는 것은 어머니를 모시고 스승을 받드는 당연한 도리이다. 배은망덕하면 견책을 당하기 전에 스스로 황폐해진다.

자연은 사람의 소유물이므로 아껴 쓰고 후손에 물려주자는 것은 전연 잘못된 생각이다. 이런 말로 자연보호를 하자는 것은 용서할 수 없는 기만이고 과오이다. 지구 온난화를 방지하기 위해 자연을 보호해야 한다는 것도 이기적인 발상이고, 정답과는 거리가 멀다. 자연보호론을 근본적으로 수정해야 한다.

자연은 사람의 소유물이 아니다. 자연은 사람이 있게 하고 먹여 살리는 어머니이다. 자연은 사람이 창조주권을 자각하고 발현하도록 하는 스승이다. 어머니에게 고맙다고 하고, 스승의 은혜를 갚아야 한다. 누구나 이런 생각을 가지고 실행해야, 나라를 좋게 만들고, 행복한 시대를 창조할 수 있다.

◉ 댓글과 답글

만주벌판: 감사합니다. 창조주권론 대단합니다.

조동일: 동참자가 아주 많이 늘어나, 창조주권론이 만인의 공유물이 되어야 비로소 대단합니다. 그때 서로 감사합시다.

박용: 하신 말씀에 엄청난 공감을 느꼈습니다. 자연은 사람의 정신을 돈의 가치로 따질 수 없는 번영으로 불러냅니다. 온통 주위가 산소 탱크인 환경에서 사람의 정신은 늙음을 멀리한다는 생각이 듭니다. 새로운 문화환경 창조가 후진 육성의 멋진 기회가 되길 바랍니다. 감사합니다.

조동일: 청정한 환경에서는 정신이 맑아 늙지 않는 것을 입증해, 널리 도움이 되고자 합니다. '후진 육성'은 적절한 말이 아니므로 '동지 확대'로 바꿉니다.

● ● ● ● ● ●


## 4-20 인류의 행복을 위하여

일본은 밖으로 나가 유럽문명을 받아들일 때, 우리는 문을 닫고 들어앉아 洋夷(양이)를 물리치겠다고 했다. 脫亞入歐(탈아입구)의 슬기로운 방법으로 일본은 힘을 키워, 衛正斥邪(위정척사)의 헛된 꿈에 사로잡혀 뒤떨어진 이 나라를 식민지로 했다. 늦지 않게 정신을 차려야 한다.

이런 말은 맞으면서 틀렸다. 근대로 들어설 때에는 맞고, 다음 시대로 나아가야 하는 지금은 틀렸다. 일본은 유럽 열강의 근대화에 편승해, 중세에 미련을 가지고 있던 우리를 침략하고 지배했다. 시대가 달라지니 선진이 후진이 되고, 후진이 선진이 된다. 유럽 주도의 근대가 끝나가고 있어, 탈아입구는 그쪽과 함께 몰락하겠다는 말이 되었다. 우리 한국이 다음 시대로의 전환을 선도할 수 있으리라고 하는 국내외의 기대를, 위정척사의 전통이 있어 실현할 수 있다. 세계사의 대전환에 앞설 수 있다.

위정척사의 '正(정)'은 동아시아문명의 가치이고, '邪(사)'는 근대 유럽 열강의 침략 행위이다. 동아시아문명의 가치를 옹호하고 계승해, 근대 유럽 열강의 침략을 종식시키고 인류가 평화롭게 살면서 함께 행복을 누리는 다음 시대를 이룩하기 위해 노력하는 것이 너무나도 당연하다. 지금까지는 말로만 하던 이 일을 이제는 실제로 해야 한다. 탈아입구는 쓰레기통에 버리고, 위정척사의 기치를 더 크게 내걸고 세계사를 쇄신해야 한다.

한국이 잘나서 앞서 나간다고 자부하지 말아야 한다. 앞서나간다고 하다가 편협한 국가로 되돌아갈 염려가 있다고 경고하는 말을 경청해야 한다. 편협한 국가로 되돌아가는 것이 앞서 나가는 길이라고 착각하지 않아야 한다. 뒤떨어진 곳들을 얕보고 비웃으면 최악의 후퇴를 초래한다. 위정척사가 한국이 잘났다고 뽐내는 민족주의 노선이 아님을 분명하게 해야, 이 모든 잘못에서 벗어날 수 있다.

동아시아문명의 가치를 일본을 포함한 동아시아 다른 나라도 함께 물려받았는데 잊고 있다는 사실을 깨우쳐주고, 동지를 모아야 한다. 대다수의 선량한 일본인은 훌륭한 동지가 될 수 있다. 동아시아문명이 홀로 대단한 것은 아니고, 다른 여러 문명도 그 나름대로의 장점을 가지고 있고, 근대 유럽문명권의 침략 행위를 종식시키기 위한 연합전선 구축에서 큰 기여를 할 수 있다. 중세 문명에 참여하지 못하고 고대나 원시 상태에 있는 쪽은 인류가 이른 시기에 얻은 지혜를 잘 간직하고 있다. 유대를 최대한 넓혀 위정척사를, 세계사를 재창조하는 공동의 노선으로 삼아야 한다.

유대를 어디까지 넓혀야 하는가? 말만 하면 공허할 수 있으므로, 실감 나는 자료를 든다. "흘러라, 멀리 가라, 온 세상 어디까지라도 가서/ 충족되지 않은 갈증을 달래주고, 불만을 채워주고,/ 이해관계가 없는 선행만 절대적으로 소중하다고 인류에게 알려주어라." 이것은 아프리카 가나의 시인 케이타(Fodéba Keïta)가 지은 〈졸리바의 노래〉(Chanson du Djoliba)의 마지막 대목이다. 작품 전문과 번역, 자세한 해설이 《서정시 동서고금 모두 하나 1 실향의 노래》에 있다.

졸리바는 자기 나라에 있는 강 이름이다. 침략에 시달리던 오욕의 강이, 창조주권을 되찾아 인류를 위해 널리 기여하는 지혜의 강으로 거듭나기를 바라고 한 말이다. 강이 온 세상 어디까지라도 흘러가 인류를 깨우쳐주기 바란다고 했다. "이해관계가 없는 선행만 절대적으로 소중하다"고 하는 것이 근대를 넘어선 다음 시대의 가치관이어야 한다고 했다.

세계 곳곳에 있는 이런 작품을 찾아 읽으면서 수난의 오욕에 대한 분노를 공유하고, 각성의 지혜를 함께 찾아야 한다. 우리도 세계 도처의 동지들을 감복시키고 분발하게 하는 좋은 작품을 지어 널리 알려주어야 한다. 이렇게 해서 다진 유대감을 가지고 차등에서 대등으로 나아가 세계사를 새롭게 창조하는 거대한 과업을 구상하고 성취해야 한다. 다음 시대를 훌륭하게 만들어 인류가 행복을 누릴 수 있도록 함께 노력해야 한다.

⊚ 댓글과 답글

장두현: 벌써 1년이 지났는지 몰랐습니다. 깊은 감사를 올립니다. 책이

아니라 육성을 통해 접한 내용, 더욱 생생한 앎으로 다가왔습니다.

조동일: 메아리를 듣고, 말한 보람을 확인합니다. 그쪽에서 다시 하는 말이 내 마음에서 메아리치기를 바랍니다. 메아리가 모여 큰 울림이 되면 세상이 달라집니다.

현금석: 이 강의는 세계사의 신기원을 여는 21세기 인류문명론이다. 아주 쉬운 한국어로 웅대한 구상을 쏟아놓은 오도송이자 공안집이다. 그 깨달음을 접하면서 눈을 새로 떴다. 나도 이해관계를 벗어난 선행만을 실천하고 싶다.

조동일: 긴 여행을 마무리하는 말씀, 조금 지나치지만 깊이 감사한다. 변변치 않은 수작을 누구나 슬기롭게 듣고 읽어, 맹물을 약수로, 잡초를 약초로 만들기를 바란다.

● ● ● ● ●

어떻게 살아야 하는가?

이 글은 "인문정신과 철학문화의 창달을 추구하는 공익재단 타우마제인" 주최로, 서울 종로도서관에서 2024년 1월에 강연한 원고의 수정본이다.


1

이 물음에 "잘 살아야 한다"고 대답하면, 물음을 되풀이한다. "잘 살려면 어떻게 해야 하는가?" 이에 대해 세 가지 대답을 할 수 있다. "즐겁게 살아야 한다." "떳떳하게 살아야 한다." "슬기롭게 살아야 한다."

즐거움이 무엇인가는 누구나 대강 알고 있으므로 미리 설명하지 않아도 된다. 떳떳하다는 것은 경제, 활동, 의식 등에서 남에게 의존하지 않고 자립하며 창조력을 발휘한다는 말이다. 슬기로움은 무엇인가 하는 개념보다 어떤 것인가 하는 내역이 더 큰 시빗거리이므로 구체적으로 고찰하기로 한다.


2

"즐겁게 살아야 한다." "떳떳하게 살아야 한다." "슬기롭게 살아야 한다." 이 셋은 각기 다른가? 아니면 서로 연결되어 있는가? 각기 다르면 노력을 분산해야 하므로 잘 살기 어렵다. 셋이 연결되어 있으면 잘 살기 위해 노력하기 쉽다. 이 셋은 각기 다른지 연결되어 있는지 알아보는 질문을 해보자.

(가) 즐겁게 살면, 떳떳하게 살고 슬기롭게 사는가?
(나) 떳떳하게 살면, 즐겁게 살고 슬기롭게 사는가?
(다) 슬기롭게 살면, 즐겁게 살고 떳떳하게 사는가?

(가)는 틀리다. 즐거움은 떳떳함이나 슬기로움을 무시하고 이루어질 수 있다. (나)는 틀리기도 하고 맞기도 한다. 떳떳함이 즐거움이나 슬기로움의 필요조건이기나 하고, 충분조건은 아니기 때문이다. (다)는 맞다. 슬기로우면 즐거움을 떳떳하게 얻을 수 있다. 잘 사는 것은 슬기로운 데서 시작된다.


3

슬기롭다는 것은 무엇인가? 남들과 잘 지내는 것과 하고 싶은 일을 하는 것이 둘이 아니고 하나이고, 불가분의 관계를 가지고 깊이 연결되어 있으면 슬기롭다. 떳떳함을 공유하면서 서로 키워주는 즐거움을 누리는 것이 슬기로운 삶이다.

슬기롭게 산 사람들의 본보기를 든다. 지면과 시간을 아끼기 위해 짧게 말한다. 자세한 내역을 알고 싶으면, 내 책에서 안내를 받고 옛글을 찾아가는 것이 좋다. 안내받을 책 이름만 괄호 안에 적는다.

18세기의 시골 선비 金樂行(김낙행)은 말했다. 과거 급제를 위해 공부하던 선비가 뜻을 이루지 못하면 풍월을 읊고, 나중에는 돗자리를 짜는 일이나 하다가 죽는다. 자기도 아내의 권유를 받아들여 돗자리를 짜게 되었다고 하고, 처음에는 서툴기만 하던 솜씨가 차차 나아져 기쁘다고 했다. 돗자리를 짜니, 다섯 가지 이득이 있다고 했다. 놀고먹지 않는다. 쓸데 없는 외출은 하지 않는다. 땀을 흘리는 것을 잊고, 졸지도 않는다. 근심이 없고 말을 장황하게 하지 않는다. 만든 물건을 필요한 사람들에게 준다.(《우리 옛글의 놀라움》)

19세기의 이름난 문인 李建昌(이건창)은 이웃에 살던 미천한 노인의 죽음을 애도하는 글을 썼다. 이름이 알려지지 않은 노인이 남의 집에 얹혀살면서, 더 바라는 것 없이 짚신을 삼아 팔아 연명하다가 쓸쓸하게 세상을 떠났다. 밖으로 나다니지 않으면서 널리 혜택을 베푼 것이 그 노인과 성현이라는 이들과 같다고 하고, 다른 점도 말했다. 성현의 가르침은 반대자의 비방을 초래하기도 하지만, 그 노인이 주는 짚신은 어느 누구도 나쁘다고 하지 않았다.(《우리 옛글의 놀라움》)

9세기 신라의 승려 眞鑑(진감)은 당나라에 가서 불도를 닦으면서, 네거리에 나앉아 짚신을 삼아 행인에게 나누어주는 수행을 3년 동안 했다. 돌아와 깨달은 바를 전할 때, 국왕이 복을 빌어달라고 하니 말했다. "善政(선정)에 힘써야 하는 위치에 있으면서, 개인적인 발원을 해서 무엇을 하겠는가?"(《창조하는 학문의 길》)

4

사회 구성 또는 사람들의 관계에 관한 이론에 차등론·평등론·대등론이 있다고 나는 말한다. 차등론은 貴賤(귀천)이나 賢愚(현우)가 다른 것이 당연한 줄 알고, 위로 올라가기 위해 노력해야 한다고 한다. 평등론은 모든 사람이 차별받지 않고, 같은 권리를 행사해야 한다고 한다. 대등론은 누구나 서로 다른 것을 인정하고, 자기 장기를 발현해 남들을 도와주고 또한 도움을 받는 것이 마땅하다고 한다.

전통사회는 차등론이 지배했다고 단정하지 말아야 한다. 성현이 반대자의 비방을 초래했다고 한 것은 차등론을 가르친 혐의가 있기 때문이다. 차등론 저변에 대등론이 있어 좋은 본보기를 남긴 것을 셋 들었다. 잘났다고 자부하지만 사실은 미련한 후대인이 이것을 알아보고 깨우침을 얻어야 한다.

오늘날에는 오히려 대등론은 보이지 않는 것 같고, 차등론과 평등론이 승패나 진위를 둘러싸고 거창하게 다툰다. 차등론은 위로 올라가는 경쟁과 분발을 촉구해 발전을 이룩해야 그 혜택을 나눌 수 있다고 한다. 평등론은 두 가닥으로 나누어져 치열한 경쟁을 한다. 한쪽에서는 천부인권과 어긋나는 차등론을 거부하면, 절대자의 은총으로 평등론이 실현된다고 한다. 다른 쪽에서는 공허한 이상이나 말하지 않고 평등론을 현실에서 실현하려면 차등론을 폭력으로 타파해야 한다고 한다.

차등론 경쟁에서 이기고 위로 올라서는 승리자는 표방한 것과는 반대로 갑질을 일삼으면서 사회정의를 유린한다. 사람보다 자본은 한 수 더 떠서, 부익부 빈익빈을 걷잡을 수 없게 확대해 사회를 양극화한다. 절대자의 은총으로 평등론이 실현된다는 주장은 실현되지 않고, 종교적 차등론을 만들어내는 부작용을 가져온다. 평등론의 이상을 실현하겠다면서 차등론을 폭력으로 타파한 힘이 새로운 차등론을 더욱 견고하게 구축해 심한 피해를 끼친다.


5


거창한 말은 그만하고, 개인의 일상생활을 살펴보자. 자기가 상대방보다 더 잘나 손해를 본다고 여기는 차등론자 부부는 끝없이 불화한다. 즐겁게 사는 것이 원천적으로 불가능하다. 고통을 혼자 덮어쓸 수 없다고 하는 평등론자 아내는 임신과 출산을 거부하기까지 한다.

"다 부질없다, 혼자 살자." "점점 늘어나는 고독사." 이런 유튜브 방송이 넘치게 많다. 떳떳하려면 죽을 때까지 혼자 견디고, 미래에 대해 어떤 기대도 하지 말아야 하는 참담한 위기가 닥치고 있다.

대등론이 어떤 대안을 제시하는지 부부 생활에서부터 말해준다. "나는 많이 모자라 도움을 간절하게 바란다." 양쪽 다 이렇게 생각하는 대등론자 부부는 행복을 누린다. 아내가 임신하고 출산하는 시련에 감사하기 위해, 남편은 아무리 험한 수고라고 즐겨 한다.

이런 외국인 부부를 많이 불러들여야, 인구 절벽 문제를 해결할 것인가? 사회가 지속되고 나라가 망하지 않을 것인가? 그렇지는 않다. 내외국인을 아우르는 대등론을 해결책으로 삼으면 대등사회의 진폭이 넓어진다. 이것이 계속 있어온 일이다.


6


대등사회는 어떤 사회인지 정리해 말해보자. 차등론의 견지에서 보면 미천하고 무식해 멸시의 대상이 되는 사람이라도, 자기 나름대로의 창조 주권을 장점으로 삼고 떳떳하게 발현해 도움을 주고받는 즐거움을 누리는 사회가 대등사회이다. 차등론과 평등론이 표면에서 쟁패를 부리는 이면에서 이어져 오는 이런 전통이 인식 부족으로 없는 듯하다가, 코로나 역병에 대처할 때 표면에 나타났다.

물건 사재기가 전연 없고, 남들에게 병을 전염시킬 것을 염려해 마스크를 자진해서 쓰는 것을 보고 세계가 놀랐다. 뒤떨어진 나라의 시민의식이 도리어 앞서는 것을 이해할 수 없다고 했다. 우리가 보여준 것은 시민의식이 아닌 대등의식이다. 시민의식은 평등론을 기본 이념으로 하고 있어 걸핏하면 항의 시위를 한다. 산골의 학력 미달자까지 선천적으로 공유하고 있는 대등의식은, 협조를 아끼지 않고 자진해 화합을 이룬다.

이런 사실을 확인하고, 소중한 유산을 힘써 찾아내 그 양상과 의의를 밝히는 이론 정립을 하겠다고 작정했다. 〈창조주권론〉을 써서 유튜브 방송을 시작했다. 거기서 "김치를 잘 담그는 주부는 베토벤과 대등하다"고 한 말에 창조주권의 대등론적 의의가 분명하게 나타나 있다.


7


〈창조주권론〉에 그전부터 마련한 生克論(생극론)을 보태, 잘 살기 위한 슬기로움을 제시하고 가다듬기 위해 더욱 노력한다. 여러 방면으로 시도를 하다가, 마침내 〈대등생극론〉을 이룩하기에 이르렀다. 만물대등생극·만생대등생극·만인대등생극이 하나로 연결되어 있다는 철학을 정립한다.

철학의 직무유기를 타파하고, 과학과 철학을 아울러 인류의 슬기로움을 집약한다. 세계사의 새로운 시대를 창조하는 지침을 제공한다. 많은 동참자가 모여들어 이것을 공동의 작업으로 삼고 더욱 확대하고 심화하기를 고대한다.

## 나가며

사람은 누구나 창조주권을 지니고 발현한다. 그 결과 생활 수준이 향상되니 더욱 행복하다. 이런 이유에서 모든 사람은 대등하다. 창조주권론은 대등론으로 나아간다.

이치는 그렇고, 실상에서는 대등론이 온전하게 실현되지 못하고 있다. 차등론이 방해하고 억압하기 때문이다. 내력이 오랜 차등론만 횡포를 부리는 것은 아니다. 차등론을 평등론으로 타파해야 한다는 주장을 강압적으로 실현하려다가 새로운 차등론을 만들어내는 쪽이 더 큰 피해를 끼친다.

양쪽의 장애가 인류를 비참하게 하고 있다. 싸워서 물리치는 벅찬 임무를 대등론이 맡아 나선다. 힘이 더 크기 때문이 아니고, 그 반대여서다. 강약은 표리가 반대여서 역전되는 원리가 밀어주어, 주저하지 않고 앞으로 나아간다. 신구 차등론의 침해를 덜 받고, 창조주권을 온전하게 지니고 발현하는 수많은 민초가 대등론의 의병이 된다. 전선이 전연 아닌 곳에서도, 예측 불가능한 방법으로도 소리 없이 활약한다. 염려하지 않아도 된다. 승리가 예상된다.

세계사의 대전환이 일어나고 있다. 차등론의 지배가 정점에 이른 시대인 근대가 끝나고 있다. 선진이 후진이 되고, 후진이 선진이 되어, 다음 시대가 이루어진다. 대등론을 원리로 한 공동의 창조가 세계 도처에서 다각적으로 이루어져 행복을 공유하게 한다.

인류 공동의 창조주권을 각별하게 가꾸어 꽃피운 내력이 있는 고장에서, 창조주권을 철학으로 정립하는 데 앞서는 것이 마땅히 해야 하는 자원봉사이다. 자원봉사가 확대되고, 큰 효과를 거두도록 하려고, 간절한 소망을 덧붙인다.

댓글을 쓰며 참여한 이 책 공저자가 다수인 것만으로는 부족하다. 조력자가 나라 안팎에서 많이 모여들기를 바란다. 한국 노래를 부르려고 한국어를 배우는 수많은 세계인이 이 책을 원문으로 읽고 공감을 나누기를 바란다.

들머리에서, 창조주권론이 인류 공동체의 공저이고 합작이기를 희망한다고 했다. 이 말을 다시 하면서 한 마디 덧붙인다. 그때는 최초의 발의자는 잊혀지는 것이 당연하다. 지적 소유권도 공유물이어야 한다.